SANGUE DE LOBO

Copyright © 2014 do texto: Rosana Rios e Helena Gomes
Copyright © 2014 da edição: Farol Literário

DIRETOR EDITORIAL:	Raul Maia Junior
EDITORA:	Daniela Padilha
COORDENAÇÃO EDITORIAL:	Eliana Gagliotti
PREPARAÇÃO DE TEXTO:	Carmen Costa
REVISÃO DE PROVAS:	Simone Zac
ILUSTRAÇÃO DE CAPA:	Dave Santana e Mauricio Paraguassu
DIAGRAMAÇÃO:	Senshō Editoração
CAPA:	Casa Rex

Texto em conformidade com as novas regras
ortográficas do Acordo da Língua Portuguesa.

Esta é uma obra de ficção.
Alguns locais na cidade de Passa Quatro (MG) foram criados
ou modificados especialmente para a trama.
Além disso, qualquer semelhança com pessoas ou fatos existentes será mera coincidência.

Dados Internacionais de Catalogação na Publicação (CIP)

R586s
    Rios, Rosana.
       Sangue de lobo / Rosana Rios, Helena Gomes. – 2 ed. – São
Paulo: Farol Literário, 2014. 412p.; 23cm.

      ISBN 978-85-8277-077-1

      1. Ficção brasileira. 2. Ficção – Brasil. 3. Histórias – Ficção. I.
Gomes, Helena, 1966-. III. Título.

                                              CDD – B869.3

2ª edição

Farol Literário Ltda.
Uma empresa do Grupo DCL — Difusão Cultural do Livro
Av. Marquês de São Vicente, 1619 – 26º andar – Conj. 2612
Barra Funda – São Paulo – SP – 01139-003
Tel.: (11) 3932-5222
www.farolliterario.com.br

ROSANA RIOS E HELENA GOMES

SANGUE DE LOBO

FAROL
LITERÁRIO

PRÓLOGO

O círculo de luz iluminava apenas o rosto dos quatro jovens sentados ao redor da mesa. Não se enxergava o rosto do Mestre, já que Felipe estava em pé; os jogadores viam apenas suas mãos, apanhadas no halo da luminária, brincando com os dados de múltiplas faces.

Estavam jogando RPG – o *Role Playing Game*, um estilo de jogo em que cada jogador interpreta um personagem. Naquela noite, Felipe era o coordenador do jogo, o Mestre. Havia criado o começo de uma história de mistério passada em um universo fantástico, onde as pessoas tinham o poder de se transformar em lobos.

Foi um momento crucial do jogo, um daqueles raros minutos em que todos fazem silêncio e se entreolham, totalmente envolvidos com os personagens que estão interpretando, completamente esquecidos de quem são e do que fazem na vida real. Ali, eram todos lobos – todos membros da mesma matilha.

— Vocês acabaram de entrar no quarto e encontraram o corpo da mulher deitada na cama – disse o Mestre, quando achou que o silêncio já estava durando tempo demais. – A porta estava trancada por fora quando entraram, mas a janela está aberta e a Lua, que começa a minguar, ilumina o quarto. Há tapetes e cadeiras revirados. O que vão fazer?

Todos conheciam a dinâmica do jogo: o Mestre descrevia uma cena, e cada jogador dizia o que seu personagem faria a seguir. Conforme as escolhas de ação que os personagens faziam, o coordenador ia desenvolvendo a história. Quando o jogo acabasse, eles teriam, todos juntos, criado uma aventura ficcional fantástica.

Cristiana foi a primeira a falar.

— Vemos marcas de garras ou dentes no corpo?

— O vestido branco longo que ela usa está intacto, e não há sinal visível de agressão nem nos braços, nem no rosto, que está coberto por um véu bem fino. Um filete de sangue escorre de um buraquinho no peito do vestido, na altura do coração, para a cintura. Por trás do véu vocês veem os olhos dela, abertos, arregalados, como se sua última visão antes de morrer fosse algo surpreendente.

Um dos rapazes, Nilson, declarou a ação de seu personagem.

— Eu farejo o corpo, procurando cheiros familiares.

O Mestre olhou uma ficha na mesa e empurrou um dado em sua direção.

— Role um D20. Transformado em lobo, você tem um bônus de mais seis.

Nesse tipo de jogo, algumas ações são decididas por lances de dados – mas os dados de RPG não são comuns. São poliedros que podem ter seis, dez, doze, vinte faces... Felipe gostava de *mestrar* usando dados de vinte faces, chamados D20.

Nilson rolou o dado e tirou doze. Todos somaram mais seis pontos mentalmente: dezoito. Isso queria dizer sucesso: o rapaz seria bem-sucedido no que tentara fazer.

— Muito bem – o Mestre continuou –, você identifica vários aromas, nenhum pertencente à sua matilha. Seu faro logo distingue um cheiro associado com o sangue do ferimento: alguém se aproximou da vítima, segurou-a na cama pelo pescoço com a mão esquerda e com a direita cravou uma lâmina fina em seu coração. O cheiro das mãos do assassino não é conhecido, e nem dá para saber se era uma mão humana ou lupina.

— O assassino não foi nenhum de nós – o rapaz concluiu. – É alguém de outra matilha, pode até ser um humano.

Maurício, o outro rapaz, rosnou feito lobo.

— Mas era alguém que sabia que viríamos aqui – disse ele. – Sabia que ela ia nos dar informações. Precisamos descobrir quem a matou!

Ana Cristina pegou seus dados num saquinho de cetim bordado.

— Minha loba quer farejar também – pediu –, e tentar descobrir se quem atacou a moça era macho ou fêmea.

O Mestre assentiu com a cabeça, e, embora não o vissem na penumbra, todos entenderam. Jogavam RPG havia tanto tempo juntos que quase não precisavam falar para se fazer compreender. A garota rolou um D20 e prendeu a respiração em expectativa, enquanto o dadinho quicava pela mesa. Sabia, por jogadas anteriores, que não receberia nenhum bônus – pontos a mais na jogada –, pois seu personagem ainda era novo na matilha.

Cristiana bufou e os meninos assobiaram. Ana Cristina desanimou: saíra um três.

— Você não consegue perceber mais nada – declarou Felipe –, só que a morte foi recente, o cheiro do sangue é fresco e o corpo ainda não esfriou.

— Então o assassino ainda pode estar por perto! – Maurício exclamou, mais animado. – Vou saltar pela janela e procurar nas redondezas.

— Vou com você – Cristiana resolveu.

O Mestre voltou-se para ambos.

— Quando saem pela janela, vocês vão dar num jardim extenso, gramado, cheio de sebes bem cuidadas e fontes de mármore. Mais adiante, há um bosque. Tem dezenas de lugares para se esconder.

— É melhor ficarmos juntos – o rapaz propôs. – Vamos procurar pegadas.

— Tudo bem – concordou ela.

— Enquanto isso, eu vou voltar à forma humana e ver se acho mais indícios no quarto – disse Ana Cristina. – Vou procurar nas gavetas e armários.

Mais uma vez, o Mestre assentiu; voltou-se para Nilson.

— E você?

— Vou continuar como lobo e examinar melhor o corpo.

— Role o dado – o outro ordenou.

Nilson rolou o D20 e obteve catorze. Sorriu: estava com sorte naquela tarde.

Todos se voltaram para o rosto oculto e inescrutável de Felipe.

— Quando você olha mais de perto, percebe alguma coisa estranha na cabeça, por baixo do véu.

— Eu arranco fora o véu com minhas patas de lobo. O que eu vejo?

A voz do Mestre estava mais sinistra que de costume, ao revelar:

— A cabeça foi tosada. Alguém cortou os cabelos dela, bem rentes: a mulher morta está quase careca.

Não tinham ainda se recuperado da surpresa quando, de súbito, as luzes da sala se acenderam. A volta à claridade foi dolorosa, mas era só Luziete, a governanta da casa, mãe de Cristiana.

— Vão ficar o resto da noite jogando, nessa escuridão? Já é tarde. Vamos pra cozinha, fiz chocolate quente pra vocês. Ana Cristina, sua mãe disse que é pra encerrar por hoje, o seu pai quer sair amanhã bem cedo. Vamos, gente...

As duas garotas resmungaram, Cristiana um pouco mais alto para a mãe ouvir. Os rapazes reuniram seus dados e livros de RPG e obedeceram sem reclamar muito; sabiam que doutor Irineu, o pai de Ana, não se importava que viessem jogar ali, desde que obedecessem aos horários da casa. Estavam de férias, mas a família ia sair de viagem no dia seguinte pela manhã.

Logo mais tomavam chocolate na cozinha e combinavam encontrar-se dali a algumas semanas para continuar a aventura, assim que as meninas voltassem da viagem de férias. Maurício ainda tentou tirar informações de Felipe a respeito do crime, mas ele foi irredutível.

— Você tem de esperar a continuação do jogo, como todo mundo. Nenhum Mestre revela seus segredos. Só posso dizer que é a história mais legal que eu já escrevi, vocês vão gostar...

Porém, durante todo o lanche e as despedidas, Ana Cristina ficou calada, pensativa. Quando Cristiana foi com a mãe para os aposentos da governanta, nos fundos do enorme apartamento, deu-lhe boa-noite distraidamente.

Jogava *role playing games* com a turma fazia anos, aventurando-se por histórias de vampiros e lobisomens; e não sabia por que aquela história a perturbava tanto. Quase podia ver a cena que Felipe descrevera – e, embora ele fosse um ótimo Mestre de RPG, aquilo nunca acontecera antes.

Foi dormir assombrada, enxergando com os olhos da imaginação o quarto iluminado pela Lua, com a moça de vestido branco morta sobre a cama, um filete de sangue manchando seu peito e os cabelos arrancados de sua cabeça.

PARTE 1

HECTOR

*"Ele estava só. Estava abandonado, feliz,
perto do selvagem coração da vida."*

JAMES JOYCE

CAPÍTULO I

BEATRICE

Ele a espreitava do canto mais escuro da praça. Sentia-se embriagado pelo cheiro de maresia no ar, misturado aos odores da fêmea. E a jovem morena daquele país tropical, bonita por natureza, atravessava a praça iluminada por poucos lampiões a gás. A criatura salivava nas sombras, ansiosa por experimentar o tempero da pele morena, salgada pelo suor feminino de uma noite quente. A lua cheia se exibia, poderosa, no alto do céu. E a jovem – apertada em um vestido de mangas compridas e saia que batia em seus tornozelos, como mandava a moda naquele ano de 1908 – continuava a caminhar, levada pelos passos sensuais que ondulavam as curvas do corpo exuberante.

Ele não controlou mais o apetite por uma refeição suculenta. A lua cheia apenas ordenou que seu escravo seguisse em frente. A jovem estava ali… Ela não podia escapar. A liberdade dele vinha da submissão que exigia de sua vítima. Não havia amarras sociais, nenhum comportamento-padrão a ser seguido, nenhuma regra imposta a ser obedecida.

Havia apenas o predador e sua vítima.

— Por favor… não… – implorou ela no português com gosto brasileiro, submissa entre as garras que a rasgariam por inteiro – …não me mate…

Matar?! Era o que mandava o instinto… Era a ordem imposta pela lua cheia. Ela mandava. Ela ordenava e ele obedecia.

Foi o vento que trouxe as nuvens negras. E foram elas que encobriram o brilho intenso do luar. A escuridão se tornou completa naquele trecho da praça. A vítima não se mexia, em pânico, caída de costas contra o chão imundo, seu atacante sobre ela. As garras, porém, não se decidiam a terminar o que deveriam começar. Ele aproximou o focinho assustador da vítima, os dentes perigosos próximos demais da pele morena, quase colados à fêmea que desejava com voracidade.

Hesitou. Como hesitara outras vezes, desde que fora transformado, havia mais de um ano. Não era a principal crítica que escutara sua vida inteira? De que nunca terminava o que começava? De que abandonava tudo pela metade?

Talvez não passasse de um covarde, amedrontado pelas consequências de um poder que não pedira. Ou talvez ainda existisse nele um pingo de humanidade, intocado pelo poder supremo da lua cheia.

Hector contrariou a natureza mais uma vez. Largou a vítima estatelada na praça e fugiu para longe, o mais longe que suas quatro patas pudessem levá-lo.

»»»»»»

O início da manhã espantou a aparência do lobo, cedendo espaço para que o organismo de Hector reencontrasse a forma humana. Lobisomem. Era no que ele se transformava sempre na primeira noite de lua cheia, quando esta, vitoriosa, completava a fase iniciada na crescente.

O focinho o abandonou para revelar seu rosto jovem, de olhos azuis que exigiam o uso de óculos de lentes arredondadas. As orelhas de lobo encolheram para se ocultar entre os fios dos cabelos castanho-claros, o mesmo tom do bigode. Os pelos do lobisomem sumiram e trouxeram à tona a pele muito branca, acostumada ao sol tímido de Londres, a cidade natal do rapaz. Hector tinha 21 anos, era alto e magro. E estava nu.

Com medo de ser flagrado naquela situação mais do que constrangedora, ele se esgueirou sob as sombras projetadas pelo sol no cais de pedra daquela cidade portuária. Não sabia mais onde estava. Havia embarcado em um navio na Argentina, com destino ao Brasil. Então nascera o primeiro dia de lua cheia daquele mês, prometendo a noite imprevisível de aromas e sabores... Lembrava-se de ter desembarcado em algum porto... Santos... sim, no Brasil. É, vinha atrás de alguém muito especial: Beatrice, que estava em São Paulo acompanhando o pai numa viagem de negócios ao país.

O vozerio de um grupo de trabalhadores que chegava para mais um dia de labuta no cais obrigou Hector a se esconder atrás de uma pilha de sacas de café. Eles falavam um português arrastado... Eram portugueses, imigrantes que tentavam uma vida melhor na terra além-mar. O rapaz apurou os ouvidos. Filho de mãe brasileira, falava o português tão bem quanto o inglês. Não, melhor não pensar em sua mãe. Melhor não lembrar.

Reunindo toda a coragem possível, Hector saiu de trás das sacas de café. Os raios solares o obrigaram a estreitar as pálpebras para proteger os olhos que enxergavam o mundo embaçado, sem o auxílio dos óculos. Precisaria de ajuda para obter algumas peças de roupa e umas moedas…

— Bom dia, cavalheiros! – saudou em português, sem perder a pose de *gentleman* inglês que simplesmente pedia uma informação aos moradores da cidade.

Agradeceu a sorte pelas mãos grandes que usou para cobrir a virilha diante dos portugueses surpresos. Um deles não segurou a gargalhada. E não demorou para que todos o seguissem. Cada vez mais constrangido, Hector tentou ser ouvido entre os risos intermináveis.

— Fui assaltado e o ladrão me roubou tudo… Por gentileza, será que eu poderia contar com a sua bondade?

»»»»»»»

Solidários, os trabalhadores portugueses não se opuseram a ajudar. Isso, claro, após quase dez minutos de piadas sobre a situação do infeliz. Hector conseguiu uma ceroula furada, uma calça comprida bem mais curta do que suas pernas e uma camisa suada e justa demais. Assim que se vestiu, Hector correu para o Largo do Rosário, direto para a filial santista da empresa de seu pai, a Wolfstein & Son. Com representações em várias cidades portuárias, a empresa cuidava de agenciamento marítimo e também da exportação de carvão para a América Latina. Como John Wolfstein, o pai, mal deixava a sede em Londres nos últimos tempos, a possibilidade de encontrá-lo em Santos era bastante remota.

O gerente da filial reconheceu de imediato o filho do presidente e, muito solícito, adiantou-lhe uma boa quantia em dinheiro. A primeira providência de Hector foi procurar um alfaiate e comprar camisas brancas de gola alta, coletes, paletós e calças compridas, tudo na medida certa para seu porte elegante, uma característica de sua família paterna, que afetava origem nobre. Também fazia questão de roupas íntimas limpas e decentes, da gravata, do chapéu, das meias e dos sapatos com um mínimo de qualidade, além do novo par de óculos. O envio de um telegrama para Beatrice foi a segunda providência, minutos antes do almoço emergencial que impediu o estômago de roer a si mesmo.

Sinceramente, Hector odiava perder o controle sobre sua vida. Uma vez por mês. Sempre na primeira noite de lua cheia. Esquecia quem era, ficava sem as roupas, rasgadas pela mutação, perdia o dinheiro que carregava no bolso, os preciosos óculos. Depois, quando voltava a si, precisava correr atrás do prejuízo. Não que necessitasse de dinheiro para sobreviver. Recebia uma farta mesada que administrava sem dores de cabeça.

Ah, se pudesse prever o que faria quando se transformava em lobisomem, para onde iria... Sem dúvida, já deixaria à mão um par de roupas novas, óculos de reserva e algum dinheiro para não ter de contar com a boa vontade alheia. Estaria prevenido para o momento de seu regresso à aparência humana. Ou seja: risco zero de andar nu por aí, uma situação desagradável e humilhante.

Quase uma semana após a última transformação, Hector, feliz, teve a certeza de que a viagem seria, afinal, bem-sucedida: a resposta ao telegrama chegou ao hotel Europa, onde se hospedara. Surpresa com a coincidência de encontrá-lo no Brasil, Beatrice o aguardava em São Paulo para tomarem um chá.

»»»»»»

A paisagem vista pela janela do vagão era de mata virgem, cobrindo a região da Serra do Mar por onde o trem avançava. "Beatrice me espera...", Hector repetia para si mesmo, tentando afastar o nervosismo. Ele a deixara escapar uma vez, depois duas e, então, três. Mas agora seria diferente. "E se ela rir do meu amor? E se me odiar pelo que sou?" Porém, se Beatrice o amasse... Ela o libertaria daquela existência monótona. Solitária era a palavra mais exata. Uma existência sem perspectivas. Sem liberdade.

O trem se aproximou lentamente da cidade de São Paulo. A mata cedeu lugar a sítios isolados, pequenas plantações, vilarejos. Com sono, Hector cochilou por minutos antes de despertar, assustado, na Estação da Luz. Deixou o vagão um tanto zonzo, sem se esquecer de carregar a valise com suas roupas. O prédio da estação, em sua arquitetura neoclássica, fora construído anos antes para substituir a anterior, esta insuficiente para atender a demanda de passageiros e cargas que iam e vinham do litoral para o interior. Projetada por um arquiteto inglês, recebera uma estrutura de aço escocesa, telhas francesas e madeira pinho-de-riga irlandês. Era um magnífico prédio com 150 metros de comprimento de fachada e uma torre de 50 metros de altura.

Uma xícara de chá e um punhado de torradas depois e o rapaz já estava pronto para andar pela cidade. "Relaxe... Apenas relaxe..." Ele caminhou sem pressa até decidir pegar um bonde que o deixou no Largo da Sé, um local que reunia uma grande circulação de pessoas na tarde muito ensolarada. "Não vou permitir que a ansiedade me domine..." Contornou uma fila de coches à espera de passageiros na rua de paralelepípedos, pulou para o lado quando um dos cavalos tentou mordê-lo e, ágil, seguiu para a calçada. "E se Beatrice me rejeitar?" Comprou de um garotinho que vendia jornais um exemplar de *O Estado de S. Paulo*, antes de parar numa confeitaria de esquina, escolher uma mesinha na sombra e sentar-se confortavelmente na cadeira com assento e encosto de palha entrelaçada. "Não pense. Apenas se distraia..."

Foi bebericando um refresco gelado que Hector leu o noticiário do dia, procurando entender a relação entre o governo do presidente Afonso Pena e os interesses da elite de cafeicultores que realmente mandava no Brasil, um país que recebia mais e mais imigrantes, principalmente italianos, para engrossar a população miserável e analfabeta. "Não pense no encontro... Ainda há bastante tempo..." Um generoso pedaço de torta de creme acompanhou o rapaz durante sua leitura até que a noite caiu devagarinho, sem vontade de envolver a movimentação que ainda existia na praça.

Um estalo na consciência de Hector o alertou de que relaxara demais. Perdera a hora! Bastante atarantado, o rapaz pagou a conta na confeitaria e saiu correndo atrás da tal rua, onde ficava a pensão em que Beatrice e o pai estavam hospedados. Virar à esquerda, não... não, direita, sim, direita! Mais uma quadra saindo da praça... Esquerda de novo... ô, direita! Dobrar a esquina... A buzina escandalosa de um dos raros automóveis paulistanos o lembrou de que não deveria atravessar a rua sem olhar antes para os lados. Uma pensão familiar em uma ruazinha escura, praticamente escondida... Não tinha como errar, escrevera a amiga. Era passar por uma loja de armarinhos, depois pelo comércio de artigos importados, continuar por mais uma quadra, virar à esquerda... esquerda?! Desta vez era esquerda mesmo.

Sem fôlego, Hector avistou a pensão, uma casa apertada entre duas lojas. A fachada era antiga, pintada de branco. Pendurada no alto da porta, uma placa anunciava, em letras manuscritas e caprichadas: Pensão da dona Clementina.

Hector deu mais um passo e parou. Esquecera a valise junto à mesinha da confeitaria. Ah... depois buscaria seus pertences. A ansiedade, o medo, o amor, tudo e mais um pouco embrulhavam seu estômago. As mãos não paravam de suar. Visível acima do telhado da livraria, a Lua brilhava com intensidade, apesar do início da fase minguante. O rapaz torceu o nariz para sua inimiga, agora inofensiva, e entrou na pensão de dona Clementina.

»»»»»»

O local, apesar de simples, sustentava um ambiente aconchegante, com a mesa pronta para o jantar dos hóspedes, a cortina verde-musgo na janela, o vaso de renda portuguesa próximo ao pequeno balcão de madeira... Hector passou cinco longos minutos observando a mobília, lutando para domar os pensamentos e a emoção.

— Pois não? – perguntou uma senhora idosa, com certeza a própria dona Clementina, ao descobrir um possível hóspede parado como uma estátua na porta da pensão. – O senhor deseja um quarto?

Com uma gigantesca força de vontade, Hector segurou o ímpeto de fugir dali, de adiar aquele momento que já adiara tantas vezes.

— Boa noite... – disse, quase sem voz. – A senhorita Beatrice me espera.

— Oh, sim! Ela avisou que teria visita. O quarto é o primeiro à esquerda.

Hector girou o queixo para a escada de madeira logo adiante. Engoliu em seco, repetiu mentalmente umas cem vezes a ordem para se

15

acalmar e, sentindo um peso imenso sobre os pés, foi em direção à escada. No primeiro andar da casa, demorou longos minutos para se aproximar do quarto. Do outro lado da porta, Beatrice o aguardava. E, então, haveria o momento da verdade. Dupla verdade. E talvez dupla rejeição.

Antes de tocar a maçaneta, Hector parou para decidir se iria ou não em frente. Era mais fácil dar meia-volta. Sorriu com tristeza. Nunca terminava mesmo o que começava... Um novo impulso cheio de coragem o forçou a abrir lentamente a porta que encontrou apenas encostada. Ah, deveria ter batido antes de entrar... Que hora mais imprópria para esquecer as boas maneiras!

Estranho, não havia ninguém no quarto, iluminado apenas pelo tímido luar que avançava por uma janela aberta... Num gesto automático, Hector acendeu a luz, o que revelou bruscamente o cenário à sua frente. Os tapetes e duas cadeiras estavam revirados. Deitada sobre a cama, Beatrice parecia dormir.

Uma sensação gelada, porém, alcançou o rapaz como se o golpeasse com uma intensidade perversa. O vestido branco e longo da jovem se mostrava intacto, exceto por um filete de sangue que escorria do coração, manchando sua trajetória até a cintura. Vinha de um buraco minúsculo, provocado por uma lâmina muito fina... O rosto era coberto por um véu que não escondia seus olhos arregalados, como se a última visão antes da morte fosse algo surpreendente.

Desesperado, Hector se aproximou e estendeu a mão para puxar o véu.

O assassino tosara os belos cabelos dourados de Beatrice.

CAPÍTULO 2

CRIS E CRIS

Ana Cristina fechou a capa de couro que protegia o texto datilografado. Estava tremendo. Olhou para Cristiana e repetiu, baixinho, a última frase que ambas tinham lido:

"O assassino tosara os belos cabelos dourados de Beatrice".

A amiga retribuiu o olhar de assombro.

— Como pode ser, Cris? Este livro descreve direitinho a cena que a gente jogou na sessão de RPG de ontem! Que loucura!

— Não sei como pode ser, mas tem de haver uma explicação lógica.

Ela folheou as páginas amareladas: folhas datilografadas de papel tamanho ofício, unidas numa encadernação simples sob capa de couro marrom bem gasta, de cantos escurecidos. A primeira página, que tinha todas as bordas meio rasgadas, dizia:

Coração Selvagem
W. Lucas
1951

— Na verdade isto não é um livro – disse Cristiana. – É só um texto impresso, e bem velho.

— Não é impresso, foi datilografado – Ana Cristina atalhou. – Numa daquelas máquinas de escrever antigas. Em 1951 não existiam computadores, eu acho... Mas se o livro foi publicado depois, o Felipe pode ter lido e usado a ideia pro jogo, não pode?

A outra garota fez cara de dúvida.

— Até pode. Mas não me parece muito lógico. Pense bem: um sujeito escreve uma história de mistério em 1951, e uma cópia dela vem parar neste museu. Quase sessenta anos depois, um amigo da gente lá em São Paulo lê o livro que saiu dessa história e inventa uma aventura de RPG

17

parecida com ela pra jogar com nosso grupo. No dia seguinte, a gente sai de viagem pra uma cidadezinha no fim do mundo e encontra o texto original?! Não parece meio forçado, não?

— Parece, mas não tanto quanto isto: um sujeito escreve uma história de mistério que ninguém nunca leu, e sessenta anos depois um garoto que mestra RPG inventa uma história igualzinha pra jogar. Mais forçado ainda!

— Espere, espere um pouco! O Felipe já esteve aqui em Passa Quatro, ele disse isso ontem à noite! – Cristiana exclamou. – Vai ver, foi assim que conheceu a história.

Ana Cristina tentou se lembrar.

— Ele disse que tem um tio que mora aqui... até me passou o telefone do primo dele. Não falou nada sobre ter vindo pra cá ou coisa parecida.

As duas Cris se entreolharam, muito intrigadas.

Um vento frio veio da porta e as envolveu, fazendo com que, dessa vez, um calafrio as percorresse ao mesmo tempo. Ambas olharam para a porta da salinha, que se abrira, e viram uma velha senhora entrar – a mesma mulher que havia recepcionado sua família logo que chegaram àquele restaurante. Era muito, muito idosa: cabelos totalmente brancos, curvada, rugas mapeando um rosto que parecia ter visto coisas demais nesta vida. Dissera chamar-se dona Merência, era avó ou tia-avó do dono.

E ela sugerira ao doutor Irineu e a dona Ludmila, assim que eles terminaram de olhar o cardápio e fizeram o pedido:

— Enquanto esperam, quem sabe suas meninas queiram olhar nosso pequeno museu. Tem objetos históricos, artesanato, alguns livros antigos...

As duas Cris não tinham a menor vontade de ir fuçar em museus; queriam mais é esquecer-se das aulas de História do colégio. Haviam estudado tanto nos últimos meses para o vestibular! E agora que o exame passara, e que só lhes restava esperar até que os resultados fossem divulgados, nada melhor que algumas semanas de férias. Mas o restaurante de comida típica mineira em que o pai de Ana Cristina fizera questão de entrar, por indicação de um amigo, parecia estar parado no tempo. Dava para adivinhar que o pedido – o prato de arroz de carreteiro com carne de sol e castanhas, servido na telha – ia demorar séculos para ficar pronto. Então aceitaram ir à tal salinha que a mulher indicara, enquanto o casal Sanchez de Navarra conferia os licores de fruta feitos ali.

Seu Damasceno, o novo motorista da família, e que os levara de São Paulo a Passa Quatro, aguardava o almoço no estacionamento fumando os cigarros malcheirosos que Luziete tanto detestava.

Dessa vez a governanta da casa não viajara com eles. Concordara, porém, em que a filha os acompanhasse, aceitando o convite feito pela patroa, dona Ludmila. Afinal, as duas garotas tinham quase a mesma idade; sua filha completara dezoito anos naquele mês de novembro, e Ana Cristina faria aniversário em janeiro. Como não tinha irmãos, Ana estava acostumada a ter a companhia da filha da governanta nas viagens de férias. Doutor Irineu, que era um tanto paranoico com as amizades da filha, achava ótimo que ela convivesse com Cristiana em vez de circular com as meninas de sua classe social. Apesar dos protestos de Ludmila de que eram todas muito bem-educadas, ele era advogado de grandes empresas, conhecia a maioria dos pais e inúmeros segredos familiares de que a esposa nem desconfiava – e julgava que as colegas não eram bons exemplos para sua *princesa*...

Cristiana frequentava o mesmo colégio que a filha dos patrões de sua mãe, tinha uma bolsa de estudos; e muitas vezes se ressentia de sua condição. Estudava com jovens privilegiados e morava num imenso apartamento, mas não passava de filha da governanta... A maioria dos colegas não se importava com sua origem, porém sempre havia os que lhe torciam o nariz.

Ana Cristina, contudo, tinha um coração enorme e não admitia que ninguém excluísse a amiga com quem crescera. Com as frequentes viagens ao exterior que seus pais faziam, desde pequena ela fora praticamente criada por babás, e Luziete era uma figura materna mais presente, para ela, que dona Ludmila jamais fora. Acostumara-se a proteger a quase xará como a uma irmã mais nova, embora Cris fosse três meses mais velha que ela.

Naquele dia haviam partido de carro bem cedo, com seu Damasceno dirigindo sem dizer uma palavra, e fofocaram alegremente estrada afora enquanto o pai resolvia assuntos de trabalho no *notebook* e a mãe falava com as amigas no celular. Apesar de ser um homem de posses, nos últimos anos doutor Irineu havia preferido levar a família em viagens para locais pitorescos nos estados próximos; só uma vez, quando as meninas tinham completado dez anos, ele as enviara numa excursão monitorada aos parques da Flórida. É evidente que dona Ludmila e Ana Cristina haviam resmungado, desejando viajar para a Europa ou os Estados Unidos. Ele, porém, mantinha um estilo patriarcal: tomava as decisões e a mulher e a filha que acatassem. Como Ana seria maior de idade em janeiro, tinha a esperança de que, se fosse aprovada no vestibular, o pai permitiria que ela e Cristiana fizessem uma viagem ao exterior. Mas por enquanto aquilo ainda era um sonho.

A parada no grande restaurante, pouco antes de entrarem na cidade que era seu destino, parecera normal até que a estranha mulher as levara ao museuzinho.

Haviam encontrado o livro numa estante rústica pregada na parede, acima de um velhíssimo baú de madeira trancado com cadeado. As prateleiras estavam cheias de reproduções de estátuas do Aleijadinho e porta-retratos ostentando fotografias em branco e preto dos donos do restaurante – provavelmente a geração anterior de donos – junto a celebridades mineiras como Juscelino Kubitschek, Chico Xavier e Carlos Drummond de Andrade. Ali havia ainda dezenas de livros bem antigos, a maioria contendo histórias da Inconfidência Mineira ou poemas de Cláudio Manuel da Costa e Tomás Antônio Gonzaga. O tal *Coração selvagem* fora pescado sob um exemplar meio detonado de *Marília de Dirceu*, que as duas haviam folheado com certo interesse.

Ana Cristina abrira a capa de couro marrom, que tinha as bordas escuras como se tivessem sido queimadas, e se interessara ao identificar uma história policial; leram juntas o primeiro capítulo, até engasgarem com a semelhança entre a narrativa do livro e a história de RPG inventada por seu amigo Felipe.

Quando o vento frio entrara pela porta, elas sentiram sobre si o olhar da velha senhora, que agora parecia meio amalucada, e ia delas para o livro e do livro para elas, enquanto brincava com um anel de prata escurecida que tinha em um dos dedos. Cristiana murmurou:

— Ela tá olhando esquisito pra gente…

— Nem ligue – Ana respondeu, baixinho. – Ela mesma trouxe a gente aqui!

Sem se afastar da porta, dona Merência resmungou:

— O almoço foi servido, seus pais estão chamando.

Cristiana se levantou num ápice, nervosa sob aquele olhar. Ana Cristina foi mais vagarosa; encarou a mulher e mostrou o texto encadernado.

— Ah, já? Começamos a ler este romance, e a história é tão interessante que não queríamos parar... Será que a gente pode continuar lendo depois?

Os olhos da velha diziam que não, porém bem naquele momento dona Ludmila também aparecera na porta e ouvira o que a filha dissera.

Ana Cristina não perdeu tempo.

— Então, mãe, tem uns livros antigos interessantíssimos aqui, se os donos do restaurante deixarem a gente levar este pra terminar a leitura, nós podemos pedir pro seu Damasceno vir devolver daqui a uns dias, não podemos?

— Claro, minha filha – Ludmila decidiu. Encarando a velha senhora, acrescentou: – Estaremos por algumas semanas no Hotel-Fazenda Sete Outeiros. Não haverá nenhum problema se as meninas levarem emprestado um dos seus livros, não é?

E, sem esperar resposta, acostumada a ter todas as suas vontades atendidas, já foi puxando as duas garotas para o salão do restaurante.

— Mas agora vamos almoçar, seu pai já está reclamando da demora...

》》》》》》》

Após a lauta refeição, que contou na sobremesa com uma mesa de doces imensa, doutor Irineu ainda demorou um bom tempo mandando embrulhar garrafas de licor e potes de doces caseiros. Quando finalmente deixaram o restaurante, empanturrados com a fantástica comida mineira, o sol da tarde ardia, as meninas e a mãe cabeceavam de sono, e a última coisa em que Ana Cristina reparou, já no carro, foi um funcionário ajudando a acomodar as compras no porta-malas, enquanto o atual dono do restaurante, que o pai apresentara à mãe como "seu Ernesto", cochichava alguma coisa com Damasceno.

Aquilo lhe pareceu tão estranho, dado o habitual mutismo do motorista, que foi só ele se acomodar diante do volante que ela disparou a pergunta:

— O que foi que aquele homem disse pro senhor, seu Damasceno?

Começando a manobrar o carro, ele fez que não ouviu. A mãe já estava de novo ao celular e o pai bocejava ruidosamente, morto de sono. Cristiana, que não prestara atenção à cena, ficou curiosa e espicaçou o funcionário.

— É mesmo, o que era que ele estava dizendo?

Vendo que as garotas não tiravam os olhos dele, o motorista resmungou.

— Nada demais. Ele só disse que... que... era bom acomodar os doces que seu Irineu comprou numa geladeira pra... não estragar.

As duas meninas trocaram um olhar de desconfiança. Nenhuma das duas gostava do novo motorista da família, e naquela hora tinham certeza de que ele estava mentindo. Mas não havia como descobrir o porquê da mentira. De qualquer forma, haviam conseguido o que queriam, apesar dos olhares da mulher: o livro.

Ana Cristina trouxera, bem acomodado em sua grande bolsa, o texto encadernado de couro escuro.

»»»»»»

Ernesto deixou o salão do restaurante, que àquela hora já ia se esvaziando, e foi para o escritório. Tinha muitos problemas na cabeça, e sua irritação só aumentou quando a governanta da casa – que ficava nos fundos do restaurante – o abordou.

— Seu Ernesto, o senhor viu a dona Merência por aí?

— Não vá me dizer que ela saiu sozinha de novo! Ainda há pouco estava conversando com uma família de São Paulo que almoçou aqui. – Lembrando-se de algo, acrescentou: – Dê uma olhada na salinha do museu, ela gosta de se enfiar lá.

A moça obedeceu, e respirou aliviada: realmente, dona Merência estava na sala, curvada sobre o velho baú, resmungando. O baú, que sempre estava trancado, desta vez fora aberto.

— Ah, minha querida, não chore, você ainda é bonita, mesmo sem os cachos louros. E você, pequena, moreninha como a personagem daquele livro, não fique triste. Veja, vou cobrir você com o véu, assim ninguém vai ver...

— Dona Merência – a moça chamou, da porta –, é hora do seu remédio.

Ela fechou a tampa do baú mais do que depressa. Voltou-se para a empregada com ar feroz.

— Não quero! Não preciso de remédio nenhum! Não estou doente!

Paciente, a moça foi chegando perto dela.

— Eu sei, é claro que não, mas é hora do chá. Venha comigo, vamos para casa, eu vou fazer um chazinho para a senhora. A dona Rosa, esposa do seu Ernesto, recomendou que eu não me esquecesse disso, enquanto ela estiver viajando.

Mais dócil, a idosa senhora se acalmou. Com as mãos trêmulas, alinhou o cadeado no baú e o fechou. Então deixou-se abraçar pela empregada e foi arrastando os pés no grosso tapete que cobria o piso de lajotas, até o corredor que dava nos fundos do restaurante.

— Mas eu quero chá de cidreira. A Rosa sempre me faz chá de cidreira. Aquele de camomila que você me deu ontem estava muito amargo. Muito amargo...

Enquanto conduzia a tia-avó do patrão, a pobre moça suspirava interiormente, ansiosa para a noite chegar e ir para casa, livre daquele serviço interminável.

"Velha doida", pensava. "Completamente maluca. Não sei por que seu Ernesto não arruma uma casa de repouso pra ela. Cento e três anos, imagine só! E eu é que tenho de cuidar dela. Coisa mais tétrica, podia jurar que o baú estava cheio de bonecas velhas de porcelana. Vou pedir pro pessoal da faxina limpar aquilo. O cheiro de bolor era horroroso, parece que o baú tem mais de cem anos, Deus me perdoe..."

Mas quando, mais tarde, ela mencionou a limpeza do baú a uma das mulheres encarregadas da faxina, soube que ninguém tinha a chave daquele cadeado. Apenas a velha senhora possuía uma cópia, e não dizia a ninguém onde a escondia.

»»»»»»

Chegaram ao Hotel-Fazenda Sete Outeiros depois de terem uma breve visão de Passa Quatro: passaram pela entrada da cidade, rodaram alguns minutos e atravessaram uma avenida onde viram a igreja matriz. Em seguida o motorista enveredou por uma estradinha de terra que saía para os morros cercados de mata. O local, encravado na Serra da Mantiqueira, exibia exatamente o que o pai descrevera após fazer as reservas: chalés requintados, dois restaurantes muito bem cuidados, jardins, quadras, piscinas, sauna, um *spa* e salão de beleza, *playgrounds* para crianças pequenas, algumas salas de jogos e um haras onde elas viram algumas pessoas montando belos cavalos.

Doutor Irineu havia reservado o mais luxuoso e caro chalé, com duas salas e quatro quartos com banheiros privativos. Um seria dividido pelas meninas, o maior ficaria para o casal, um terceiro serviria como escritório e no dos fundos, mais afastado, ficaria o motorista.

Cris e Cris se divertiram desfazendo as malas e jogando um D20, dado de vinte faces, para decidir quem ficaria na cama mais próxima da janela, emoldurada por uma jardineira entalhada e repleta de flores. Depois trocaram de roupa, ambas decidindo-se por bermudas e miniblusas leves para aguentar o calor que fazia. Ana colocou um boné importado e Cris um chapeuzinho de crochê charmosíssimo, feito pela mãe; Ana jogou em sua maior bolsa um folheto de informações sobre a cidade, que encontrou na sala de visitas do chalé dentro de uma cesta de cortesia do hotel contendo frutas, biscoitos caseiros, geleias; e saíram a explorar o local.

O carro ficara na garagem privativa do chalé, próximo ao quarto do motorista, cujas janelas continuavam trancadas apesar do calor; a mãe já avisara que iria para o *spa* e ficaria lá até anoitecer, marcando massagens para a semana inteira e experimentando uns tais tratamentos de pele com produtos miraculosos da região; já o pai pedira que só o acordassem no dia seguinte. Ferrara no sono logo após o *check-in*.

Cris e Cris escolheram para passear um dos enormes jardins, que levava a uma espécie de mirante. Passaram por uma capelinha, bem antiga, e seguiram adiante até encontrar vários lances de escadas rústicas.

Escolheram uma delas: dava numa plataforma que parecia ser o ponto mais alto de todo o hotel-fazenda.

— Caramba, tô cansada, vá mais devagar, Cris! – pediu a filha de Luziete, vendo que a amiga escalava rapidamente os lances da escadaria.

— Ninguém mandou repetir a compota com doce de leite e queijo fresco! Eu avisei, Cris... – riu-se a outra garota, que fora a única a resistir bravamente à mesa de doces. Até sua mãe, Ludmila, ignorara por completo as amadas dietas.

Enquanto a amiga vencia com esforço os últimos degraus, ela se sentou num canto, abriu a bolsa, pegou o folheto de turismo e leu em voz alta algumas das informações ali contidas.

— Hum. Passa Quatro é uma cidade histórica de Minas Gerais. Expedições de bandeirantes passaram por aqui lá pelo século dezessete, virou distrito no meio do século dezoito, mas só se tornou cidade depois que o imperador dom Pedro II inaugurou a estrada de ferro, no século dezenove. Tem um monte de picos, cachoeiras, grutas famosas. Tem a Gruta das Andorinhas, o Campo do Muro e a... ah, você não vai acreditar nisso.

— No quê? – bufou Cristiana, afinal chegando e desabando junto dela.

Ana Cristina a olhou com um ar estranho.

— Uma das cavernas que tem aí se chama... Toca do Lobo.

A amiga disparou um riso nervoso.

— Só faltava isso, né? Vai ver tá cheio de lobisomens nesta região, e não dos imaginários que a gente conhece dos jogos de RPG.... bom, pelo menos não é lua cheia!

Cris procurou algo na bolsa e não achou. Irritada, despejou o conteúdo no chão do mirante, revelando celular, carteira, batom, espelhinho, escova de cabelo, miniurso de pelúcia, caderno de anotações, canetas coloridas diversas e várias miudezas, além do livro datilografado encadernado em marrom, que ela não quisera deixar no quarto, sem nem mesmo refletir por que fazia isso.

— O que você tá procurando, criatura? – Cris gemeu, pegando o livro do chão.

— Um calendário... podia jurar que tinha colocado na bolsa.

Afinal ela encontrou o que queria: um minicalendário com o logotipo do colégio, as datas comemorativas marcadas em vermelho.

— Achei! Hoje é domingo... anteontem entrou a lua crescente.

— Ainda bem!

— Ainda bem, nada... Isso quer dizer que no sábado que vem vai ser lua cheia.

Ficaram em silêncio por alguns minutos, observando a paisagem incrivelmente pacífica que se descortinava do mirante. Viram morros, trilhas e parte da cidade, incluindo-se a torre da igreja matriz e os telhados dourados das casas coloniais, entremeados por árvores enormes e jardins floridos. Os verdes e cinzas da Serra da Mantiqueira brilhavam sob o sol, que já se encaminhava para o poente.

Tudo estava silencioso e modorrento, apenas uma brisa gostosa trazia sons corriqueiros do vale lá para cima. E foi então que, junto aos sons de vento, pios de pássaros, roçar de folhas e rodas de carros, algo diferente soou.

Um uivo.

Um uivo distante, fino, prolongado.

Cris começou a tremer e só parou quando Ana quebrou o silêncio.

— Não foi nada, ora bolas... provavelmente um cachorro, em alguma fazenda, algum quintal. Nessas cidadezinhas todo mundo tem cachorro.

A outra garota não respondeu, apenas acenou com a cabeça.

Continuaram ali sentadas, olhando a natureza exuberante que certamente não escondia, não *podia* estar escondendo nada sinistro. O lugar era sereno, calmo, tranquilo. Um local ideal para a família do abastado doutor Irineu Sanchez de Navarra passar algumas semanas de férias, paz e descanso naquele final de novembro.

O céu ainda estava claro quando, sem dizer nada, as duas amigas se aproximaram e reabriram o livro. Procuraram a página amarelada em que tinham parado, no restaurante, e retomaram a leitura.

CAPÍTULO 3
ALBA

Hector recuou, sem querer sentir. Era a dor da perda mais uma vez, violenta, arrasadora. Tão terrível quanto a que se apossara dele na noite em que sua mãe fora morta. O rapaz saiu do quarto, trombou com um homem de meia-idade no corredor e, ao encontrar no alto da escada a dona da pensão, Clementina, apenas murmurou:

— Ela morreu...

Desceu os degraus sem reparar neles. Na sala de jantar, sentou-se na primeira cadeira do caminho no mesmo segundo em que Clementina gritou alto, produzindo eco em todos os cômodos. Acabava de ver o cadáver de Beatrice.

O rapaz apertou o véu, que ainda tinha entre os dedos. Não conseguiu segurar o choro, apesar de toda a rigidez social que impedia os homens de demonstrarem seus sentimentos.

»»»»»»»

O sofrimento só aumentou com a chegada da polícia. Hector ganhou rapidamente o status de principal suspeito. Vieram perguntas e mais perguntas, a pressão absurda para que confessasse o crime, até que os fatos, como se costuma dizer, falassem por si. A valise esquecida na confeitaria e o funcionário que o atendera comprovaram que o rapaz estivera no local e que passara lá boa parte do dia. Além disso, o espaço de tempo desde sua chegada à pensão até encontrar Clementina no alto da escada era curto demais para que pudesse matar Beatrice e ainda tosar seus cabelos.

Após ser liberado pela polícia, Hector passou um período com os sentidos embotados, sem conseguir raciocinar direito ou acreditar no que acontecera.

27

Acompanhou, ao lado de Edward Hamilton, o pai de Beatrice, os preparativos para a conservação do corpo e sua viagem até Santos. De lá, Edward seguiu de navio para a Inglaterra. Beatrice seria enterrada no jazigo da família, em Londres.

Entristecido demais para retornar a seu país, o rapaz permaneceu em Santos. Desta vez, preferiu afastar-se do burburinho do centro da cidade e se hospedar em um hotel na praia, distante quinze minutos de bonde. Uma área quase deserta, com raros hotéis e algumas chácaras de veraneio espalhadas pela orla, construídas pelos poderosos barões do café.

O Parque Balneário era um pequeno e tranquilo hotel familiar, que funcionava numa ampla casa de madeira, em estilo inglês, com uma área de recreio e cabines para banhos de mar. Um lugar perfeito para se isolar do mundo, tendo apenas a praia como companheira. Uma escolha que, inesperadamente, definiria o futuro de Hector.

»»»»»»

O banho morno na banheira demorou mais do que deveria. Sem ânimo para nada, Hector se obrigou a sair da água, secar-se e vestir-se para mais um dia. Não teve vontade de aparar o bigode nem de pentear o cabelo. Sentia-se morto por dentro, com os pensamentos ligados apenas a Beatrice e à sua morte estúpida. Quem faria uma crueldade como aquela? Alguém monstruoso. "E eu é que sou o lobisomem! Não consigo matar nem uma mosca!"

Na espaçosa sala de refeições, tomou um farto e saboroso desjejum. Talvez fosse um efeito colateral de sua mutação lupina, pois, mesmo nos momentos mais difíceis de sua existência, o rapaz sempre tinha fome. Ele pegou um exemplar da *Tribuna do Povo*, um dos jornais à disposição dos hóspedes, e saiu para o jardim, com seus bancos espalhados entre a vegetação. Dois funcionários colocavam mesinhas e cadeiras ao redor do coreto. Como o tempo estava quente, o almoço e o jantar seriam servidos ao ar livre. À noite, haveria ainda uma apresentação musical.

Após cruzar uma rua de terra, Hector alcançou a praia. Tirou os sapatos e as meias antes de passar pelas cabines do hotel, onde uma pobre mãe tentava vestir os trajes de banho em sua prole barulhenta. Mais adiante, um grupo de pescadores puxava do mar uma rede abarrotada de peixes. Hector reconheceu a cozinheira do hotel, à espera dos maiores robalos que prepararia para o almoço. Ao fundo daquele trecho do cenário bucólico, estava a Ilha de Santo Amaro e suas praias belas e intocadas. Naquele minuto, dois golfinhos saltaram juntos na água, brincando, felizes como crianças. Hector não pôde evitar um sorriso. A vida sempre continuava.

Não havia mais ninguém na praia por quilômetros. O rapaz andou por mais de meia hora antes de retornar. Na volta, viu apenas os pimpolhos barulhentos sujos de lama e espalhando água na parte mais rasa do mar. A mãe, em pé na areia, preferia vigiá-los. Os pescadores tinham partido e a cozinheira, com a cesta cheia de peixes, já entrava pelos fundos do hotel.

O rapaz continuou caminhando, intrigado. Iluminada pelo sol, uma jovem franzina e solitária molhava os pés descalços à beira-mar. Ela suspendia a saia do vestido branco acima dos tornozelos, protegendo-a da água, e sorria, feliz, ao ser tocada pelas ondas. Hector parou para observá-la. Existia inocência e lirismo naquele momento, algo tão puro que o emocionou. Era como se a jovem fizesse parte da natureza, alguém que estava ali desde o princípio dos tempos.

Ao perceber que não estava mais sozinha, ela quebrou o próprio encanto. Assustada com o rapaz que a olhava a distância, saiu correndo em direção ao Parque Balneário. Também era uma das hóspedes do hotel.

>>>>>>>>

As poucas luminárias do jardim mal espantavam a escuridão da noite de lua nova. Eram os castiçais em algumas mesas que garantiam a iluminação, o que contribuía para uma atmosfera de mistério, embalada pelo som do mar tão próximo. No coreto, um senhor grisalho tocava flauta para entreter os hóspedes após o jantar.

A jovem franzina estava na mesa ao lado de Hector, entre o pai sisudo e a mãe gorducha e sorridente, vestida de rosa intenso. Várias joias cobriam seus pulsos, dedos, orelhas e pescoço. O visual exagerado contrastava bastante com a filha, simples em seu vestido branco, sem qualquer adorno e com os cabelos presos numa trança. Ao vê-la mais de perto,

Hector teve certeza de que estava doente: havia olheiras em seu rosto fino e muito pálido. E ela mal erguia os olhos, uma prisioneira de sua própria vida. Como fora Leonor, a mãe de Hector.

Após terminar sua última música, o flautista recebeu inúmeros aplausos. Lentamente, os hóspedes começaram a deixar as mesas. Ainda pensando no quanto a jovem o lembrava de Leonor, o rapaz se levantou para puxar conversa com a família que, como descobrira, chegara na véspera ao hotel.

— Boa noite, sou Hector Wolfstein – apresentou-se, simpático. – Espero que estejam gostando de Santos.

Claro que a mãe da jovem também era faladeira:

— Oh, pelo nome, vejo que o senhor é estrangeiro – disse, ajeitando o penteado e revelando seu sotaque mineiro. – Mas fala nosso português tão bem!

— Sou inglês, filho de mãe brasileira.

— De Minas Gerais?

— Minha mãe nasceu no Rio.

— Sou o coronel Albuquerque Lima – disse o pai da jovem, com o mesmo sotaque, estendendo a mão para o rapaz. – Esta é minha esposa, dona Estelinha, e aquela é nossa filha Alba.

Hector retribuiu o aperto de mão. Quando seu olhar se deteve no coronel, um calafrio medonho o deixou em alerta total. Ele o reconhecia. Aquele era o homem de meia-idade com quem trombara ao sair do quarto de Beatrice, quase duas semanas antes. O outro, porém, parecia não reconhecê-lo.

— Estamos aqui no litoral para cuidar da saúde de nossa filha – contou Estelinha. Alba, de cabeça baixa, mantinha sua postura triste e submissa. – Sempre vamos ao Rio, mas aquela cidade está ficando cada vez mais agitada! E Alba precisa de tranquilidade, ar puro e muito sossego.

Para Hector, a garota estava rodeada de solidão até demais. Como se fosse um anfitrião, Albuquerque apoiou o braço sobre seu ombro e o convidou a se sentar à mesa com eles. A seguir, pediu que trouxessem mais vinho. E se pôs a falar de suas terras na Serra da Mantiqueira e de seus planos de expansão para a pecuária. Criticou o presidente da República e os barões paulistas que só pensavam em café, café e café, um produto que, para ele, não poderia manter-se eternamente como o mais importante da economia brasileira.

— Nosso país não é só café! – criticou antes de tomar uma taça de vinho. – Este governo não tem visão de futuro. E não sabe negociar nossos produtos lá fora. Ah, meu rapaz, se eu falasse uma palavra do idioma da sua terra, estaria agora no exterior, fechando os acordos mais lucrativos!

A filha continuava apática, sem se manifestar. Aborrecida com aquela conversa de homens, Estelinha rodava os anéis em seus dedos. De repente, Hector reparou que um deles se parecia muito com um presente que dera a Beatrice, quando a jovem completara dezessete anos. Era uma peça de prata, com desenhos celtas, feito sob encomenda por um ourives galês. Não podia ser coincidência...

— E o senhor não gostaria de aprender a língua? – sugeriu, tentando disfarçar suas reações. – Por coincidência, sou professor de inglês.

Era mentira. Criado desde pequeno para cuidar dos negócios do pai, Hector simplesmente abandonara tudo após a morte da mãe. E, desde então, passara a vagar sem destino pela América Latina. Até que, por acaso, reencontrara em Buenos Aires um amigo que lhe dissera que Beatrice estava em São Paulo.

— Aprender inglês?! – disse o coronel, surpreso.

— É o idioma dos negócios internacionais, senhor. E graças à falecida rainha Vitória.

O outro homem coçou o cavanhaque, em dúvida. Hector achou melhor apresentar suas credenciais. Ou seja, aquelas que impressionariam a família interiorana ansiosa por ascender socialmente além de sua região.

— Meus antepassados têm laços familiares com a família real inglesa – disse, pausadamente, à espera do efeito daquelas palavras. Albuquerque arregalou os olhos e a esposa deixou escapar um gritinho empolgado. – E meu pai ostenta o título de conde.

Estelinha deu outro giro no anel igual ao de Beatrice antes de voltar à conversa, agora muito interessada. Hector desviou o olhar das mãos dela, agoniado.

— Não seria ótimo, meu marido? O senhor teria aulas com um professor elegante e muito culto! Alguém que pode contar como é a vida nos círculos mais influentes e...

31

— E por que um filho de conde trabalha como professor de inglês? – interrompeu o coronel, desconfiado.

— Porque é um passatempo para mim, senhor. Lecionar é uma atividade fascinante.

Albuquerque não digeriu a nova mentira. A esposa, no entanto, começou a bombardear Hector com perguntas sobre a corte do rei Eduardo VII, quantos nobres conhecia, quantos países visitara, se já estivera em Paris...

— Também sou fluente em francês e domino o básico de espanhol – acrescentou o rapaz.

Mal foi ouvido por Estelinha, que desatara a falar sobre seu grande sonho de conhecer a França. O marido permaneceu quieto, bebericando mais vinho. E Alba, com uma expressão sonhadora, fitava o mar oculto pela noite.

— Vim aqui para descansar e não para ter aulas – decidiu, enfim, Albuquerque. – Se nos der licença, senhor Hector, vamos nos retirar. Já é tarde.

»»»»»»

O assunto "aulas" foi engavetado pela família do coronel. Hector precisaria de outra desculpa para se aproximar de Albuquerque e descobrir o que ele fazia na pensão em São Paulo. Seria apenas um dos hóspedes de Clementina? O rapaz não o vira depois, nas longas horas após a morte de Beatrice. E como seu anel fora parar na mão de Estelinha? O assassino o roubara para presentear a esposa?

Era muito difícil para Hector aparentar tranquilidade quando se achava diante do coronel, o que praticamente ocorria apenas nos horários das refeições. Sem saber, Estelinha o salvava ao conversar freneticamente sobre reis, rainhas, Paris e, naturalmente, a luxuosa e sofisticada vida da alta sociedade europeia. Albuquerque, no entanto, reservava para ele uma expressão de desconfiança. E se tivesse se lembrado de que também o conhecia da pensão?

Os dias passaram muito rapidamente e Hector não viu mais Alba na praia. Segundo a mãe, ela andava com muita dor de cabeça e não queria sair do quarto. Ou seja, não havia mais motivo para ficarem na cidade.

Na terceira noite de lua crescente, Hector soube que a família partiria no dia seguinte. Não sabia o que fazer para que o coronel não escapasse de sua vigilância.

Já estava arrumando as malas para segui-los a distância até Minas, quando alguém bateu à porta de seu quarto. Era Albuquerque.

— Mudei de ideia – avisou, sem rodeios. – Se ainda tiver interesse em ensinar inglês, gostaria que viesse morar conosco por algumas semanas na Sete Outeiros, nossa fazenda lá em Passa Quatro. Tenho certeza de que o senhor apreciará bastante nossa companhia.

CAPÍTULO 4

PASSA QUATRO

Ana Cristina estava no toalete vestindo-se para o café, quando seu celular tocou. Cristiana já estava pronta e aguardava a amiga relendo o mesmo capítulo do livro datilografado que haviam lido na tarde anterior. Pensava em como era estranho que o nome da fazenda do tal coronel da história fosse o mesmo nome do hotel-fazenda... E a história prometia acontecer bem ali, na cidade em que elas tinham ido passar as férias!

Ao ouvir o toque do celular, chamou a amiga; mas, como ela não apareceu logo, atendeu a ligação.

— Alô, é a Cris? – uma voz masculina perguntou.

— Sim... – ela respondeu, um tanto surpresa. – Quem é?

— Meu nome é Paulo, quem me deu seu número foi o meu primo Felipe. Ele disse que você e sua amiga viriam para Passa Quatro. Então eu pensei, se quiserem ver a cidade, conhecer a turma que joga RPG, fazer uns passeios, eu estou às ordens.

A voz era agradável, um pouco tímida, e a garota podia apostar que pertencia a um rapaz atraente. Sentindo ela mesma a timidez tomar conta, mal conseguiu balbuciar:

— Seria legal... onde... como a gente faz pra te encontrar?

— Meu pai tem uma loja na cidade. Presentes, papelaria, livros e revistas. Fica três quadras depois da igreja, na paralela. Eu trabalho na loja toda manhã, mas tenho as tardes livres. É só aparecer que vou estar aqui.

Ela conferiu no visor do celular o número dele.

— Certo... vou falar com a minha amiga e a gente te liga depois.

— Estarei esperando! E, Cris, bem-vinda a Passa Quatro.

Ela desligou o celular, embevecida. Que voz! Devia ter a mesma idade que Felipe, uns dezoito ou dezenove anos. Estava imaginando como ele seria fisicamente, quando Ana Cristina saiu do toalete com os longos cabelos loiro-acinzentados presos num rabo de cavalo, e usando botas de cano alto,

34

pois iriam cavalgar naquela manhã. Somente então ocorreu a Cristiana que o rapaz ao telefone pensara, o tempo todo, estar falando com a outra Cris. E que, quando batesse os olhos na amiga, não sobrariam olhos para ela... Quem, aliás, se interessaria pela filha de uma governanta quando tinha diante de si a linda, confiante e bem-vestida herdeira dos Sanchez de Navarra?

— Foi o meu celular que tocou? – Ana perguntou. – Quem era?

Cris narrou a conversa com o primo de Felipe, e comentou que o rapaz provavelmente confundira as duas. A amiga se mostrou tão ansiosa quanto ela em conhecê-lo – mas veio com uma ideia inusitada.

— Lembra as peças de Shakespeare que nós lemos na aula de Literatura? – disse. – Aquelas com as identidades trocadas? Pois então, a gente podia trocar de lugar... Deixe o tal Paulo pensar que eu sou você e que você é eu! Imagine só que divertido.

A filha de Luziete fitou a amiga com estupefação.

— Ficou maluca, Cris? Ele é primo do Felipe. Vai acabar descobrindo... e por que a gente faria uma coisa dessas? Não tem o menor sentido.

— Claro que tem! – a amiga contra-atacou. – Nos últimos anos, sabe quantos rapazes só se interessaram por mim por causa do dinheiro do meu pai? Uma vez na vida eu queria conhecer pessoas que não pensassem em mim como uma herdeira.

Cristiana sentiu o coração dar um salto. Ana podia estar cansada de ser rica, mas ela detestava a sensação de estar sempre em segundo plano. Talvez Paulo e seus amigos a vissem de outra forma, se não soubessem que ela era filha de uma empregada, descendente de uma família nordestina. Não gostava nada de fingir; porém, a ideia fora de Ana Cristina...

— Tudo bem – concordou. – Mas se as nossas mães souberem, vai dar encrenca.

— Ninguém vai saber de nada. A gente só vai ficar aqui por uns dias. E que mal pode haver em uma brincadeira? Bem que nós precisamos de uma distração a mais. O último semestre foi puxado com o vestibular, se a gente entrar na faculdade o próximo vai ser mais ainda... Faz de conta que estamos de férias de nós mesmas, além de férias dos estudos.

A caminho do salão de café combinaram algumas estratégias. O casal Sanchez de Navarra as esperava: dona Ludmila havia combinado ir com as meninas ao haras, desejando andar a cavalo antes de aproveitarem o sol e as piscinas. Doutor Irineu queria pôr as mensagens do escritório em dia e iria encontrá-las somente no jantar; à tarde a mãe marcara manicure, hidratação, esfoliação.

Ana esperou os pais terminarem o café e pediu:

— Descobrimos que tem uma livraria e revistaria na cidade. O dono é tio do nosso amigo Felipe... Será que o seu Damasceno não poderia levar a gente lá depois do almoço? Assim compramos alguma coisa pra ler e visitamos a igreja da cidade, parece que é histórica.

O pai de Ana bem que achou estranho o súbito interesse da filha em leitura e construções religiosas, mas a esposa já estava concordando.

— Claro, desde que estejam de volta antes de escurecer. O motorista leva e traz vocês. E se encontrarem algumas revistas sobre decoração, comprem para mim. Na banca aqui do hotel só tem revista que eu já li. Agora, vamos?

Antes que Ana Cristina deixasse a mesa, porém, Irineu a deteve.

— O que é que você não está me contando, filha?

A garota corou, sem poder encarar os olhos penetrantes do pai.

— Ah... é que... o tio do Felipe tem um filho... ele vai nos apresentar um pessoal daqui... talvez a gente vá com ele conhecer uns pontos turísticos. Não tem problema nenhum, pai. E o seu Damasceno vai estar por perto.

O advogado sorriu. Era bem o que ele imaginara. Rapazes.

— Muito bem, podem ir, mas tenham juízo.

Ana Cristina o beijou e foi toda saltitante encontrar a mãe e a amiga, que já iam em direção ao haras do hotel-fazenda. Seu pai, então, seguiu para o chalé. Antes de ligar o *notebook*, queria dar instruções detalhadas ao motorista.

>>>>>>>>

As meninas se encantaram com a docilidade dos cavalos. As três percorreram alguns dos caminhos que saíam do hotel-fazenda, e dona Ludmila, de ótimo humor naquele dia, fez milhares de perguntas sobre a região ao jovem que foi cavalgar com elas, servindo de guia.

Ele respondia a todas com seu sotaque mineiro tranquilo, acostumado a atender às solicitações dos turistas. Quando já haviam alcançado certa distância do terreno do hotel, mostrou ao longe os picos que se avistavam entre as nuvens, descortinando as paisagens da Serra Fina; explicou que um trecho daquelas montanhas podia ser percorrido numa caminhada de quatro dias.

— Mas é uma escalada difícil, só se faz com guias e equipamento completo de montanhismo. Tem folheto sobre isso na pousada: a trilha sai da Toca do Lobo.

Cristiana estremeceu sem querer. Ana percebeu e disfarçou com uma pergunta:

— O que é exatamente essa Toca do Lobo, Tonho?

Enquanto tomavam uma estrada descendente, o rapaz respondeu:

— É uma caverna famosa, fica nas terras de uma fazenda com o mesmo nome.

— Mas tem lobos lá? – Cris quis saber.

— Ah, não – ele abriu o rosto sardento, queimado de sol, num sorriso. – Tem só uns cachorros sem dono que vagam por aí. A dona Merência vive botando medo na criançada, dizendo que aquele lugar é toca de lobisomem, mas isso é maluquice dela. Tem perigo não, se vocês quiserem fazer o passeio, eu falo com um dos guias.

— Não, muito obrigada! – a mãe de Ana dispensou a gentileza. – Queremos passeios menos sacrificados nestas férias. Já chega a canseira que o Irineu me deu aquela vez nos Alpes...

— Mas a senhora e as meninas não podem deixar de ver o ingazeiro – ele propôs. – Não fica longe, em meia hora damos lá.

Elas concordaram e o seguiram. Os quatro cavalos enveredaram por outra estrada de terra, que Tonho explicara serem caminhos abertos por antigos carros de boi. Em pouco tempo foram parar numa bifurcação. Uma placa rústica indicava vários destinos – um deles era a Toca do Lobo, outro era o Rio do Quilombo. O rapaz seguiu pelo caminho do rio, com as três logo atrás.

Deslumbraram-se diante da imensa árvore, que se dizia ter mais de cem anos. A copa do ingazeiro, segundo o guia, alcançava acima de trinta metros. Cris e Cris desmontaram e tiraram muitas fotografias. O lugar era convidativo, sombreado; seria delicioso para um piquenique.

Como o sol já estava alto, voltaram ao hotel-fazenda. As meninas estavam afogueadas, mas não tanto quanto o rapaz que, como ocorre às pessoas ruivas, ficava com a pele avermelhada sob o sol. Dona Ludmila desmontou, deu uma gorjeta ao jovem e foi ao chalé trocar de roupa. Enquanto isso, as duas garotas foram para o vestiário da piscina e, como já estavam de biquíni sob as roupas de equitação, caíram na água.

>>>>>>>>

Era meio-dia quando Paulo entrou na pequena loja carregando um pacote de livros, que fora buscar na agência dos Correios com a camioneta da livraria, depois de passar a manhã fazendo entregas. O pai se encontrava atrás do caixa, de conversa com um homem de seus quarenta anos, bastante atlético, que usava terno e gravata apesar do calor. O rapaz descarregou o pacote no chão, transpirando muito.

— Bom dia, doutor Monteiro. Se bem que já deve ser boa-tarde… Pai, eu trouxe a encomenda. Da próxima vez, por que não pede pra mandarem por transportadora? Esse negócio de buscar encomendas pesadas no Correio não é pra mim.

Paulo sênior baixou os óculos para a ponta do nariz e riu. Era um homem bonachão e simpático, ao contrário do amigo, que parecia bem taciturno.

— Veja só, Monteiro, como é essa nova geração. Quando eu abri a papelaria, ia buscar caixas de livros e cadernos em Belo Horizonte. De ônibus! Naquele tempo não tinha essa mordomia de camioneta com tração nas quatro rodas, não. E você não pode com um pacotinho desses!

O homem de terno sorriu de leve.

— Dê um desconto ao Paulinho, meu amigo. Ele está de férias…

Paulo júnior, que detestava ser chamado pelo diminutivo, sorriu amarelo para o sujeito. Depois voltou-se para o pai.

— Vou pra casa almoçar, o senhor vem também? A essa hora quase não tem movimento na loja, e a Lina dá conta.

O pai fez que não com a cabeça.

— Não, eu fico por aqui mesmo, já tomei um lanche. E a Lina não veio trabalhar hoje. Deixou um recado ontem à noite na secretária, disse que a mãe dela não estava passando bem, alguma coisa assim. Ah, falando em recado, tem um pra você.

Paulo, que já estava quase na rua, voltou atrás, animado.

O pai pegou um papelzinho na bagunça do caixa e empurrou os óculos da ponta do nariz para trás, apertando os olhos para poder decifrar a própria letra. O filho dançou sobre um pé e sobre outro, impaciente com a demora.

— Uma menina... chamada Cris. Disse pra você ligar para ela quando chegasse.

— Legal, pai, eu ligo lá de casa. Tchau!

E saiu correndo, com um salto sobre os livros que deixara no chão.

O dono da papelaria-livraria suspirou.

— Ah, cabeça de vento. Aparece um rabo de saia na história e ele se esquece até de que eu não posso mais levantar peso...

O amigo sorriu novamente.

— Pare de pegar no pé do menino, Paulo. Não se lembra mais de como é ter dezoito anos? Vamos, eu ajudo você a levar isso lá pra trás. Ainda tenho um tempo antes de ir bater o ponto na delegacia, hoje entro à tarde e fico até a noite.

O outro resmungou um pouco, mas aceitou o oferecimento. Monteiro tirou o paletó, revelando músculos trabalhados sob a camisa, além de uma arma que levava bem ajustada ao coldre. Ergueu o volume, que não achou tão pesado assim, e levou para uma sala nos fundos da loja, uma espécie de depósito e escritório.

— Valeu, Monteiro. Se precisar de ajuda lá no seu serviço, é só me chamar... A não ser que seja essas coisas de examinar cadáver. Tá aí uma parte do trabalho da polícia que eu não invejo. Ainda bem que por aqui quase nunca acontecem esses crimes que a gente vê na televisão, hein?

— Você é que pensa, meu caro – retrucou o investigador, tornando a vestir o paletó. – Tem mais coisa ruim acontecendo no município do que você fica sabendo. Foi-se o tempo em que esta cidade era um paraíso... Bom, é melhor eu ir andando. A delegada não está na cidade de novo, mas mesmo de longe ela descobre quem se atrasou e quem não entregou os relatórios. Até outro dia!

E após um abraço no amigo, saiu no sol quente e foi andando a passos rápidos na direção da delegacia de polícia. Seu Paulo voltou a sentar-se atrás do caixa, bocejando. Mal sabia ele que veria o investigador muito antes do que esperava.

>>>>>>>>

Passava de duas da tarde quando o carro dos Sanchez de Navarra entrou na rua sossegada. Não foi difícil identificar a lojinha, que ostentava a placa de "Papelaria e Livraria". Seu Damasceno procurou uma sombra para estacionar e as duas garotas desceram.

— Vou ficar por aqui – disse o motorista no costumeiro tom antipático, sem olhá-las diretamente nos olhos. – Seu Irineu disse pra voltarmos antes de escurecer.

E, sem nem esperar resposta, tornou a entrar no carro e ligou o rádio.

Cris e Cris se encaminharam para a livraria, aliviadas por deixarem a presença daquele homem. Entraram e viram-se num cômodo fresco e claro. Havia estantes cheias de livros, uma prateleira de revistas, um balcão lotado com artigos de papelaria; uma sala contígua revelava um mostruário de artesanato, repleto de trabalhos dos artesãos locais. Mas não havia vivalma.

— Oi, tem alguém aí? – Ana chamou, na direção de uma porta traseira.

Depois de alguns segundos um senhor apareceu, suando como quem havia dado uma corrida sob o sol.

— Boa tarde, desculpem a demora, eu estava lá nos fundos. Posso ajudar?

Cristiana, impelida pela amiga, murmurou:

— Viemos encontrar o Paulo...

— Ah, você é a moça que telefonou hoje. Meu filho foi almoçar e não sei por que está demorando tanto. Mas podem esperar, ele deve estar vindo.

Antes que o homem terminasse de falar, ambas viram entrar correndo pela porta da frente um rapaz alto e moreno, de olhos escuros e longos cabelos negros presos num rabo de cavalo.

— Oi! Desculpem pelo atraso – ele disse, ofegante. Voltando-se para Cristiana, estendeu a mão: – Você deve ser a Ana Cristina.

— Pode me chamar de Cris – apertou a mão dele, ruborizada. Apesar de terem concordado com a ideia da troca de identidade, agora que a hora de fingir chegara, sentia-se retraída.

Mas a amiga já tomara a iniciativa e o cumprimentou com um beijo no rosto.

— E eu sou a Cristiana, o Felipe deve ter falado sobre mim. Pode me chamar de Cris também.

Um tanto tímido após o efusivo cumprimento, ele as levou para a sala ao lado. Atrás do mostruário com as peças de artesanato havia mesinhas e cadeiras plásticas. Numa parede, uma estante com porta de vidro ostentava armas antigas: algumas adagas e duas espadas.

— Este é o espaço em que a gente joga RPG por aqui – foi explicando, enquanto elas se sentavam. – Tem bastante errepegistas na cidade, mas poucos mestres. Meu amigo Jonas é mestre e ficou de vir conhecer vocês, daqui a pouco ele aparece. E esta coleção é minha, são réplicas de armas medievais...

Entabularam conversa a respeito da cidade, o hotel, os passeios locais; depois ele perguntou do primo, Felipe, e elas falaram sobre ele e os amigos com quem jogavam. Paulo soube que as garotas haviam terminado o ensino médio e prestado os exames vestibulares, e contou que ele e Jonas, depois de um ano de cursinho em São Lourenço, também haviam se submetido aos exames para entrar na faculdade. Conversaram tão naturalmente que Cris até se esqueceu da troca que haviam feito, e às vezes Ana precisava dar-lhe uma piscada para que não dissesse coisas como "sua mãe" ou "seu pai". Devia fingir que doutor Irineu e dona Ludmila eram a sua família... Então Jonas chegou.

— Oi, pessoal! – disse, comunicativo, dando um tapa sonoro nas costas de Paulo e indo beijar as garotas como se as conhecesse de longa data. – E aí, vieram jogar RPG com os nativos? Olha que a gente é interiorano, mas joga campanhas ótimas.

A conversa enveredou pelos sistemas de jogos de que mais gostavam. Afinal, Paulo conferiu o relógio e propôs:

— Vamos dar um passeio pelo centro? Eu prometi me fazer de guia turístico, e sempre cumpro o que prometo.

Jonas foi pegando no braço de Ana e saindo da loja. Paulo timidamente indicou a saída para Cris, que o seguiu com timidez maior ainda. Estava achando cada vez mais difícil fingir.

"Acho que não tenho vocação pra ser filha de família rica", pensou. Apesar de ter morado a vida inteira com os Sanchez de Navarra e de estudar no mesmo colégio que Ana Cristina, a presença da mãe sempre a trazia de volta à desagradável realidade de ser filha da empregada. Era embriagante a ideia de fazer de conta que era *a outra*, claro, porém até aquele momento tudo tinha sido apenas cansativo – para ela, pois Ana parecia estar adorando o papel.

Saíram nas ruas banhadas pelo sol, e ela não pôde deixar de notar que o pai de Paulo trocou algumas palavras ríspidas com o filho, quando deixaram a loja. Não conseguiu captar o que ele dissera, porém. Ana e Jonas já seguiam adiante numa conversa animada, e o carro do doutor Irineu continuava estacionado no mesmo lugar.

Contudo, o veículo parecia vazio. Seu Damasceno não estava lá, nem em nenhum outro local visível.

>>>>>>>

O jipe parou na estrada de terra diante da porteira. Era um veículo antigo, um modelo Willis 43, desses que os americanos haviam utilizado na Segunda Guerra e que fora bastante usado no Brasil nas décadas de 1950 e 1960 por fazendeiros. Hoje era peça de colecionador, mas aquele em particular tinha a aparência bem maltratada: os para-lamas estavam cheios de barro e a capota de lona verde não parecia ver água havia meses.

Um rapaz alto e magro desceu do jipe e conferiu a porteira. Estava semiaberta: não havia sinal da corrente e do cadeado com que ele a trancara quando deixara o sítio, meses atrás.

— *What the hell is going on here?* – ele murmurou, intrigado. Depois, sacudindo a cabeça, repetiu em português: – O que diabos está acontecendo aqui?

Era a terceira vez que isso acontecia. Ele viajava e, ao voltar à sua propriedade, encontrava a porteira aberta. Terminou de abri-la e voltou ao jipe; deu a partida e rodou por uma estradinha de terra quase oculta pelo mato e pelas árvores que transformavam a passagem num túnel verde. Logo chegou à sede do sítio, uma casa bem simples em meio a um terreiro. Saiu do carro, tirou a jaqueta de couro, jogou-a no jipe e foi conferir as portas e janelas. Estava nisso quando um cachorro negro latiu e apareceu numa estradinha que saía no quintal após a casa; atrás dele veio uma moça gorducha, enxugando as mãos no avental que usava.

— Uai, seu Daniel, o senhor não avisou que vinha, se eu soubesse tinha aberto as janelas e preparado comida... Mas a casa tá limpinha. E vou mandar um pouco de cozido pro seu jantar; quanto tempo o senhor vai ficar desta vez?...

Ele não se abalou com a tagarelice da mulher e foi abrir a porta da frente. O cachorro ficou sentado na beira da estradinha, farejando o ar e rosnando, desconfiado.

— Não se incomode, dona Lurdes. Vou à cidade e trago alguma coisa para comer. O que eu quero saber é se a senhora não notou gente estranha andando por aqui. A porteira estava aberta, e não achei nem sinal do cadeado que eu coloquei antes de viajar.

A mulher continuou esfregando as mãos no avental, embora já estivessem secas.

— Ih, não vi ninguém não. Eu venho toda semana limpar, o senhor sabe, mas venho pela trilha, quase nunca passo pela estrada. E a casa tá em ordem, nunca vi ninguém entrar não, Deus me livre! Se eu ou o Manuel víssemos alguém invadir, a gente chamava o seu Montanha...

Aquele era o apelido do subdelegado Monteiro, alguém que sempre demonstrara nutrir uma antipatia gratuita contra Daniel. Um giro pelo interior da casa mostrou ao rapaz que, realmente, nada fora mexido. Havia apenas o sinal da passagem dos caseiros: a torneira que pingava fora consertada, todos os cômodos estavam escrupulosamente limpos: roupa lavada nas gavetas perfumadas com sachês de alecrim, louça brilhando nas prateleiras da cozinha.

— Está tudo bem, dona Lurdes – ele sossegou a mulher. – Pode ir para casa. O Manuel tem recebido o dinheiro direitinho?

Ela sorriu.

— Ah, seu Daniel, todo mês o Dinho do banco paga a gente, Deus que abençoe o senhor. Vai ver algum bicho foi que abriu a porteira, um boi perdido, um cachorro vadio, vai saber. A cachorrada nesses matos tá virando praga, o senhor sabe…

Levou algum tempo até que ela parasse de tagarelar e fosse embora pela trilha atrás da casa, seguida pelo cão negro que continuava rosnando. O rapaz foi para o banheirinho que saía do único quarto. Tirou os óculos de lentes arredondadas, pousou-os no mármore e abriu a torneira da pia. Lavou as mãos e o rosto, enxugou-os na toalha pendurada ao lado, macia e rescendendo a lavanda. Recolocou os óculos.

O espelho na parede o encarou, como se do lado de lá houvesse outra pessoa, alguém que ficara ali enquanto ele viajara para longe, para a cidade em que nascera. Alguém bem mais velho que os vinte e poucos anos que Daniel aparentava: no reflexo, fios prateados se misturavam aos cachos castanho-claros, a pele clara apresentava rugas de sofrimento, e os olhos azuis espelhavam um cansaço de décadas. Era como se duas partes de si mesmo se reencontrassem após estarem separadas por um tempo.

Suspirou. O rosto por trás do espelho suspirou também.

"Preciso descansar", ele pensou, passando a mão no rosto, tateando a barba áspera que despontava e sentindo saudades dos tempos em que usara bigode.

Foi ao jipe e trouxe uma mochila cheia de etiquetas de empresas aéreas, a jaqueta, uma pasta. De dentro desta tirou um *notebook* e colocou-o sobre uma mesa na sala, diante de uma grande janela e junto à estante cheia de obras encadernadas em couro escuro. Tirou também um pacote de livros de capa colorida, embalados em plástico. E um caderno de anotações que parecia bem gasto, com quase todas as páginas cheias por uma caligrafia miúda.

Levou o caderno para uma prateleira da estante; puxou um dos livros que havia ali, abriu-o; havia uma cavidade no centro do volume, que era feito de madeira leve. No espaço vazio ele encaixou o caderno, e devolveu o falso livro ao seu lugar.

Depois pegou a carteira e as chaves, deu uma olhada ao redor e se deteve num calendário do ano, pendurado na parede. Um sorriso triste tomou seu rosto jovem, por um momento fazendo-o parecer tão velho quanto tinha parecido ao se olhar no espelho.

— *Less than a week…* – disse para si mesmo. – Menos de uma semana.

Então saiu da casa, fechou a porta e voltou ao jipe.

Quando o veículo sumiu pela estradinha e seguiu na direção da cidade, o cachorro negro voltou a aparecer na trilha atrás do quintal. Sentou-se diante da porta da casa, o ar alerta, como se fosse um vigia. Ainda rosnava.

>>>>>>>>

As meninas adoraram o passeio pela cidade. Não houve tempo para visitar muitos lugares, porém os que viram foram suficientes para entusiasmá-las. Depois da inevitável visita à Igreja Matriz de São Sebastião, foram à Casa de Cultura, onde também funcionava a Biblioteca Municipal. Contudo, não se demoraram muito em nenhum desses locais, pois Jonas não parava de contar casos e não ficava quieto nem diante da solenidade da belíssima igreja nem do silêncio natural da biblioteca.

Paulo não falara quase nada, trocara apenas poucas frases com Cristiana, que o estava achando mais tímido do que desejaria. A filha de Luziete não demorou a admitir para si mesma que achava aquele garoto de rabo de cavalo muito, muito atraente: sentia um arrepio cada vez que ele a tocava. Apesar disso, não se afastava, e às vezes até se apoiava nele para subir uma escadaria ou entrar numa sala mais escura.

"Que gato!", pensava, ao ser surpreendida pelo arrepio. Já Ana Cristina não parecia se importar com a intimidade que Jonas demonstrava: ele não largava seu braço.

Na rua da delegacia, as meninas quiseram parar e tirar fotografias do casario colonial. Cris, incumbida das fotos, desandava a rir e fazia a câmera tremer graças às caretas engraçadas que Jonas fazia, para desespero do sério Paulo.

A garota estava a ponto de fotografar os três junto a uma jardineira florida, quando um antigo jipe do exército estacionou bem ali e um jovem saltou dele apressado, inadvertidamente aparecendo no instantâneo, ao lado de Ana Cristina.

Ele ouviu a risada de Jonas e se desculpou, muito sem jeito.

— Desculpem. Não percebi que estavam fotografando…

— Não esquente – Ana riu, voltando-se para o desconhecido.

E então algo estranho aconteceu, pois os olhos dos dois se encontraram e o rapaz teve um sobressalto. Deu um passo para trás, prendendo a respiração e murmurando algo que apenas Ana ouviu. Ela ficou séria ao fitá-lo, mas nada disse.

Cristiana, de olho no visor da máquina, percebeu o mal-estar que tomara a amiga e o desconhecido, embora Paulo e Jonas parecessem nada notar. O recém-chegado se recuperou do susto, empertigou-se, fez um cumprimento para Ana com a cabeça e sumiu dentro da delegacia.

— A máquina é digital, é só apagar e tirar outra – Jonas sugeriu, chegando perto de Cris. – Quer que eu tire a próxima?

Mas a garota já estava guardando a câmera.

— Não, já fizemos muitas fotos desta rua. Para onde vamos agora?

— Que tal o Museu "Brasil Nota Dez"? – sugeriu Paulo, que não dera a mínima atenção ao acontecido. – Vocês vão ter uma surpresa...

A caminho, Cris perguntou, tentando manter a voz despreocupada:

— Vocês conhecem aquele sujeito do jipe?

— Só sei que se chama Daniel – Jonas respondeu. – Ele tem um sítio fora da cidade, lá pros lados da Toca do Lobo, e só vem pra cidade de vez em quando, passa quase todo o tempo viajando.

— Ele é escritor – Paulo completou. – Mas não lembro o que é que escreve. Venham por aqui, vamos cortar caminho.

Seguiam para a rua onde ficava o tal museu, quando outro incidente os interrompeu. Dona Merência passou por eles e tropeçou em Jonas; andava feito uma sonâmbula, falando consigo mesma. O rapaz a amparou para que não caísse, e ela continuou murmurando sem tirar os olhos vidrados do chão.

— Eu sei o que vai acontecer. Isso não é certo. Não é. Pode ser culpa dele, pode muito bem ser, porque a Lua vai virar. Vai ver que resolveu se vingar desta terra, que tirou tudo dele... A terra foi amaldiçoada, bebeu sangue de gente inocente, bebeu sangue do lobisomem... Vai acontecer tudo de novo, tudo de novo...

— Dona Merência, a senhora está bem? – Paulo perguntou, alarmado. Ela se desvencilhou de Jonas e saiu andando, sem parar de olhar o chão e murmurar.

— Nada vai bem, mas não é culpa dele, a culpa é da Lua. Da lua cheia...

Os quatro jovens observaram enquanto ela virava a esquina e sumia rua acima.

— É a mulher que mora no restaurante da estrada, não é? – Ana indagou. – Bem que nós achamos que ela não batia bem das ideias, quando almoçamos lá.

Cristiana olhou a amiga, com vontade de dizer algo, porém a presença dos rapazes a inibiu. Não ouvira tudo o que a velha dissera, porém algumas palavras haviam disparado um alarme em sua cabeça: *lua cheia* e *sangue do lobisomem*. As cenas do livro voltaram-lhe à memória com toda a força. Mas não disse nada. Jonas voltara a pegar no braço da amiga e explicava, enquanto os conduzia para a próxima rua:

— Ah, ela virou a doida da cidade. Sabiam que tem mais de cem anos? Até a semana passada, trabalhei de garçom no restaurante do seu Ernesto, vocês precisavam ver cada maluquice que ela dizia. Numa noite de casa cheia, a gente estava se esfalfando pra atender os clientes, e ela aparece na cozinha com o facão de churrasco na mão, berrando que precisava se defender, porque um assassino ia atacar e cortar os cabelos dela... Seu Ernesto e dois seguranças tiveram de carregar a velha pro quarto.

O assunto só não continuou porque haviam chegado ao museu, e as duas Cris se deslumbraram com os cenários expostos. Eram cenas de minisséries de tevê baseadas na história do Brasil, montadas em miniaturas tão perfeitas que elas ficaram um bom tempo admirando uma por uma. Havia casas, árvores, pessoas, cavalos, tudo em miniatura. Entre as exclamações de prazer das meninas e os comentários humorísticos de Jonas, que achava um jeito de fazer piada com tudo, passou-se quase uma hora.

Quando afinal saíram do museu, Paulo propôs:

— Vamos tomar sorvete?

Todos concordaram, mesmo porque o calor continuava cada vez mais forte. Os dois rapazes as guiaram até a sorveteria mais próxima, onde a conversa passou a versar sobre sobremesas. Ana e Jonas descobriram ser apaixonados pelos mesmos sabores, enquanto Cristiana e Paulo concordavam em que nada supera um bom romeu e julieta, goiabada caseira com queijo de minas.

Estavam terminando os sorvetes quando uma senhora de meia-idade os viu da rua e se aproximou da mesinha na calçada. Tímida, dirigiu-se a Paulo.

— Paulinho, você viu a minha filha? Não encontro a Lina em lugar nenhum.

Ele franziu a testa.

— Meu pai disse que não foi trabalhar hoje, porque a senhora estava doente. Ela não ficou em casa?

— Eu? Doente? – a mulher retrucou. – Tenho saúde de ferro! E minha filha saiu cedo, antes de eu acordar. Ela sempre almoça comigo e hoje não apareceu. Achei que podia estar ocupada na papelaria, fui até lá levar uma marmita, mas não achei nem ela, nem o seu Paulo. O que será que aconteceu?

— Quando a gente saiu da loja o pai do Paulo estava lá – Ana se intrometeu.

Jonas riu.

— Ah, se eu fosse a senhora não me preocupava não. A Lina deve ter ido ver algum namorado, daqui a pouco ela volta.

A mãe olhou para o rapaz com desprezo.

— Isso não é coisa da minha filha. A Lina é muito responsável. Olhe, Paulinho, vou voltar pra casa e ver se ela chegou. E se você puder encontrar seu Paulo e perguntar pra ele se tem notícias dela, eu agradeço.

Paulo se levantou da mesa. Parecia realmente aflito.

— Pode deixar, vou procurar meu pai agora mesmo. – E, enquanto a mulher ia embora, disse aos outros: – Vocês se importam se a gente voltar pra loja? Essa coisa de a Lina sumir me preocupa.

Jonas já ia fazendo alguma piada implicando um romance entre Paulo e Lina, mas uma cotovelada do amigo em seu estômago o fez calar-se.

— Nossa, cara, desculpe. Machucou? – disse o rapaz, fingindo que aquilo fora acidental.

O outro murmurou algo ininteligível. Enquanto Cristiana pegava sua bolsa nas costas da cadeira, Ana Cristina já estava na calçada, esperando.

— É bom a gente ir mesmo – disse ela, olhando o relógio. – Logo vai escurecer e a gente precisa voltar para o hotel, senão o pai da Cris fica furioso.

Voltaram para a lojinha rapidamente, com Jonas indicando as casas mais antigas da rua.

— Essa da esquina é um casarão bem antigo, da época do Império. Hoje quem mora aí é a delegada do distrito, mas ela é muito esquisita, quase nunca aparece na cidade. Quem cuida mesmo da lei é o seu Montanha, o subdelegado, ele é um sujeito legal e...

Em meio à conversa eles entraram e viram seu Paulo no mesmo lugar, atrás do caixa, analisando uma pilha de notas fiscais.

— Pai! – exclamou Paulo, surpreso. – O senhor esteve aí a tarde toda? Acabamos de encontrar a mãe da Lina, ela disse que veio aqui e não tinha ninguém.

O homem engrolou algumas palavras.

— Dei uma saída para ir ao banheiro. A mãe da Lina não estava doente?

Os dois começaram a conversar em voz baixa; Ana puxou Cris para a banca de revistas, enquanto Jonas as seguia, prometendo levá-las num passeio de trem.

— Vocês vão adorar, é um programa imperdível! Não tem todo dia, mas nos fins de semana são vários horários, a gente pega a maria-fumaça aqui na cidade e passa por um túnel e várias estações, é como entrar numa máquina do tempo...

A conversa se prolongou um pouco. As meninas haviam escolhido as revistas para Ludmila quando Paulo voltou para junto dos três. Ana pagou pelas revistas e os quatro saíram para a rua.

Bem a tempo. Seu Damasceno ressurgira: estava sentado atrás da direção do carro do doutor Irineu e deu uma buzinada para as duas. Cris pensou que até a buzina parecia mal-humorada quando aquele homem a acionava.

— Temos de ir – disse, lembrando seu papel de filha do dono do carro.

Ana já estava trocando beijinhos com Jonas.

— Obrigada pelo passeio, foi muito legal – ela comentou, empurrando a amiga na direção de Paulo. Riu ao vê-los trocar um abraço constrangido.

"Não sei qual dos dois é mais tímido", pensou, divertindo-se.

Despedidas encerradas, promessas de se encontrarem novamente trocadas, as duas garotas iam atravessar a rua quando ouviram o grito.

Foi um lamento estridente, longo, que ecoou na cidade quieta. Seu Paulo saía da loja, várias pessoas deixaram as casas e apareceram na rua. Cris se apoiou na parede, Ana deixou cair a sacola com as revistas, e os dois rapazes olharam para todos os lados, tentando identificar a fonte do berro.

Um homem veio correndo da rua de baixo, a mão direita buscando uma arma no coldre. As meninas perceberam instintivamente tratar-se de uma autoridade, e não hesitaram em seguir o pai de Paulo e os dois rapazes, que correram atrás do sujeito. Viraram a ruela mais próxima e deram numa ladeira que subia em direção ao morro. As casas ali eram mais simples e havia bastante mato nas cercas. Perto de um arbusto estava a mesma mulher que tinham visto antes na sorveteria.

O homem armado e seu Paulo chegaram junto a ela, que agora chorava compulsivamente. Os outros pararam mais para trás, mas puderam ver o que atraía o olhar da pobre senhora: no chão, junto ao mato, havia um agasalho amassado e enlameado.

— É o casaco dela... – a mulher balbuciou. – Da minha Lina... Todo sujo... de sangue... Ai, minha Nossa Senhora, o que aconteceu com a minha filha?!

O dono da papelaria amparou a mulher e afastou-a do arbusto, enquanto o outro homem se acocorava para examinar o agasalho com ar perito. Um olhar dele para os curiosos fez que todos recuassem. Jonas levou Ana de volta à outra rua, para onde os demais moradores também estavam voltando. Mas nem os chamados nem o contato de Paulo foram suficientes para evitar que Cristiana desse mais alguns passos em direção ao arbusto. Ela precisava ver aquilo de perto.

E viu. Viu um casaquinho feminino todo manchado de sangue, sangue fresco, boa parte dele ainda não coagulado. E por toda parte, grudados no sangue e na lama, havia fios. Muitos fios. Longos, quase lisos, de cor castanho-clara.

Cabelos...

A garota começou a tremer e nem sentiu quando Paulo a levou para o carro e seu Damasceno arrancou, deixando o centro da cidade rumo ao hotel-fazenda. As duas amigas nada disseram enquanto o veículo seguia pela estrada de terra.

Na metade do caminho outro carro os ultrapassou.

Ana soltou um gritinho abafado ao perceber que era um antigo jipe do exército. Grudou o rosto na janela do carro e viu o jipe sumir numa estradinha vicinal. Estava branca feito papel.

— O que foi? – Cris perguntou, espantada com o aspecto da outra. A visão do sangue e dos cabelos a havia impressionado, mas Ana agora parecia mais assombrada que ela.

A outra Cris olhou o motorista no banco da frente e confidenciou, baixinho:

— Era o jipe do sujeito que invadiu a nossa foto naquela rua... eu não tinha pensado nisso na hora, mas depois de a tal moça sumir e de o casaco dela aparecer lá na rua sujo de sangue... comecei a me lembrar do livro datilografado.

— Eu também me lembrei da história quando a velha do restaurante passou falando em lobisomens – Cris lembrou, também aos cochichos. – Mas isso não pode ter nada a ver com o livro.

A outra garota retrucou, ainda mais baixo:

— Espero que não, mas são coincidências demais pra minha cabeça. Porque quando o cara do jipe me olhou, eu tinha a sensação de que a gente já tinha se visto em algum lugar! E então ele ficou vermelho e disse uma coisa... que não fez o menor sentido.

— O que foi que ele disse? Eu não ouvi.

— Ele me olhou nos olhos, como se já me conhecesse... e me chamou... me chamou de *Beatrice*.

CAPÍTULO 5

CORDÉLIA

Hector se debruçou sobre a janela do vagão para contemplar a Serra da Mantiqueira. Por que ela choraria? Aquela deslumbrante cadeia de montanhas, com picos inatingíveis, não tinha motivos para derramar lágrimas. Mesmo assim, os índios a chamavam de Mantiqueira, quer dizer, a serra que chora.

— É porque aqui existem muitas nascentes, cachoeiras e riachos – explicou Estelinha, entre uma frase e outra de seu monólogo inesgotável.

Há muito o rapaz deixara de prestar atenção à conversa entediante que se arrastava desde a partida de Santos, na manhã anterior. Tinham feito uma parada na metade do caminho, onde passaram a noite. O coronel Albuquerque folheava um jornal, distraído, e a silenciosa Alba se escondia atrás do melancólico livro de Machado de Assis, *Memorial de Aires*, lançado recentemente.

— Serra que chora... – murmurou Hector, ainda impressionado.

Ao sul de Minas, no caminho entre São Paulo e Rio de Janeiro, Passa Quatro ficava na rota dos bandeirantes que tinham desbravado o interior atrás de ouro e pedras preciosas. O percurso pela serra era feito através da Garganta do Embaú, uma passagem natural entre as formações rochosas.

— Chegamos! – anunciou Estelinha.

O trem diminuía a velocidade para o destino final da família e do novo professor de inglês: a minúscula estação de Passa Quatro. Um empregado da fazenda já esperava por eles. Tão quieto quanto Alba, o homem se encarregou da bagagem. Foi Hector quem ajudou Estelinha a subir na carroça, pois Albuquerque, demonstrando sua total aversão aos bons modos com as senhoras, já estava na sela de seu garanhão negro. Gentil, o rapaz estendeu a mão para Alba. Imensamente tímida, ela manteve o olhar baixo e aceitou a gentileza, ganhando impulso para se sentar atrás

52

da mãe, em cima de um dos baús. Hector terminou ao seu lado, sem imaginar que o trajeto até a fazenda significaria, na prática, uma nova viagem.

Sete Outeiros era muito distante da cidade. A estrada de terra, antiga trilha aberta por bois, subia a serra em curvas que beiravam desfiladeiros, contornava rochas gigantes, cobertas de vegetação, e, em alguns trechos, empacava em pura lama, o que dificultava bastante o avanço da carroça. A fazenda ficava próxima ao Rio do Quilombo. Um dos caminhos levava a uma caverna conhecida como Toca do Lobo e, dali, ao Pico do Capim Amarelo.

"Toca do Lobo?!", pensou Hector, aflito. Faltavam três dias para a lua cheia assumir novamente sua vida. Teria de pensar numa forma de se ausentar antes disso, encontrar um esconderijo longínquo e seguro...

Um garotinho magricela abriu o portão de madeira para que a carroça avançasse na propriedade de Albuquerque. Não era exatamente uma típica fazenda de terras planas, daquelas que se perdem no horizonte. Pelo contrário. A sensação era a de se viver nas alturas, tendo a cidade de Passa Quatro, vista de cima, como um ponto perdido entre as montanhas. O gado ainda pastava nas colinas, aproveitando a última luminosidade do céu azul, muito claro. A névoa começava a devorar a paisagem inóspita ao redor, trazendo em breve a escuridão.

Na casa principal, o grupo foi recebido por Maria, uma empregada esquálida que não devia ter mais do que trinta e poucos anos, apesar da aparência envelhecida e de vários cabelos brancos.

— Onde é que deixo o hóspede, senhor? – perguntou ela, comendo os finais das palavras e emendando tudo com seu sotaque.

Hector, que carregava sua valise, estava mais interessado em avaliar o interior da casa de dois andares do que em descobrir onde dormiria. Aliás, se dormisse bem longe daquele lugar se sentiria muito melhor. O lar dos Albuquerque Lima não passava de uma construção antiga demais, de paredes escuras e sóbrias, com um mínimo de mobília. Uma atmosfera pesada e austera parecia esconder os segredos mais sujos de seus moradores. O rapaz pensou novamente em Beatrice, no rosto pálido e doído de sua morte.

— Ele fica no quarto que foi de Cordélia – decidiu o coronel.

Alba fixou no pai os olhos em pânico. Mordeu os lábios, respirando com dificuldade.

— Mas, senhor, o quarto continua do mesmo jeito desde que... – tentou Estelinha.

— Este luto já devia ter acabado faz tempo! – brigou Albuquerque, alterando o volume da voz. A esposa começou a chorar baixinho. – Maria, leva o professor Hector para nosso novo quarto de hóspedes. E nada de choramingos debaixo do meu teto!

»»»»»»

O quarto de Cordélia se localizava no andar de cima, ao final do corredor. Uma única janela dava para a mata fechada, endossando o clima opressivo e mal iluminado do aposento. Havia uma cama, coberta por uma colcha de babados, e uma penteadeira bastante antiga. Em sua superfície, alguns objetos insinuavam que a dona do quarto voltaria em breve: a escova de cabelos, a bacia cheia de água fresca para a higiene pessoal, a toalha com bordados florais, o pequeno espelho oval, o pote de talco e um punhado de grampos. Logo acima, uma prateleira exibia oito bonecas com rosto de porcelana, vestidos de renda e cabelos de verdade, de tonalidades diferentes. Na verdade, apenas cinco delas ainda tinham cabelos. Nas outras três, as cabeças eram cobertas por véus brancos, que lhes atribuíam um aspecto medonho.

Hector engoliu em seco, analisando até que ponto aquilo podia ser coincidência.

— Quem é Cordélia? – perguntou a Maria, que se preparava para sair.

— A filha mais velha do coronel. Morreu faz três anos.

— Morreu de quê?

A empregada respirou fundo antes de abrir de novo a boca.

— De doença. Mas o senhor pode ficar tranquilo que eu mesma limpo esse quarto todo dia. Tá sujo não, senhor.

O rapaz apenas escorreu para a cama, ainda segurando a valise, sem tirar os olhos das bonecas carecas. Numa delas sobrara um tufo remanescente de fios loiros, no mesmo tom dourado de Beatrice.

— O coronel janta cedo – avisou Maria, antes de fechar a porta. – É melhor o senhor não atrasar.

O jantar foi somente jantar, sem qualquer conversa. Excepcionalmente quieta, Estelinha se limitou a comer. Alba, que mal se alimentava, dessa vez nem sequer tocou a refeição. Hector até que tentou emplacar algum assunto, mas a cara fechada do coronel o impediu de ultrapassar o máximo de três frases.

Ao deixarem a sala de jantar, não houve nenhuma parada junto à lareira para um licor. Nem a lareira estava acesa, apesar do frio que parecia congelar cada cômodo. Sem alternativa, Hector também foi dormir. Era hora de encarar o aposento da falecida Cordélia.

»»»»»

— Para quando o senhor quer o serviço? – quis saber o empregado de confiança.

— Para ontem – respondeu Albuquerque, jogando o cigarro de palha ao chão para apagá-lo com o solado da bota. Conversavam protegidos pelas sombras, no terreno aos fundos da casa principal. – Não pretendo ter nenhuma aula de inglês!

»»»»»

Hector rolou na cama, inquieto demais para dormir. Uma única vela acesa sobre a penteadeira fazia questão de iluminar somente as bonecas carecas e seus olhos redondos e sem vida. "Você está com medo das bonecas?", ironizou sua razão. "Elas são o que são. Apenas brinquedo de crianças!"

O cobertor foi levado até as orelhas, na certeza de que nem Londres era tão friorenta. O rapaz afundou pela centésima vez a cabeça no travesseiro, à procura do sono. Mesmo de olhos fechados, as imagens não desapareciam. Vinham as bonecas, o resultado da tosa grotesca em Beatrice, o véu que guardara desde então... O véu, claro!

Tremendo de frio, Hector foi remexer em sua valise. Pôs os óculos, pegou o véu e o levou até o véu de uma das bonecas. Sob a chama da vela, estudou o tecido do primeiro, depois do segundo. E verificou os outros dois. A seguir, tirou os três das cabeças carecas e os esticou junto

55

ao quarto véu sobre a cama. Aproximou a vela e, apesar da tímida claridade, encontrou parte de uma mancha amarelada na ponta de um deles. A parte que a completava era vista na ponta do véu achado sobre Beatrice.

"São pedaços de um mesmo véu", confirmou, franzindo a testa.

>>>>>>>

Enrolada em uma grossa manta de lã, Alba espiava a noite através do vidro da janela, em seu quarto. O céu, encoberto por nuvens de chuva, impedia a visão da noite estrelada, com a lua crescente cada vez mais completa. Abaixo, as trevas tomavam conta da fazenda e de outras terras também pertencentes a seu pai, algumas delas dedicadas ao cultivo de fumo. "Ele não pode ser o dono do mundo", pensou, revoltada. "Não pode!"

Agora havia o professor de inglês, um rapaz tão gentil e tão ingênuo... A jovem sentiu muita pena dele. Cordélia não toleraria nenhum hóspede invadindo seu quarto.

>>>>>>>

O sono, enfim, venceu Hector. A mente continuou trabalhando, cansada, procurando encaixar as peças de um painel macabro. Mas nada fazia sentido. E tudo começou a se tornar mais confuso com um sonho sem pé nem cabeça. O rapaz se viu novamente na pensão em São Paulo, avançando pelo corredor até o cadáver de Beatrice. Sentiu a presença de mais alguém. Uma presença demoníaca. Maldade sem limites.

Pontas de dedos gelados tocaram o rosto do rapaz e deslizaram lentamente até sua garganta. E foram afundando com força, o que provocava uma sensação bastante desconfortável. Hector tossiu, quase engasgando. Acordou, confuso, misturando sonho com realidade. Ergueu-se da cama, tateando no escuro. A chama da vela fora apagada.

— Quem está aqui? – perguntou, em voz baixa.

Apenas de ceroula, Hector abriu a porta e verificou o corredor. Não havia ninguém.

Retornou ao aposento e, novamente tateando, acendeu a vela. A luminosidade lhe confirmou o que era sonho e o que era realidade. Alguém

56

estivera mesmo no quarto. Os véus que deixara sobre a cama antes de dormir não estavam mais lá.

Hector girou os olhos para a prateleira. Os três pedaços tinham voltado para a cabeça das bonecas. E o quarto véu simplesmente desaparecera.

»»»»»»

Já devidamente vestido, Hector deixou o aposento da falecida filha do coronel. Sentia a garganta dolorida, o que significava que dedos de verdade tinham tocado sua pele. Mais um fato que não pertencia ao sonho.

Ainda não amanhecera, mas a cozinha não estava vazia. O rapaz cumprimentou a empregada, que preparava a massa do pão, e foi se sentar num banco. Aos pés da mesa, uma menininha de uns três anos brincava com uma colher.

— É sua filha?

— Minha caçula – sorriu Maria, surpresa. Não era comum ver homens sendo simpáticos com crianças, principalmente se eram crias da empregada. – Tenho mais seis.

— E como ela se chama?

— Merência. Era o nome da mãe do meu finado marido.

A coitada criava sozinha sete filhos? Não devia ser nada fácil. Hector, que crescera sem irmãos e não pretendia ter filhos, mal sabia se cuidar sozinho.

— O senhor conseguiu dormir?

— Um pouco.

Com fome, o rapaz se serviu de uma caneca de leite fresco, ainda no balde que Maria utilizara para ordenhar uma das vacas. A pequena Merência estalou os lábios, ansiosa.

— A senhorita também quer? – ofereceu ele, sentando-se ao seu lado no chão. A menina abriu um sorriso e sacudiu os bracinhos para a caneca.

— Faz isso não, senhor – disse Maria, sem graça. As mãos e os antebraços sujos de farinha diziam que a massa ainda demoraria a ficar pronta. – Só vou acabar de bater o pão e já dou comida para ela...

Hector não se importou em ajudá-la a beber da caneca. Após vivenciar tantas experiências ruins, era um bálsamo lidar com a inocência de uma criança.

— Senhora, quem cortou o cabelo daquelas bonecas?

Um relâmpago pareceu cair sobre a empregada. Ela se benzeu, apavorada, e esticou a cabeça para vigiar o final da noite, visível pela porta entreaberta que dava para os fundos da casa.

— Posso falar não, senhor – justificou. – Ainda é de noite.

— E o que tem a ver...?

— Causa de que não pode falar de morto de noite, uai!

— A senhora está se referindo a... fantasmas?

Maria se benzeu novamente, dessa vez com mais veemência.

— É assombração – disse, num cochicho.

— Assombração de quem?

Ela não respondeu. Começou a sovar a massa de pão com toda a energia. Hector reparou no ambiente da cozinha, que contrastava com o restante da casa sombria. Era um local acolhedor, com seu fogão de carvão, as panelas de ferro e utensílios pendurados nas paredes, espalhados em prateleiras de madeira. Tudo muito rústico, sem luxo algum, e por isso mesmo tão cativante.

— O fantasma de Cordélia? – insistiu o rapaz.

Nesse minuto, o vento escancarou a porta da cozinha, empurrando para dentro o medo pelo desconhecido. Num gesto protetor, o rapaz pegou Merência no colo. Ela estava assustada. Talvez fosse melhor mesmo só falar dos mortos quando a manhã nascesse.

— Já vou coar o café – disse Maria para espantar o próprio medo. – O senhor toma uma caneca?

>>>>>>>

No começo da manhã, caiu o maior toró, como se dizia naquelas bandas. O excesso de água transformou a terra em barro molenga, derrapagem certa para quem não prestasse atenção por onde andava. Após o terceiro tombo, Hector desistiu de perambular pela fazenda. Trocou de roupa e foi armar acampamento na varanda da casa, um local que descobriu ser estratégico para observar os casebres de madeira dos empregados, o estábulo, o poço e, no outro extremo, a capelinha de Nossa Senhora, afastada de tudo. Saiu apenas para o almoço, que dividiu com Estelinha. Alba passava o dia no quarto, e o pai dela saíra para vistoriar possíveis estragos provocados pela chuva.

O dom de Estelinha para falar ininterruptamente regressara com vontade total. Zonzo com tantas perguntas sobre Paris – sim, era sempre a capital francesa –, o rapaz dispensou o doce de leite e o queijo que vinham de sobremesa e escapou de volta à varanda. Para sua surpresa, Alba estava lá, sentada num banco de madeira, lendo O cortiço, publicado quase duas décadas antes.

— A senhorita teria algum livro para me emprestar? – perguntou. Era o momento certo para puxar conversa com a jovem extremamente introvertida.

Alba desviou o olhar da leitura e o dirigiu ao rapaz. Parecia angustiada.

— Algo a aflige, senhorita?

Ela não respondeu. Levantou-se do banco e, após fechar o livro, entregou-o a Hector. Suas mãos se tocaram. As de Alba eram quentes, ao contrário das mãos sempre frias do rapaz.

— Fuja... – sussurrou a jovem.

No mesmo instante, ela se afastou abruptamente. Plantado nos degraus da varanda, Albuquerque os vigiava com uma carranca furiosa.

≫≫≫≫≫

Alba tentara avisá-lo... Não conseguira. O medo a imobilizava, como sempre ocorria quando lidava com o pai. Ela recuou, escondendo os braços atrás do corpo.

— Venha comigo, professor! – convocou o coronel.

O rapaz, no entanto, olhava para ela. Importava-se com o que poderia lhe acontecer e não consigo mesmo.

— O senhor veio para me dar aula ou para ficar de conversinha com minha filha?

Alba finalmente obteve o controle do próprio corpo e disparou numa corrida até seu quarto. Torcia para que o rapaz seguisse seu conselho o mais rápido possível.

>>>>>>>

— Vim para lhe ensinar inglês – respondeu Hector ao confirmar que Alba estaria segura por ora.

— Falei para vir comigo!

Sem questionar, o rapaz guardou o livro no bolso do paletó e o seguiu até o estábulo, vazio àquele horário. As vacas ainda pastavam e só haveria uma nova ordenha mais para o meio da tarde.

— O senhor é um homem de respeito? – perguntou o coronel, retirando um facão do meio de algumas ferramentas.

Hector parou de andar e fitou-o, intrigado. Albuquerque se posicionou diante dele, apontando o facão de modo a deixar a lâmina afiada a poucos centímetros da virilha do rapaz.

— Se veio aqui para desrespeitar minha filha, não sairá inteiro daqui.

— Facão de caça, em inglês, é *bowie knife* – disse Hector, sem se intimidar.

Albuquerque cerrou as sobrancelhas.

— Assassino é *murderer* – prosseguiu. Jurara a si mesmo que nunca mais toleraria gente autoritária. – E homens covardes que matam mulheres indefesas são chamados de canalhas em qualquer idioma.

O coronel apertou o cabo do facão com mais raiva. Ele estava ofegante, controlando muito mal sua vontade de trucidar o professor, rasgando-o da virilha até o rosto atrevido que visivelmente odiava.

— Merência, onde você se meteu? – chamou uma voz do lado de fora, próxima à porta aberta do estábulo.

Hector estremeceu. A menininha estava a apenas alguns passos de onde parara, olhando com medo para os dois homens. Viera atrás do rapaz que lhe dera tanta atenção no final da madrugada.

— Merência! – repetiu a voz.

Pertencia a uma adolescente negra, muito bonita, com os cabelos divididos em três trancinhas. Era uma das lavadeiras que Hector vira, após a chuva, estendendo as roupas da família nos varais atrás da casa principal. Ao notar que a adolescente entrava no estábulo, o coronel abaixou o facão, direcionando para ela sua ira.

— *Saia daqui!!!* – vociferou.

A ordem foi cumprida no mesmo segundo. A menininha, porém, foi deixada para trás.

— Não se atreva a machucar a criança! – ameaçou Hector, abrindo os braços para protegê-la.

Sem conseguir mais se conter, Albuquerque rugiu como uma fera enjaulada, arremessando para longe o facão. E saiu a passadas largas.

Hector abraçou Merência, que agora chorava muito.

— Vou levar a senhorita até sua mãe – disse ele, consolando-a. – Prometo que aquele assassino vai pagar pelo que fez.

»»»»»»

A claridade do dia não animou a mãe de Merência a falar sobre fantasmas. Hector a encontrou no galinheiro, onde lhe devolveu a criança. Num gesto nervoso, ela escondeu os cachinhos castanho-claros da filha sob a touca.

— Não é bom ter cabelo bonito por aqui – resmungou. Merência, bem quietinha, foi devolvida ao chão.

Hector voltou a pensar nas bonecas. Se uma delas tivera os mesmos fios dourados de Beatrice, as outras duas...

— Quantas moças já foram assassinadas em Passa Quatro? Duas, não é, dona Maria?

A mulher empalideceu. Ia se benzer, mas o rapaz a segurou gentilmente pelo pulso.

— Por favor, senhora, me conte tudo...

Ela hesitou por quase um minuto antes de se certificar de que estavam realmente sozinhos.

— O sobrinho do padre foi o primeiro – contou, numa voz muito baixa.

— Um homem de cabelos compridos?

— Um menino de dez anos. Ele teve muita febre quando era pequeno e a mãe fez promessa de nunca cortar o cabelo dele se ficasse bom.

Albuquerque matara uma criança?! Aquele monstro não tinha nenhum limite?

— Qual era a cor dos cabelos do menino?

— Preto.

— E ele foi encontrado de cabeça tosada, com um véu lhe cobrindo o rosto...

— Como o senhor sabe?

— Quem foi a segunda vítima?

— A neta do doutor Corrêa, o advogado. Uma moça bonita, de cabelo loiro bem clarinho...

— ...Que também foi tosado. Os dois foram mortos com um golpe no coração?

— Foram, sim senhor. Mas... como o senhor sabe?

Hector libertou o pulso de Maria. Merência se agachara para tirar e pôr os ovos que a mãe já recolhera numa cesta.

— Sei porque a terceira vítima... foi a mulher que eu amava.

Solidária, a empregada apertou as mãos dele contra as suas. Eram frias e calejadas.

— Foi a assombração – disse, como se revelasse um segredo terrível.

— Desculpe falar, senhora, mas um fantasma não sai por aí tosando cabeças!

Contrariada, Maria o soltou antes de empinar o nariz, pronta para defender a tese que, pelo jeito, era a oficial entre os habitantes de Passa Quatro.

— A senhorita Cordélia assombra a região desde que morreu careca!

— Careca?!

— Era uma doença ruim e ela foi perdendo todo o cabelo. Morreu magrinha... Ai, que dó!

— E só por isso ela virou assombração?

— O João, lá do armazém, viu ela uma vez no quintal da casa dele. A Eugênia também, quando voltava da igreja lá na cidade.

O rapaz levantou uma sobrancelha. A existência de fantasmas era tão infundada quanto a existência de... Bom, se lobisomens existiam, então...

— A senhorita Cordélia fica vagando por aí de madrugada. E ela canta, como cantava quando era viva... Se o senhor prestar atenção, vai ouvir o vento carregando a voz dela até nós.

— E como é essa assombração? É transparente?

Dessa vez, Hector não a impediu de se benzer.

— Como o diabo – respondeu ela, num volume ainda mais baixo. – Branca como a morte, olhos de pura maldade... sem cabelo... e coberta com um véu!

— É, sempre tem um véu.

— Ela não visitou o senhor hoje de madrugada?

— Hum?

— Ela não deve estar gostando nadinha de o senhor ocupar o quarto dela...

»»»»»»»

A fome não impediu Hector de evitar o jantar com a família. Não tinha a mínima vontade de dividir o mesmo espaço físico com o coronel, o que, certeza absoluta, era recíproco. Apenas sequestrou da cozinha um pedaço imenso de pão e foi para o quarto. Examinou duas das bonecas carecas. Como suspeitara, ainda restavam fios pretos em uma delas e loiros muito claros na outra.

Após alimentar o estômago, sentou-se na cama, estendeu as pernas para a frente e, com as costas no travesseiro, abriu o livro de Aluísio Azevedo. Não pretendia dormir. Se Cordélia aparecesse para uma visita surpresa, estaria à sua espera para uma conversa franca, de lobisomem para assombração.

Mal conseguiu atingir a metade do livro. A cabeça tombou de sono, enquanto as pálpebras lutavam para se manter abertas. Três crimes. Fios em três tons: preto, loiro-claro e loiro-dourado, cada um de uma boneca... Oito delas. Não... sete. Na prateleira, só havia sete. Onde estava a oitava? Uma de cabelos crespos e negros, divididos em três trancinhas...

Hector despertou num pulo. Colocou os óculos e passou a contar o número de bonecas sobre a prateleira. Sim, faltava uma. Com pressa, ele se vestiu e saiu correndo do quarto.

No exterior da casa principal, a escuridão ocultava o mundo dos vivos. Guiando-se sob o luar oferecido pela penúltima madrugada de lua crescente, o rapaz foi bater à porta do casebre onde dormiam Maria e seus filhos.

— Aconteceu alguma coisa? – perguntou a mulher, sonolenta, ao atendê-lo de touca de dormir e xale surrado sobre o camisolão.

— A senhora precisa avisar a lavadeira! E-eu não sei qual desses casebres é o dela!

— Avisar quem?

— A boneca que sumiu tem os cabelos dela!

— Que lavadeira?

— Ela é a quarta boneca!

Maria continuava a não entender nada. De dentro do casebre, Merência despertou e abriu o berreiro.

— Vai ver o senhor comeu pão demais. Teve um pesadelo e...

Foi quando a brisa trouxe de longe uma melodia triste, sobrenatural. De repente, os olhos de Maria saltaram, esbugalhados, descobrindo algo atrás do rapaz. Entrara em choque.

Hector se virou. Junto à capela distante, um vulto branco, quase translúcido, se destacava entre as trevas. Estava coberto dos pés à cabeça por um véu. Uma visão aterrorizante.

— Onde está a boneca? – gritou Hector para ele.

O vulto não parou de cantar. Apenas apontou para o estábulo. Uma mulher entreabriu a janela no casebre vizinho para espionar a vida alheia. Ao avistar a assombração, deu um grito ensurdecedor, o suficiente para acordar todos os moradores da fazenda.

Desesperado, Hector correu até o estábulo. Arrancou o lampião preso à porta e avançou, iluminando sua passagem. Alguns mugidos protestaram contra sua presença.

Não achou a boneca. Em seu lugar, caída entre dois latões vazios de leite, estava a jovem lavadeira. O rapaz se aproximou devagar. Já sabia o que seria revelado assim que as sombras se afastassem: um cadáver com sangue na altura do coração, a cabeça tosada e um véu sobre ela, o mesmo usado em Beatrice.

CAPÍTULO 6

TEMPESTADE

— Você acha – Cristiana perguntou, ainda com as mãos trêmulas segurando o livro datilografado – que isso tudo aconteceu mesmo? Que houve um assassino serial aqui em Passa Quatro, no século passado, matando pessoas e cortando os cabelos delas?

Ana Cristina também estava impressionada após a leitura do Capítulo 5, mas não ia dar o braço a torcer. Fingindo indiferença, lançou ao livro um olhar de desprezo.

— Pode até ter acontecido algum crime, mas duvido de que seja desse jeito. Isto é ficção, Cris. Se a gente for acreditar que toda história de terror acontece na vida real, vamos acabar pirando...

A outra suspirou, levantou-se, andou pelo quarto. O dia amanhecera chuvoso e, sem ânimo de sair, após o café elas haviam ficado por ali mesmo, lendo.

— É que é tudo tão parecido – disse –, o jogo de RPG com os meninos, as mortes da história... e agora some a balconista da loja do pai do Paulo. Não consigo esquecer o rosto da mãe dela, chorando, o agasalho jogado no chão. Cheio de sangue... e cabelos.

Ana também se levantou da espreguiçadeira e sacudiu as próprias madeixas, como quem tenta espantar os maus pensamentos.

— Também achei aquilo horrível, mas a gente não pode se deixar levar pela imaginação. O que está acontecendo aqui, a garota que sumiu, é coisa que acontece em todo lugar. Não tem nada a ver com o livro, nem com o nosso RPG.

— Você mesma disse que era muita coincidência, parecia forçado um sujeito escrever uma história e sessenta anos depois um garoto inventar uma aventura parecida!

— Eu sei, isso é tão esquisito quanto aquele sujeito na rua ter me chamado de Beatrice... – ela estremeceu. – Mas sabe do que mais?

Coincidências acontecem. Agora que a gente conhece o primo do Felipe e o amigo dele, não dá pra pensar que eles estão envolvidos com coisas perigosas. Pode até ser que todos tenham lido esta velharia, mas e daí? No cinema às vezes aparecem dois ou três filmes com histórias parecidas. Coincidência!

Cristiana não estava convencida. Eram semelhanças demais... Porém resolveu deixar passar. E a menção a Paulo trazia à sua mente assuntos bem mais agradáveis.

Enquanto Ana guardava o velho livro numa gaveta, a porta do quarto se abriu e dona Ludmila entrou. Usava biquíni sob uma túnica indiana e escancarou as janelas.

– Eu tinha certeza de que o tempo ia melhorar! – disse ela, assim que o sol entrou. – Que tal irmos para a piscina? Seu pai e eu combinamos tomar uns aperitivos no deque com o casal de hóspedes franceses que conhecemos ontem à noite. Eles são supersimpáticos, o Yves tem muito sotaque, mas a Amélie fala o português perfeitamente. E como vão daqui a pouco para São Lourenço, então nós...

— Preferia ir andar a cavalo de novo – Ana a interrompeu, pegando as botas no guarda-roupa. – Será que dá pra cavalgar, depois da chuva?

A mãe ajeitou a túnica e foi saindo.

— Pelo que eu vi, o pessoal do haras está trabalhando normalmente. Vão vocês duas com aquele rapaz ruivo de ontem. Ele foi muito atencioso.

Mais animadas, as duas Cris deixaram para trás o clima de terror do livro e o acontecido na tarde anterior. Vestiram-se rapidamente e saíram nos jardins do hotel. O ar ainda estava fresco após a chuva, embora o sol já esquentasse.

Seguiram para o haras, Ana ajeitando no pescoço uma echarpe azul de seda italiana; pegara-a na mala e agora aguentava os risinhos da amiga.

— Ai, que chique você ficou. Mas se a gente encontrar o Paulo ou o Jonas, quero ver você explicar como é que a filha da governanta arrumou uma echarpe importada!

— Não vamos ver os garotos hoje – a outra retrucou. – Vamos passear de novo pela estrada do ingazeiro... e eu quero agasalhar o pescoço, pra não ter dor de garganta.

— Quem você pensa que engana? – riu-se a filha de Luziete. – Está é doida pra cavalgar com a echarpe esvoaçando ao vento, que eu sei. Te conheço, Cris!

— Espertinha! – ela devolveu o riso. – Nem se a gente fosse irmã saberíamos tanto ler os pensamentos uma da outra... Pois eu também sei o que se passa na sua cabeça! Posso ver que você não para de pensar num certo garoto de rabo de cavalo...

Cristiana fez uma careta para a amiga e enrubesceu, mesmo contra a vontade.

As duas foram rindo e implicando uma com a outra até chegarem aos estábulos.

Viram Tonho nos fundos, escovando um dos cavalos. Ao ver as duas meninas, acenou para elas e já foi pegando duas selas. Em poucos minutos os três deixavam o haras, nas mesmas montarias do dia anterior, e seguiam para fora do hotel-fazenda. O rapaz parecia meio distraído, preocupado com alguma coisa, e tentava visivelmente esconder isso quando falava com elas.

— Tem um belvedere que vocês vão gostar de ver. De lá dá pra se enxergar um bom pedaço da serra; se o tempo abrir mais vai dar até pra ver o Pico do Itaguaré...

E foi desfiando descrições e curiosidades da região.

»»»»»»»

Natália entrou carregada de pastas na sala da delegada.

Era uma mulher bonita, que não aparentava os trinta e dois anos que tinha; seus olhos verdes nem de longe denunciavam a perícia e a frieza com que manejava sua Browning 9mm de estimação. Fora considerada a melhor atiradora da turma na Escola de Polícia; mas desde sua designação para aquela delegacia, treinava tiro apenas quando ia às áreas de prática na capital. Tanto a delegada Eulália Albuquerque quanto o subdelegado, o detetive Monteiro, só a incumbiam de trabalho burocrático.

Ela gostava de seu mal-humorado chefe. Monteiro era um sujeito de poucas palavras, sempre pronto para a ação. Na cidade muita gente o chamava pelo apelido: Montanha. Desde bem jovem, antes de estudar Direito e seguir a carreira policial, ele fora guia de montanhismo. Ainda trabalhava com grupos de alpinistas nos fins de semana e nas férias, quando o turismo na região fazia a população local quase dobrar. Ninguém conhecia melhor que ele os caminhos das colinas ao redor de Passa Quatro.

Naquele momento, Natália pensou que o chefe preferiria mil vezes estar escalando algum morro na Serra Fina. Pelo vidro que separava a sala da delegada da do investigador, ela o viu sentado à mesa lotada de papéis em desordem. Falava ao telefone e parecia aborrecido. Depois de alguns minutos, bateu o fone no suporte, irritado.

A moça foi devolvendo as pastas de relatórios à estante atrás da escrivaninha. Quando Eulália voltasse à cidade, encontraria tudo em dia. "Virei a rainha da burocracia", ela pensou com um suspiro, antes de ir sentar-se à mesa onde ficava o computador. Nenhum de seus superiores gostava de informática: fazer contatos pela rede era mais uma de suas incumbências.

Sorriu para Monteiro, do outro lado do vidro, e ele tentou responder, mas não era muito bom nessa coisa de cordialidade. Nunca fora. Viu a moça ligar o computador e se levantou, resmungando. Acabara de falar com a exigente delegada, e logo após o telefonema da chefe recebera outro, daquele escritorzinho metido que estivera ali no dia anterior.

— Era o que me faltava, investigar uma porteira de sítio. O infeliz vai pra Europa, gasta o dinheiro do pai rico, e quando volta vem me encher as paciências porque uma porcaria de portão se mexeu. Além de me fazer abrir ocorrência, ainda fica telefonando pra me cobrar! Como se eu não tivesse mais nada com que me preocupar...

Foi à sala contígua, onde Natália provavelmente checava as mensagens da Secretaria de Segurança Estadual. Ia pedir que ela contatasse a viatura do sargento Matos e o mandasse até o sítio do reclamante, lá para os lados da Toca do Lobo. Antes que abrisse a boca, porém, o telefone da delegacia tocou. A estagiária que cuidava dos telefonemas havia saído, então Natália atendeu. Pelo olhar da policial ele percebeu que era coisa séria.

— Entendi. Pode deixar, eu aviso — ela disse, antes de desligar o telefone. E, voltando-se para ele, disparou: — Era o sargento Matos. Encontraram a Lina.

»»»»»»

As mãos enrugadas e cheias de manchas tremiam, e fecharam a tampa do baú com dificuldade. O cheiro intenso de mofo não parecia incomodá-la.

— Eu não lembro, não consigo lembrar – sussurrou. Reabriu a tampa do baú e conferiu o conteúdo pela quinta vez, os olhos arregalados saltando para fora do rosto magro. – Não está mais aqui. Será que eu tirei? Minha cabeça anda confusa... Será que eu peguei o véu e me esqueci?...

— Mexendo de novo nessas velharias, tia Merência?

A voz inesperada a fez saltar de susto. Ela apertou nas mãos trêmulas a chave pendente de uma corrente que trazia ao pescoço e se voltou em fúria para o sobrinho-neto.

— São minhas! A patroa me deu. Ninguém tem nada com isso. São só minhas!

— Que patroa, tia? – riu-se o homem. – A senhora nunca teve patrão nem patroa. Lembra? Seu marido tinha um açougue, e o meu pai abriu este restaurante faz pra mais de quarenta anos. Faz tempo que a nossa família vive sem patrão, nem ninguém mandando na gente.

— Sem patrão – ela murmurou, num eco. – Sem ninguém mandando na gente...

Ele se aproximou. Falava como quem se dirige a uma criança.

— E agora a senhora precisa se comportar. Já não é mais jovem. Não pode ficar fugindo do restaurante e indo perambular na cidade.

Ela ajeitou o cadeado na tranca e fechou-o. Ernesto fitou o baú e sorriu.

— Também precisa parar de sair por aí dizendo bobagens, tia Merência. As pessoas podem pensar que as coisas que a senhora imagina são de verdade...

Ela escondeu a corrente da chave sob o casaco. Começou a rodar o anel no dedo.

— Está me entendendo, tia Merência? – continuou ele. – Nada de ficar dizendo coisas sem sentido para as pessoas ouvirem. Isso é muito perigoso. Perigoso demais.

Com um olhar maldoso para o sobrinho-neto, a velha senhora saiu da salinha.

69

— Eu não corro perigo nenhum. Nenhum – foi o único comentário que fez.

O homem observou a tia-avó sumir no fundo do corredor. Olhou para o baú e balançou a cabeça. Depois apagou a luz da sala e fechou a porta, resmungando também.

— Eu não disse que era a senhora que corria perigo, tia.

»»»»»»

O vento frio começara a soprar desde que haviam passado pelo Rio do Quilombo. E o sol quente não durou muito: as meninas estavam tirando fotos no belvedere quando nuvens negras apareceram e o encobriram.

— O tempo tá mudando – disse Tonho, voltando a montar e fazendo sinal a Cris e Cris de que fizessem o mesmo. – É melhor a gente voltar.

— Ah, ainda é cedo – Ana Cristina olhou o céu com ar de entendida. – E essas nuvens não estão com cara de chuva. Você prometeu levar a gente de volta no tal ingazeiro! As fotos que a Cris tirou ontem não ficaram boas, eu quero tirar outras.

— Implicância sua! – a amiga retrucou. – Teve só algumas em que eu tremi…

Elas voltaram a montar, despreocupadas e sempre discutindo.

— Tudo bem, a gente passa pelo ingazeiro, mas vamos logo – pediu o rapaz, para apressá-las; estava realmente preocupado. – Vamos tomar um atalho pelo morro.

Tonho não parava de pensar que não deveria ter levado as duas garotas para tão longe do hotel. Enquanto conduzia o cavalo adiante delas, tomando um caminho que poucas pessoas conheciam, o rapaz pegou no cinto o *walkie-talkie* que todos os funcionários usavam e chamou o operador, perguntando sobre a previsão do tempo.

As duas Cris vinham vagarosamente atrás do rapaz quando ele estacou e as esperou.

— Olhe, vamos ter de deixar o ingazeiro pra outro dia. Falei com a base e disseram que vem uma tempestade brava por aí. Se a gente não se apressar, vamos pegar chuva no meio do caminho.

— Eu tenho medo de correr nesta estradinha – Cristiana respondeu.

— Bobagem – Ana comentou –, é só o Tonho fazer o cavalo dele apertar o passo que os outros apertam também, vamos lá.

O rapaz prosseguiu num trote rápido. As montarias das meninas acompanharam o ritmo. Porém não haviam descido nem cem metros e o céu escureceu de vez.

Gotas d'água começaram a cair, um raio cortou o espaço de repente e um trovão ensurdecedor soou, fazendo tremer a terra.

Os cavalos reagiram instantaneamente ao som. Tonho controlou o seu, mas os outros dois, alucinados, empinaram! Cristiana soltou um grito e se deixou escorregar para o chão. Ao mesmo tempo, Ana Cristina cerrou os dentes e se agarrou ao pescoço de seu cavalo, tentando não largar as rédeas.

Tonho viu, horrorizado, uma das meninas cair no meio do mato, enquanto a cavalgadura empinava. O outro cavalo relinchou com selvageria e saltou para fora da trilha, disparando a correr feito louco pelo morro, com a segunda garota agarrada a ele.

"Preciso acudir a que caiu!", pensou, num ápice. Desmontou e correu para onde Cristiana estava estatelada. A chuva começara, mas não estava forte. O vento, em compensação, uivava e fazia as árvores dançarem, doidas sob seu influxo.

Encontrou Cristiana deitada no meio de um arbusto seco, tremendo, com arranhões no rosto e nos braços. Parecia em choque; ele tratou de acalmá-la.

— Calma, vai ficar tudo bem. Foi só uma queda, o mato amorteceu. Não se mexa, só me mostre onde é que está doendo.

Cristiana engoliu os soluços que teimavam em querer sair. Estava apavorada.

— A-aqui… acho que me cortei… – mostrou os braços. – A Ana… onde ela foi?

— Eu já vou procurar sua amiga, agora tente se sentar – ele apalpou os pés dela, assegurando-se de não estarem feridos. – Suas pernas não doem? Nem o quadril?

O traseiro de Cristiana doía, mas o que incomodava mais eram os arranhões. E o susto: seu coração disparara e estava custando a voltar ao normal. Ela se sentou, mexeu as mãos e os pés. Tonho respirou, aliviado: aparentemente, não havia fraturas. Olhou ao redor e viu seu cavalo a olhá--lo, nervoso. O da menina trotava não muito longe.

— Eu vou ajudar você a montar junto comigo – disse. – E nós vamos ver para que lado sua amiga foi. Consegue se levantar?

Ela não parecia muito animada para voltar a montar, mas obedeceu. Ele a ergueu para a garupa, depois saltou na sela à frente da garota e fez o cavalo seguir para o lado do morro em que Ana Cristina desaparecera.

O outro equino veio atrás, a certa distância. A chuva começava a engrossar.

Não andaram muito mais. Novo raio brilhou e o trovão se seguiu, embora não tão forte quanto aquele primeiro. Tonho puxou as rédeas, estacando.

— Tem certeza… de que o cavalo da Ana veio por aqui? – Cris perguntou, a voz ainda fraca, os braços arranhados agarrados à cintura dele.

— Veio sim, mas não seguiu a trilha – o rapaz respondeu, examinando o chão com ar perito. – Dá pra ver que entrou pelo mato bem ali… Ele não tá indo pra estrada que dá no haras, acho que se enfiou pros lados da Cachoeira dos Lamentos. Vou precisar de ajuda.

Cris tratou de abafar o medo, enquanto ele pegava o *walkie-talkie* e tentava falar com a base. A chuva apertava e o vento estava ensurdecedor, agora.

— Base, aqui é Antônio, câmbio. Base! Responde, gente, aqui é o Tonho!

— O que… o que aconteceu? – a garota perguntou, vendo que ele desistia.

— O rádio parou de funcionar. É a tempestade. Já aconteceu da gente ficar sem rádio e telefone na época das chuvas. Bom, moça, eu vou ter de levar você pro hotel. Não dá pra nós dois nos embrenharmos pelo mato assim.

— Mas, e a minha amiga? – Cris soluçou.

— Eu volto pra procurar por ela, com mais gente. Não vamos perder tempo.

Não demorou muito para que ele voltasse à estrada com a filha de Luziete na garupa. Ali ventava menos, e a chuva parecia mais fina.

Os faróis de um carro piscaram atrás deles; Tonho puxou as rédeas.

— É a camioneta da papelaria – disse, acenando para o motorista.

Cristiana sentiu o coração dar outro salto, quase tão forte quanto o da hora da queda, ao ver o carro parar, a janela se abrir e o rosto preocupado de Paulo aparecer. Tonho explicou rapidamente o que acontecera e pediu:

— Você leva a menina pro hotel e avisa a gerente? Preciso voltar pra procurar a outra moça, e o rádio não tá funcionando. Pede pra eles mandarem mais gente! O cavalo desembestou do alto do belvedere pros lados da Cachoeira dos Lamentos.

Solícito, Paulo ajudou Cris a apear e a instalou no banco da frente. Ela tremia. Tinha medo de chorar se dissesse qualquer coisa, e não queria que ele a visse chorando...

Paulo ainda pegou o celular e tentou fazer uma ligação. Foi inútil. O que quer que impedira o *walkie-talkie* de Tonho de funcionar também parecia estar impedindo a comunicação via telefone móvel. Olhou para a garota assustada sentada a seu lado.

— Está tudo bem, Cris, eu não vou deixar mais nada te acontecer. Vamos já encontrar seu pai e sua mãe...

Ao recordar a brincadeira tola que Ana inventara, da troca de identidades, Cris não pôde se segurar mais. Escondeu o rosto nas mãos e desandou a chorar baixinho.

>>>>>>>

Na sala escura, iluminada apenas por uma luminária, Daniel lia atentamente o texto selecionado na tela do computador. Apenas o som dos cliques do *mouse*, que fazia baixar ou subir as páginas que ele copiava do *site*, quebrava o quase silêncio.

Lá fora, o rumor do vento nas árvores crescia à medida que o céu nublava.

Mas a nada disso ele prestava atenção. Às vezes fazia anotações em seu caderninho, apertando os olhos por trás dos óculos para enxergar melhor.

— Faz sentido... – dizia, de si para si, folheando um grande livro encadernado de verde que estava ao lado. – Hum. De novo a menção à cera de vela. Típico sincretismo do mito pagão com a tradição cristã. A magia não está na vela, mas no fato de ela ter ardido durante a missa. E mesmo assim ainda há a necessidade da sangria, do ferimento que faça escorrer o sangue. Até aí nada de novo, a não ser a citação da corrida, da peregrinação aos sete locais, mais a volta ao lugar do primeiro encantamento...

Um trovão longo, que estremeceu as bases da casa e ecoou nos morros, o fez erguer os olhos do livro. Acabava de se lembrar como a rede elétrica naquele trecho da zona rural era precária. Rapidamente, acionou o *mouse* e salvou o texto que havia copiado. Mal o computador exibiu a palavra *concluído*, o que ele esperava aconteceu: as luzes da luminária se apagaram e o computador desligou.

— Bem feito para mim – ele resmungou, levantando-se da cadeira em que estivera sentado por horas a fio e endireitando as costas. – Devia ter me lembrado de carregar a bateria do *notebook*. E quantas vezes já me aconselharam a instalar um gerador? Agora, é esperar a força voltar.

Foi até a porta e abriu-a. A tarde nem começara e o dia havia se transformado em noite. Olhou para as nuvens cinza-chumbo se acumulando, os galhos das árvores revoluteando ao sabor do vento, como se quisessem desprender-se da terra e arranhar a face dos céus. Seus olhos brilharam e ele sentiu o arrepio, uma eletricidade na atmosfera comunicando-se ao seu corpo. Teve vontade de uivar para a tempestade que se aproximava. Ela era selvagem, tanto quanto ele, que sabia muito bem o que era a fúria.

Ouviu, então, um uivo.

Estremeceu, surpreso. Ele não uivara; estava ali, normal, humano. Então, quem...?

Saiu da casa, deixando o vento bater a porta e as primeiras gotas de chuva molharem sua camisa. Deu a volta e nos fundos da casa viu, meio ocultos pela escuridão da tarde-virada-noite, dois olhos fulgurando. Era o cachorro negro de dona Lurdes e seu Manuel. Não estava, contudo, na trilha que subia até o alojamento dos caseiros. Estava semioculto na mata que escondia outra picada, uma que Daniel conhecia muito bem.

O cão não uivou de novo. Virou-se e seguiu em frente pela picada. Intrigado, o rapaz voltou para a casa e procurou por alguma coisa.

74

Numa gaveta da cozinha achou o que desejava: um facão de caça com bainha de couro.

Saiu de novo, após fechar a porta com cuidado, e, enquanto afivelava a bainha do facão no cinto, correu para a mesma trilha que o cachorro negro tomara.

Havia algo estranho acontecendo. Não conseguia identificar o que era, mas confiava em que seu instinto o levaria aonde devia ir.

>>>>>>>>

O carro sacolejava na estrada de terra, e Cristiana se sentia mais calma. Começara a responder às observações de Paulo com monossílabos, pelo menos. Desde que ela entrara na camioneta ele falava sem parar. Sabia que conversar poderia restaurar a sensação de normalidade, fazer a menina escapar ao estado de choque causado pela queda do cavalo. E continuava a falar, enquanto o limpador de para-brisa rangia ao limpar as gotas de chuva que caíam incessantemente.

— ... E eu estava mesmo indo pro hotel-fazenda. Tentei ligar lá, mas o seu celular caía na caixa postal, e na portaria me disseram que vocês estavam no haras. Daí eu decidi vir mesmo sem avisar. Não me importo de sair com chuva desde que meu pai comprou esta camioneta, ela enfrenta qualquer terreno. E eu precisava levar as revistas que a Cris comprou e esqueceu lá na livraria.

— Ahn – a garota respondeu. Havia se esquecido das revistas de dona Ludmila.

— Também, com o susto que a gente tomou naquela hora, não admira ela ter esquecido. Imagino que vocês duas devem ter pensado que isto aqui é uma terra de ninguém, quando viram aquela cena horrível e a mãe da Lina berrando daquele jeito...

— Foi – ela murmurou, lembrando como se sentira naquela hora.

— Ainda não tivemos notícias da Lina – ele suspirou. – Ninguém sabe o que aconteceu. O Jonas pensa que ela foi encontrar alguém, um namorado. Eu não sei. Olhe, pra falar a verdade... – ele pausou, reunindo coragem para a confissão. – Eu namorei a Lina no ano passado. Não durou muito, mas sei que ela é uma menina direita. Não ia sumir assim, deixando a mãe sem notícias nem nada. Meu pai fica falando que ela mentiu, porque a mãe não estava doente. Vai saber o motivo.

— É... – foi o monossílabo daquela vez.

— Bom, a polícia tá investigando. O doutor Monteiro tem aquela cara enfarruscada dele, mas é um policial de primeira. Me contaram que ele já teve até proposta de ir trabalhar com a polícia de Belo Horizonte, e não quis, só porque gosta daqui. Meu pai diz que o avô dele tinha uma fazenda em Passa Quatro e vendeu, daí foi pra São Paulo. Tempos depois, um dos filhos dele, o pai do doutor Monteiro, voltou pra abrir um negócio aqui e tentou comprar as terras de volta, mas quem comprou não quis aceitar... Ah, estamos chegando.

Cristiana suspirou. Haviam entrado nas terras do hotel-fazenda, finalmente. Agora precisava dar um jeito de evitar que ele fosse com ela encontrar os pais de Ana. Não podia deixar que descobrisse a troca de nomes entre as duas!

Assim que o carro passou pela portaria, pediu:

— Paulo... obrigada por me trazer. Pode parar por aqui.

Ele obedeceu, apesar da surpresa.

— Não quer que eu vá com você? Está machucada, com todos esses cortes...

Firme, ela conseguiu dizer:

— Melhor não. Depois eu explico, mas agora é melhor você ir pra casa. Por favor.

O rapaz não entendeu nada. Olhou-a nos olhos e viu lá a agonia que estava torturando a menina. Não quis discutir; apertou sua mão e sorriu.

— Você é quem sabe. Mais tarde eu telefono pra saber notícias da Cris.

Ela correu para a recepção e ele manobrou o carro, dando meia-volta. Viu então Benê, um funcionário que deixava a portaria de entrada sob um guarda-chuva, e o abordou.

Explicou rapidamente o que Tonho lhe contara, pedindo que avisasse a gerente. Enquanto o rapaz corria para a recepção logo atrás de Cris, Paulo retomou a estrada de terra, transformada em lama. Imaginava se havia algo mais, além do acidente com os cavalos, por trás da estranha agonia nos olhos da garota que julgava chamar-se Ana Cristina.

»»»»»»

Ela sabia, conscientemente, que fazia poucos minutos que o trovão fizera o cavalo empinar e disparar para o meio do mato. Na superfície de sua mente, porém, sentia que estava cavalgando fazia horas, dias.

Agarrava-se ao pescoço ofegante do cavalo, que bufava enquanto galopava velozmente entre galhos, arbustos, troncos. O pavor era tanto que ela quase não ousava respirar, com medo de açular ainda mais a loucura da montaria.

Adiante, adiante, morro abaixo, morro acima, ramos secos arranhando seu rosto, água molhando suas roupas, e o bufar do equino enlouquecido levando-a para dentro de um inferno verde, molhado, desconhecido.

Quis gritar, falar, puxar as rédeas que ainda segurava, fazer alguma coisa que acalmasse o animal que fremia sob suas pernas e seus braços, mas não podia: estava paralisada. Nunca sentira tamanha falta de domínio sobre si mesma.

De súbito, quando já não aguentava mais segurar-se, soou uma saraivada de trovões. O cavalo empinou mais alto dessa vez, e ela viu entre as lágrimas o clarão dos relâmpagos no céu. A voz se desprendeu de sua garganta e ela gritou, rouca, alucinada.

Depois sentiu que era arremessada para longe e fechou os olhos.

O baque foi rápido e molhado. Ela ergueu o rosto instintivamente, pois sentira a água gelada tentando invadir seu nariz. Tinha de reagir. Precisava levantar-se!

Com um esforço de que não se julgava capaz, Ana Cristina prensou as palmas das mãos no chão e ergueu o corpo. Seus olhos se abriram e ela viu através dos cílios molhados que caíra numa poça entre pedras cobertas de musgo. Um riacho de águas lamacentas corria ao lado, e havia touceiras de mato por toda parte.

Sentiu a dor aguda em algum ponto da perna esquerda quando tentou levantar-se, mas se ergueu mesmo assim, apoiando-se nas pedras e tentando firmar-se apesar de os dedos escorregarem no musgo. Afinal, ficou em pé e olhou em torno, tentando vencer a tontura que a invadia.

Viu melhor o riacho, a corrente rápida pipocando com as gotas de chuva que caíam grossas. O mato era alto ao redor das margens, e árvores secas se entremeavam com pedras e arbustos. Mais além, de seu lado da margem, o terreno subia num pequeno barranco. Não havia trilha, nem caminho, nem nada. O cavalo desaparecera.

"Tudo bem", disse a si mesma, abraçando-se para tentar espantar o frio. "Estou viva. Podia ter caído de mau jeito e batido a cabeça nas pedras... Só preciso sair daqui."

Sentiu as roupas molhadas e de novo a dor, agora mais localizada, no tornozelo; moveu o pé e ele obedeceu dolorosamente, permitindo-lhe dar alguns passos para o terreno mais seco. Se é que se podia chamar de seco o pedaço de terra cheio de mato alto e encharcado onde pisou.

Suas botas e mãos estavam repletas de lama, os cabelos emplastados na cabeça por obra da chuva. A echarpe desaparecera, havia rasgos na camiseta, e a calça, para sua vergonha, estava molhada não apenas de água, mas de urina... Ela nem sentira em que momento aquilo acontecera.

Olhou para o pedaço de céu visível através dos galhos retorcidos das árvores; viu apenas pesadas nuvens cinzentas, relâmpagos ameaçadores. E água caindo.

Não tinha a menor ideia de onde se encontrava. Não sabia o que fora feito de Cristiana ou do rapaz do haras. Mas o lado racional de sua mente assegurava que as pessoas iriam procurá-la. De alguma forma, seria encontrada. Tinha de acreditar nisso.

Seu lado irracional, contudo, parecia estar mais criativo que de costume naquele dia. Ela não sabia para que lado ir naquele mato. E se, ao tentar sair dali, se perdesse mais ainda? E se congelasse de frio naquela tempestade? E se os outros somente a encontrassem quando fosse tarde demais? E se... se houvesse feras na floresta?

Fechou os olhos e passou as mãos, mesmo enlameadas, no rosto, tentando limpar as lágrimas que escorriam juntamente com a água da chuva. Não! Ela não era personagem de um conto infantil, perdida na floresta à mercê dos lobos ou dos ursos.

Aquela não era a Floresta Negra das histórias dos Irmãos Grimm.

Estava em Passa Quatro, Minas Gerais, e ia sair dali.

A primeira coisa a fazer era pedir ajuda.

— Socorro! – berrou, o primeiro grito saindo rouco. Limpou a garganta e soltou o segundo: – Alguém! Me ajude!...

Deu mais alguns passos, ignorando a dor no tornozelo, e então viu, no que parecia uma trilha barranco acima, um animal parado.

Olhos fulgurantes sob uma capa negra de pelos molhados, com gotículas em cada pelo brilhando à luz dos relâmpagos. O bicho respirava. Olhava-a. E rosnava.

Pela primeira vez na vida, Ana Cristina experimentou o terror absoluto. A palavra "lobisomem" se formou em seus lábios ao mesmo tempo que o coração dava um salto em falso. Ela sentiu que a consciência a abandonava e que seu corpo caía, o rosto mergulhando no mato molhado.

»»»»»»

O sargento Matos segurava o guarda-chuva sobre a cabeça de Monteiro. A chuva diminuíra, o que ele agradecia a Deus. Estava com as botas encharcadas e não podia sair dali enquanto o chefe não o dispensasse e o carro do necrotério não chegasse com o médico-legista. Natália havia acionado todo mundo, mas aquilo estava andando vagarosamente demais para seu gosto.

Tinha de admitir, porém, que não era nada fácil analisar uma cena de crime debaixo de chuva e naquele lodaçal. Olhou para a vala, em cujas bordas Monteiro se debruçava ignorando o cheiro ruim e até a chuva, que só não molhava sua cabeça graças ao guarda-chuva do sargento.

O subdelegado colocara um par de luvas e erguia o véu encharcado que cobria a cabeça da moça morta. Mesmo acostumado com aquele trabalho, Matos sentiu o estômago se revoltar. Conhecia Lina e sua mãe fazia anos, elas não eram o tipo de gente com quem essas coisas aconteciam. Pessoas decentes, trabalhadoras. Em sua cabeça de policial, assassinatos e coisas violentas só deveriam acontecer a traficantes, ladrões, viciados, prostitutas... o mundo deveria funcionar assim, para o sargento Matos.

Mas não funcionava, e a prova estava diante dele: o corpo de Lina fora encontrado estatelado numa vala, no terreno do aterro sanitário, cercado por um cheiro horroroso. A bolsa estava a seu lado; tanto na bolsa quanto nas roupas da moça havia vestígios de um pó fino, que a chuva ia transformando em uma camada de lama cinzenta. Quando Monteiro ergueu o véu, os dois viram os olhos da moça arregalados, voltados para o céu, um ar de espanto no rosto imóvel. Nenhum sinal aparente de violência, a não ser, claro, o buraco ensanguentado no peito... e a cabeça. O sargento sentiu uma indignação profunda, como homem e como policial. Ia ajudar a pegar aquele assassino, de alguma forma, e fazê-lo pagar por mais aquela crueldade.

Lina estava completamente careca.

»»»»»»

O que era aquilo?

Daniel ergueu o braço e pegou o que parecia uma tira de tecido enroscado num galho de árvore.

Instintivamente, levou-o ao nariz. Seda. Colônia importada, leve suor feminino, adrenalina. Medo. Fazia tempo que não sentia esse perfume...

Baixou o rosto e perscrutou o chão de terra. A chuva diminuíra, mas mesmo assim atrapalhava bastante. Foi andando em frente, usando como guias também as pegadas do cão negro, que podia identificar com facilidade. Estava incomodado pelo fato de o caminho ser quase o mesmo que ia dar na caverna. Aquele lugar permanecera tantos anos oculto... não podia ser descoberto agora, não quando faltavam apenas alguns dias para...

Passou a mão sobre as lentes dos óculos, turvas por causa dos pingos de chuva. E parou, atento: ouvira algo. Um rosnado, ou uma voz?

A mão no facão em sua cintura, ele se voltou para o lado donde viera o som e apressou o passo.

»»»»»»

Cristiana estava completamente zonza. Grogue.

Era resultado do remédio, ela sabia. Havia chegado ao hotel-fazenda em tal estado de histeria, depois de deixar o carro de Paulo, que a gerente a encaminhara ao ambulatório antes mesmo de chamar dona Ludmila e seu Irineu.

Os pais de Ana ficaram apavorados. A tempestade não cessava e Ana e Tonho não voltavam... Para piorar, houvera queda de eletricidade. Tudo tinha ficado escuro até o gerador ligar. Infelizmente o gerador não podia fazer os telefones funcionarem; nem fixos nem móveis davam sinal de vida após a primeira rodada de relâmpagos.

Vários funcionários do hotel foram enviados à procura da garota. Outro homem do haras percorria os caminhos da serra a cavalo, dois seguranças foram de moto e mais um de carro. Mesmo assim, seu Irineu não quis ficar à espera. Chamou Damasceno e os dois saíram rodando pela estrada; ele soubera do recado de Tonho, de que o cavalo da menina desembestara para os lados da Cachoeira dos Lamentos, e ordenou ao motorista que seguisse para aquela região.

Enquanto fora preciso cuidar de Cris, dona Ludmila havia se mantido calma. Depois que a garota fora medicada, porém, ela sentiu o choque que estivera tentando evitar até ali. Sua única filha, perdida na mata... e tivera uma de suas taquicardias.

A médica de plantão cuidara dela. Dera-lhe um calmante leve e pedira a uma enfermeira que acompanhasse a mulher até seu quarto no chalé. A gerente avisara que se tratava de gente muito rica, o que a levou a recomendar que não a deixassem sozinha. A mãe de Ana Cristina concordou em se deitar e adormeceu por ação do sedativo.

Cris ainda se encontrava na enfermaria, esperando terminar de pingar em suas veias o soro com medicação que haviam insistido em prescrever-lhe. Soubera que seu Irineu saíra em busca da filha e que dona Ludmila fora levada ao quarto. E ela, até quando teria de ficar ali?...

Percebeu que o soro terminara, porém ninguém do ambulatório apareceu para tirar o cateter de seu braço. Levantou-se da maca, com dificuldade. Vestia uma camiseta branca e uma bermuda que a mãe de Ana trouxera para substituir as roupas molhadas e enlameadas com que chegara.

Andou até a porta da salinha branca e fria. Ouviu vozes, pensou em chamar alguém e pedir para sair dali... Sem querer, ouviu a conversa lá fora.

— Tem certeza? – dizia a voz da médica, doutora Jane, com incredulidade.

— Absoluta – respondeu a assistente de enfermagem. – Meu primo contou, ele veio da cidade agorinha. Só se fala nisso por lá. Ela morreu mesmo, coitada.

— E como foi que a notícia se espalhou tão depressa, se desde que caiu a chuva os telefones não funcionam?

— Até parece que a senhora não vive no interior, doutora. Notícia ruim é que nem fogo por aqui, espalha rapidinho. E pode acreditar, se meu primo contou, é a verdade pura. Acharam o corpo da Lina pra lá do aterro sanitário.

— Mas o resto... deve ser invenção. Essa história do véu cobrindo o rosto do cadáver parece mais coisa de livro de terror!

— Se é invenção, não foi do meu primo, que ele nem tem imaginação pra inventar uma coisa horrorosa dessas. Deus que me livre, além de matar a moça e cobrir com um véu, como se estivesse no caixão, pra que é que tinham de raspar a cabeça dela?!

A médica suspirou com ar de entendida.

— Ah, a mente dos criminosos é um mistério. Tem estudos psiquiátricos sobre isso, patologia de crimes, perfis de assassinos seriais. Mas o mais engraçado é que eu podia jurar que já ouvi uma história parecida. Não me lembro onde. Um assassino que corta os cabelos das suas vítimas...

Cris se sentiu enregelar, parada ali na salinha do ambulatório.

Ouviu a médica e a assistente saírem, provavelmente para a sala de espera. Respirou fundo, tentando afastar a zoeira dos ouvidos. Sentou-se na maca. Com o máximo cuidado, puxou o esparadrapo cirúrgico que mantinha preso o caninho ao seu braço. Prendeu a respiração e arrancou o cateter, num movimento preciso.

Na mesa de suprimentos encontrou o rolo de esparadrapo. Cortou um pedaço com os dentes e colocou sobre o furinho da agulha. Ótimo. Agora, tinha de sair dali.

Sem fazer barulho, ela saiu no corredor e escapuliu para um saguão na sede do hotel-fazenda. Ninguém a viu, ou, se viu, não lhe deu atenção. Saiu num dos jardins e correu para o chalé. A chuva cessara totalmente. Entrou pela porta lateral e foi para o quarto que dividia com a amiga. O livro... estava na gaveta de baixo da cômoda.

Cristiana não sabia exatamente por que precisava, sem demora, ler o capítulo seguinte. Sabia apenas que era crucial para ela e para Ana que descobrisse o que aconteceria a seguir na história de Hector, Beatrice e Alba.

Abriu na página sob o cabeçalho que dizia "Capítulo 7" e mergulhou na leitura.

CAPÍTULO 7

ARMADILHA

A assombração matara mais um inocente. Era o que se falava à boca pequena, o único assunto do dia que se espalhou como fogo em toda Passa Quatro e até nas redondezas. Na hora do almoço, o delegado Belmudes subiu a estrada de terra para conhecer os detalhes do caso. Hector repetiu o que contara ao coronel. Notara o desaparecimento da boneca de Cordélia, uma com a mesma cor de cabelos e o mesmo penteado da lavadeira, uma adolescente conhecida como Valdina. Aliás, a boneca reaparecera misteriosamente no quarto da falecida, agora com o novo visual careca, coberto pelo véu.

Curioso, o delegado examinou as bonecas e concordou com Hector. As tosadas ainda apresentavam tufos de seus antigos cabelos, cada um correspondente à tonalidade dos cabelos das três vítimas de Passo Quatro, em crimes ocorridos nos últimos dois meses. Ele somente desconhecia a existência de outra vítima, a dona dos fios dourados.

— A assombração mata e depois faz isso com as bonecas para nos botar medo – disse, como um grande conhecedor de assuntos além-túmulo.

— Senhor, o *assassino* – e Hector frisou bem a última palavra – escolhe vítimas que tenham cabelos iguais aos das bonecas.

Não conseguia engolir a versão de que Cordélia fosse a responsável pelas mortes, apesar de o delegado afirmar que ela era a única culpada. Não existiam três testemunhas que confirmavam sua presença na cena do crime? Maria, a vizinha fofoqueira e o próprio professor de inglês? O coronel, ao lado deles no quarto da filha mais velha, se remexeu, inquieto. Belmudes já definira o próximo passo.

— Vou pedir ao bom padre que reze uma missa para a defunta… Com sua permissão, claro, coronel. Afinal era sua filha…

— Permissão dada.

— Uma missa não vai impedir novos assassinatos! – protestou Hector. – Ainda restam quatro bonecas!

Ficou falando sozinho. Belmudes e Albuquerque saíam do quarto, este último avisando que pagaria pela missa e também pelo caixão da lavadeira. E a família da infeliz ainda receberia um mês extra de pagamento.

— Muita gentileza da sua parte, coronel – disse o delegado antes de desaparecerem no corredor.

Hector ia segui-los, continuar argumentando até fazer o bom-senso acordar aquela gente supersticiosa, quando alguém o prendeu pelo cotovelo. Sobressaltado, tentou escapar, até perceber que o braço vinha do quarto de Alba.

— Entre! – cochichou ela.

Assim que o rapaz obedeceu, ela fechou a porta.

— Meu pai... – disse, trêmula. – O senhor deve fugir daqui, pois ele vai matá-lo!

— Foi ele, não foi, senhorita? Ele matou a lavadeira e as outras vítimas!

Alba cobriu os lábios, sufocando o choro.

— A senhorita precisa contar a todos! Ele vai continuar matando. Ainda há quatro bonecas e...

A jovem não aguentou mais. As lágrimas vieram num turbilhão que a enfraqueceram. Com cuidado, Hector a envolveu contra si. Alba era uma prisioneira.

Quando o choro se esgotou, ela se libertou do rapaz. Seus olhares se encontraram. Um parecia conhecer o sofrimento do outro. O desespero dela era o mesmo que vira em sua mãe, Leonor.

— O senhor é mesmo filho de um conde? – sorriu Alba, mudando de assunto para esquecer a tristeza.

— Não – admitiu ele, dando de ombros. – Meu avô era bastardo de um bastardo real. Esta é a porção de sangue nobre na família.

A jovem riu, algo que não devia fazer havia muito tempo. A vontade de Hector era permanecer ao lado dela, alegrando-a, contando histórias com finais felizes.

— Fuja comigo – pediu, num impulso. Corou violentamente ao perceber que a proposta poderia soar desonrosa. – Digo, fugir apenas como amigos... ahn... irmãos.

O riso desaparecera. Alba olhava para um retrato pendurado na parede, que trazia a imagem da família Albuquerque Lima uns cinco anos antes: o coronel estava em uma cadeira e era rodeado pela esposa e pelas filhas. Alba aparecia sobre um banquinho e Cordélia, atrás da cadeira do pai.

— Não posso abandonar minha irmã – disse a jovem. – Por favor, me deixe sozinha.

»»»»»»

À tarde, a família e os empregados da fazenda Sete Outeiros desceram a serra para o enterro de Valdina no cemitério da cidade. Uma ocasião amarga, que deixou Hector ainda pior. Se tivesse reparado antes no sumiço da quarta boneca, a adolescente poderia estar viva. Se tivesse chegado mais cedo ao compromisso com Beatrice... Se não tivesse tentado libertar Leonor naquela noite... Se e se... Sua vida era definida apenas por possibilidades, um amontoado de "ses" que jamais o levavam a lugar algum.

Estelinha depositou flores no túmulo de Cordélia, no mausoléu da família Albuquerque Lima. O pai disfarçou suas lágrimas e recebeu os cumprimentos do irmão mais novo, que veio com a esposa e três filhos pequenos. Mais afastada dos dois, Alba chorava sem que ninguém a amparasse. Hector teve vontade de lhe levar algum conforto, mas não ousou aproximar-se. Ficou apenas observando a estátua de anjo-guerreiro sobre o mausoléu, um trabalho que dava um status artístico à pequena construção com paredes de mármore branco.

No retorno à fazenda, Estelinha contou pela enésima vez que, três anos antes, quase conversara com a atriz francesa Sarah Bernhardt, quando esta apresentava a peça *La Tosca*, no Rio de Janeiro.

— Dei dinheiro para uma das camareiras e consegui me esconder no camarim. E o senhor nem imagina o que aconteceu!

Ele já sabia. Mas fez de conta que escutava a história pela primeira vez. Empolgada, Estelinha manteve o ritmo animado da conversa, um contraste com a tristeza geral. Os pais de Valdina lhe lançaram olhares angustiados.

— Na cena final, Sarah machucou-se gravemente e foi levada chorando de dor até o camarim. Nem pude cumprimentá-la!

Alba, sentada próxima a Hector na carroça, se fechara novamente em sua solidão. Talvez pensasse na irmã. Por que não poderia abandoná-la? A não ser que Cordélia não tivesse morrido...

O sono do rapaz durante a noite e a madrugada foi tranquilo. Nenhuma aparição o incomodou e nenhuma das oito bonecas assombrou seus sonhos. De manhã, ele se levantou sem pressa, espreguiçando-se com vontade. Contou e recontou as bonecas. Estavam todas sobre a prateleira.

Hector se lavou com a água da bacia, enxugou-se, vestiu-se distraidamente. Pôs os óculos, fez a barba, aparou o bigode, penteou os cabelos e mais uma vez conferiu as bonecas. Uma delas tinha os cabelos presos numa única trança, como Alba costumava usar. E eram da mesma cor avermelhada...

O pente escapou de seus dedos, batendo com estrondo na penteadeira antes de ir ao piso de madeira. *Alba seria a próxima vítima?*

Atarantado, o rapaz pôs as meias e calçou os sapatos. Bateu à porta do quarto da jovem, mas não teve resposta. Então, desceu voando para o térreo, com outra ameaça martelando em sua cabeça. Aquele dia terminaria com a primeira noite de lua cheia do mês.

»»»»»»

— Onde está a senhorita Alba? – disse para Maria, ao vê-la diante do fogão. Merência, junto da mãe, acenou para ele, pedindo colo. – Hoje não posso, senhorita! Desculpe-me!

Ao se virar para responder, Maria derrubou com o cotovelo o bule de café que acabava de coar. Foi tudo rápido demais. Só quando sentiu o líquido queimando suas costas é que Hector soube o que o instinto o mandara fazer. Empurrara a empregada para longe antes de cobrir a menina com o próprio corpo.

Prática, Maria pegou uma faca e cortou as roupas dele na altura das costas, evitando que grudassem na pele. A seguir, espalhou água fresca sobre a queimadura. Hector gemia baixinho, controlando-se para não gritar de dor. Merência, encolhida sob seu peito, acariciava-lhe o rosto.

— Dodói passa... – disse, dando-lhe coragem.

Maria agachou-se ao seu lado, sem saber como agradecer. Escolheu o que lhe ditava a consciência.

— O senhor tem coração bom. É assassino não.

Hector virou o rosto para ela, espantado. Ele, o assassino?!

— Meu irmão, o Ernesto, é o homem de confiança do coronel. É ele que vai matar o senhor!

— Mas eu não...

— O senhor tem que fugir agora!

Foi a criança quem mostrou que havia uma quarta pessoa na cozinha. Sem entender a gravidade da situação, ela sorriu para o tio Ernesto.

— Fica de fora dos assuntos do coronel, Maria – rosnou ele, aproximando-se para lhe arrancar o rapaz.

— Mas ele salvou a vida da Merência!

— Falei pra ficar de fora! – reforçou, enquanto tirava a arma do cinturão. – Se o coronel descobre, expulsa vosmecê e suas crianças da fazenda!

Amedrontada, Maria não insistiu mais. O que uma simples empregada poderia fazer? Não arriscaria a vida de sua família. Sem encarar o rapaz, ela pegou a filha para tirá-la do caminho. Hector quis se defender, mas um murro bem em cima da queimadura o alertou sobre os malefícios da resistência em situações de tremenda desvantagem. Principalmente se há uma arma apontada contra sua cabeça, como era o caso.

— O coronel quer falar com vosmecê, seu desgraçado!

»»»»»»»

Hector foi arrastado por um bom trecho da fazenda em plena luz do dia sem que ninguém interferisse nos assuntos do coronel. Estelinha e a filha estavam longe, na cidade, para acertar com o padre os detalhes da missa de Cordélia. Só descobririam sobre a *partida* do professor de inglês quando regressassem.

Albuquerque aguardava os dois homens nos limites de Sete Outeiros, à beira de uma área de mata fechada. Ao ver Hector, cuspiu na cara dele antes de lhe acertar um soco no estômago. O rapaz se dobrou de dor, caindo de joelhos.

— Acha mesmo que sua fuça nojenta me engana? – disse o coronel, quase rangendo os dentes. – Aposto que nem inglês é!

— Mas eu sou ingl...

Um novo soco acertou o lado esquerdo de seu rosto, quebrando as lentes dos óculos. O rapaz engoliu sangue, talvez um ou dois dentes...

— Não matei ninguém...

Mais três impactos violentos do punho do coronel o atingiram no mesmo lugar, estraçalhando ossos menores e quase explodindo seu olho esquerdo. O nariz estava arrebentado. Os chutes contra seu corpo vieram a seguir. Ernesto, ainda segurando a arma, cruzou os braços para assistir à fúria do patrão.

— Minta não, maldito! Seu jeito de santo não funciona comigo! Tirei minha filha de Passa Quatro para protegê-la do assassino, mas vosmecê nos seguiu até São Paulo e depois até Santos...

A dor tenebrosa não impediu Hector de raciocinar. Albuquerque achava que ele estivera antes em Passa Quatro, quando teria matado as duas primeiras vítimas? O que o levara a deduzir aquele absurdo?

Como se ouvisse seus pensamentos, o coronel interrompeu a surra para recuperar o fôlego. Bater e falar ao mesmo tempo não devia ser fácil.

— Sabe como descobri? Vi vosmecê na pensão, saindo do quarto da senhorita Beatrice! Como a polícia, também acreditei que fosse apenas um amigo da família que apareceu na hora errada. Mas quando foi atrás de nós...

Outro chute. E muitos outros. Então os Albuquerque Lima tinham se hospedado no mesmo lugar que Beatrice e o pai? Hector não se lembrava deles. De qualquer forma, passara mais tempo na delegacia de polícia, tentando provar sua inocência, do que na pensão de dona Clementina.

— E sempre arrumando um jeito de ficar perto da Alba, inventando aquela mentirada sobre aulas de inglês... Sempre de olho na minha filha!

Hector só conseguia respirar pela boca. O sangue congestionava o que sobrara do nariz. A mente continuava lutando para se manter desperta. Se Albuquerque não era o assassino, então existia outro solto por aí. E Alba... Ela seria a quinta vítima!

— Quando não conseguiu pegar minha filha, matou a Valdina! Que tipo de monstro vosmecê é, hein? Ah, minha vontade é lhe surrar até que o diabo carregue sua alma para a danação eterna...

A vontade, no entanto, não trouxe novas pancadas. Albuquerque se abaixou para suspendê-lo pelo queixo.

— Fui mais esperto – disse. – Trouxe vosmecê para minha fazenda, onde podia ficar de olho nas suas mentiras. O Ernesto ia até lhe dar uma morte de gente... Mas vosmecê então pegou a Valdina! E bem debaixo do meu nariz! Agora merece morrer que nem cão sarnento! Só esperei que se sentisse tranquilo, achando que uma assombração levaria a culpa por tudo...

— O delegado... e-ele...

— Sim, ele sabe que não foi assombração nenhuma. E concorda comigo. Somos nós que protegemos nossa gente. E fazemos o que precisa ser feito.

— A boneca... Alba... ela...

Ao ouvir o nome da filha, o coronel o soltou para que despencasse contra o chão duro. Os ossos quebrados estalaram, alguns deles já saltavam sob sua pele. O último chute foi contra a cabeça, apagando qualquer noção de existência.

»»»»»»

— O coronel quer que eu dê um tiro na nuca dele? – ofereceu Ernesto, sempre prestativo.

— E acabar tão rápido com o sofrimento desse miserável?

Albuquerque relaxou os ombros, como se tirasse deles um peso imenso. Acabava de salvar sua gente de um assassino de fala mansa e modos polidos que mascaravam sua natureza bestial. E, mais importante de tudo, a doce Alba ficaria em segurança. Perdera Cordélia para uma doença horrível. Não permitiria que nada machucasse a única filha que lhe restara.

— Joga na ribanceira mais próxima – mandou. – Ele não vai durar até a hora do almoço.

CAPÍTULO 8

REVELAÇÕES

As lágrimas escorriam pelo rosto de Cristiana.

"Preciso parar de ser manteiga derretida", pensou.

Foi procurar lenços de papel na bolsa. Uma das coisas que Cris detestava sobre si mesma – e havia muitas! – era sua sensibilidade, que a fazia chorar em filmes românticos, histórias tristes, às vezes até em desenhos animados. Naquele dia, claro que estava especialmente nervosa com a queda do cavalo e o fato de que até àquela hora ninguém havia encontrado o menor sinal de Ana Cristina.

Lágrimas secas, fechou a capa marrom chamuscada que protegia as folhas datilografadas.

"Isto aqui não pode ser só ficção, como a Cris disse que era. Tem muita verdade na história... Claro que lobisomens não existem, mas... esse personagem, o Hector, é tão real! Ninguém entende o que ele é, só se dá mal, apanha, sofre..."

Sentiu que ia chorar de novo. Furiosa consigo mesma, jogou o livro de volta na gaveta, fechou-a e foi lavar o rosto. Precisava ir ao outro quarto ver se dona Ludmila estava melhor. E não queria ir com cara de choro.

Esperava que ela ainda dormisse. Se estivesse acordada, poderia ouvir as fofocas sobre a morte da pobre moça que trabalhava na livraria do pai de Paulo. Conferiu sua imagem no espelho do banheiro e tentou afogar o próprio medo. Havia esperado que o livro esclarecesse alguma coisa sobre as mortes misteriosas, da história e da vida real, mas até o ponto em que parara de ler só conseguira arrumar mais dúvidas. Hector não era o assassino, e parecia que o pai de Alba também não. Havia o negócio do fantasma, claro. Quem sabe no livro o fantasma era mesmo o assassino? Nesse caso, não haveria mais semelhanças com a vida real. O mais provável era que alguém que houvesse lido o livro tivesse usado a ideia básica para matar Lina...

90

Fez força para não pensar mais naquilo, enquanto ia procurar dona Ludmila.

>>>>>>>>

Ana Cristina nunca havia desmaiado antes, e não estava gostando nem um pouco da sensação. Entreabriu os olhos e sentiu a luz feri-los, envolvida por súbita falta de ar.

Percebeu imediatamente que a chuva havia parado; estava enrolada em uma jaqueta *jeans*, e não se encontrava mais junto ao rio. Suas costas se apoiavam numa superfície dura: uma pedra alta. Estava sentada sobre algo macio, e apalpando o terreno descobriu ser uma placa de musgo. Úmida, mas macia.

Havia alguém debruçado sobre ela, dizendo:

— Abra os olhos e respire fundo. Você logo vai se sentir melhor.

Ela conhecia aquela voz... era quente, afável, e a inflexão carinhosa a fez ter vontade de chorar de novo. Lembrou-se, de repente, do cão negro rosnando para ela.

— Eu... onde...

— Estamos numa região de mata nativa, nos arredores da Toca do Lobo. Pelo que percebi, teve uma queda do cavalo, não foi?

Ela se encolheu dentro da jaqueta e olhou o desconhecido nos olhos. Seu olhar clareou e o coração disparou. Era o rapaz do jipe do exército.

— Encontrei você caída ali embaixo, perto do rio – ele continuou. – Vi as pegadas do seu cavalo, mas não sei onde ele está. Deve se lembrar de mim: eu invadi a fotografia que você e seus amigos estavam tirando, no centro da cidade. Meu nome é Daniel. Como você se chama?

Tímida, ela baixou os olhos. E se ela dissesse que seu nome era Beatrice?...

Não, isso não ia dar certo.

— Cris – respondeu. – Cris... tiana. Estou hospedada no hotel-fazenda Sete Outeiros. Com meus... com minha amiga e os pais dela. – Assim que começou a mentir, sentiu-se mais segura. – Sou filha da governanta deles. Vim pra fazer companhia à minha amiga.

O rapaz exibiu o que lhe pareceu um sorriso irônico. Depois tentou tirar uma de suas botas. Ela encolheu a perna, a dor no tornozelo a fez gemer.

— Tenho de ver se fraturou algum osso, é preciso descalçar. Não quis transportá-la para mais longe enquanto não acordasse e víssemos isso. Onde dói?

Ela apontou o ponto na junção do pé com a perna. O rapaz abriu os zíperes das botas enlameadas e as retirou com imenso cuidado, sujando bastante as mãos no processo. Morta de vergonha, consciente do cheiro de urina que vinha de suas calças e também das meias, Ana o analisou enquanto ele desnudava seus dois pés e os apalpava com grande perícia.

Aparentava uns vinte e poucos anos, tinha cabelos castanhos, usava um par de óculos estilo antigo, de aro fino e circular. Vestia camisa azul e calças *jeans*.

— Não, não há fraturas. O tornozelo esquerdo tem um belo hematoma, mas acho que não luxou. Deve ter batido numa pedra ou tronco quando você caiu – ele concluiu.

— Você é médico? – indagou, tentando não demonstrar que o toque das mãos dele em sua pele lhe causava arrepios. Arrepios gostosos, que aqueciam o coração.

— Não. Eu só… passei por muitos apertos na vida, e aprendi certas coisas sobre primeiros socorros. Agora, respire fundo, vamos.

Ela obedeceu e sentiu uma pontada na cabeça. Mas sua mente estava mais desanuviada. Olhou ao redor, olhou para cima. O céu também clareara bastante.

— Meu celular! – exclamou, tentando achar algo no bolso da calça molhada. – Preciso falar com meus… meus amigos.

Daniel sorriu para ela e tirou do próprio bolso o que ela reconheceu como seu celular. Cheio de lama e pingando água. Havia até molhado a roupa dele.

— Sinto muito, encontrei jogado ao seu lado naquela poça. Não iria funcionar, mesmo que a rede não tivesse caído. Já tentei chamar ajuda pelo meu, e nada. A tempestade deve ter afetado as torres de transmissão. Não há serviço.

— Então... – ela pegou o celular pingante, desorientada. – O que eu faço?

— Não se preocupe, vou levar você para seu hotel. Mas antes teremos de atravessar a mata pra chegar à minha casa, onde está o jipe. Acha que consegue andar?

Não foi muito fácil, pois ela ainda estava zonza pela correria através da floresta, o susto, a queda, o desmaio. Tremia feito uma folha ao vento, e o pé esquerdo doía quando andava. Daniel a amparou por todo o caminho, o que ela teve de confessar a si mesma que era assustador e prazeroso ao mesmo tempo. Ele era atlético, ágil, apesar do aspecto de intelectual que os óculos lhe davam. Por outro lado, havia algo nele – uma aura, um não-sei-quê – que a apavorava.

Demoraram mais de meia hora para subir barrancos, atravessar mato alto e molhado, cruzar trilhas e chegar ao quintal traseiro de uma casa que a Ana Cristina pareceu verdadeira tapera. Diante da porta ela parou, aterrorizada: junto à mata lateral, o cão negro estava sentado placidamente, olhando para ela.

O rapaz a tranquilizou.

— Não se assuste, é só o cachorro do casal que cuida da minha casa quando estou fora. Pra falar a verdade, foi ele que farejou você e me ajudou a encontrá-la. Venha...

Ao adentrar a casa, Ana teve de admitir que não era nada do que esperava. O interior, contrastando com o aspecto externo, era tremendamente confortável. A grande sala era mobiliada com móveis rústicos, e havia coisas espalhadas por toda parte, mas isso acrescentava um certo charme intelectual ao lugar. O *notebook* sobre a grande mesa era equipamento de última geração, e ela podia jurar que aquele quadro na parede era um legítimo óleo de Tarsila do Amaral.

Daniel atravessou a sala e a levou ao quarto de dormir, e de lá a um banheiro com todas as comodidades modernas. Sentou-a num banquinho e foi pegar uma toalha.

— Ainda bem que instalei um chuveiro a gás. A eletricidade ainda não voltou... Se quiser tomar um banho rápido, eu arrumo umas roupas limpas pra você usar. Não vai ficar lá muito *fashion*, mas você se livra da lama. E então eu a levo para casa.

Ele ligou a água quente e Ana não sabia o que dizer. Estava cada vez mais embaraçada. Tirar a roupa numa casa estranha, com um homem estranho por perto…

Ele, porém, depois que lhe trouxe uma camiseta e uma bermuda limpas, além de chinelos de borracha, fechou a porta e a deixou sozinha. Mais que depressa, a garota travou a tranca do banheiro e respirou, aliviada.

— Não demore! – ele recomendou, lá de fora. – Precisamos ir logo pra cidade, seus pais devem estar muito preocupados.

Ana Cristina já estava se enxugando quando registrou o que ele dissera.

Seus pais?!

Ela mentira, passando-se pela filha da empregada, como fizera com Paulo e Jonas. Então, como ele sabia? Como podia saber que havia mentido?

>>>>>>>

Com o rosto vermelho, mais de raiva do que pelo calor, Tonho resmungava sem parar, xingando um por um os colegas que trabalhavam na base – como os funcionários chamavam a sala que centralizava os serviços de rádio e informática do hotel-fazenda. Se alguém tivesse checado a meteorologia naquela manhã, saberia com antecedência que a água iria despencar naquela região. E ele não teria saído com as duas garotas.

Agora, o que poderia dizer ao pessoal da gerência?! Que perdera uma hóspede no meio do mato? Já bastava Lina estar desaparecida… Não, ele precisava encontrar a menina, de qualquer jeito.

Entrou pela centésima trilha, procurando pistas. Se ao menos não tivesse chovido tanto, depois que o cavalo disparara! Até certo ponto ele conseguira retraçar a cavalgada da montaria de Ana, mas chegou uma hora em que não distinguia mais nada, no barro ou no mato. Mesmo assim, foi explorando todos os caminhos possíveis.

Seu próprio cavalo estava cansado de tanto subir e descer barrancos. Afagou-o, prometendo ração extra quando voltassem ao estábulo. Ele não tinha culpa de nada.

Então percebeu que o animal erguia as orelhas, atento.

Prestou atenção, também. Um som… um bufo… um relincho. Tinha de ser!

Esporeou o cavalo na direção do som e saiu num emaranhado de espinheiros, à beira de um bambuzal. Lá estava o cavalo de Ana, parado, mastigando alguma coisa.

Apeou e foi até lá devagar, com receio de espantar o bicho. Não precisava temer, porém. Sem trovões ou relâmpagos, o equino parecia a mais plácida das criaturas, sacudindo o rabo para ele, como faria um cãozinho de estimação.

Tomou-lhe as rédeas e o conduziu para junto do outro, chamando o pobre animal por todos os nomes feios de que conseguia se lembrar, e que fariam corar de vergonha sua pobre mãe, se ainda fosse viva. Não havia por perto o menor sinal da garota.

Estava imaginando onde procurar por ela, agora, quando ouviu o ruído da moto.

— Oi! Sou eu, o Tonho, aqui atrás!

O som aumentou e surgiu na curva da trilha uma das motocicletas da segurança, com dois rapazes montados, Benê ao volante e Gaúcho atrás. Este falou primeiro.

— Rapaz, que susto tu deu na gente! Achou a guria?

— Que nada, com muito custo achei o cavalo. Ela pode ter caído em qualquer ponto entre o bambuzal e o barranco do rio. Vai saber…

Gaúcho desceu da moto e veio pegar as rédeas do animal.

— Tem um pessoal de carro procurando pelas estradas, e mais um a cavalo. Não dá pra saber se já acharam a guria, porque o rádio não tá funcionando. Se tu quiser, eu levo esse fujão de volta pro haras, assim tu pode continuar a procura.

Benê, que viera dirigindo a moto, concordou e propôs:

— Vamos nós dois contornar o bambuzal e procurar pela trilha que margeia o rio.

Assim combinados, separaram-se. Gaúcho montou no cavalo perdido e rumou para a estrada do hotel. Tonho montou no seu e seguiu Benê, que já enveredava pela trilha mais próxima. Mentalmente, o rapaz ruivo prometia acender uma vela na capela de Nossa Senhora, se encontrasse a garota sã e salva.

>>>>>>>

Natália sorriu quando ouviu o telefone da delegacia tocar. Afinal, voltara a funcionar! Os celulares ainda acusavam falta de serviço, e o rádio continuava mudo; mas pelo menos a companhia telefônica ia restaurando as comunicações, pouco depois que a energia elétrica voltara.

Não atendeu, contudo; fez sinal à estagiária que cuidasse dos telefonemas. Queria checar a rede no computador. Se os telefones estavam operando, a banda larga também deveria estar.

De fato, tudo parecia normal na conexão. Estava baixando mensagens quando ouviu a porta lateral se abrir e Monteiro entrar. Parecia cansado e estava enlameado dos joelhos para baixo. Lacônico, veio até ela e estendeu-lhe um cartão de memória.

— São as fotos da vítima, copie aí.

A detetive inseriu o cartãozinho no leitor e foi baixando para o computador os arquivos das fotos tiradas na cena do crime, mais as do médico-legista, no necrotério.

— O que o doutor disse sobre a *causa mortis*? – perguntou ao chefe, tentando não deixar que as terríveis imagens a impressionassem. Mesmo depois de dez anos na polícia, certas coisas ainda lhe davam náuseas.

Monteiro consultou seu caderninho de anotações.

— Estilete no coração. Um golpe só, mas certeiro. Nosso assassino sabia exatamente onde deveria atingir a vítima. Os cabelos foram cortados, raspados, ele acha que usaram um aparelho a pilha. Não sabemos ainda se foi antes ou depois da morte, mas eu acho que foi depois. Se alguém a agarrasse e raspasse seus cabelos, você não ia berrar e espernear? E a vítima não apresentava sinais de luta. A expressão era de surpresa... havia um véu cobrindo o rosto.

Natália ia vendo nas fotografias todos os detalhes que Monteiro descrevia. Alguma coisa não estava certa, ali. Ela tinha a impressão de já conhecer aquilo... De ter lido sobre um assassino serial que raspava os cabelos de suas vítimas. Onde seria?...

— Ela podia estar drogada. Foi estuprada? – indagou.

— Demora um bocado pra termos resultados do laboratório sobre drogas. E quanto a...

A voz da estagiária os interrompeu.

— Desculpe, doutor Monteiro, é a delegada Eulália na linha um. Quer falar com o senhor, urgente. Natália, linha dois pra você. É a médica do Sete Outeiros, diz que também é urgente.

Enquanto o investigador, mastigando alguns palavrões, ia para sua sala atender a linha um, a detetive teclou o número dois em sua extensão, intrigada. Por que Jane lhe telefonaria no meio do expediente? Ela e a médica tinham sido colegas de colégio, mas agora encontravam-se apenas ocasionalmente, em festas e reuniões de ex-alunos.

No aparelho central, em vez de desligar seu ramal dos outros dois, a estagiária manteve a escuta para acompanhar trechos das conversas. Aquele dia estava sendo pródigo em fofocas. Se ela descobrisse mais algumas, teria excelente munição para conversar com a turma após o expediente.

Eulália Albuquerque reclamava, como sempre, mais ação de Monteiro. A delegada ficava fora a maior parte do ano, fazendo seus contatos políticos na capital, e o pobre do Montanha tinha de segurar as encrencas. Agora a chefe dizia que ele devia esclarecer logo aquele crime da garota careca, porque era um absurdo alguém copiar uma história do século passado.

"O que será esse negócio de século passado?", a moça se perguntou, passando para a linha dois e bisbilhotando a conversa da detetive com a médica. Para seu espanto, falavam do mesmo assunto. Doutora Jane dizia que se recordava de ter lido uma crônica sobre crimes parecidos ocorridos havia cem anos ali mesmo, em Passa Quatro. Natália tinha uma vaga lembrança do assunto, mas prometeu pesquisar...

Um tapa na mesa fez a pobre estagiária dar um salto e desligar todas as linhas de escuta. Dois homens haviam adentrado a delegacia e estavam querendo atenção. Exigindo atenção.

— Chame o responsável pelo distrito – disse o mais bem-vestido. – Agora! Minha filha está desaparecida e eu quero a ação imediata da polícia no caso!

Monteiro mal tivera tempo de digerir as invectivas de Eulália, e já teve de ouvir as exigências do conhecido doutor Irineu Sanchez de Navarra, que até aquele momento ele ignorava estar na cidade, para encontrar sua filha sumida.

Natália percebeu a entrada do novo personagem em cena, entreouviu do que se tratava e esperou as coisas se acalmarem para ir falar com o chefe sobre o que descobrira após o telefonema de Jane. A ex-colega disparara um processo em sua memória e, após curta pesquisa, ela achara a informação na rede mundial. Copiou o texto encontrado e o imprimiu. Logo teve em mãos uma crônica, que começava assim:

Uma das primeiras ocorrências de assassinatos em série no Brasil foi o estranho caso de um criminoso que, no começo do século XX, matou várias mulheres nas cidades de São Paulo e Passa Quatro. Não se sabe ao certo quantas vítimas foram, mas sabe-se que todas as vezes houve a morte por arma branca e a desfiguração dos cadáveres, que tinham os cabelos cortados e eram encontrados com um véu a cobrir seus rostos. Não existem registros do inquérito. Ao que parece, havia famílias importantes envolvidas, e de alguma forma os resultados das investigações foram abafados. Mesmo nos jornais da época não há muitas informações sobre o caso, que parou de ser comentado quando os crimes cessaram. O folclore, porém, especialmente no interior de Minas Gerais, manteve viva a crença supersticiosa de que os crimes se deviam à ação de um fantasma: uma moça que morrera sem cabelos, devido a uma doença, perseguia as vítimas para que morressem também tosadas. Outra variação da história diz que as mortes ocorriam em noites de lua cheia e eram causadas por um lobisomem, que colecionava tranças dos cabelos das vítimas.

Pelo vidro que separava as salas, Natália viu que Monteiro havia sucumbido às pressões do pai preocupado e acionara o sargento Matos para ir com a viatura em busca da tal garota; também mandara a estagiária contatar a Secretaria de Segurança Estadual para obter um helicóptero da PM que ajudasse nas buscas.

Foi então que a detetive percebeu que, na pressa em sair daquela sala, o subdelegado deixara cair no chão seu caderninho de anotações. Pegou-o e ia fechando-o quando leu, sem querer, o que o chefe anotara das observações do médico-legista.

Uma frase, em especial, a surpreendeu.

Aproximadamente vinte anos, gravidez aparente de no mínimo dez semanas.

Reprimiu uma exclamação de espanto.

Por que Monteiro não lhe contara que Lina estava grávida?!

>>>>>>>>

Quando Ana saiu do banheiro usando a camiseta, a bermuda – era um pouco larga, mas servia – e os chinelos de Daniel, deu com ele na sala a esperá-la com sua echarpe nas mãos. Ficou apreensiva, mas ele sorriu e estendeu-lhe a diáfana peça.

— Isto deve ser seu. Encontrei no caminho da cachoeira, pouco antes de achar o rastro do seu cavalo.

— Podemos ir, agora? – ela perguntou, um tanto tímida, pegando a echarpe.

— Claro – ele respondeu, já procurando pela chave do carro. – E você poderia me dizer qual é seu nome, de verdade. Não precisa mentir para mim sobre ser filha da empregada. Não sou um sequestrador, não vou extorquir dinheiro dos seus pais.

Ele foi andando para a porta e ela o seguiu, mancando.

— Como... como você sabia?

— Seu celular é o modelo mais caro que existe, e esta echarpe italiana deve ter custado pelo menos um salário mínimo. Além disso... – ele hesitou, antes de continuar. Depois parou, olhou-a com bondade e confessou: – Você me lembra muito de mim mesmo. Quando tinha a sua idade, eu também queria me sentir desligado dos meus pais. Nunca me senti bem com as pessoas me olhando como se eu fosse só um herdeiro... como se dormisse em travesseiros recheados de dinheiro. Às vezes, queremos escapar de nós mesmos, e inventar outra identidade parece uma boa ideia.

O coração de Ana amoleceu, ao ouvi-lo dizer em voz alta tanta coisa que ela pensara, e que apenas confiara a Cristiana. Deteve-o, colocando a mão em seu ombro.

— Meu nome é Ana Cristina Sanchez de Navarra. Meu pai é...

— O conhecido advogado. Sei. Eu leio jornais. Bem... mais um motivo para a gente ir logo ao hotel. Seu pai e sua mãe devem estar em desespero.

Ela concordou e fez menção de ir para o jipe, mas então ele se lembrou de algo.

— Você ainda está mancando. Seria bom enfaixar seu tornozelo para não inchar. Espere um minuto, acho que tenho gaze num estojo de primeiros socorros...

Ele foi para o quarto e Ana se apoiou no sofá. O tornozelo estava mesmo doendo. Enquanto esperava, passou os olhos de novo pela sala, agora reparando em mais detalhes.

O quadro na parede não era uma reprodução fotográfica, não: era mesmo uma pintura a óleo, e ela entendia de história da arte o suficiente para perceber que devia ser original. Além de muitos livros, antigos e novos – alguns, de capa colorida, tinham títulos como *Mitologia celta*, *Mitos do Leste Europeu* e *Lendas do folclore brasileiro* –, viu o *notebook*, uma impressora e um *scanner*; numa prateleira rústica descansavam peças de cerâmica indígena, uma máquina de escrever superantiga, um moedor de café de ferro e um pilão de madeira escura.

A visão da máquina de escrever fez seu coração disparar. Seria possível que o livro encontrado no restaurante tivesse sido escrito ali?...

"Não", pensou. "Chega de coincidências!"

Viu também, na mesinha de centro, ao lado de uma vela aromática, uma caixinha de madeira trabalhada, com a tampa de madrepérola. Não resistiu e foi abri-la. Será que encontraria lá dentro joias de família?

Soltou um grito abafado. Dentro da caixa havia algumas fotografias amareladas, e sobre elas uma mecha de cabelos. Seriam exatamente iguais aos seus, se não fossem de um tom loiro mais claro. Mesmo assim, era como se alguém tivesse cortado um dos seus cachos.

Recuou para a porta, agora francamente amedrontada, os fatos narrados no livro antigo voltando à sua memória e misturando-se com o que via ali. Beatrice... os cabelos cortados... a máquina de escrever... a mecha de cabelos...

Daniel reapareceu, afinal, um rolo de gaze na mão.

— Sente no sofá e estenda a perna, vou enfaixar provisoriamente. Mas era bom você ir fazer uma radiografia.

Ela obedeceu, apoiando o pé na mesinha de centro, bem perto da vela e da caixinha. Ele não percebeu sua perturbação, ocupado em cortar a gaze e começar a enfaixar. Ana se sentiu enrubescer de novo ao contato com as mãos dele, e teve consciência do quanto se sentia atraída por aquele rapaz. A despeito do medo e da desconfiança, como gostaria que ele a abraçasse!

Ela sempre fora impulsiva. Deixou-se levar por mais aquele impulso e levou o rosto para a frente, aproveitando a proximidade.

Tocou-lhe os lábios e esperou que ele correspondesse...

O coração de Daniel disparou naquele momento. Os lábios dela eram quentes e doces, ela cheirava a sabonete de ervas e a juventude, beleza, vida.

"Beatrice...", pensou, correspondendo ao beijo.

Então recuou. Num salto, foi parar vários metros longe dela.

— Ficou maluca? – bronqueou. – Você é menor de idade! Estamos sozinhos na minha casa! O que seus pais iriam dizer?

Ela o fitou, o medo misturado à atração e a uma enorme vontade de provocá-lo.

— Que coisa mais antiquada! Tenho dezessete anos, não sou criança. Você acha que eu nunca beijei ninguém? Que eu nunca...

— Não me interessa o que já fez ou deixou de fazer – Daniel resmungou entre os dentes. – Não vou me aproveitar de você, e se acha que sou antiquado, problema seu. Bem, a faixa está firme. Vamos embora.

Os olhos de Ana Cristina se apertaram. Ele a estava dispensando?!

— Não seja hipócrita, Daniel. Eu sei que você se sente atraído por mim. Desde ontem, quando me viu na cidade. E você me beijou de verdade, agora. Você gosta de mim! Ou será que sua atração vem só do fato de que eu me pareço com... com a tal Beatrice?

Ela viu o rapaz se aprumar. Viu seus olhos faiscarem. Viu um lampejo de fera na postura dele. E ouviu sua voz rouca, furiosa:

— *Você não sabe nada sobre Beatrice*, além de que ontem eu a chamei por esse nome, sem querer. De qualquer forma, não é da sua conta.

Ela se encolheu no sofá, tamanho era o furor que emanava dele, agora.

— Eu e minha amiga Cristiana... – admitiu, num fio de voz. – Nós encontramos um livro antigo no restaurante da estrada. Um texto datilografado. Lemos uns trechos. Conta a história de uma moça chamada Beatrice, que foi assassinada... e ela tinha um namorado. Um rapaz chamado Hector, que se transformava em lobisom...

Ele deu outro salto e foi parar diante dela de novo.

— No restaurante, você disse? Aquele à esquerda da estrada, logo após o acesso a Passa Quatro? – suspirou. A fúria ainda estava lá, mas ele parecia estar se esforçando para controlá-la. – Entendo. Sim, agora eu entendo.

Ela não podia acreditar que ele tivesse tanto autocontrole assim. Passou as mãos sobre os cabelos desalinhados, ajeitou os óculos e saiu porta afora. De longe, disse:

— Espere. Vou chamar os caseiros e pedir que levem você para casa.

Ela se sentiu relaxar assim que ele saiu. Mal notou que estava chorando de novo. E não saberia dizer por que chorava. Tinha medo de Daniel? Arrependia-se por tê-lo confrontado? Ou chorava apenas por saber que a atração que sentia não iria passar, era algo que tinha vindo para ficar, pois jamais conhecera alguém como ele?

Em cinco minutos o rapaz voltou, acompanhado por um casal. A moça foi ajudá-la a se levantar, solícita, enquanto o homem pegava a chave que o rapaz entregava.

— Pobrezinha, como deve estar assustada! – disse a boa mulher. – Venha, o patrão contou o que aconteceu, eu e o Manuel vamos levar você de carro.

Ela não respondeu, sentindo mais lágrimas molharem seu rosto. Daniel nem a olhou, apenas fazia recomendações ao casal num tom extremamente corriqueiro.

— Entregue meu cartão aos pais dela, dona Lurdes, e tomem cuidado na estrada, a chuva deve ter deixado tudo bem precário. É o hotel-fazenda Sete Outeiros, você conhece, não é, Manuel? E não se esqueça de pedir aos seus pais para levarem você ao médico, Ana Cristina. Uma queda do cavalo não é brincadeira. Vão com cuidado.

O jipe partiu, Lurdes ajeitando a pobre menina que seu patrão salvara, e Manuel se esforçando para o veículo sacolejar o mínimo possível na péssima estrada.

Tudo que ela viu, ao olhar para trás, foi Daniel entrar em casa apressado e bater a porta.

»»»»»»

— O quê? – berrou Ernesto, atrás da caixa registradora.

A governanta se encolheu.

— Ela sumiu de novo. Fui levar o jantar, e não tinha nem sinal dela no quarto.

O homem suspirou pesadamente. Se sua mulher estivesse em casa, ficaria de olho na tia-avó. Com ela fora, a velha enganava todo mundo. Rosa era a única que ainda tinha paciência com as loucuras de Merência... E ela tinha de desaparecer justamente quando a noite prometia casa cheia?!

Fez um sinal a um dos ajudantes do *mâitre,* que veio até lá bem depressa.

— Fique no caixa até a Lu chegar, vou ter de ir à cidade e volto o mais depressa possível.

Ele saiu do restaurante, com a empregada atrás.

— O senhor quer que eu vá junto, seu Ernesto? – a mulher perguntou. – Sabe pra onde ela pode ter ido?

Ele já estava entrando no carro.

— Eu sei exatamente aonde ela vai quando foge – respondeu, ríspido. – E não se preocupe, eu cuido de tudo.

Ele arrancou em direção à estrada, fazendo o barro do chão espirrar sobre a pobre governanta. Ela voltou para casa, apostando consigo mesma que, a julgar pela cara feia do patrão, não iria durar nem mais uma semana naquele emprego.

»»»»»»

A batida discreta na porta fez Daniel ter um sobressalto. Olhou para a janela e viu que eram os vultos de Lurdes e Manuel. Tão absorvido estava em pensamentos que nem ouvira o jipe chegar.

— Entrem! – disse, sem levantar-se. Estivera muito tempo sentado junto à mesa, olhando pela janela que havia em frente e que dava para a mata fechada. Em geral aquela paisagem o acalmava, mas naquele dia o redemoinho que o consumia por dentro era tão frenético que nem mesmo os tons suaves do céu azul escurecendo o distraíram. Seu aspecto exterior, porém, era de impassibilidade.

— Tá aqui a chave do carro, seu Daniel – disse o homem, levando-lhe o chaveiro. – O senhor se importa se eu acender a luz? A força já voltou.

A claridade invadiu a sala e ele nem piscou. Pegou a chave, agradeceu com monossílabos.

O caseiro deu boa-noite e saiu, mas Lurdes parecia incomodada com algo e voltou atrás para falar ao patrão.

— O senhor pode ficar sossegado que a moça está bem. Levaram ela direto pra médica no ambulatório do hotel examinar. O pai e a mãe agradeceram muito, queriam até dar um dinheiro pra gente, mas o Manuel não aceitou de jeito nenhum. Dei o seu cartão pra mãe da moça, ela abençoou o senhor e disse que ia lhe telefonar.

Ainda impassível, o rapaz levantou o telefone do gancho. Ainda mudo. Mesmo se tivessem consertado as linhas da cidade, na zona rural os consertos sempre demoravam mais.

— Sabe o que eu acho? – Lurdes disse, já de saída. Parecia acostumada ao mutismo do dono da casa. – Que foi Deus quem guiou o senhor pra achar a moça lá perdida. Ainda mais com essas coisas horrorosas acontecendo aí. Vai que o bandido pega a coitadinha também!

Finalmente um sinal de vida agitou o corpo de Daniel. Ele piscou e se voltou para a caseira.

— O que você disse? Coisas horrorosas?

— Ah, acho que o senhor não ficou sabendo. Desde ontem que a Lina, aquela moça que trabalha na livraria, andava sumida. A mãe dela achou o casaquinho da filha todo cheio de sangue numa poça. E hoje a polícia encontrou a coitada… Deus que me livre…

Daniel se levantou vagarosamente.

— Conte o que a senhora soube, dona Lurdes. O que foi que aconteceu com a Lina?

— Mataram ela, seu Daniel. Disseram que foi com faca. Mas o horrível é o que fizeram com a cabeça dela…

Ele despencou de volta na cadeira, já sabendo de antemão o que ela iria dizer.

— Rasparam todo o cabelo da menina e jogaram o corpo pra lá do aterro sanitário. E ainda colocaram um pano em cima do rosto dela. Não é horrível?

— Um véu – foi tudo o que ele disse, num sussurro.

Lurdes olhou-o com espanto.

— Isso, era um véu, a comadre Nora me contou, depois que eu e o Manuel deixamos a moça lá no hotel. A gente encontrou a comadre na venda. Mas como...

Ele se levantou, intempestivo, e foi para o quarto.

— Eu vou tomar um banho agora, dona Lurdes. Obrigado por terem levado a garota. Vejo vocês amanhã.

Lurdes saiu, enquanto ele se fechava no quarto. E, todo o caminho da casa dele à sua, sempre seguida de perto pelo cachorro negro, ela ia imaginando como o patrão sabia que o pano sobre o rosto da moça morta era um véu.

Logo que ela sumiu na curva, a porta da casa se abriu e um vulto saiu. Um facho de lanterna cortou o chão, contornando a casa e indo até a entrada da trilha nos fundos. Mais um minuto, e tanto o vulto quanto o facho de luz sumiam no meio do mato.

»»»»»»

O som repentino que saiu do *walkie-talkie* fez Tonho se assustar.

— Até que enfim tá funcionando de novo!

Atendeu à chamada e respirou, aliviado, ao ouvir Gaúcho dizer que Ana Cristina voltara sã e salva ao hotel-fazenda. Já havia dado trinta voltas em toda a região junto às margens do rio e só encontrara barro. Agora, que havia acabado de escurecer, ele estava retornando – bem desanimado – até ter a boa notícia. Benê já fora embora com a moto, mas ele teimara em procurar mais um pouco.

"Graças a Nossa Senhora", pensou, lembrando a promessa de acender a vela. Faria aquilo naquela noite mesmo, iria à capela assim que chegasse ao haras e cuidasse de seu cavalo. Ele merecia ser bem tratado.

Parou por um instante e resolveu fazer um caminho diferente, pois estava bem longe do hotel. Ganharia tempo se saísse na estrada e cavalgasse alguns quilômetros por ali, depois cortando por uma estradinha secundária. Assim fez, e já via o asfalto quando algo chamou sua atenção.

Tonho parou junto a um braço do rio que margeava a rodovia. Tinha alguma coisa colorida enroscada numa pedra, bem ali, atrás da placa de propaganda fincada na terra. Parecia uma bolsa de mulher, dessas pequenas e coloridas... mas a noite que caía poderia estar lhe pregando uma peça.

Pelo sim, pelo não, resolveu ver o que era. Apeou e manteve o cavalo seguro pelas rédeas. Havia movimento na estrada, não muito, mas o suficiente para que faróis iluminassem aquele trecho de tempos em tempos.

Ao ter na mão o objeto, ele ficou um tempo parado, sem entender. Conhecia aquilo. Mas por que estaria jogado ali? Abriu a bolsinha e examinou o conteúdo.

Aos poucos, algo começou a fazer sentido para ele. Algo que ele nunca teria imaginado...

Soltou um palavrão. E continuou ali parado, pensando no que fazer.

CAPÍTULO 9

A SERRA QUE CHORA

A vida de Hector durou até a hora do almoço. E depois dela também. Quando a tarde foi partindo, vagarosa, a noite despontou no céu com a mestra do destino de um lobisomem. O luar potente o alcançou, abandonado no fundo da ribanceira. E para ele levou sua capacidade de regenerar e transformar. Ao fim da tarefa, a lua cheia encheu de luz o horizonte. E a única maneira de agradecê-la era uivar no ponto mais alto de uma serra que chora.

»»»»»»

Alba chorou em silêncio quando soube da *partida* de Hector. Lamentou a perda de um rapaz tão bonzinho, de quem gostava de verdade. "Ele deve ter sofrido muito", deduziu, ao pensar no temperamento rude do pai.

No quarto de Cordélia, a jovem descobriu o pente de Hector, esquecido sobre o piso, a dois passos da penteadeira. Era o único pertence do rapaz que sobrara. O coronel já mandara que se livrassem da valise, das roupas e de outros objetos pessoais.

O pente prendia entre seus dentes alguns fios castanho-claros, exatamente a mesma tonalidade dos cachos de uma das bonecas. Sem perder tempo, Alba o escondeu no bolso do vestido. Se Cordélia descobrisse...

— Pena que o professor não pode morrer de novo, não é mesmo? – disse uma voz. – Mas vosmecê, Alba... *Vosmecê ainda vive...*

»»»»»»

Chacoalhando de frio, Hector tomou coragem de abrir os olhos. Onde estava? As primeiras luzes do dia nasciam no horizonte. Cauteloso, ele se sentou. Nada mais doía. Nem osso quebrado, nem corte... absolutamente

107

nada! Com a língua, verificou o buraco que deveria existir no lugar dos dentes arrancados. Como mágica, novos dentes ocupavam as vagas. Ainda em dúvida, o rapaz balançou um braço, depois outro. Sacudiu as duas pernas, apalpou o rosto, o nariz e as costas. Nem a queimadura existia mais!

Pela primeira vez desde que fora contaminado, Hector agradeceu à lua cheia por cuidar de sua vida naquela época do mês. "Pensando bem, acho que já agradeci…"

Totalmente nu, ele acordara no ponto mais alto do pico mais alto da Serra da Mantiqueira, cercado pela natureza selvagem e a quase três mil metros de altitude, muito distante de qualquer civilização. E sem a mínima ideia de como descer dali…

>>>>>>>>

Merência pegou no sono somente na hora em que a mãe precisava se levantar para mais um dia de trabalho. Tinha chorado a noite inteira, muito aflita, chamando, em sua enrolada língua infantil, por um tal de Lobinho. Maria ficou imaginando se era o nome de algum cachorro da fazenda. De qualquer forma, não pôde deixar de pensar no professor de inglês e no quanto a criança se afeiçoara a ele. Merência parecia saber que a desgraça se abatera sobre o pobre coitado.

— Aquele moço foi um anjo da guarda para vosmecê – murmurou a empregada, ao acariciar o rosto adormecido da filha. – Devia não morrer daquele jeito.

>>>>>>>>

Pico da Pedra da Mina. Era como chamavam aquele local inexplorado. Hector abraçou os joelhos, tentando lidar com o excesso de frio. Ventava muito. Ele semicerrou os olhos para forçar sua visão deficiente a enxergar o cenário magnífico. A manhã afastava as brumas da noite, revelando sutilmente o traçado das montanhas ao redor, ondulações que subiam e desciam, pontas que quase tocavam o céu cada vez mais claro. Ao longe, via-se toda a extensão do Vale do Paraíba, a Serra do Mar e ainda algumas cidades pelo caminho. Sem dúvida, era o nascer do sol mais belo a que já assistira em sua vida. "Mas, se eu não sair daqui, vou morrer congelado…"

As horas seguintes foram gastas em suas tentativas de encontrar um caminho de volta à civilização. Quando escureceu, Hector descobriu, apavorado, que a lua cheia o dominava também em sua segunda noite, algo que nunca ocorrera antes. Um processo que, para seu desespero, também se repetiu na terceira e na quarta noites.

Na manhã do quinto dia, o rapaz despertou no alto de outro pico, o Três Estados. Perto de sua boca, havia os restos de um filhote de veado campeiro, o que o fez sentir nojo de si mesmo. Nunca matara antes, nem mesmo como lobisomem.

"Por favor, lua cheia…", implorou, sacudido pelo vento impiedoso e pela chuva terrivelmente gelada. "Preciso retornar para a fazenda. A Alba corre perigo…"

>>>>>>>

Maria contemplou o sono tranquilo dos filhos. O mais velho, Pedro, de treze anos, dormia no chão. Deixava a cama de casal para as quatro meninas e o irmão de cinco anos. Todos apertados em um casebre tão pequeno quanto os casebres dos demais empregados. Só Ernesto tinha um mais ajeitado, onde vivia com os dois filhos que a falecida mulher lhe deixara. Maria desviou o olhar para o canto onde dormia, também sobre o piso de terra batida. Trabalhava tanto para dar uma vida decente às crianças, mas, mesmo assim, jamais conseguira ter dinheiro suficiente para abandonar aquela rotina sacrificante. Tanta responsabilidade para arcar sozinha…

Sem sono, ela se agasalhou com o xale e saiu para espiar a madrugada. O céu trazia o final da lua cheia. Mais uma noite e ela daria espaço para a minguante. E a senhorita Alba continuava desaparecida. Enlouquecido, o coronel Albuquerque já vasculhara tudo, despachara os empregados para todos os locais à procura da jovem, mas, até agora, nenhuma notícia. Como se ela tivesse virado fumaça.

A voz melodiosa da assombração chegou com o vento, provocando um arrepio medroso na empregada. Lá estava a criatura, rondando a capela. Maria engoliu em seco, sem coragem de se mexer. Um rosnado a obrigou a virar o queixo para o lado oposto e encarar um lobo enorme, hediondo, repulsivo em sua baba escorrendo do focinho entreaberto, os dentes assustadores à mostra...

Maria não pôde gritar. O animal se aproximava a passos lentos, preparando o bote. Ela, no entanto, não era o alvo e sim a assombração, que interrompeu a cantoria ao descobri-lo. Quando o lobo resolveu atacar, passou pela empregada imóvel, congelada pelo pânico. A assombração apontou o dedo para ele, como se conjurasse todos os demônios do inferno para defendê-la...

Nesse segundo, um estampido seco, detonado à esquerda de Maria, quase estourou seu tímpano. Vinha da espingarda de Ernesto, que surgira atrás dela. O lobo ganiu, atingido pelo tiro, e se desviou da rota para desaparecer. A assombração já fizera o mesmo.

— Vosmecê viu bem o maldito? – comentou Ernesto, apreensivo. A irmã negou com um movimento de cabeça. – Reparou que ele tinha olho de gente?

>>>>>>>>

Maria nem tentou mais dormir. Antes que o sol nascesse, acordou o primogênito para ir cuidar dos irmãos menores e também se aprontar para a lida. Três das meninas, de onze, nove e sete anos, trabalhavam numa das plantações de fumo do coronel. A outra, de seis, tomava conta do menino de cinco. E Merência, que se levantou num pulo, passava o dia todo com a mãe de olho nela.

Ainda estava escuro quando as duas deixaram o casebre em direção ao estábulo. A empregada faria apenas uma ordenha, a do leite a ser utilizado na casa principal. Num impulso feliz, Merência escapou até a capela.

— Ô, menina! Volta aqui! – disse a mãe.

De nada adiantou o chamado. Cansada, Maria foi atrás da filha. Estranhou ver a porta aberta. Lá dentro, a criança batia palmas, empolgada.

— Mamãe, o Lobinho voltou!

Um cachorro dentro da capela?! O coronel ficaria uma fera se descobrisse. Torcendo para que o animal não tivesse urinado pelos cantos, a empregada acendeu um lampião para iluminar o ambiente simples, com apenas três bancos e um único altar com a imagem de Nossa Senhora em madeira, esculpida havia dois séculos.

— Seu Hector! – descobriu, emocionada. O rapaz estava deitado no chão, perto dos degraus do altar. – O senhor está...

A próxima palavra seria "vivo", mas a situação exigia outra mais específica.

— O senhor está... *pelado!*

Tonto de sono, Hector custou a ver o óbvio. Quando, enfim, registrou a presença de Maria e da filha que pulava de alegria, ele corou violentamente e se encolheu ao máximo para ocultar sua parte íntima dianteira.

Então o professor sobrevivera... Que surpresa maravilhosa! Mas... estranho, ele não tinha nenhuma marca da surra... E o que fazia sem roupa na capela? Por acaso levara para lá alguma moça assanhada e... Ah, era muita sem-vergonhice! E ainda na casa de Deus e de Nossa Senhora!

— Falta de respeito! – criticou, decepcionada.

— Mamãe, dodói... – disse Merência, apontando para uma poça de sangue junto ao rapaz.

— Mas o senhor está ferido!

Sem se importar com a nudez masculina, Maria se inclinou e estendeu a mão para o lado do abdômen que ele apoiava contra o piso. Era dali que o sangramento vertia.

— Não me toque, senhora, por favor! – pediu o rapaz, alarmado, arrastando-se para escapar ao exame.

— Deixa de bobagem, seu Hector! Fui casada e tenho dois meninos. Já cansei de ver homem pelado e sei muito bem o que o senhor tem aí, escondido entre as pernas.

A empregada tentou novamente verificar o ferimento, só que o rapaz se afastou ainda mais.

— O sangue... não toque no sangue, eu imploro!

— Uai, causa de quê?

— É um sangue ruim... A senhora corre o risco de se contaminar.

Maria não entendeu direito o porquê da preocupação. Suspirou, limitando-se a estreitar os olhos para analisar o ferimento a distância. A pele tinha marca de tiro...

111

— Lobinho vai ficar bom, mamãe? – preocupou-se Merência. Ela se sentara em um dos degraus do altar e, muito atenta, não perdia nenhum detalhe da conversa.

Um lobo com olho de gente... *Lobisomem!*

Sufocando a vontade de gritar, Maria agarrou a filha e fugiu correndo pela porta. A meio caminho da casa principal, estancou o passo. Em seu colo, a menina choramingava, pedindo para ficar com o Lobinho.

A empregada respirou fundo. Para que fugir? Não havia mais lobisomem nenhum. Existia apenas um rapaz ferido e indefeso, o anjo da guarda que salvara sua filha de uma queimadura que poderia ser fatal para uma criança tão pequena. E se fosse o momento de assumir a responsabilidade por mais uma vida?

>>>>>>>

Era questão de minutos a aparição do coronel para terminar o serviço iniciado havia dias. Sem vontade alguma de receber outra surra mortal, Hector levou uma eternidade para se pôr em pé. Embora sem gravidade, o ferimento doía bastante. A bala perfurara a lateral do corpo, na altura do abdômen, e saíra pelas costas. Por sorte, não era feita de prata – a prata teria sido mortal, pelo que ele sabia.

O rapaz se lembrava muito pouco da madrugada anterior. Ouvira a voz do fantasma cantando a música de sempre, desejara mandá-la de volta ao inferno... Daí viera o disparo. Sem dúvida, obra de Ernesto, o irmão capanga.

Para onde iria daquele jeito, ferido, sem roupa e esgotado pelos últimos dias lutando para sobreviver numa região selvagem? Suas mãos tinham calos por usá-las como patas durante a mutação. As andanças como lobisomem também lhe rendiam arranhões e hematomas. A lua cheia podia curá-lo quando o transformava, mas não contribuía com nada quando ele retomava a aparência humana.

Hector deu mais um passo e se apoiou no espaldar de um dos bancos. Não iria muito longe naquelas condições. Talvez fosse melhor esperar por Albuquerque. Tentaria convencê-lo da veracidade dos fatos, que não matara ninguém, que Alba estava na mira do assassino, que...

Maria reapareceu naquele instante, carregando uma cesta com roupas e queijos. Estava sozinha.

— Deixei a Merência com minha outra filha, a Luiza – explicou ela. – Criança, nessa hora, só atrapalha.

Outra vez tremendamente envergonhado, o rapaz largou o apoio para esconder a virilha com as mãos. Quase perdeu o equilíbrio. A empregada o amparou, levando-o a se sentar no banco.

— Usa a manta – orientou ela, entregando-lhe a peça, tirada da cesta, para que se cobrisse da cintura para baixo. – Agora vamos ver esse ferimento.

— Mas o sangue...

— O que tem ele?

— Se a senhora tocá-lo...

— Acontece o quê? Também vou virar lobisomem?

Ela sabia... E não se importava em cuidar dele?

— Foi o que aconteceu com o senhor? Mexeu no sangue de algum lobisomem?

— Não exatamente – respondeu o rapaz, num fio de voz.

— Como foi, então?

Com cuidado para não se sujar com o sangue, Maria começou a limpar o ferimento.

— Hoje é a última noite de lua cheia do mês – disse ele, para mudar o rumo da conversa. – Ela deve curar esse ferimento, assim como curou os ossos quebrados pela surra.

— E o senhor fica bom de novo? – impressionou-se a empregada.

— Sim.

— Mas ela castiga muito o senhor. Olha só como está magrinho e sem cor...

— A senhorita Alba... como ela está?

— Sumiu no mesmo dia que o senhor.

— E ninguém sabe onde ela...?

— O coronel já revirou tudo de cabeça para baixo. E nadinha da moça!

"Foi assassinada", lamentou Hector, imensamente triste. "Não cheguei a tempo..."

— Causa de que o senhor vira lobisomem?

— Fui mordido.

— E como aconteceu?

A mulher não pretendia abandonar tão cedo o assunto. Sem saída, o rapaz cerrou as pálpebras, juntando coragem para reavivar aquelas lembranças terríveis.

— Meu pai... – disse, sem saber como começar. – Aos oito anos, deixei meus estudos com minha mãe e fui enviado para o colégio interno. E ela foi morar em outra propriedade nossa, na cidade de Bath. Passei a encontrá-la apenas na época do Natal. Nas férias da escola, meu pai sempre me tirava de Londres e me trazia ao Brasil. Ele vinha tratar de negócios aqui.

— Causa de que ele afastou o senhor de sua mãe?

— Meu pai dizia que ela era muito doente, que sofria dos pulmões.

— Só por isso?

— Quando eu tinha dez anos, tentei ir sozinho até Bath para fazer uma surpresa, mas meu pai descobriu o plano. Apanhei de cinta.

Outras tentativas, em épocas diferentes, também receberam castigos doloridos. Hector permaneceu em silêncio por alguns minutos, o tempo que Maria levou para finalizar o curativo.

— E como era sua mãe?

— Uma pessoa sensível, gentil, carinhosa. E muito triste. O nome dela era Leonor.

— Nome bonito. E o senhor foi visitar sua mãe quando cresceu?

— Fui.

— Ah, ela deve ter ficado numa felicidade só e...

— Não, dona Maria – disse o rapaz, sentindo as lágrimas invadirem seus olhos. – Ela morava em um quarto com grades, trancada por meu pai. Só saía de lá na época do Natal para me ver.

— Quanta maldade!

Hector mordeu os lábios. Preferiu contar a história completa.

— Eu devia passar meu aniversário de vinte anos com alguns amigos, na Itália. Um deles precisou retornar mais cedo para a Inglaterra e decidi acompanhá-lo. Mas não segui para Londres.

— O senhor foi ver sua mãe.

114

O rapaz abriu os olhos e enxugou as lágrimas com as costas da mão. Outras vieram para nublar tudo o que sua visão compreendia.

— Insisti para que ela fugisse comigo – prosseguiu. – Queria levá-la para bem longe, onde meu pai não pudesse alcançá-la. Foi quando anoiteceu. E era a primeira noite de lua cheia do mês.

Horrorizada, Maria previu a explicação seguinte. Apertou o antebraço do rapaz com firmeza, dando-lhe coragem para contar a parte mais difícil.

— Leonor tinha sido mordida por um lobisomem durante uma viagem com meu pai à Hungria. Ele conseguiu afugentar o monstro a tiros, mas não evitou que ela fosse contaminada.

— Isso aconteceu quando o senhor tinha oito anos?

— Sim. Por isso ele a afastou de mim, condenando-a a viver como uma prisioneira naquele quarto.

— E quando anoiteceu...

— Ela se transformou e... quase arrancou meu ombro com os dentes. Só não me matou porque meu pai apareceu, carregando uma espingarda.

— Minha Nossa Senhora!

— E a abateu com um único tiro na testa. Bala de prata...

Hector fitava o vazio. Agora não conseguia mais chorar.

— Fugi naquela mesma noite, antes que meu pai me trancafiasse para sempre. E vaguei por aí, vivendo da mesada que ele já me pagava.

— A vida continua, seu Hector. É assim mesmo.

O rapaz centrou nela o rosto atormentado. Maria não deixava de ter razão. A vida realmente continuava.

— Está claro lá fora – disse a empregada. – E o senhor não pode ficar aqui.

— Acho que vou falar com o coronel e...

— Faz isso não. Ele mata o senhor antes de escutar.

— Mas se eu sair da capela vão me reconhecer.

— Talvez não.

E a empregada sorriu, cúmplice, retirando um vestido e um xale da cesta. Hector, entretanto, não entendeu a mensagem. Prestava atenção numa peruca de cabelos humanos, de tom preto, que vinha embrulhada no xale.

— Onde a senhora achou…?

— É da dona Estelinha. Tem um quarto cheio dessas perucas, com uma porção de vestidos, chapéus, luvas e outras coisas assim. Fica bem do lado do quarto da senhorita Cordélia.

Agitado, o rapaz examinou a tal peruca. Para seu alívio, o material vinha com uma etiqueta. Pelo que conseguiu ler, apesar da letra miúda, era importado da França.

— O sonho da dona Estelinha era ser artista – contou Maria. – Antes de casar com o coronel, ela quase foi embora com um circo que passou pela cidade.

A mulher também lhe entregou um estojo de maquiagem. Na tampa, havia as iniciais SB. "Estelinha roubou o estojo da Sara Bernhardt!", deduziu o rapaz, sorrindo. A esposa do coronel era mesmo maluca.

— Tem tanta coisa naquele quarto que ela nem vai sentir falta. Ah, eu trouxe uma navalha para o senhor.

— Hum?

— O senhor ainda não entendeu, não é?

— Entender o quê?

Para que sua intenção ficasse bem clara, Maria depositou o vestido e o xale no colo dele.

— O senhor precisa tirar o bigode.

»»»»»»

Maria pegara escondido da patroa um modelo simples de vestido, amarelo suave, que pôde ser ajustado sem dificuldade no corpo esguio de Hector. Como ele era muito alto, a empregada desmanchou a bainha da saia. Por baixo das roupas, o rapaz vestia uma ceroula cortada na altura dos joelhos.

Depois, a empregada separou os cabelos da peruca em duas tranças e a firmou na cabeça dele com um lenço bordado, deixando a franja quase tocar os cílios. Para os pés grandes, trouxera um par de botinas velhas do coronel. Na hora da maquiagem, tentou imitar o jeito de Estelinha se pintar, caprichando nos lábios e nos olhos. Um pó espalhado sobre o rosto tentou deixar mais feminina a pele muito branca. Sem o bigode, Hector parecia ainda mais novo. Os traços finos o ajudariam a se passar por mulher, embora os ombros bem largos o tornassem, no mínimo, uma mocinha bastante desengonçada.

— Senhora, ninguém vai acreditar... – disse o rapaz, constrangido, após se enrolar no xale.

— Depois do perfume no cangote, vai sim, senhor!

E, sem pedir licença, esborrifou em seu pescoço boa parte do conteúdo de um vidrinho. Aquilo tinha um cheiro adocicado, que o fez espirrar três vezes.

— Dona Estelinha fala que é perfume francês – explicou a empregada. – Bom, agora só vou limpar esse sangue no chão e já saímos...

Assim que deixaram a capela, um vulto deslizou para fora de seu esconderijo atrás do altar. Alguém que escutara a conversa completa entre a empregada e o professor com poder de virar lobisomem.

》》》》》》

O plano tinha tudo para dar certo, como acreditava Maria. A fazenda enfrentava sua rotina matinal. Os homens tinham terminado a primeira ordenha coletiva do dia e já se preparavam para liberar as vacas no pasto. Duas mulheres carregavam pesadas trouxas de roupa na direção do Rio do Quilombo. Patos, galinhas e pintinhos se misturavam no terreno, vigiados por um galo orgulhoso. Pedro, o filho mais velho de Maria, jogava restos de verduras e legumes aos porcos. Torceu o nariz, curioso, ao ver que a mãe tinha companhia. Na cozinha, a filha de onze anos tocara sozinha o desjejum e já começava a preparar o almoço. Faltara no serviço apenas para que os patrões não sentissem falta de Maria. Esta respirou em paz. Nenhum sinal de Albuquerque nas redondezas.

— Vou pedir ao seu Onofre que leve o senhor para a cidade – disse para Hector, ajeitando numa das mãos a trouxa que fizera com a manta para esconder o estojo de maquiagem e os trapos sujos de sangue, usados para limpar o ferimento e o chão da capela. – Ele é velho e já não enxerga direito. Não vai desconfiar de nada.

O rapaz, ainda com dor, se apoiava em seu braço livre. Nada à vontade em sua aparência feminina, não tirava os olhos dos próprios pés. Onofre acabava de arrumar os latões de leite na carroça, em frente ao estábulo.

— Bom dia, seu Onofre!

— Bom dia, dona Maria!

E o velhinho também cumprimentou a jovem que imaginava existir pendurada no braço da empregada.

— E esta mocinha linda, quem é?

— Não diga que o senhor não lembra da comadre Nica! É amiga da nossa vizinha, a dona Alzira.

— Sim, sim, lembro!

Não existia nenhuma comadre Nica, mas isto não tinha importância. Mesmo se existisse, Onofre não iria lembrar-se dela.

— Pois é, a comadre veio aqui para pegar uns queijos e agora tem que ir para a cidade. Como o senhor vai mesmo descer para levar o leite…

— Ah, a mocinha pode vir comigo. Será um prazer!

— Hoje eu deixo o leite na cidade – interrompeu Ernesto, vindo de trás do estábulo. – Tenho uns assuntos do coronel para resolver lá.

Maria perdeu a cor do rosto, tendo a certeza de que a vontade de Hector era se esconder na primeira toca do caminho. O irmão avaliou o rapaz de cima a baixo. Se o disfarce não o enganasse…

— Pode deixar que eu levo também a comadre Nica – acrescentou ele, com um sorrisinho interessado.

»»»»»»

Como não havia nenhuma toca para se esconder, Hector foi obrigado a aceitar a carona. Empurrado gentilmente por Maria, quase tropeçou ao parar diante de Ernesto. O sorriso do capanga ganhou o reforço de mais dentes.

— Mocinha cheirosa, hein? – elogiou, estendendo a mão para ajudá-lo a subir na carroça. – E é das grandonas…

Apesar do medo de ser descoberto, Hector aceitou a gentileza, como exigia seu papel de donzela. Por precaução, manteve o olhar baixo, o que Ernesto interpretou como timidez. Após se sentar no banco da carroça, o rapaz recebeu de Maria a cesta com os queijos e um pequeno volume embrulhado com guardanapo.

— É um pedaço de bolo para a comadre enganar o estômago durante a viagem – disse ela, também procurando disfarçar o próprio nervosismo.

— E eu, Maria? – cobrou o irmão.

— Os dois podem dividir.

Muito satisfeito com a resposta, Ernesto também subiu na carroça, fazendo questão de deixar sua coxa roçando na de Hector. Este, como faria uma senhorita de respeito, encolheu-se na ponta extrema do banco. Se sobrasse alguma mão boba, não hesitaria em arremessar a cesta bem no nariz do capanga.

>>>>>>>

Apesar da fama de mulherengo, Ernesto se comportou como um cavalheiro no sinuoso trajeto até o centro de Passa Quatro. Puxou conversa com a companhia que o impressionava bastante, um mulherão de modos educados que ele não pensaria duas vezes em conduzir diante do padre. Será que era prendada? Com vergonha de perguntar, ele começou a expor suas qualidades. Era trabalhador, corajoso, de confiança total.

— O coronel Albuquerque aprecia bastante meu serviço – contou, com orgulho.

A mocinha esboçou um sorriso envergonhado. Nem abria a boca! De esguelha, o homem olhou para sua cintura parcialmente coberta pelo xale. Era grossa, uma generosidade da natureza que lhe permitiria ser uma ótima parideira. E Ernesto, que era viúvo – e tinha dois meninos pequenos que a irmã ajudava a criar –, queria mais filhos. Aliás, muitos deles.

— A comadre gosta de crianças?

Ela deu de ombros, como se fosse ainda muito nova para se enxergar como mãe.

— Não lembro de ver vosmecê aqui nas vizinhanças...

Uma graça como aquela, tão branquinha, não passaria despercebida pelo capanga.

— A comadre é de onde? Caxambu?

A confirmação veio com um movimento rápido de cabeça. Como aquela timidez atrapalhava! Imagina como seria na noite de núpcias...

119

E a tentativa de conversa se prolongou durante a viagem que pareceu muito curta para Ernesto. Ao deixar a candidata a esposa na porta da igreja, na rua principal de Passa Quatro, não conseguiu evitar a ansiedade:

— Quando posso encontrar a comadre de novo?

A mocinha, que já se preparava para sumir de vista, se virou para ele com um sorriso travesso nos lábios rosados, um gesto que encheu seu coração de felicidade.

— Mais cedo do que o compadre pensa – sussurrou ela, numa voz abafada.

»»»»»»

Após se livrar do capanga inconveniente, Hector aproveitou a solidão da igreja para devorar o pedaço de bolo e um dos queijos, satisfazendo a fome torturante. Certo de que não enganaria mais ninguém com seu disfarce, o rapaz furtou uma camisa e uma calça comprida que secavam no varal de uma casa vizinha, lavou bem o rosto e o pescoço numa das várias fontes espalhadas pela cidade e escondeu, bem escondidas, a peruca, a cesta e as roupas femininas.

Ainda sentindo o cheiro adocicado do perfume de Estelinha ardendo em suas narinas, o rapaz aproveitou o dia para investigar tudo o que pudesse sobre as mortes das duas primeiras vítimas: o sobrinho do padre e a neta do advogado. O assunto do momento, em Passa Quatro, era o misterioso desaparecimento de Alba, responsabilidade atribuída, de modo inevitável, à assombração Cordélia. Isto facilitou bastante a pesquisa de Hector. Fingindo ser viajante que parara por acaso no lugar, ele foi à mercearia, o ponto de fofocas numa cidade tão pequena. Sua curiosidade sobre as mortes, portanto, foi vista com bastante naturalidade.

Muito bem informado, o dono da mercearia forneceu dados importantes. Na ocasião dos dois assassinatos, tanto Estelinha quanto Alba tinham dormido na cidade, na casa da família do delegado Belmudes. A assombração fora vista vagando sem destino, nas duas noites. E praticamente toda a população escutara sua voz tristonha ecoando pelo silêncio noturno.

120

No final da tarde, Hector pegou a rua de cima de tudo e se afastou da cidade, retornando para a mata. Sentou-se numa pedra, tirou as botinas e se despiu, à espera da última noite de lua cheia. Tinha apenas uma decisão tomada: confrontar de uma vez por todas o fantasma de Cordélia.

CAPÍTULO 10

MENTIRAS

— Um fantasma?! – Ana Cristina exclamou, assim que Cristiana acabou de ler para ela o capítulo do livro. – Eu não acredito em fantasmas.

— E eu não acredito em lobisomens – a amiga retrucou. – Pelo menos não acreditava até começar a ler esta história...

Ana ficou em silêncio. Estava deitada no quarto, o pé esquerdo imobilizado numa tala. Quando chegara ao hotel, amparada pela mulher do caseiro, seu Irineu não demorara nem um minuto para tirá-la dos braços da mãe chorosa e levá-la à competente médica que atendia no ambulatório do hotel-fazenda. Doutora Jane fizera um exame completo na adolescente e constatara apenas arranhões, como ocorrera com Cristiana, mais o hematoma no tornozelo. Uma radiografia confirmara a ausência de fratura; mesmo assim uma tala fora providenciada para evitar a dor.

— Se o senhor quiser, leve a menina amanhã a um hospital na cidade – a moça sugerira. – Mas eles vão dizer o mesmo que eu. Dois dias com o tornozelo protegido e não haverá problemas. O que sua filha precisa agora é de descanso...

Dona Ludmila havia mandado servir um jantar leve para as duas no quarto e se revezara com doutor Irineu para lhes fazer companhia – e perguntas. A gerente da pousada também viera, com mais perguntas ainda. A mãe não parava de falar, abençoando o tal senhor que encontrara a filha em sua propriedade e mandara os funcionários trazê-la. Fazia planos de convidar o homem para um jantar e agradecimentos pessoais; depois instava a garota a contar e recontar a história da disparada do cavalo e do salvamento. Até que Ana, cansada, desabafara:

— Mãe, pai, vão jantar. Já é tarde e tanto eu quanto a Cris estamos cansadas.

Somente quando os pais e a gerente se retiraram para o restaurante foi que as duas amigas puderam conversar em paz.

122

Uma contara à outra sua aventura. Cris falara da dificuldade em ocultar sua verdadeira identidade de Paulo, e depois discorrera sobre a estranheza de a morte de Lina ter imitado a história do livro. Ana relatara o que sentira junto a Daniel, mais as coincidências que continuavam acontecendo. Depois de debaterem por um bom tempo o quanto era estranho ele ter conhecido uma Beatrice, e se seria possível que a máquina de escrever existente no sítio fosse a mesma em que o livro fora datilografado, ambas haviam concordado em continuar a leitura.

Capítulo lido, a filha de doutor Irineu voltara a mente para outra coisa que a estava incomodando: o cacho de cabelos na caixa de madeira. Contou sobre aquilo a Cris.

— Você acha – comentou, num estremecimento – que ele pode ser o assassino? Cortou os cabelos da tal Lina e guardou na caixa?

Cristiana fez uma careta de dúvida.

— Sei lá. Você disse que era uma caixinha antiga. Pode só ser uma lembrança da mãe dele, ou de uma namorada.

Ela sorriu, quando viu Ana franzir as sobrancelhas à palavra "namorada".

— Esse Daniel mexeu mesmo com você, hein? – Pegou a câmera e clicou até aparecer a foto tirada na cidade. – Mas não é tão bonito assim. O Paulo, por exemplo, ganha longe.

Ana pegou a câmera e ficou olhando o rosto do rapaz flagrado ali, a seu lado. Era impossível não compará-lo aos outros dois presentes na foto.

— O Paulo é um garoto, só um pouco mais velho que a gente. O Daniel não, ele é bem mais maduro, mais másculo, mais...

— Misterioso? – a outra completou. – Ah, era fatal você se sentir atraída pelo cara. Ele te salvou, cuidou do seu pé, te deu banho...

Ana Cristina quase soltou faíscas pelos olhos.

— Ele não me deu banho! Só ligou o chuveiro, ouviu? Não comece a pensar bobagens. O máximo que rolou foi um beijo. E ele ficou furioso comigo. Disse que eu era menor de idade! Coisa tão antiquada... – fez uma pausa, mais calma. – Mas o estranho foi quando eu contei sobre esse livro. Ele queria saber onde a gente tinha conseguido, e ficou repetindo "entendo, entendo".

Cris pareceu confusa.

— O que é que ele entendia?

— Eu sei lá! Só sei que o olhar dele me deu medo. E, mesmo assim...

As duas iam continuar a conversa, mas uma batida na porta fez Cris correr para devolver o livro à gaveta e Ana se enfiar sob as cobertas.

— Ainda estão acordadas? – disse dona Ludmila, entrando, com o marido logo atrás. – Ótimo. Venha comigo ao saguão, Cristiana. Sua mãe está ao telefone. Luziete tentou ligar para nosso chalé e para os celulares, mas nenhum atendeu. Então ligou para a recepção do hotel, ao que parece aquele é o único telefone que ainda funciona. Vamos?...

Cris foi imediatamente, ansiosa para ouvir a voz da mãe. Doutor Irineu ficou ainda um pouco no quarto com a filha.

— Está mais descansada, agora? – perguntou, afagando os cabelos da menina.

— Estou, pai. Não se preocupe.

— Você ouviu sobre... a moça que desapareceu? O Damasceno disse que ontem, quando levou vocês duas à cidade, já se falava no sumiço dela.

— A Cris me contou, e o pessoal do hotel só fala nisso. Uma coisa horrível.

— E esse tal Daniel? O que achou dele?

Ela deu de ombros, fazendo-se de sonsa.

— Parece uma boa pessoa. Simpático. Se não fosse por ele, sabe lá quanto tempo eu ia ficar perdida naquele mato! Ele apareceu, me levou pro sítio, chamou os caseiros. O resto você sabe.

— Sim – doutor Irineu sorriu, levantando-se. – Eu sei.

Ana Cristina conhecia bem o pai que tinha. Algo na voz dele a fez pensar.

— Você já foi investigar a vida dele, não foi? – indagou, a testa franzida. – Você faz isso com todos os meus amigos. Pai, é uma falta de privacidade...

— Já tivemos essa conversa antes, minha filha – Irineu retrucou, já na porta. – Não posso me descuidar. Mas, se quer saber, nada consta contra seu cavalheiro salvador. Ao que parece ele tem vinte e três anos, é formado em Literatura Inglesa, ganha a vida publicando livros sobre mitologia e folclore. Tem uma casa aqui, mas passa a maior parte do tempo fora do país. O pai morreu e deixou o rapaz bem de vida. Não é casado...

Ele perscrutou o rosto da filha ao dizer isso, porém Ana continuava fazendo-se de sonsa.

— Bem, agora veja se descansa. Nada de passar a noite fofocando com a Cristiana, vocês duas precisam de uma boa noite de sono!

E saiu, depois de acender a luz dos abajures e apagar as do teto.

Apesar das recomendações, e de Cris ter voltado bastante calada da conversa com a mãe, Ana demorou ainda um bom tempo para adormecer. Tinha muito em que pensar.

»»»»»»

Ela se curvou diante do mausoléu, reverente. Um brilho baço iluminava a espada nas mãos do anjo guerreiro que ornamentava o túmulo. Estava escuro, e as nuvens encobriam a lua crescente. Mas a velha senhora conhecia cada palmo daquele cemitério. Passara tantas horas ali, ajoelhada, rezando pelos mortos...

Um uivo a fez aprumar-se. Olhou ao redor: não havia ninguém.

— Cachorros – murmurou. – A cidade anda cheia de cachorros.

Afagou de leve um embrulhinho, diante da porta de ferro do mausoléu, e voltou-se para a saída. Com o passo rápido, deixou o cemitério e saiu nas ruas quase desertas de Passa Quatro. Resmungava baixinho, remoendo nomes de pessoas que conhecera pela vida. Era como se algumas delas estivessem ali, a seu lado, percorrendo junto dela os bairros que eram seus velhos conhecidos.

Entrou por uma rua mais movimentada. As luzes de alguns estabelecimentos comerciais manchavam as calçadas úmidas em cores variadas. Pessoas passavam por ela sem se deter. Isso até uma moça que seguia apressada parecer reconhecê-la e parar.

— Dona Merência? – perguntou. – É a senhora?

A centenária mulher conferiu a figura da transeunte. Sabia que a conhecia, mas não se lembrava de onde. Um olhar aos cabelos bem tratados da moça a fez dizer:

— Não devia andar sozinha por aí à noite, minha filha. Com esses cabelos tão bonitos... É perigoso, sabe. É muito perigoso ter cabelos bonitos nesta cidade.

A interlocutora sorriu e pôs a mão em seu ombro.

— Eu poderia dizer o mesmo! A senhora não tem mais idade para ficar vagando pela cidade. Não se lembra de mim? Sou a Natália, trabalho na delegacia.

Os olhinhos brilhantes de Merência continuaram a avaliá-la.

— Não me lembro. Você trabalha para o delegado Belmudes? Eu não confio nele. Está de combinação com o patrão, minha mãe me disse.

— Não é esse não. A delegada atual é Eulália Albuquerque.

A policial percebeu o tom de insanidade que permeava as palavras da velhinha. Tentou fazê-la encaminhar-se junto a ela para a rua transversal. Ficou surpresa diante de sua resistência: Merência podia ter mais de cem anos, mas era inesperadamente forte.

O nome Albuquerque havia disparado um alarme na cabeça senil da velha senhora.

— Delegada? – angustiou-se. – Não, é ele, o coronel. Da fazenda. Ele tentou matar o lobo!

— Tudo bem – a moça tratou de acalmá-la. – Mas a senhora não deve mesmo ficar andando sozinha a essa hora. Venha, vamos telefonar para o seu sobrinho. Ele deve estar preocupado.

Não foi fácil para Natália encaminhar a idosa para a delegacia; às vezes ela empacava e ficava murmurando palavras desconexas. Com muito custo chegaram lá; assim que a moça abriu a porta, deu com um PM conversando com o sargento Matos. Ele estava de plantão naquela noite.

— Uai, Natália, cê não saiu daqui dizendo que estava caindo de canseira?...

— É que encontrei esta senhora perdida. Não é a tia-avó do seu Ernesto, do restaurante?

Merência entrou no distrito atrás dela, muito ressabiada.

— É a própria – Matos confirmou. – Boa noite, dona Merência. Como vai?

Enquanto o sargento distraía a mulher, Natália procurou o telefone do restaurante. Lembrou que o calendário na mesa de Monteiro tinha propagandas de vários estabelecimentos locais. De lá mesmo fez a ligação. Uma moça atendeu.

— Aqui é a investigadora Natália, da DP. Encontramos a dona Merência vagando sozinha pela cidade, por isso entramos em contato.

— Ah, dona Natália, faz um tempo que o seu Ernesto saiu daqui pra procurar por ela. Segure a tia aí na delegacia que eu vou tentar avisar no celular dele...

A detetive desligou o fone e olhou, através do vidro, o sargento Matos servindo chá da garrafa térmica para a velha senhora. A mulher não parava de falar, e tudo o que dizia parecia sem sentido. Agora discorria sobre bonecas de porcelana. Ficou imaginando se ela estaria informada sobre o assassinato de Lina, apesar da senilidade que aparentava. Se não soubesse do acontecido, por que teria dito que era perigoso ter cabelos bonitos e andar sozinha à noite?

Bocejou, exausta. Matos tinha razão, ela deixara o trabalho uma hora depois de findo seu turno, pois ficara esperando o chefe retornar. Monteiro, porém, havia saído com o tal doutor Sanchez de Navarra em busca da garota desaparecida, e não voltara mais à DP. Antes de ir embora, a estagiária atendera um telefonema dele, explicando que a garota estava bem, que ele ia investigar "umas coisas" e voltaria bem tarde. Só isso, nem quisera falar com ela. Era como se não desejasse partilhar os rumos da investigação. Não fazia sentido... Onde estaria o detetive, agora?

Natália sabia que poderia ir para casa, deixando a idosa perdida ali até o sobrinho chegar, mas algo a fez ficar. Enquanto esperava, sentou-se à mesa de Monteiro, pegou a agenda e começou a fazer uma lista de itens que pretendia discutir com o chefe na manhã seguinte.

Quem teria motivos para matar Lina?

Quem eram seus amigos e namorados?

A mãe sabia que a filha estava grávida?

Seria aquele crime uma cópia dos crimes do século passado?

Quantas pessoas saberiam sobre os crimes antigos, se o caso fora abafado?

Cansada, ela bocejou de novo e foi para a outra sala, para também se servir do chá na garrafa térmica. Podia apostar que estaria frio.

»»»»»»

Ele tocou apenas com a ponta dos dedos o objeto sobre a lápide fria, à entrada do mausoléu. Virou o embrulhinho e deixou o vento gelado que agora soprava entreabrir o papel de seda. Estremeceu quando viu o conteúdo. Alguns fios de cabelo escaparam e voaram entre os túmulos.

Ficou indeciso entre a ideia de sumir com aquilo ou a de deixar ali mesmo. Absorto em pensamentos, deu um salto quando o telefone celular tocou. Não sabia que os celulares haviam voltado a funcionar, depois da pane daquela tarde. Alcançou-o no bolso do paletó.

— Patrão? – a voz de Lu, a caixa do restaurante, parecia ansiosa. – Ligaram da delegacia, a detetive Natália encontrou sua tia-avó na cidade e levou ela pra lá.

Ernesto respondeu rispidamente e desligou o celular. Saiu apressado, já esquecido do embrulhinho com fios de cabelo depositado junto ao mausoléu da família Albuquerque Lima.

»»»»»»

Monteiro tomou o resto de seu refrigerante. O restaurante estava cheio, mas não lotado. Os funcionários pareciam mais relaxados que de costume com a falta do patrão. Ele chegara ali fazia quase uma hora e, como Ernesto não estava, decidira jantar enquanto esperava.

— Quer sobremesa, seu Montanha? – perguntou um dos garçons, que ele conhecia desde garoto. Assim como conhecia todo mundo naquela cidade.

— Não, obrigado. Só um café.

— Sim, senhor. Ah, o patrão telefonou, já está vindo. Ele teve de ir procurar a tia-avó dele, o senhor sabe. A coitada está meio fora do ar e foge de vez em quando.

À espera do café, Monteiro procurou no bolso o caderninho em que fazia anotações. Não encontrou. Lembrou que o esquecera na delegacia. Com um suspiro, pegou então uma folha de papel em outro bolso, junto com um celular, cujas teclas começou a pressionar. Conferia os nomes e números que iam aparecendo na telinha, comparando-os com as anotações que fizera no papel.

128

"É fácil descobrir o que as pessoas fazem, hoje em dia", refletiu, num meio sorriso. "Como essa garota, Lina. Tenho em mãos a lista de todas as pessoas para quem ela telefonou e os números que ligaram para ela no último mês. São provas para juiz nenhum descartar..."

Foi repetindo baixinho o que anotara naquele papel, enquanto números e nomes apareciam na tela minúscula do celular.

— Um telefonema por dia para casa. Ou ela mantinha a mãe informada sobre como estava, ou se informava sobre a saúde da mãe... Duas ligações para a Clínica de Ginecologia. E uma da Clínica para ela, há uma semana. Deve ter sido quando ela descobriu que estava grávida. Depois, telefonema para uma farmácia na periferia. E aí a coisa começa a ficar interessante: uma ligação... não, duas... para um celular em *roaming*. E que a companhia me informa que pertence ao senhor Daniel Lucas! Muito incriminador, isso: a vítima liga para ele duas vezes, e uma semana depois o escritorzinho chega à cidade. Exatamente no dia em que ele chega, a moça some e só aparece morta. E o infeliz ainda me vai à delegacia reclamar sobre um portão aberto! Vou ficar na cola desse sujeito: amanhã logo cedo dou entrada num mandado de busca e apreensão para a casa dele, e numa intimação para ele ir depor. Agora, deixando de lado o escritor: Lina só recebeu duas ligações na véspera do dia em que foi morta. E as duas de lugares bem peculiares...

Estava nisso quando o mesmo rapaz de antes lhe trouxe o café. E avisou:

— O seu Ernesto chegou.

O detetive olhou pela janela, que dava no estacionamento do restaurante, e viu o homem descer do carro acompanhando a velha senhora. Deixou a mulher aos cuidados de uma empregada numa porta lateral, antes de se encaminhar para o salão de jantar.

Monteiro tomou seu café com calma, observando Ernesto entrar e ir para trás do balcão. Esperou que ele se inteirasse do movimento da noite e que a moça do caixa o indicasse ao patrão. Então aguardou que viesse encontrá-lo.

— Boa noite, doutor Monteiro – o homem disse, apertando-lhe a mão. – Estava me esperando? Se quiser, podemos ir conversar na minha sala.

129

O investigador assentiu e foi levado por um corredor que saía ao lado dos toaletes. Numa salinha próxima, alguns clientes admiravam um pequeno museu com antiguidades, fotografias, livros antigos e artesanato mineiro. Logo após, entraram num escritório.

— Desculpe a demora, mas a minha tia-avó deu uma das suas escapulidas. Tive de ir procurar por ela na cidade. Está completamente senil, e a empregada é uma incompetente.

— Tive uma avó nessas condições – Monteiro sorriu. – Dona Merência... ela já tem mais de cem anos, pelo que eu me lembro.

— Cento e três – o outro respondeu. – Minha mulher, a Rosa, sempre cuida dela, mas precisou viajar por umas semanas e a velha aproveita pra fugir. Uma encrenca... E falando em encrenca, a que devo sua visita, afinal? Aquele garçom que andou metido com drogas no ano passado não trabalha mais aqui. Despedi o sem-vergonha bem antes da temporada.

— Nada disso, seu Ernesto, é que estou investigando a morte da moça que trabalhava na livraria e papelaria, a Lina. O senhor a conhecia?

O homem sentou-se atrás da escrivaninha, erguendo as sobrancelhas em leve surpresa.

— Claro que conhecia. A livraria do Paulo é uma das melhores da cidade, todo mundo compra lá, e a moça trabalhava com eles havia anos. Ouvi comentário sobre a morte dela...

— Pois então, eu estou verificando os registros telefônicos do celular da garota, e acontece que na véspera do crime ela recebeu um telefonema do seu restaurante. Tem alguma ideia de quem pode ter ligado daqui para a Lina?

Ernesto vagarosamente balançou a cabeça em negativa.

— Tenho muitos funcionários. Só garçons são dez, sem contar os temporários que eu contrato na época das férias. Mais o pessoal da cozinha e os manobristas.

Monteiro assentiu. Era exatamente a resposta que ele esperava.

— Vou precisar conversar com todos. Suponho que não haja problemas, não é?

— Nenhum. A noite está acabando e o salão só vai esvaziar daqui para a frente. Pode usar esta sala mesmo, eu vou enviando o pessoal para cá. Mais alguma coisa?

— Sua família mora nos fundos. Mais alguém, além de sua esposa e a tia-avó?

— Uma arrumadeira e a governanta incompetente. As faxineiras são as mesmas do restaurante, mas nenhuma está aqui a essa hora, só vêm amanhã. E vou pedir um favor...

— Sim?

— Não fale nesse assunto com a minha tia. Ela tem muita idade e já está com a cabeça cheia de delírios. Se ouvir a história da moça assassinada é capaz de ficar ainda mais perturbada! Então, converse com quem quiser, mas deixe a tia Merência em paz.

Dizendo isso, ele saiu do escritório. O investigador fez mais algumas anotações na folha de papel que levava. Não devia ter esquecido o caderninho na delegacia...

»»»»»»

Paulo havia sugerido ao pai que não abrissem a livraria naquela manhã, em respeito à morte de Lina. Mas ele não concordou; já havia se comprometido com a mãe da garota a pagar pelo funeral, não desejava ter ainda mais prejuízo. Na hora de sempre – oito horas – os dois levantaram as portas de aço. O dia estava lido, o sol brilhava e apenas o barro acumulado nas esquinas dava conta da tempestade do dia anterior.

— Tenho de ir à funerária acertar os detalhes – seu Paulo disse ao filho, num suspiro. – Você cuida da loja até eu voltar. Aliás, podia chamar um dos seus amigos para trabalhar aqui meio período, nestas semanas de férias. Vamos precisar de ajuda, especialmente de manhã.

— Posso ligar pro Jonas – Paulo propôs.

Foi o que fez, assim que o pai saiu. Em meia hora o amigo aparecia lá. Apesar de resmungar por ter sido acordado àquela hora, em plenas férias, apreciou a proposta de trabalho temporário. Havia trabalhado no restaurante de Ernesto um tempo, mas agora estava desempregado.

— Acho que dá pra encarar – sorriu.

— Ótimo. Então pode começar me ajudando a repor o estoque da livraria. Tem umas caixas de livros pra abrir, lá atrás. E uns pacotes de artesanato que chegaram ontem. Vamos lá...

131

Enquanto trabalhavam, com a ocasional parada para atender os vários compradores que apareciam, Paulo comentou o que acontecera com Cristiana e Ana Cristina na véspera. Jonas soltou um assobio, surpreso. Não sabia de nada.

— Você então levou a Ana pro hotel? Que romântico... e a Cris, apareceu ou não?

— Os telefones só voltaram a funcionar à noite, aí eu liguei pro hotel-fazenda e falei com aquela garota que trabalha na recepção. Ela disse que um casal trouxe a Cris de volta no fim da tarde, e que ela estava bem.

— Ufa! E hoje, não telefonou pra lá?

— Não, mas estou pensando em ir visitar as meninas à tarde. Depois das três horas o movimento diminui, e aí meu pai não vai chiar se eu sair.

— Eu vou junto! Podemos até jogar RPG.

— Tudo bem, mas vamos ter de dar uma apressada e deixar toda a reposição do estoque em dia, se não o "patrão" vai encrencar.

Paulo estava cortando as fitas adesivas de uma caixa, com uma das adagas de sua coleção, quando o detetive Monteiro apareceu.

— Bom dia, Paulinho, poderia ir chamar seu pai?

— Ele saiu – disse o rapaz. – Foi à funerária. O senhor sabe, pra tratar do enterro.

— Sei – o policial fungou, impassível. Não tirava os olhos da faca antiga que o rapaz manipulava. – Mas o médico-legista ainda não liberou o corpo. Bem, diga ao Paulo para me telefonar. Preciso falar com ele o quanto antes.

Ele saiu e Jonas veio do fundo da loja carregando uma pilha de livros.

— O que o Montanha queria com o seu pai?

Paulo deu de ombros.

— Sei lá, eles são amigos. Bom, vamos descarregar isso naquela estante ali...

»»»»»»»

Na rua ensolarada, Monteiro tomou o rumo do distrito. Não tinha saído do quarteirão ainda quando foi alcançado por sua ágil subordinada.

— Bom dia, doutor – Natália sorriu para ele.

Um grunhido desconfiado foi a resposta do chefe.

— Não é cedo para você pegar no serviço? Pensei que só entrasse às dez, hoje.

— E entro. Mas como hoje você devia chegar mais cedo, pensei em acompanhá-lo. Queria conversar. Ontem à noite encontrei aquela senhora idosa do restaurante...

Narrou o ocorrido na noite anterior com dona Merência. Sem esquecer de mencionar as coisas estranhas que ela dissera e que poderiam estar ligadas à morte da garota.

— Ela disse isso mesmo, que ter cabelos bonitos era perigoso nesta cidade?

— Textualmente. Será que a velha senhora pode saber de alguma coisa?

— Eu acho é que o sobrinho-neto dela teve muito trabalho para assegurar que eu não interrogasse a mulher...

E contou a ela sobre o celular de Lina e os dois telefonemas da véspera do crime.

— Entendo. Um dos telefonemas veio do restaurante... e de onde veio o outro?

— Do hotel-fazenda Sete Outeiros. Sei que você andou perguntando por aí sobre a moça, mas ainda não interrogamos a mãe dela. Precisamos saber se Lina tinha amigos que trabalhavam lá.

— E se alguém sabia que ela estava grávida. Isso é importante! O senhor conseguiu alguma coisa ontem, no restaurante?

— Nada. Ninguém era amigo da Lina, apesar de todos admitirem que a conheciam de vista. Ainda vou ter de voltar lá para interrogar as faxineiras e a governanta da casa, mas isso pode esperar. Tenho outras prioridades hoje: ir fazer perguntas no hotel-fazenda e conseguir um mandado de busca. Aliás, o que você sabe sobre aquele escritor, o tal do Daniel Lucas?

Ao ouvir aquele nome Natália enrubesceu de leve, o que Monteiro não deixou de notar. Apesar disso, ela respondeu de pronto:

— Sei que ele é estrangeiro, inglês, mas tem cidadania brasileira e fala português perfeitamente. O pai dele morou aqui, o avô também; quando atingiu a maioridade Lucas herdou a propriedade, vem para cá

133

várias vezes ao ano. É escritor, especializado em folclore. Alguns dos livros dele são adotados nos colégios locais.

— Você sabe um bocado sobre o sujeito, hein?! – Monteiro disparou, irônico.

Mais vermelha ainda, ela explicou.

— Eu o conheci há alguns anos, quando ele veio à delegacia para se informar como tirar uma certidão negativa e outros documentos. Parece que ia comprar um terreno que confinava com o sítio dele. Eu lhe dei informações e o encaminhei ao cartório que funciona ao lado do distrito. Depois disso nos encontramos várias vezes, e ele sempre foi muito educado. Uma vez até mencionou que seu avô comprou aquele sítio de um certo senhor Antônio Monteiro.

Ela o encarou; fazia algum tempo que estava curiosa com a coincidência do nome. Mas o investigador não pareceu se perturbar e continuou andando.

— Era meu avô. Aquelas terras estavam na minha família fazia décadas, até o sujeito comprá-las. Quando meu pai voltou para cá tentou comprar o sítio de volta, mas não quiseram vender.

Natália continuou acompanhando-o, agora em silêncio. Começava a entender a antipatia que o Montanha tinha pelo rapaz. Pelo que ela sabia, até agora ele não tinha nem se dado ao trabalho de ir investigar o alegado arrombamento da porteira do sítio. Claro que uma investigação de assassinato tinha precedência, mas mesmo assim...

Haviam chegado à DP, e ela seguiu o chefe à sala dele.

— Alguma providência em especial que quer que eu tome esta manhã?

Ele se sentou à mesa, pegou o caderninho de estimação, folheou-o e disse, com ironia:

— Temos de interrogar a mãe da Lina. Mas antes... Já que você sabe tanta coisa sobre o tal Lucas, pode redigir e mandar o ofício ao juiz. Quero um mandado de apreensão e busca para o sítio dele. Urgente. E convocaremos o rapaz para depor.

Natália arregalou os olhos, surpresa.

— Qual a justificativa legal para o juiz expedir um mandado desses?

Foi com um sorriso que ia bem além da ironia que Monteiro respondeu:

— De que o suspeito recebeu dois telefonemas da vítima uma semana antes do crime. E de que ele chegou à cidade, depois de uma ausência prolongada, exatamente no dia em que a moça foi morta. Além disso, o sítio dele fica a poucos quilômetros do aterro sanitário onde encontramos o corpo. – Já sem sorrir, ele encarou a detetive. – É isso mesmo que está pensando, Natália: esse Daniel Lucas agora é um dos principais suspeitos do assassinato.

»»»»»»

Lurdes pegou o balde e o esfregão e foi para a despensa, atrás da cozinha. Estava guardando o material de limpeza quando ouviu o latido do cão negro. Olhou para fora e viu o patrão chegando.

Sacudiu a cabeça, intrigada. Sempre que vinha à cidade, ele ficava enfiado no mato. Ela vinha cedo fazer a limpeza, e ele não estava. Às vezes a cama nem fora desfeita.

"Um moço bonito desses, tem dinheiro, tem casa aqui e nos estrangeiros, e leva uma vida assim esquisita. Por que nunca vai pra cidade dançar, por que nunca traz uns amigos, uma namorada, um familiar? E tá sempre com esse ar de cansado. Vai ver tem alguma doença."

— Dona Lurdes, a senhora está aí?

— Tô sim, seu Daniel!

Ela saiu para o quintal e viu que ele havia se sentado num banco de madeira no terreiro. Estava limpando as botas, totalmente enlameadas. Levou para ele o balde e alguns trapos.

— Desculpe incomodar, mas eu não quis entrar em casa e encher tudo de lama.

— 'Magina, incomoda não. Dê aqui que eu limpo. Vou pegar um chinelo pro senhor... Deve ter saído cedinho, né? Foi fazer uma trilha, não é assim que o pessoal da cidade fala?

Como sempre, ele não parecia a fim de conversa. Estava pálido e havia lama na calça também. Aceitou o chinelo que ela trouxe e ficou lá, descansando e ouvindo a algaravia da mulher, enquanto ela limpava as botas.

135

— Eu já terminei com a faxina, deixei um guisadinho lá no fogão pro senhor. E uma couve bem temperada. Precisa se alimentar, sabe. Desde que o senhor chegou só comeu comida pronta da cidade, aquilo não vale nada, seu Daniel. Não tem sustância.

Ele sorriu, lembrando-se de si mesmo bem pequeno, e a mãe incitando-o a tomar a sopa do jantar. Sustância. Fazia muito, muito tempo mesmo que não ouvia aquela palavra...

Agradecendo a Lurdes com um aceno de cabeça, o rapaz entrou em casa e foi sentar-se diante da janela. Ligou o *notebook*, pegou o caderninho no bolso e o folheou. Digitou alguma coisa no teclado e logo estava comparando suas anotações com páginas que havia salvado num programa.

Estava tão absorto nas pesquisas que mal notou a mulher fechar a porta traseira e sair para sua casa, sempre seguida pelo cachorro. Falava consigo mesmo, como de costume.

— Pelo menos quase tudo está pronto. A última encomenda logo chega. Finalmente tenho uma hipótese fechada... embora ainda me falte entender algumas coisas. Como será possível conciliar a ciência com as crendices? São tantas bobagens... Acho que consegui separar o que é superstição do que tem fundamento, mas mesmo assim a fronteira é muito tênue! Bem, se conseguir instalar a máquina, posso fazer a filtragem. Só não sei se consigo proceder sozinho, ainda mais se tudo tem de ser feito na época certa. Poderia usar a ajuda da dona Lurdes, é claro. Mas precisaria de uma boa desculpa pra convencer a ela e ao Manuel de que os procedimentos devem ocorrer aqui. E como evitar que eles contem para os vizinhos, os compadres? Não sei...

Com um suspiro, ele fechou os arquivos e releu alguns trechos do caderno. Olhou, nervoso, o calendário. Pegou uma caneta e anotou numa página em branco, com sua letra caprichada:

Falar com M. sobre o L.

Fazer o pagamento para Hemotherapy Centrifuges, London, UK.

Contatar de novo Dr. L. Molnár, Hungary.

O sol já estava alto quando desligou o *notebook*. O estômago reclamava, e ele se lembrou do guisado e da couve que Lurdes mencionara. Levantou-se e, ao seguir para a cozinha, viu sobre a mesa de centro na sala o rolo de gaze com que enfaixara o pé de Ana. Pegou nele e suspirou.

"Por que isso tinha de acontecer?", pensou, de repente sentindo uma fúria insana tomar conta de si. Atirou longe o rolo de gaze, que deslocou alguns quadros da parede. E despencou no sofá apertando a cabeça com as mãos.

"Aquela garota só piorou as coisas! E eu agora estou perto de conseguir! Depois de tanto tempo pesquisando, procurando. Pode dar certo! O problema é... eu *quero* que isso dê certo? Eu *realmente* quero que funcione? Não sei. Mas a essa altura, que escolha eu tenho? Preciso tentar."

Respirou fundo e dominou suas reações mais uma vez. Repreendeu a si mesmo, dizendo que anos de autocontrole não podiam ser jogados fora porque uma garota mal saída das fraldas rompera a barreira que erguera em torno do próprio coração... Afinal, resignado, como que acostumado a obedecer a uma disciplina rígida, levantou-se, foi pegar o objeto que arremessara e o guardou na caixa de primeiros socorros do quarto. Voltou à sala e rearranjou cuidadosamente os quadros que o arremesso deslocara. Somente depois disso seguiu para a cozinha e foi almoçar.

Estava metodicamente lavando a louça quando o telefone, já consertado, tocou.

Quem seria? Não estava acostumado a receber telefonemas ali. Em geral, as pessoas com quem tinha contato ligavam para o seu celular. Podia ser um de seus editores, ou algum livreiro. A moça da livraria, mesmo, tinha lhe telefonado na semana passada...

Parou, tomado pela súbita lembrança de que a moça, Lina, fora brutalmente assassinada no dia anterior. E daquela forma... daquela mesma forma...

O telefone continuou tocando. Disciplinando as emoções, ele engoliu as lembranças e atendeu. Foi engolfado pela tagarelice sem fim que brotou do outro lado da linha.

— Senhor Daniel? Daniel Lucas? Ah, que bom. Meu nome é Ludmila Sanchez de Navarra, sou mãe da Ana Cristina. Estou aqui com o seu cartão. Nem posso dizer quanto nós agradecemos pelo que o senhor fez pela nossa filha! Fico só imaginando a minha menina perdida no mato, com um cavalo furioso, naquela tempestade! Eu tentei telefonar ontem à noite, mas os telefones só voltaram a funcionar direito hoje. O senhor não pode ter ideia da tensão que nós passamos...

Ele fez algumas réplicas educadas enquanto a mulher discorria longamente sobre o acontecido. Até que, afinal, ela pareceu lembrar-se do motivo pelo qual ligara.

— Meu marido e eu fazemos questão de que o senhor venha jantar conosco. Hoje seria ótimo, mas sei que nem todos estão de férias. Se preferir o fim de semana, entenderemos perfeitamente. Mas não podemos deixar de agradecer em pessoa pelo grande serviço que o senhor nos prestou.

Não adiantou ele jurar que não era necessário agradecimento algum. A mulher tanto insistiu que ele não teve outro jeito senão aceitar. E, após outra olhada ao calendário, respondeu:

— Já que a senhora insiste, irei ao hotel hoje à noite. No fim de semana estarei... ocupado... Hoje, às oito, então.

Quando afinal Ludmila parou de falar e ele conseguiu desligar o telefone, estava zonzo.

"Que seja. Uma noite, só isso. E ela não vai me provocar desta vez. Não de novo."

Voltou à cozinha e terminou o que estava fazendo. Depois, sempre metódico, foi ao banheiro, lavou as mãos, escovou os dentes. E, durante todo o tempo, o perfume do sabonete de ervas o perturbava mais do que poderia admitir.

Ele rescendia a juventude, beleza, vida...

Ana Cristina.

Amargo, a fúria tomando conta de si outra vez, Daniel pegou o sabonete, abriu a janela do banheiro e o atirou o mais longe que pôde.

Ironicamente, o aroma permaneceu em suas mãos pelo resto do dia.

»»»»»»

— Onde é que você se meteu?

Era a voz de Cristiana. Ana Cristina arrancou correndo a camiseta e entreabriu a porta do quarto. As duas almoçavam com seu Irineu e dona Ludmila, quando ela derramara doce em calda na roupa e correra para o quarto, dizendo que ia trocar de blusa e logo voltaria.

Mas não voltara; seus pais acabaram indo tomar café no terraço, e Cristiana viera procurar por ela.

— Tô aqui, Cris – respondeu, vestindo outra blusa, bem depressa. – Precisei passar uma água na camiseta pra não ficar manchada. Já vou indo, me espere no jardim!

— Tudo bem, mas não demore. O Paulo e o Jonas devem estar chegando.

— Em cinco minutos estarei lá.

Cristiana voltou ao prédio principal, cismada. Tinha certeza de que a outra estava mentindo: Ana dando-se ao trabalho de lavar uma camiseta? Ela nunca fizera nada parecido na vida. Não conseguia imaginar, contudo, o porquê da mentira. De qualquer forma, apressou o passo. Pouco antes do almoço, Paulo ligara para o celular de Ana e avisara que ele e Jonas passariam por lá à tarde. Estava ansiosa por revê-lo, apesar de estar arrependida pela história da troca de identidades...

Ana Cristina observou, pela fresta da porta, a amiga deixar o chalé. Então voltou correndo ao que estava fazendo antes – e que não era, de forma alguma, a lavagem da camiseta manchada. Estivera, isso sim, no quarto contíguo, fuçando no *notebook* do pai.

Doutor Irineu tinha várias senhas para impedir a entrada de outrem em seu sistema, mas a filha conhecia todas elas. Na verdade, era ela que dava ao pai dicas sobre informática, quando ele estava em casa e tinha preguiça de telefonar para os técnicos no escritório. O resultado é que não havia computador dele, ou da empresa de advocacia, que ela não conseguisse invadir.

Um clique a mais e conseguiu o que queria: abrir a caixa postal para conferir os últimos e-mails recebidos. O que lhe interessava estava bem à vista.

"Sabia que seria uma mensagem desse cara. Papai sempre o aciona quando quer investigar alguma pessoa..."

O título do e-mail era "Dados DL". E dizia apenas:

Nada consta na PF nem nos Fóruns. Nem mesmo uma multa de trânsito. O sujeito parece legítimo. Vou dar uma olhada na Embaixada, aviso se descobrir alguma coisa.

Ana clicou num arquivo que viera anexo. Continha um nome, endereços, telefones e uma minibiografia provavelmente copiada de algum *site* da rede.

Daniel W. Lucas
Escritor inglês radicado no Brasil.
Formado em Literatura Inglesa com especialização em Mitologia Latino-Americana. Vários livros publicados em editoras da Inglaterra, Brasil e Argentina. Recebeu alguns prêmios literários importantes. Costuma fazer visitas e sessões de autógrafos em colégios e bibliotecas no Sul do país.

E, mais abaixo:

Filho de H. Lucas e Mary W. Mascott. Nascido em Londres em 1985. A mãe morreu no parto, e ele foi criado na propriedade da família em Bath. O pai vinha quase todo ano ao Brasil, mas seu filho só começou a vir ao país regularmente após sua morte, em 2003, quando herdou as propriedades da família. Formado pela Universidade de Oxford. Recebe dividendos anuais provenientes de carteiras de ações e mensais referentes ao aluguel de imóveis na Inglaterra. Mantém ativos um apartamento no West End em Londres e uma propriedade retirada em Bath, além do sítio no Brasil. Seu passaporte mostra vários carimbos de entrada na Hungria. Ao que parece, tem viajado com frequência para Budapeste nos últimos anos. Consta que seu avô teria adquirido uma chácara em Minas Gerais na primeira década do século XX. A escritura mais antiga da propriedade já aparece em nome de H. Lucas; na década de 1950 houve um incêndio num prédio da Prefeitura local, onde também funcionava o Cartório de Notas, e na ocasião muitos documentos se perderam.

Daniel W. Lucas???
Seu coração havia disparado. No frontispício do livro datilografado estava escrito:

140

Coração selvagem
W. Lucas
1951

Seria possível? Mas não podia ser ele. Daniel tinha vinte e três anos, apenas. Só se fosse o nome de seu pai ou seu avô... mas o nome do pai, segundo as pesquisas que acabara de ver, era H. Lucas. E lá não constava o nome do avô. Aquilo era muito estranho...

De repente, pensou ter ouvido um barulho na janela do quarto. Anotou rapidamente o número do celular do rapaz, fechou o arquivo, encerrou o programa, desligou o sistema. Colocou o *notebook* de volta à exata posição em que o encontrara. Deixou o quarto, apagou a luz, e antes de sair do chalé ainda molhou e torceu a camiseta suja, colocando-a num saquinho da lavanderia do hotel.

Somente então saiu, achando graça na própria engenhosidade e já andando normalmente: ainda usava a tala na perna, mas o tornozelo não doía mais. Ao contornar o chalé, porém, seu sorriso se esvaiu: vira seu Damasceno sentado num banco próximo, olhando-a com ar de cão vigia. O olhar dele a seguiu, ininterrupto, até a garota entrar na recepção do hotel.

"Será que ele desconfia de que... ah, não, ninguém entrou lá, só a Cris", pensou.

Tratou de esquecer o ar sombrio do motorista e as desconfianças quanto ao livro misterioso; mesmo porque vira o carro da livraria entrar no estacionamento. Paulo e Jonas estavam chegando.

»»»»»»

A terceira faxineira que Monteiro entrevistou foi a única que acrescentou algo às suas anotações. Até aquela hora, todas as entrevistas que ele e Natália haviam levado a efeito tinham sido infrutíferas. Ninguém sabia de nada. Lina parecia ter passado pela cidade como um fantasma, quase invisível: ninguém a conhecia direito, com ninguém tinha intimidade.

Sua mãe nem desconfiava de que estivesse grávida, suas amigas não sabiam os nomes de seus namorados. No restaurante, qualquer pessoa – mesmo um freguês – poderia ter se aproximado do telefone no balcão e telefonado para ela, ou para a China, que o ato não teria sido notado. A visita de Natália ao hotel-fazenda, um pouco mais cedo, havia surpreendentemente revelado que a mãe de Lina, doceira renomada na cidade, fornecia doces caseiros à despensa local. Os dois policiais comentaram entre si como era estranho que nenhum dos cozinheiros no restaurante de Ernesto tivesse mencionado isso. E uma simples inspeção aos frigoríficos mostrou que lá também havia potes dos doces de frutas preparados pela mulher. Era possível, então, que um dos telefonemas da véspera do crime tivesse sido relativo às entregas de doces da mãe da moça.

"Não, essa explicação é conveniente demais. Havia telefone na casa da mãe de Lina, por que alguém ligaria para o celular?", refletiu Monteiro, após repassar suas anotações sobre aquilo. "E se alguém falou com ela a respeito dos doces, poderia simplesmente admitir isso."

No entanto, ninguém admitia nada. O subdelegado já estava a ponto de abandonar os interrogatórios e voltar a atenção ao suspeito mais promissor – o escritor –, quando a terceira faxineira, senhora de idade já avançada, entrou na sala, abriu a boca e não fechou mais.

Ele logo percebeu que a mulher era uma dessas faladeiras contumazes que adoram dar opinião sobre tudo. Praticamente contou a história de todos os funcionários do restaurante, enfatizando os defeitos de cada um, quem roubava no caixa, quem fazia corpo mole na hora do trabalho, quem levava para casa itens da despensa sem ser detectado pelo patrão.

Ao ouvir a pergunta sobre Lina, a mulher narrou a saga da família da moça, desde que sua mãe nascera, crescera, casara, tivera a filha e enviuvara.

— Se quer saber o que eu acho, a culpa de tudo foi da mãe dela. A mulher só vive pra fazer doce e rezar, não sai da igreja, é claro que a filha ia fazer de tudo pra escapar daquela reza toda. Parecia uma moça quieta, mas as quietinhas são sempre as piores. Seu Paulo deixava tudo na mão dela, até os livros-caixa da livraria, que eu sei. Pra falar a verdade, sempre achei que ele tinha um caso com a menina. Sabe como é, só ele e o filho na casa atrás da loja, separou da mulher faz um tempão, e ele sempre teve um jeito meio safado. Mas a moça namorou mesmo foi com o filho. E todo mundo comentou, na época, que o pai não aprovava a história. Diziam que era porque a menina era funcionária dele, mas pra mim ele tava é com ciúmes.

— Então a senhora acha que ela teve um caso com o Paulo e com o Paulinho? – Monteiro ergueu as sobrancelhas, surpreso. Se o que aquela mulher dizia era verdade, ele teria de admitir que um de seus melhores amigos não era nada do que imaginava.

— Eu não acho, tenho certeza – ela respondeu. – Mas isso já faz algum tempo. Depois que brigou com o garoto, a Lina andou galinhando pra chuchu. Por isso é que é difícil saber quem era o pai da criança, né – ela soltou um sorriso malicioso. – Ah, doutor, não faz essa cara de espanto, não. Todo mundo na cidade sabe que a coitada da moça tava esperando. Eu tinha certeza de que isso ia acontecer, não faz muito tempo dei com ela e aquele rapaz ruivo do estábulo se agarrando lá atrás do coreto. Ela também se engraçou com um gaúcho que trabalha no hotel. E sabe Deus com quem mais ela andou; a verdade é que a coitadinha tinha aquela cara de santa, mas juízo, que é bom, nada.

— E a senhora sabe se ela também namorou aquele escritor que tem uma casa para os lados da Toca do Lobo? – ele aproveitou para indagar.

Ela coçou o queixo.

— Ah, disso eu não sei não. Só sei que esse moço é esquisito. A mulher do caseiro do sítio dele é filha da minha comadre, ela diz que ele tem sangue ruim. Gente rica, mas de má sina. Eu conheci o pai dele, sabe. Ele vinha aqui uma, duas vezes por ano, e também ficava lá enfiado no meio do mato. O menino é a imagem do pai, cuspido e escarrado, e parece que de gênio é igualzinho. Já vi os livros dele, escreve sobre saci, boitatá, essas coisas que hoje em dia ninguém acredita, mas que no meu tempo todo mundo sabia que existia. Imagine só o senhor que meu avô, que Deus o tenha, jurava que quando era criança viu um lobisomem que andou pra estas bandas e…

— Por favor, atenha-se ao assunto. A senhora imagina quem teria motivo para matar a Lina?

A mulher retomou a fala sem nem piscar.

— Ah, aí depende. Motivo, assim, não sei não. Mas já vi muito homem matar mulher por ciúme, por dinheiro, até por causa de bebida. E do jeito que ela andava com uns e outros, diz que até com homem casado, não dá pra se descartar nada. Agora, essa coisa de terem arrancado o couro da pobrezinha, aí já é perversidade. É verdade que escalpelaram a menina, que nem naquela história?

O detetive lembrou a crônica que Natália não parava de mencionar, e a que a delegada aludira. Aquilo parecia estar também na boca do povo.

— Que história?

— Uai, uma vez até saiu no jornal. Diz que foi antes da Primeira Guerra, minha avó é que contava. Teve um bandido que veio lá de São Paulo e matava só mulher, depois arrancava os cabelos delas. Fazia uma coleção de cabelo. Se bem que, pelo que minha avó dizia, ele também matava homem. Tem até um túmulo no cemitério de um menino que era sobrinho de um padre, e que também morreu careca. Coisa de doido, Deus que me livre. Mas não se pode falar nesse assunto por aqui, que se a dona Merência ouve, tem um ataque.

Novamente interessado, o investigador a instigou.

— Comigo a senhora tem liberdade total de falar. O que é que tem a dona Merência?

Os olhos da mulher até brilharam, com tal abertura para fofocar à vontade.

— Ih, aí era caso de internar. A dona Rosa, mulher do patrão, bem que já andou vendo preço de casa de repouso pra ela, porque a tia-avó do seu Ernesto é complicada. Tem dia que tá bem, parece só uma velhinha normal, mas de repente sai gritando feito doida por aí. E ela foge, sabe. Só esta semana já sumiu umas três vezes. Já dei com ela duas vezes lá no cemitério, a mulher adora um cemitério. Ela ajoelha, e reza, e fala muita bobagem. Mas o seu Ernesto não quer nem ouvir falar em internar a tia. E não é por gostar muito dela, não, que ele sempre xinga a coitada de tudo que é nome, quando acha que ninguém tá ouvindo. Eu tenho pena é da dona Rosa, vivendo aqui com aquele marido mandão e a tia-avó doida dele. E ela não se queixa, a pobre, aguenta tudo quieta...

— Onde está a dona Rosa agora? – o policial inquiriu.

A faxineira fez ar de dúvida.

— Sei lá, disseram que foi à capital visitar uns parentes. E eu nem sabia que ela tinha família por lá – rezingou, parecendo ofendida por ignorar algo. – Nunca ninguém comentou nada disso.

— Ela disse quando volta?

— Ela não disse nada, a gente nem viu quando saiu de viagem. No fim do mês eu fui procurar por ela pra receber, era sempre a dona Rosa que me pagava, e nem sinal da patroa. Daí o seu Ernesto mandou a moça do caixa me pagar, e disse que ela tinha viajado. Aí danou-se, porque a governanta teve de se desdobrar pra vigiar a dona Merência, e parece até castigo, mas a velha piorou muito da loucura este mês. Cada palavra que ela ouve, desanda a falar um monte de bobagem. Outro dia eu ia saindo do serviço, e tinha comprado uma boneca pra levar pra minha neta, o senhor sabe, eu tenho uma netinha de cinco anos, e ela viu, daí desandou a gritar, falava que sei lá quem ia vir do além pra pegar a boneca, e veio pra cima de mim, o senhor acredita? Queria porque queria pegar a boneca da minha neta. Eu, hein! Ouça o que eu digo, qualquer dia destes...

Monteiro levantou-se, cansado. Mais uma história daquelas e ele é que ia começar a gritar.

— Muito obrigado pelo seu depoimento. Por enquanto é o bastante. Até logo.

Sem jeito, a senhora se despediu e foi saindo. Ainda resmungava, e o detetive podia apostar que ia procurar uma colega para continuar falando da vida alheia.

Ele saiu também, louco para tomar um café; mas ouviu reverberar nos ouvidos a voz irritante daquela mulher ainda por várias horas.

»»»»»»

Os quatro jovens estavam sentados numa das mesas de piquenique em meio a um dos jardins. O lugar era lindo, ficava sob a sombra de uma paineira, e o céu límpido parecia zombar da tempestade que havia nublado o dia anterior. Jonas entregou dois dados de seis faces a Ana, aproveitando para disfarçadamente apertar a mão da garota. Ela retirou a mão depressa, e ele ficou imaginando se ela estaria zangada por algum motivo.

— Role dois D6 – ele disse, retomando a pose de Mestre do jogo. – Três pontos de bônus.

Estavam jogando uma aventura medieval de RPG, fazia algum tempo. Ana jogava com uma Maga, Paulo escolhera um Elfo Arqueiro e

145

Cris uma Humana Guerreira; no jogo, todos buscavam um artefato mágico escondido em uma masmorra misteriosa. O jogo havia feito bem a eles; Jonas mestrava de forma divertida e estimulante. Mas a garota com a tala na perna – que os dois rapazes julgavam chamar-se Cristiana – parecia arisca, distraída, distante.

Dona Ludmila apareceu a certa altura no jardim e acenou para os jovens. Para alívio de Cris, apavorada ao pensar que ela poderia desvendar a mentira da troca de identidades, a mulher não se aproximou.

Afinal, o Elfo interpretado por Paulo encontrou o tal artefato e Jonas encerrou o jogo.

— Mas a gente pode continuar a aventura, se vocês quiserem. Tenho mais algumas coisas planejadas para a sua Maga, Cris... e para a sua Guerreira, Ana.

— Fica pra outra hora – a filha de Ludmila se levantou. – Esta tala está me incomodando muito, acho que vou até o ambulatório e ver se a doutora Jane deixa tirar.

— Eu vou com você – Jonas se ofereceu, e já foi pegando no braço dela, de forma que a garota não pudesse recusar. – A gente já volta!

Os dois se afastaram, com Ana claramente evitando que ele a abraçasse. O rapaz estava achando aquilo muito estranho, após ela ter apreciado tanto seus abraços dois dias antes...

Paulo e Cris ficaram a sós, e ela não sabia o que dizer. Tinha ansiado pela presença dele, desejara ficar olhando para seus olhos sem parar, mas agora só o que queria era enfiar-se terra adentro. Estava se corroendo de remorsos: ele parecia tão carinhoso, tão amigo, e ela havia mentido sobre uma coisa básica – seu verdadeiro nome!

— Esse arranhão deve doer um bocado – ele disse, passando a mão pelo rosto dela, onde um curativo escondia o maior corte obtido na aventura do dia anterior.

Cris estremeceu com o toque, mas não fugiu, e ele se animou com aquilo.

Aproximou a face e a beijou antes que ela recuasse. Um beijo longo, saboroso, partilhado.

E então ela se levantou, soluçando. Cobriu o rosto com as mãos.

— Não... não faça isso... eu não posso.

146

Paulo se sentiu um canalha. Ficou vermelho, levantou-se também e falou, contrito:

— Desculpe, Ana... eu não devia ter forçado a barra. Eu sei que não sou ninguém, e a sua família é muito rica. Seu pai não ia deixar você se envolver com alguém como eu. Não vai acontecer de novo. Por favor, só diga que me desculpa e eu vou embora!

Aquilo só piorou as coisas. Cris lhe deu as costas, querendo fugir, mas estacou.

"Não!", disse a si mesma. "Ele não merece isso. A Ana que me desculpe, eu não posso continuar fingindo!"

Deu meia-volta e enxugou as lágrimas. Paulo continuava parado, olhando-a com aquele ar culpado que não merecia ter. Ela começou a falar, relutante.

— Você não entendeu. Não é nada disso. Eu... eu e a Cris... Nós mentimos. Não somos quem você pensa que somos.

Ele franziu a testa. Do que ela estava falando? Ele conversara com a garota da recepção, e confirmara que o doutor Irineu era mesmo o famoso advogado, que sempre dava entrevistas nos jornais. Ele mesmo o tinha visto na televisão várias vezes.

— Olhe, Ana, você tá nervosa, não se preocupe que eu nunca mais vou...

— Me deixe explicar.

Já sem lágrimas, ela contou a brincadeira que a amiga havia sugerido. Como ambas haviam trocado de identidade e achado aquilo a coisa mais engraçada do mundo.

Paulo recuou e encostou-se na mesa de piquenique, atônito.

— Então... você...

— Eu me chamo Cristiana, sou filha da governanta na casa dos Sanchez de Navarra. Por isso, Paulo, não me peça desculpas. Eu é que preciso que você me desculpe... Porque... porque...

Ele se levantou, pálido.

— Você mentiu pra mim.

Ela abaixou a cabeça, assentindo.

— Vocês acharam muito divertido fazer de conta que eram outras pessoas. Brincar com as nossas emoções. Manipularam os nossos sentimentos, como se eu e o Jonas não fôssemos gente de verdade, fôssemos personagens num *role playing game*! – Ele soltou uma risada nervosa. – Puro entretenimento! Diversão da melhor qualidade!

Ela soluçou de novo, sem coragem de tirar os olhos do chão.

— Paulo, por favor, eu não queria...

— Não queria, mas entrou na brincadeira, não foi? Deve ter sido hilário zoar com a cabeça dos caipiras. E você se sentiu a garota rica, a princesa, a rainha, brincando com o coração de um plebeu... um joão-ninguém... um nada, como eu!

Ele pegou os dados de RPG sobre a mesa e apertou no punho fechado. Nunca tinha se sentido tão humilhado na vida. Foi deixando o jardim. Ela gaguejou.

— Escute, Paulo, você precisa me desculpar... eu não sei o que fazer... nós não sabíamos...

Ele se voltou, furioso.

— Não sabiam o quê? Que gente comum também tem sentimentos? Que mesmo morando no interior as pessoas têm o direito de ser tratadas como seres humanos, não como personagens de um jogo? – Arremessou ferozmente um dos dados aos pés dela. – Quer saber o que acontece agora, Cris? Quer saber o que fazer? Role um D20.

E seguiu na direção do estacionamento. Ela ainda o ouviu dizer, ao longe:

— Diz pro Jonas que estou esperando no carro!

Cristiana se abaixou, pegou o dadinho que ele jogara e o apertou nas mãos.

Queria sumir. Queria morrer. Por que não tinha ficado em casa com Luziete? Por que desejara tanto partilhar a vida de Ana, sentir-se um membro daquela família rica e importante? Por que precisava tanto esquecer que sua mãe era uma mera empregada? Por que aceitara entrar naquela brincadeira idiota?

Voltou à mesa de piquenique e se sentou, rolando o dadinho nas mãos. Tinha jogado fora o carinho do único rapaz por quem já se apaixonara. Com tantas incertezas em sua cabeça, daquilo, ao menos, ela tinha certeza: estava apaixonada por um garoto que conhecera havia dois dias.

E ele jamais olharia de novo para ela.

Mergulhou o rosto nas mãos e chorou como nunca chorara.

»»»»»

Ela estava se olhando no espelho do quarto, enrolando um cacho de cabelos brancos com o dedo, o ar estranho, sonhador, como se não se reconhecesse. Então ouviu o ruído na vidraça.

— Merência! Abra a janela.

Ela se aproximou, um pouco assustada. Do lado de lá, escondido entre o muro e um grande arbusto, estava um rapaz de pele clara, olhos azuis, óculos. Sorriu. Não precisava ter medo dele.

— Preciso muito conversar com você, por favor, abra!

A mulher de cabelos brancos abriu a vidraça e sorriu para o rapaz, com a inocência de uma criança.

— Eu sabia que viria me ver. Faz tempo, não faz? E logo a Lua muda. Logo, logo...

Ele percebeu o leve tom insano nas palavras da velha senhora.

— Sim, faz tempo... Mas agora estou aqui, e preciso que me diga uma coisa. É importante. Lembra-se de quando eu me desfiz de todas aquelas coisas antigas? Faz mais tempo ainda. Foi antes de eu ir para a Europa... Eu queimei todos aqueles papéis, na lareira.

Ela fez que sim com a cabeça. E começou a girar no dedo o anel de prata escurecida.

Sorrindo tristemente ao ver que ela ainda usava aquele anel, ele continuou:

— Você foi a única pessoa que esteve em minha casa naquela ocasião. Merência, eu preciso saber... o livro. Eu queimei a última cópia do livro datilografado. Mas agora descobri que ele não foi destruído! Foi você, não foi? Você tirou o livro do fogo antes que ele queimasse!

O ar culpado, ela recuou.

— Era a história... a história do Lobinho. Eu queria ler tudo, só mais uma vez.

— E por onde andou aquilo, todo esse tempo? – ele suspirou.

Ela apontou para a casa que abrigava o restaurante.

149

— Escondi... no baú, com as bonecas. Mas um dia esqueci lá fora e alguém botou junto com os outros livros antigos. Eu não sabia... só muito tempo depois descobri que estava fora do baú.

Ele refletia, refletia.

— Quantas pessoas podem ter pegado naquele livro? Quantas pessoas leram a história?

— Não sei... muita gente visita o museu. Mas eu me lembro só de duas meninas que estiveram aqui... a mãe pediu para deixar elas lerem.

Ele ficou mais um tempo em silêncio. Parecia muito, muito preocupado.

— Você quer ver as bonecas? – ela perguntou, de novo o tom estranho, sonhador, na voz. – Estão todas seguras. No baú – fez uma expressão tristonha. – Só o véu sumiu. Não me lembro... não me lembro onde coloquei. Mas ele vai aparecer! Vai sim, tenho certeza.

Ele estendeu o braço para a janela e tocou as mãos enrugadas da mulher, penalizado; era óbvio que ela estava completamente senil. Perguntou:

— Está tudo bem?

— Claro – respondeu ela, sorridente. – Tudo bem.

— Olhe... precisamos tomar cuidado. Tem alguém... tem perigo na cidade. Muito perigo. Está me entendendo?

A velha senhora sorriu inocentemente, de novo.

— Mas eu não corro perigo. Eu sei me defender.

— Está certo. Tenho de ir embora, agora. Por favor, não conte a ninguém que eu estive aqui.

O rapaz lhe enviou um último olhar preocupado e sumiu atrás do arbusto. Ela ficou olhando, depois fechou a vidraça e voltou a fitar o espelho. Soltou os cabelos brancos, longos, macios, e ficou brincando com os cachos.

Uma batida na porta precedeu a entrada da governanta, que carregava uma bandeja.

— Está na hora do chá – disse a recém-chegada, com falsa animação na voz.

Pousou a bandeja na mesa que havia a um canto e foi puxar uma cadeira. A velha senhora andou para o toalete que havia ao lado, resmungando que ia prender os cabelos.

A governanta serviu chá do bule na xícara, depois foi ajeitar o quarto. Puxou as cortinas, estendeu a colcha da cama, que estava desarrumada, mas quando foi afofar o travesseiro, tateou algo estranho. Levantando-o, deu um salto de susto.

Havia uma faca sob o travesseiro, de lâmina inoxidável, fina e serrilhada.

Ao ouvir os passos da senhora deixando o banheiro, ela colocou o travesseiro de volta e o cobriu com a colcha. Estava apavorada.

— Quero duas colheres de açúcar – exigiu a mulher, já se sentando diante da mesa.

— Tudo bem, eu sirvo a senhora – respondeu a empregada, tentando parecer solícita, mas achando difícil disfarçar o medo que sentia.

Enquanto a tia-avó do patrão tomava com vagar o chá de cidreira, ela não conseguia tirar os olhos do travesseiro. Não sabia o que fazer. Parecia-lhe que, a qualquer momento, a velha ia saltar da cadeira, agarrar a faca e pular sobre ela. Por que demorava tanto a tomar aquele bendito chá?... Tinha de contar a seu Ernesto. E ele não ia gostar de saber, não ia gostar nem um pouco...

Decididamente, estava na hora de mudar de emprego.

>>>>>>>>

Faltavam quinze para as oito da noite quando dona Ludmila adentrou o restaurante do hotel e foi conferir a mesa que havia reservado. Quatro lugares. Teria gostado de convidar Yves e Amélie, mas eles ainda estavam em São Lourenço, só voltariam na manhã seguinte. E Cristiana não queria jantar, tinha ido deitar-se mais cedo, queixando-se de dor de cabeça. Ela e Ana Cristina haviam discutido, sabe-se lá por que motivo infantil, e a filha tinha ido ao salão de beleza do hotel-fazenda, de onde voltara havia cinco minutos. Então se trancara no banheiro dizendo que ia vestir-se e encontraria os pais no restaurante.

"Só queria saber onde está o Irineu", a mulher pensou, irritada. Detestava os atrasos do marido, sempre às voltas com trabalho e contatos políticos. Conferiu o Cartier de ouro e brilhantes no pulso e puxou as cortinas para ter melhor visão do estacionamento. Nada do carro. De que

151

servia ter um motorista, se toda vez que era preciso abastecer o marido sempre ia junto? E de qualquer forma, por que insistir em ir ao posto bem na noite em que tinham um convidado?

Ela viu um jipe antigo estacionar. Tinham mencionado que o sujeito que encontrara sua filha possuía um jipe. Devia ser ele...

De fato, em alguns minutos o *mâitre* encaminhava o rapaz para sua mesa. Espantou-se com a juventude dele; pela voz, poderia ter jurado que tinha mais de quarenta anos... e agora via que era só um garoto, não devia ter nem vinte e cinco!

Vagamente preocupada ao imaginar sua filha sozinha no meio do mato com aquele belo espécime do sexo masculino, ela acionou o modo automático. Sorriu altivamente e o recebeu com o costumeiro ar de dona da festa.

— Senhor Daniel? Sou Ludmila Sanchez de Navarra. Seja bem-vindo.

Para sua surpresa, ele a cumprimentou com classe, um aperto de mão adequado, uma quase reverência, frases que soariam bem em Paris, no Four Seasons de Nova York ou no palácio de Buckingham. Tinha se esquecido, o marido mencionara que ele era inglês.

— Precisa me desculpar, meu marido e minha filha se atrasaram, mas logo estarão aqui.

Ele sorriu com um carisma ao qual era difícil escapar.

— A senhora é que deve me desculpar. Tenho lama nos sapatos, é o preço que se paga por viver na zona rural de um paraíso tropical, sujeito a todas essas chuvas fora de temporada.

Conversaram amenidades por um tempo, até que Ana Cristina apareceu.

Ludmila abriu a boca. A filha usava um vestido preto colante, que realçava suas formas perfeitas. A sandália Jimmy Choo preta, com salto de quatro polegadas, torneava as pernas que até havia bem pouco tinham estado ocultas – uma delas, ao menos – pela tala hospitalar. E o perfume...

"Ora, a danadinha está usando o meu Chanel número 5", pensou, com um sorriso que oscilava entre o orgulho de mãe e a preocupação pelo olhar que todos no restaurante lançaram para sua filha.

152

Assim que Ana cumprimentou Daniel com um simples "boa-noite" e se sentou, o *mâitre* veio trazer a carta de vinhos. Ludmila levantou-se e lhe pediu para trazer apenas água mineral, e voltar com a carta quando o doutor de Navarra chegasse. Foi se afastando, apressada.

— Com licença, meu marido deve estar vindo, mas não custa nada dar um telefonema...

Sozinhos, os dois se olharam por sobre o candelabro com velas acesas que decorava o centro da mesa. Ana tinha saboreado a entrada triunfante no restaurante, após a elaborada preparação. Havia discutido com Cristiana mais cedo, aborrecida por seu esquema de troca de identidades ter sido desfeito. Estavam se divertindo tanto com Jonas e Paulo! Mas não queria pensar naquilo agora.

Depois de uma hora no cabeleireiro e muito trabalho para escolher o vestido e o calçado, ela sabia que sua aparência impressionava. Contudo, apesar do aspecto exterior deslumbrante, por dentro não podia evitar sentir-se confusa entre a euforia e a timidez que a presença de Daniel provocava. Aqueles sentimentos não lhe eram frequentes e a desconcertavam.

O rapaz voltou o olhar para a garrafa de água mineral sobre a mesa, que um garçom acabara de trazer. Serviu-se de um copo cheio. Não esperava ficar sozinho com ela... ainda mais naquela encarnação de *femme fatale*.

"Não faz mal", refletiu, sereno. "Estou preparado."

Pela cabeça de ambos passou a lembrança da última vez em que se tinham visto: ela, usando a camiseta e a bermuda largas, os cabelos molhados do banho recente, o susto e o medo ainda presentes no olhar... Ele, furioso com o beijo que ela forçara e estranhamente perturbado com a menção à história de Beatrice e do lobisomem, depois despachando-a juntamente com os caseiros.

Vendo-o tomar um gole de água como quem não tem um único problema na vida, Ana Cristina se irritou. Ele estava ali, presente em carne e osso, mas seu espírito se escondia atrás de uma barreira invisível.

Resolveu atacar.

— Por que você veio, afinal? – perguntou, baixinho. – Estava tão zangado lá na sua casa, que eu pensei que não ia ver você nunca mais.

Ele a perscrutou, como se a radiografasse – do alto dos cabelos bem tratados às caríssimas sandálias nos pés.

— Não seria educado recusar o convite de sua mãe. Numa coisa você acertou: sou mesmo antiquado. Dou importância à boa educação.

Ele tomou outro gole da água e continuou fitando a garrafa. A garota suspirou. Não haveria uma forma de atravessar aquela barreira? Talvez... se mudasse de tática.

Parou de combater a sensação de timidez. Baixou os olhos e se deixou enrubescer.

— Daniel... Eu não fui... eu... — ergueu para ele os olhos onde duas lágrimas começavam a aparecer. — Não agi direito com você. Nunca devia ter te provocado daquele jeito. Mas, sabe? Eu tenho certeza de que você sentiu atração por mim. Pode negar, mas eu sei.

Ele pareceu surpreso. Pousou o copo. Ela quase viu uma rachadura aparecendo na barreira.

— Muito bem. Quer sinceridade? Não vou negar. Você acertou nisso também, eu me senti — não, a verdade é que eu ainda me sinto — atraído por você. Apesar de...

— Apesar de o quê? — ela sorriu, triunfante, pegando no bolso um lenço para secar as lágrimas que, malgrado seu, eram reais e ameaçavam manchar sua maquiagem.

Ele fez uma pausa antes de falar, esperando que ela guardasse o lenço.

— Apesar de a senhorita Ana Cristina Sanchez de Navarra ser uma adolescente mimada, que gosta de manipular as pessoas, acha que o mundo gira ao seu redor, e que de vez em quando faria excelente proveito de umas boas palmadas no traseiro. Palmadas metafóricas, claro. Conheço o Estatuto da Criança e do Adolescente e sei que a lei não aprova castigos corporais para crianças.

Ela ficou pálida, depois vermelha, depois empalideceu de novo. Não conseguiu falar e teve ímpetos de esvaziar o conteúdo da garrafa de água mineral na cabeça dele. Só não o fez porque viu, com o rabo do olho, a mãe se aproximando pelo corredor, agora acompanhada pelo pai.

As apresentações foram formais e os quatro se sentaram, iniciando a conversa. Para Ana, foi tortura ter de se manter tranquila e sorridente enquanto os homens conversaram sobre a tempestade e as belezas naturais da cidade, com Ludmila interrompendo de vez em quando para mencionar o belíssimo ingazeiro e as paisagens de tirar o fôlego. Doutor Irineu parecia menos calado que de costume, e fez perguntas sobre os livros do rapaz, dizendo saber que ele era um conhecido escritor. Daniel explicou ser apenas um estudioso da mitologia e do folclore e que, apesar de passar a maior parte do ano na casa de sua família, em Londres, suas pesquisas se dirigiam ao folclore brasileiro.

O jantar foi delicioso. Assim que o pai de Ana escolheu o vinho, Ludmila exigiu um brinde ao salvador de sua filha. Os quatro ergueram os copos de cristal e ela anunciou:

— Ao senhor Daniel, nosso herói!

— À sua saúde – disse o pai, educadamente.

— À jovem senhorita Ana Cristina – Daniel sorriu para ela com o ar superior de um adulto que tolera as travessuras das crianças.

— Ao famoso escritor *mister* Daniel Lucas – ela retribuiu, fuzilando-o com o olhar.

Brindaram, mas apenas a mãe parecia realmente alegre. O olhar do doutor Irineu denotava uma polida indiferença, e nas expressões de Ana e de Daniel havia um ar de desafio.

O tilintar dos copos de ambos, ao se tocarem, soou como o gongo do primeiro *round* de uma luta. *May the games begin*, ele pensou, achando graça na raiva que ela projetava. *Você me paga*, ela berrava por dentro, enquanto tomava os ralos dois dedos de vinho que o pai lhe permitia.

Após o café, Daniel levantou-se e se despediu, sempre formalmente, do casal e de Ana. Ela ainda esperava ficar ao menos um minuto a sós com ele, talvez expressar a fúria que sentia, mas teve de continuar representando a anfitriã educada. Quanto a ele, deixou uma gorjeta na bandeja do garçom que o cumprimentou à saída e sumiu rapidamente porta afora.

— Ah!... – exclamou dona Ludmila. – Que rapaz simpático, não é, Irineu?

O marido respondeu com um grunhido e consultou o relógio.

Ana Cristina bocejou, fazendo-se de entediada.

— Um sujeito muito pedante, na minha opinião. Vou para o chalé ver se a Cris melhorou da dor de cabeça. Até mais tarde...

O pai anunciou que iria à sala de televisão acompanhar um programa esportivo, e Ludmila lembrou que duas senhoras que Amélie

155

lhe apresentara a haviam convidado para uma partida de cartas no salão de jogos.

Vendo-se afinal sozinha no corredor, Ana deixou a emoção rolar e o coração disparar. Não acreditava que conseguira manter o controle durante aquele jantar interminável. Uma adolescente mimada, ele dissera! Palmadas no traseiro, ele dissera! Castigos para *crianças*, ele dissera!...

Tinha vontade de gritar. De bater em alguém. E já nem se lembrava da discussão que tivera com Cristiana. Ardia por chegar ao quarto e desabafar com a amiga. Poder dizer a alguém como ela odiava Daniel. Como ele era atrevido, antipático, arrogante, insuportável. E feio.

Ensimesmada, ela não percebeu a agitação incomum entre os funcionários do hotel, enquanto atravessava o pátio em direção aos chalés. No atual estado de espírito, não daria atenção nem a uma nave espacial que aterrissasse ao seu lado e desembarcasse alienígenas verdes.

Já Daniel, encaminhando-se ao jipe, achou estranho ver uma viatura de polícia entrar no estacionamento e parar bem ao seu lado. Estava entrando no carro quando Monteiro desceu dela, acompanhado por dois PMs. O policial o brindou com um "boa-noite" mal-humorado, antes de ir encontrar algumas pessoas que pareciam esperá-lo nos fundos do hotel.

O rapaz deixou o hotel-fazenda taciturno. Esperava sentir uma satisfação maior por ter mantido perfeita indiferença diante de Ana Cristina e por ter deixado claro que ela não passava de uma pirralha mimada. No entanto, no entanto, no entanto...

Agora não conseguia espantar das narinas o perfume da garota. Que atrevida! Chanel número 5... Soltou um grunhido furioso. Não era a primeira vez que ansiava pela lua cheia.

»»»»»»

Monteiro seguiu o funcionário que o guiava até o barracão. Resmungava sem parar: o chão estava cheio de barro, e ele tinha sido chamado quando já estava em casa jantando. Na pressa de sair, não se lembrara de trocar os sapatos pelas botinas que costumava usar quando saía a campo.

Entrou no local que a gerente estava, um dos estábulos do haras. Havia outros funcionários do hotel-fazenda lá, e o gerente estava nos fundos conversando com Natália. Maldosamente, viu que a moça usava sapatos de salto alto, também enlameados. Pelo menos não era o único.

— Aqui, doutor Monteiro! – ouviu o sargento Matos chamá-lo.

Ao se aproximar, viu o médico-legista em uma das baias dos fundos examinando o corpo. O lugar cheirava a bosta de cavalo, mas não havia nenhum animal por perto. Matos o alcançou e lhe mostrou um saco plástico com algo dentro.

— O pessoal da perícia tá chegando, doutor. Mas eu posso apostar com o senhor que é igualzinho ao que encontramos no corpo da moça.

O subdelegado observou o plástico nas mãos do sargento. Continha um véu amarelado, com algumas poucas manchas de sangue. Natália viu o chefe chegar e também veio encontrá-lo.

— Boa noite, desculpe por interrompermos o seu jantar, mas achamos melhor que visse o corpo antes de ser removido.

— O que sabemos sobre a vítima?

Natália voltou algumas páginas do bloco em que tomara notas.

— Que trabalhava aqui havia três anos, seu apelido era Tonho e sempre chegava ao haras bem cedo, mas não apareceu para o serviço hoje. Esta ala dos estábulos não está em uso, por isso o corpo pode ter sido trazido para cá a qualquer hora. Porém o legista disse que a morte não aconteceu aqui. As roupas estão úmidas, e a palha da baia é bem seca. Além disso, pela rigidez do corpo, o óbito deve ter ocorrido há mais ou menos vinte e quatro horas. Mas só esta noite foi que o encontraram.

Os dois foram para a baia em que o médico trabalhava. Ele se ergueu ao vê-los.

— Coisa deprimente, Montanha – disse, esquecido de que o policial não gostava que usassem seu apelido em público. – Preciso de tempo para um exame no necrotério, mas à primeira vista foi exatamente igual à moça de ontem. Golpe de estilete no coração. E faz quase um dia, a julgar pelo *rigor mortis*. Coisa deprimente mesmo.

Monteiro resmungou mais um pouco. Ver o escritor no local onde viera checar uma cena de crime aumentara suas suspeitas, mas se a morte ocorrera mesmo na noite anterior...

— O que você acha, Natália? – perguntou à moça. – Temos um assassino serial na cidade, ou as duas mortes não estão relacionadas? Alguém pode ter se aproveitado do primeiro crime para imitar o *modus operandi* do assassino da Lina, querendo nos confundir.

Ela voltou mais algumas páginas do bloco de notas.

— Um imitador, um *copycat*, como dizem os americanos? Não sei, mas achei uma conexão entre as vítimas. Lembra-se do depoimento que o senhor tomou da faxineira no restaurante?

Monteiro olhou com mais atenção o rosto do cadáver. Uma frase voltou à sua memória. *Não faz muito tempo dei com ela e aquele rapaz ruivo do estábulo se agarrando lá atrás do coreto.*

Suspirou, cansado. A policial, ao seu lado, comentou:

— Coitado do rapaz. Não devia ter mais do que vinte anos. E tinha bonitos cabelos ruivos, antes que fossem arrancados.

»»»»»»

Ana Cristina olhou para Cristiana, ferrada no sono na outra cama. Encontrara-a já adormecida e não tinha conseguido desabafar: Cris era a única em quem podia confiar. O pior é que ela sabia que não ia conseguir dormir cedo. As emoções do dia fervilhavam em sua cabeça, impedindo-a de relaxar. Os dois dedos de vinho que tomara também não ajudavam.

Abriu a gaveta da cômoda e tirou o livro datilografado. Passou a mão sobre a capa, sentindo os cantos que pareciam chamuscados. Conferiu com hostilidade o nome do autor: W. Lucas...

Faltava só um capítulo para terminar a leitura daquela história. Com um suspiro, ela encontrou a página marcada e começou a ler...

CAPÍTULO 11

CONFRONTO

Mais uma noite insone. Maria rezou para Nossa Senhora, pedindo que protegesse Hector. Esperava que o rapaz estivesse em segurança, muito longe de Passa Quatro. O sono começou a chegar somente ao final das orações. Ainda estava de joelhos junto à cama das meninas quando ouviu a canção sobrenatural. Imediatamente, benzeu-se, pegou o xale e saiu do casebre. Misturado à voz da assombração, ela distinguira o rosnado possante do lobisomem.

>>>>>>>

Ernesto dormia como um anjo no casebre próximo ao da irmã. Ao pé da cama, dormiam seus dois filhos pequenos. Ele sonhava com os lábios rosados do mulherão de sua vida no instante em que os sons da madrugada o acordaram. Foi o tempo de passar a mão na espingarda e correr para fora. O lobo com olho de gente estava de volta.

>>>>>>>

Consumido pela desesperança, Albuquerque não sabia o que era dormir havia dias, desde o sumiço de Alba. Estava sozinho na cozinha, bebendo um dedo de cachaça, quando escutou o rosnado distante do lobo quebrando o harmonioso canto da assombração. Pelo jeito, Ernesto não conseguira matar o animal na véspera.

Rapidamente, foi à sala de jantar, pegou sua espingarda atrás da cristaleira e rumou até a varanda. Nada como o filho de um coronel da Guerra do Paraguai, igual a Albuquerque, para resolver de vez o problema.

>>>>>>>

159

Como na noite anterior, o lobisomem armou o bote para atacar a assombração, parada em frente à capela. Maria se colou à porta de seu casebre, sem respirar. Nesse segundo, Ernesto voou para interceptar a ação. Ele se postou no meio do caminho, entre lobisomem e assombração, e apontou a espingarda para o primeiro. A irmã tentou gritar, mas não articulou som algum. Hector ia morrer.

»»»»»»

O lobisomem foi mais rápido. Atropelou Ernesto um segundo antes de ele puxar o gatilho. O cano da arma foi virado para cima, enquanto o homem era derrubado com facilidade. O lobisomem continuou correndo, feroz, para alcançar seu alvo.

Maria lançou um olhar rápido para o irmão inconsciente antes de espiar a assombração. Esta não se mexia, hipnotizada com o ataque iminente. Do nada, o coronel surgiu na varanda e preparou sua arma para atirar. Dessa vez, os pulmões da empregada se encheram de ar para o berro que alertaria o lobisomem.

— *CUIDADO COM O CORONEL!!!*

Bruscamente, ele reduziu a corrida, a tempo de evitar que o tiro o acertasse. Albuquerque soltou um palavrão e ajustou a pontaria. O som do disparo pareceu arrancar a assombração de seu devaneio. Ela gritou, em pânico, e correu para fugir do lobisomem. Este se desviou de mais um tiro, retomando o ritmo puxado da perseguição.

— Desgraçado! – xingou Albuquerque antes de sair velozmente no encalço das duas criaturas que sumiam nas trevas.

»»»»»»

A assombração avançou pela mata, tropeçando nas raízes das árvores, nas pedras e na própria vegetação que a ausência de claridade lhe ocultava. Podia sentir o bafo do lobo em seu pescoço, a menos de um metro. De repente, o chão desapareceu e ela caiu numa ribanceira, rolando até bater contra um rochedo. Não havia mais por onde escapar.

Nesse trecho, as copas das árvores se distanciavam, permitindo o alcance do luar. E a assombração pôde ver o monstro hediondo que descia até ela, sem pressa, saboreando a vantagem sobre a vítima.

»»»»»»

Albuquerque chegou esbaforido ao alto da ribanceira. Lá embaixo, a assombração não se movia, cercada pelo lobo gigantesco. Novamente o coronel fez pontaria. Ao sentir sua presença, o animal girou a cabeça para enfrentá-lo. Aquela bocarra de dentes afiados jamais pertenceria a um lobo comum. Ela salivava, impregnando o ambiente de um pavor absoluto.

O dedo de Albuquerque puxou o gatilho. A espingarda, para seu desespero, não funcionou. Satisfeito, o lobo se voltou em sua direção, equilibrando-se nas patas traseiras para ganhar ainda mais altura. Um calafrio percorreu Albuquerque. Aquilo... *aquilo era um lobisomem*!

— Se der mais um passo, mato você, cria do demônio! – blefou o coronel.

O lobisomem não se intimidou. Manteve o rosnado diabólico, os dentes vorazes batendo furiosamente uns contra os outros. Foi quando Ernesto marcou presença à direita do coronel. O lobisomem urrou, destemido, fazendo os dois homens tremerem da cabeça aos pés.

— Acaba logo com ele! – mandou Albuquerque.

O capanga mirou a testa da criatura, o dedo no gatilho.

— *Não!* – impediu a voz de Alba.

A distração funcionou para dar uma oportunidade de fuga ao lobisomem. Ernesto apenas abaixou a arma. Não havia mais em quem atirar. Ansioso para reencontrar a filha, o coronel estreitou os olhos para a penumbra. Não viu mais ninguém, sem contar a assombração caída contra o rochedo.

— *Alba!!!* – chamou Albuquerque, alarmado. Sua filha não teria como se defender das garras de um lobisomem sedento por sangue.

»»»»»»

Alba apostou tudo na fuga, o coração batendo igual a um tambor descontrolado. Acabava de se tornar o novo alvo de um monstro capaz de destroçá-la em segundos.

»»»»»»

— Vai atrás deles! – despachou Albuquerque. O capanga olhava para a assombração no fundo da ribanceira e, confuso, reconhecia seu rosto. O véu que o cobria tinha caído durante o tombo. – Vai logo, infeliz!

Ordem obedecida, o coronel desceu apressadamente o espaço que o separava da assombração. Precisava protegê-la caso o lobisomem retornasse.

Passado o susto, ela chorava como uma criança. O homem se ajoelhou à sua frente e a ajudou a se sentar. Com o indicador, limpou parte das lágrimas que borravam a maquiagem branca, de aspecto fantasmagórico. Uma touca, da mesma cor, escondia seus cabelos. E o vestido rasgara na altura do ombro.

— Está machucada? – perguntou.

Estelinha negou com um movimento de cabeça antes de se aninhar contra seu peito. O amor de Albuquerque não diminuíra com a perda gradual da sanidade da esposa. No começo, logo após a morte de Cordélia, fora doloroso acostumar-se com suas saídas sorrateiras, madrugadas afora, para vagar como um fantasma, cantarolando ao vento. Mas ele se acostumara, apenas por amor. Afinal, não passavam de surtos inofensivos que serviam somente para alimentar a superstição do povo de Passa Quatro.

— Chega de andanças, mulher. Vamos para casa.

»»»»»»

Alba sabia muito bem como se virar sozinha na floresta. O lobisomem perdeu seu rastro duas vezes. Ao final da perseguição, encontrou-a abrigada numa gruta de difícil acesso, praticamente invisível entre as folhagens, mesmo durante o dia. Sem ter por onde escapulir, a jovem fingiu que dormia para enganá-lo.

O lobisomem concordou com o truque. A lua cheia, em sua última noite de dominação, controlava-o com cada vez menos intensidade. No céu, ela se recolhia para reencontrar seu auge apenas no mês seguinte. Enfraquecido, o lobisomem se deitou ao lado de Alba e adormeceu. Antes mesmo que o primeiro raio de sol pintasse o horizonte, um muito humano Hector se esforçava para erguer as pálpebras pesadas de sono.

»»»»»»

— Senhor?

Hector, enfim, conseguiu manter os olhos abertos. Alba sorria para ele, muito próxima, banhada suavemente pela luz distante de um lampião.

— O senhor não gostaria de colocar suas roupas?

Roupas... Sim, roupas. Apoiado num cotovelo, ele ergueu a parte de cima do corpo sem sentir qualquer dor. A lua cheia se encarregara de curá-lo mais uma vez. Hum... por que precisava mesmo de roupas?

— *Roupas!* – lembrou-se, num estalo. Estava nu diante de uma jovem senhorita... Ai, que vergonha!

— Encontrei sua valise e todos os seus pertences jogados no meio do mato. Estão ali – explicou ela, recatada, enquanto ele pegava as roupas na valise e se vestia de modo estabanado. – Já posso olhar?

O rapaz, que amarrava os sapatos, disse um "sim" apagado. *Agora Alba também sabia quem era o lobisomem...*

A jovem lhe entregou os óculos de reserva que achara na valise. Ao ajustá-los no rosto, ele agradeceu tanta generosidade. A visão aperfeiçoada expôs a beleza sutil de Alba em seus detalhes.

— Obrigada, senhor, por poupar a vida da minha mãe.

O lobisomem vira o rosto com a maquiagem e farejara o cheiro humano adocicado por um perfume francês. E Hector, contra todas as probabilidades, conseguia se recordar de quase tudo o que ocorrera durante aquela mutação.

— Por que dona Estelinha se passa por um fantasma?

— Por não suportar a morte de Cordélia.

— E ela... ahn... dona Estelinha seria capaz de ferir alguém?

— Não – disse a jovem, antes de abaixar a voz. – Mas Cordélia sim.

— Mas ela não morreu?

Apreensiva, Alba vigiou a entrada da gruta antes de responder.

— Por isso me escondi aqui – contou. – Ela não pode me achar!

Num gesto protetor, o rapaz tocou-lhe o pulso. Talvez a jovem fosse alguém impressionável e...

— O senhor não entende...

— Senhorita, se ela morreu, não pode...

Alba escapou de Hector, levantando-se para andar nervosamente pela gruta.

— Cordélia é responsável por todas as mortes... O menino, a neta do advogado... Valdina...

— E Beatrice.

— O senhor a conhecia? – perguntou, espantada.

Hector se pôs em pé e foi até ela, obrigando-a a parar.

— Era uma amiga.

— Ela também foi minha amiga. Nós nos conhecemos na pensão de dona Clementina e nos demos muito bem. Trocamos segredos, apesar de ela falar mal o português – sorriu. – Beatrice esperava, ansiosa, a visita de um rapaz que amava desde a infância. Tinham sido vizinhos em Londres e ela torcia para que ele finalmente se declarasse... É o senhor, não é? Era o senhor que Beatrice amava!

Descobrir os verdadeiros sentimentos de Beatrice apenas naquele momento abalava Hector mais do que podia disfarçar. Demorara tanto para tomar uma decisão... Tudo poderia ter sido diferente. E ele estaria ao lado de sua amada e não isolado numa gruta no fim do mundo.

— O senhor pretendia contar para ela seu segredo?

O rapaz assentiu.

— Sabe o que penso? Que ela o amaria do mesmo jeito.

— Acha mesmo?

— O senhor não teve culpa se sua mãe lhe passou a maldição.

Hector engoliu saliva. Como Alba...?

— Escutei sua conversa com a Maria – justificou ela. – Eu estava atrás do altar.

— E o que fazia lá?

— Vigiava a Cordélia. Ela também escutou a conversa.

— Senhorita, não tinha nenhum fantasma lá e...

164

Algo na entrada da gruta apavorou Alba. Ela recuou, apontando naquela direção.

— Cordélia me achou... – disse, num sussurro.

Esperando encontrar um espectro vindo diretamente do pós-vida, o rapaz se voltou para a entrada. Não havia ninguém, nem mesmo uma brisa sinistra fazendo as folhas tremularem misteriosamente. No exterior da gruta, a manhã nascia bonita e saudável.

— Não tem nin...

Um impacto violento atingiu a coluna de Hector, lançando-o de quatro. Um segundo o estatelou no chão. Ágil, Alba largou o cajado de madeira que tirara de algum lugar e virou o rapaz de barriga para cima. A dor nas costas era insuportável e praticamente o imobilizava.

A jovem abriu as pernas e se sentou sobre o abdômen do rapaz, prendendo os braços dele com os joelhos. Segurava um punhal na mão direita.

— Perdoe-me, senhor – pediu, com doçura. – Eu não queria machucá-lo, mas o senhor é muito grande. E Cordélia gostou tanto da cor dos seus cabelos...

Os dedos da mão livre começaram a pressionar a garganta de Hector. Estavam terrivelmente gelados.

— O senhor precisa entender... Cordélia não aceita ter morrido daquele jeito tão humilhante, sem nenhum cabelo. E as bonecas riam dela, sabe. Lá na prateleira, com seus belos cachos de tons variados...

Alba ergueu o braço com o punhal acima da cabeça. A ponta da lâmina muito fina visava um ponto específico que perfuraria pele e carne até atingir o coração da vítima. Um ritual que pretendia repetir pela quinta vez.

Um esforço desesperado de Hector acertou com força seu joelho direito contra as costas da garota, desequilibrando-a. A reviravolta imprevista o libertou, mas não impediu que ela reagisse. O rapaz se esquivou do primeiro golpe de punhal. O segundo, porém, rasgou-lhe o antebraço esquerdo. Ele tentou segurar Alba, mas a loucura a fortalecia de maneira absurda. Lembrava um ser bestial, fora de controle. A lâmina ensanguentada afundou no ombro direito de Hector, saiu ligeira de seu corpo e já voava para seu pescoço quando ele chutou a barriga da jovem, empurrando-a contra a parede.

165

Alba riu, feliz. Levou a lâmina até a língua e lambeu com volúpia o sangue ruim do lobisomem. Era muito sangue. Depois, como se sentisse um estranho prazer na dor, ela deu talhos em seus dois braços e deixou que seu sangue e o dele se misturassem. Riu, uma gargalhada insana.

— E agora, senhor? O que acontecerá comigo na próxima noite de lua cheia?

Não... Aquilo não podia acontecer... Se Alba estivesse mesmo contaminada... Hector começou se arrastar até a entrada da gruta.

— Cordélia, não brigue comigo! – resmungou a jovem, tapando os ouvidos. – Ai, minha cabeça dói muito...

A conversa irreal durou pouco. Com ou sem tosa, Hector tinha de morrer. Com o punhal outra vez pronto para a execução, Alba foi chegando mais perto, um passo de cada vez. O rapaz já alcançava a entrada quando as botinas imundas de Ernesto bloquearam sua passagem.

— Senhorita Alba? – estranhou ele ao vê-la armada e perigosa. Depois, de queixo caído, verificou que um certo defunto ainda vivia. – *Seu Hector?!*

— O professor tentou abusar de mim – apressou-se a jovem, mostrando o punhal ao capanga como se segurasse delicadamente uma flor. – Eu apenas me defendi...

— Ele devia estar morto...

— Pois termine o serviço!

Ernesto apertou o cabo da espingarda, sem, contudo, tomar uma decisão.

— Ela... ela é a assassina... – murmurou Hector, enfraquecido pela dor. – Louca como a mãe...

— Ele é o lobisomem! – entregou Alba. – Por isso sobreviveu à surra.

O capanga não se deu ao trabalho de escolher a melhor opção. Tinha uma terceira.

— Os dois vêm comigo – avisou. – O coronel é que decide.

Não era o que Alba esperava ouvir. O punhal agiu novamente e degolou o homem de confiança num único golpe. O cadáver desabou sobre Hector, encharcando-o de sangue. A espingarda ia cair ao seu lado, mas

Alba a capturou no ar. Com o pé, empurrou Ernesto para lidar com seu alvo preferido sem qualquer empecilho. A seguir, guardou o punhal no bolso do vestido e encostou o cano da arma na orelha do rapaz.

— Essa enxaqueca nunca me abandona – choramingou ela. – Já fiz tantos tratamentos, tantas viagens de repouso... Mas nada é capaz de tirar a voz da Cordélia da minha cabeça. Ela sempre diz que vai me matar se eu não fizer o que ela deseja. E agora ela quer que o senhor morra.

O sangue de Ernesto escorria pelos cabelos de Hector e molhava sua face, pingando nas lentes dos óculos... Ele tremia compulsivamente, sufocado pelo cenário de horror. O asco embrulhou seu estômago, subiu pela garganta e, como vômito, jorrou aos pés de Alba.

Enojada, ela retrocedeu, suspendendo a própria sentença.

— Seus cabelos estão sujos – reclamou. – Mas sei quem tem os fios da mesma cor... Cordélia ficará muito feliz com a troca.

Sem mais nem menos, abandonou-o sozinho na gruta. A consciência de Hector ameaçava fazer o mesmo. O raciocínio era o único ainda a resistir. Quem, na fazenda, também teria aquele tom castanho-claro? Não conseguia se lembrar de ninguém... Exceto pelos cachinhos de uma menina que a mãe zelosa escondia numa touca. *"Merência!"*

»»»»»»

Após deixar a esposa em casa, sob a vigilância de um dos empregados, Albuquerque reuniu o maior número possível de homens e começou uma busca ensandecida pela filha caçula. Não achou nem sinal de Ernesto, mas encontrou Alba pela manhã, banhando-se de roupa e tudo numa cachoeira nas vizinhanças, a dos Lamentos.

Aliviado demais por revê-la sã e salva, o pai entrou na água para ir ao seu encontro. Ela o recebeu sorrindo, algo tão raro naquela menina torturada por uma enxaqueca interminável desde a morte de Cordélia.

— Mergulhei aqui para me esconder do lobo – explicou ela, com simplicidade.

— E onde vosmecê esteve esses dias todos? – disse o pai, ríspido como de costume. Amedrontada, a jovem abaixou o rosto.

— Esqueci.

Albuquerque jamais aceitaria uma resposta como aquela. Porém, naquela hora, a aparência fragilizada da filha o convenceu a adiar a bronca e o consequente castigo.

— Vosmecê tem de se secar e trocar de roupa – disse ele. – E vai precisar de um chá bem quente pra não adoecer. A Maria cuida de vosmecê.

»»»»»»

Com dificuldade, Hector se esticou para pegar o cajado que Alba largara no meio da gruta. Usou-o como apoio para tentar erguer-se. A dor alucinante o derrubou duas, três, quatro vezes. O corte no ombro era grave e lhe roubava parte da movimentação do braço direito. O rasgo no outro braço não parecia tão sério, mas também exigia cuidados. Já os golpes com o cajado, por sorte, não tinham destruído sua coluna. Em três semanas, a lua cheia consertaria os estragos. Mas Hector não poderia esperar todo esse tempo.

Sua insistência obrigou o cajado a colaborar com o equilíbrio. Trôpego, o rapaz conseguiu sair, evitando olhar para o cadáver de Ernesto. Fora da gruta, o nível de complicação quadruplicou. A única forma de descer era escalando uma parede de pedras. Hector, então, apoiou um dos pés numa reentrância, agarrando um punhado de mato, entre duas rochas, com a mão que ainda segurava o cajado.

Não deu certo. O rapaz despencou por alguns metros antes de ter a queda amortecida pela copa de uma árvore. Continuou caindo até reencontrar o chão e perder a última oportunidade de salvar Merência.

»»»»»»

O dia foi estafante. Além do trabalho pesado de sempre, Maria ainda precisou cuidar de Alba, que reaparecera, sem qualquer explicação, tomando banho no sítio de uma família local, os Monteiro. A empregada auxiliou a jovem a se secar, trocou suas roupas, penteou seus cabelos e, após lhe servir um chá fumegante, ainda a colocou na cama, como faria com os filhos menores. Merência, que acompanhava tudo com olhinhos curiosos,

168

foi conquistada pela simpatia cativante de Alba, que antes nunca reparara em sua existência.

O interesse da menina logo se fixou numa caixinha de joias, em especial num anel de prata, com desenhos esquisitos, que estava misturado entre vários pares de brincos.

— Bonito – elogiou.

— Minha mãe vive pegando meu anel emprestado e nunca quer devolver. Tive de roubar de volta quando viemos do litoral – disse a jovem, divertida. – Hum… é seu, se quiser.

Merência vibrou de empolgação. Maria foi contra dar algo tão valioso a uma criança tão pequena, mas Alba não se importou. Como o anel não cabia nos dedos infantis, ela o pendurou em uma corrente, também de prata, que prendeu ao redor do pescoço de Merência.

— Fala obrigado para a senhorita Alba – mandou Maria, contrariada.

A menina agradeceu à jovem com um beijo estalado em sua bochecha, antes que esta adormecesse. Já Estelinha, trancada no quarto onde guardava seus acessórios de artista, não se preocupara com o estado vulnerável da filha. O coronel voltara a assumir os negócios, que renegara por completo com o desaparecimento de Alba. Maria balançou a cabeça, com pena de uma família tão complicada.

Como sua filha de onze anos não podia faltar um segundo dia no serviço, a empregada teve de correr com as obrigações. Estava intrigada por Ernesto não ter aparecido desde o dia anterior. Quando a noite veio, ela avisou os filhos que os encontraria mais tarde e permaneceu na casa principal após lavar a louça do jantar. Estelinha e Alba tinham feito a refeição cada uma em seu quarto. E Albuquerque ainda não chegara.

Maria subiu com a vassoura, os trapos da faxina e a filha a tiracolo até o aposento de Cordélia. Era sua obrigação diária mantê-lo limpo. Costumava executar esta tarefa logo pela manhã, mas, com a correria, acabara adiando para a hora de ir embora.

Merência também não gostava daquele lugar. Sentada aos pés da cama, ela espiou as bonecas com uma careta de medo. Quando chegou a vez de tirar o pó da prateleira, Maria reuniu coragem para levantar a primeira boneca da esquerda, uma de cabeça tosada e véu cobrindo sua feiura. Oito bonecas, quatro delas com véus e apenas uma de touca…

169

A mulher franziu o nariz. Não se lembrava de ter visto aquela outra boneca usando touca. Com um mau pressentimento, puxou para fora um dos cachos ocultos pelo acessório. Fios num tom castanho-claro...

Atemorizada, Maria não mexeu mais nas bonecas. Terminou em tempo recorde a faxina e, apertando a filha caçula em seus braços, carregou a vassoura e os trapos de volta à cozinha. Alba aguardava as duas lá, com um sorriso de orelha a orelha.

»»»»»»»

A cabeça de Hector estourava. A última vez que se sentira assim fora no Ano-Novo, quando tomara sozinho todo o conteúdo de uma garrafa de uísque de quinta categoria.

— Pai, ele acordou! – gritou um menino.

O som ecoou escandalosamente dentro de seus ouvidos. Hector abriu os olhos e tentou se sentar na cama. O ombro ferido e as costas doloridas não permitiram.

— Foi onça, é? – perguntou um rapaz que parecia ter a sua idade. – Essa deve ser das bravas...

Onde estava? Dois lampiões, em pontas opostas na choupana, clareavam precariamente o local muito simples, que reunia quarto, sala e cozinha no mesmo espaço. Já anoitecera e chovia bastante. Alba tivera um dia inteiro de vantagem para atacar Merência. Talvez a garotinha já estivesse morta...

Deprimido, Hector afundou no colchão de palha, cercado pelos dois filhos pequenos de seu anfitrião. A esposa, em pé junto ao fogão, exibiu um sorriso simpático, apesar da ausência de alguns dentes frontais. Ela mexia na panela um caldo que cheirava muitíssimo bem.

— Antônio Monteiro, ao seu dispor! – apresentou-se o anfitrião. – Eu estava procurando os rastros da onça quando achei o senhor.

— Que onça? – perguntou Hector, confuso.

— O senhor não ouviu os rosnados ontem de madrugada? Nunca escutamos nada igual.

"Rosnados de lobisomem", pensou. A noite de lua minguante, no entanto, dava uma pausa à transformação que poderia tirá-lo daquela cama

170

e colocá-lo no rastro da assassina. A única chance de sobrevivência que poderia oferecer a Merência...

Antônio continuava esperando que ele se apresentasse.

— Sou Lucas – disse Hector, repetindo o primeiro nome que lhe veio à mente. Não valia mais a pena falar a verdade.

— Prazer! O senhor não é daqui, é?

— Sou de São Paulo.

— Ah, um dia ainda vou para lá! Meus filhos merecem estudar e ter uma vida melhor que essa. Mas... causa de que o senhor veio para cá?

Hector não pretendia inventar tantos detalhes, só que não teve saída. Os quatro permaneciam olhando para ele, à espera da história completa.

— Vim tratar de negócios com o coronel Albuquerque – inventou. – Estava indo para Sete Outeiros quando a onça apareceu e... hum... consegui subir numa árvore e depois de um tempo ela foi embora.

— Mas ela pegou o senhor! – lembrou um dos garotinhos. – Nunca vi ninguém tão vermelho de sangue!

— É, a mãe limpou tudinho com um pano molhado – acrescentou o irmão.

Sangue que não pertencia apenas a Hector. E uma morte brutal que habitaria seus pesadelos por muitos anos.

— Tive sorte, acho.

— A onça rasgou feio mesmo – disse Antônio. – Tive que encher o senhor de cachaça para minha mulher Alzira costurar seu ombro.

Isto explicava a sensação azeda de ressaca. Na verdade, um preço insignificante a se pagar por curativos benfeitos, roupas limpas e, principalmente, por sua vida.

— Como posso agradecer ao senhor e à sua esposa?

— Imagina, seu Lucas! Precisa não.

Claro que precisava! Que futuro haveria para uma gente tão boa diante de tanta pobreza?

— Compro seu sítio se o senhor me levar agora mesmo até a fazenda do coronel – propôs Hector. Uma lição amarga lhe ensinara que devia lutar até o fim pelas pessoas que realmente importavam. Se existisse uma chance para salvar Merência, por mínima que fosse, ele não perderia

171

tempo em descobri-la. – E ainda arrumo um emprego decente para o senhor em São Paulo!

>>>>>>>

Preocupado com a demora de Estelinha em ir para a cama, Albuquerque foi atrás dela no quarto em que passara o dia inteiro. A esposa estava sentada no chão, segurando um véu imenso entre os dedos cheios de anéis. Ao seu redor, vestidos e mais vestidos estavam pendurados em várias araras de madeira, praticamente escondendo quatro baús cheios de roupas. Uma das paredes era recoberta de prateleiras com inúmeros chapéus e perucas dos mais variados modelos e cores. A penteadeira estava abarrotada com caixinhas de maquiagem e tantos outros acessórios que nem mesmo a influente Sarah Bernhardt deveria possuir. O aposento reunia uma pequena fortuna gasta com os caprichos de uma mulher a cada dia mais distante da realidade.

— Venha dormir – chamou o coronel. – Já é tarde.

— Não posso – disse Estelinha. – Precisamos devolver o véu.

Albuquerque se agachou ao seu lado. Que diabo de véu era aquele? O tecido tinha manchas amareladas e fora recortado em alguns trechos.

— Onde a senhora encontrou?

— No baú que nunca mexo.

— Deixe que eu guardo de volta.

— Não é o lugar certo.

Às vezes, as maluquices da esposa lhe exigiam uma paciência gigantesca.

— E qual é o lugar certo, afinal, mulher?

Estelinha focou nele os olhos inchados de tanto chorar.

— Usei este véu… – disse, com tristeza. – Usei para cobrir a Cordélia no caixão…

>>>>>>>

Antônio levou o futuro comprador de seu sítio até o portão da fazenda Sete Outeiros. De lá, Hector seguiu sozinho até a casa principal, andando o mais rápido que podia debaixo do temporal barulhento e dentro de suas péssimas e limitadas condições físicas. Evitou a estrada lamacenta e cortou caminho pelo mato. O frio e o excesso de água tinham levado os empregados a se recolherem mais cedo. A exceção era Pedro, o filho mais velho de Maria, que, naquele instante, abriu a janela de seu casebre para vigiar a noite. Pela expressão aborrecida em seu rosto, a mãe estava demorando mais do que deveria.

Na casa principal, havia uma fraca luminosidade no quarto ao lado do aposento que fora de Cordélia, o local onde Estelinha guardava seus pertences excêntricos. Hector achou mais seguro entrar pelos fundos. Na cozinha, apenas um lampião estava aceso. O lugar estava vazio. As botinas do rapaz, encharcadas de água, marcaram o piso até a touca de Merência, caída próxima ao fogão. Chegara tarde demais.

— Lobinho, a mamãe... – disse uma vozinha fraca.

Hector agradeceu aos céus por encontrar Merência escondida debaixo da mesa. Quando se ajoelhou para resgatá-la, a criança se pendurou imediatamente em seu pescoço. Estava muito assustada. Sobre seu peito, uma corrente trazia pendurado o anel de prata que o rapaz vira com Estelinha. Trêmulo, ele recuou um pouco. O lobisomem temia a prata... mas ele estava em sua forma humana, agora. Tocou-o, confirmando que aquele era o mesmo anel de Beatrice.

— E sua mãe, senhorita? Onde ela está?

Como resposta, a menina começou a chorar. Aflito, Hector percebeu que entendera tudo errado... Não eram os cachos de Merência que Alba desejava arrancar, e sim os cabelos da mulher de quem a filha herdara aquele tom castanho-claro.

>>>>>>>>

Um choro de criança alertou Albuquerque de que algo estava errado. Ele foi espiar pela janela e, perplexo, descobriu que o professor ainda vivia. E, pior, estava sequestrando a filha menor da empregada! Ele acabava de sair da cozinha com a menina no colo, atravessando cambaleante o trecho entre a casa principal e os casebres dos empregados.

— *Ah, desta vez vosmecê não escapa!*

»»»»»»

O choro de Merência aumentou consideravelmente de volume quando os pingos grossos e muito frios de água a atingiram, um barulho tão alto que nem o temporal conseguia abafar. Hector tentou tranquilizá-la, sem sucesso. Ao vê-los, Pedro veio correndo até eles.

— O senhor viu minha mãe? Ela ainda não veio para casa! E o tio Ernesto também sumiu.

O rapaz preferiu não responder. Entregou-lhe a irmã, pedindo que acordasse todo mundo na fazenda.

— Vamos precisar de ajuda para encontrá-la! – completou.

»»»»»»

Atrás da cristaleira, a espingarda do coronel parecia esperá-lo. Só faltava conferir a munição.

»»»»»»

Alba admirou os fios castanho-claros misturados aos brancos. Cordélia também apreciava a combinação. Cabelos que a empregada sempre protegia numa touca antes de dormir, um presente de Estelinha havia dois natais.

— Gostamos dos seus cabelos – disse Alba, tocando suavemente a nuca de Maria com a ponta do punhal. Sua nova vítima estava paralisada pelo terror. Ela cedia tão facilmente a ameaças… Obedecia igual a um cãozinho faminto, bem diferente da interesseira Valdina, que fora encontrar Alba em segredo no estábulo, no meio da madrugada, porque ela lhe prometera um vestido novo. – Será tão fácil matar você…

»»»»»»

Chovia havia horas. Alba não poderia ter se afastado muito, ainda mais porque o lamaçal atrapalhava qualquer locomoção. Hector vasculhou com o olhar a escuridão à sua volta. Onde elas poderiam estar…?

Após entregar Merência a uma das irmãs, Pedro começara a esmurrar todas as portas dos casebres, gritando por ajuda. Ninguém mais dormiria naquela noite. Talvez ninguém mais conseguisse se esconder...

Instintivamente, Hector olhou para a capela, protegida em seu isolamento. Um esconderijo que Alba usara uma vez para escutar a conversa alheia. Longe demais da casa principal e, portanto, seguro demais para uma assassina.

>>>>>>>>

Os dedos gelados comprimiam a garganta de Maria. Ela arregalou os olhos. Não reagia, não pensava. Sentada sobre sua barriga, Alba lhe apontou a lâmina fina do punhal. E sorriu, inocente, tão feliz em sua brincadeira mortal...

A arma ganhou altura, preparada para perfurar o coração da quinta vítima. Sua morte seria seguida pela tosa. O pedaço de véu que lhe cabia já estava separado sobre o primeiro degrau do altar. Ao seu lado, a chama bruxuleante de um lampião enfrentava, corajosa, o domínio das sombras. A quase inexistente iluminação era proposital. Alba não queria que ninguém visse de longe que havia alguém na capela.

O punhal desceu em êxtase para consumar o assassinato. A milímetros do peito de Maria, o movimento foi interrompido por algo que se lançou sobre Alba para derrubá-la sobre os degraus. O lampião rolou para longe e a chama desapareceu, vencida pelas sombras.

>>>>>>>>

Alba revelava uma força descomunal ao se sentir ameaçada. Hector não conseguiu controlar sua vontade assassina e o punhal que tentou acertá-lo novamente. Para piorar, a capela ficara às escuras. Maria, em choque, continuava estendida diante do altar. Hector recuou, trombando em um dos bancos. O barulho ajudou Alba a localizá-lo. A lâmina cruzou o ar, zunindo à sua frente, mas uma reação ligeira do rapaz evitou que ela fosse cravada em seu peito.

A chuva e o vento agora invadiam a capela através da porta que Hector tinha escancarado ao entrar. Atento a qualquer movimento, ele se escondeu atrás dos bancos e não se moveu mais. Podia sentir que a jovem deslizava silenciosamente pela escuridão, preparando-se para outro ataque. Maria... era preciso tirá-la daquele lugar o mais rápido possível.

De modo truculento, Hector chutou os bancos para a frente, acertando em cheio os joelhos de Alba, que gritou de dor. Tateando, o rapaz encontrou a empregada e a puxou pelas axilas, tentando suspendê-la. "Por favor, dona Maria, *reaja!*"

Como um trem desgovernado, a assassina atropelou os bancos para aniquilar qualquer forma de vida pela frente. Estava possessa. O punhal acertou apenas o vazio. O rapaz se jogara ao chão, puxando Maria com ele. A atacante, porém, levou milésimos de segundos para reajustar a mira.

A lâmina atravessou uma das mãos que Hector erguia para detê-la. O braço de Alba foi para cima, ganhou mais impulso e retornou para novos cortes. Mais uma vez um chute a acertou, afastando-a o suficiente para que o rapaz se lançasse contra ela. Os dois caíram do lado de fora da capela, debaixo da chuva implacável.

— *Solte minha filha!* – ordenou Albuquerque, a alguns passos de distância, apontando a espingarda para eles.

»»»»»»»

Mas Alba não estava interessada em obter ajuda. Lutava ferozmente para manter a arma que Hector tentava lhe tirar.

Albuquerque não acreditou nos próprios olhos. Alucinada, sua frágil filhinha jogou violentamente a cabeça contra o rosto do professor, atordoando-o. Quase quebrou seu nariz. Os óculos foram partidos em duas partes e as lentes se estilhaçaram em inúmeros pedaços.

Em triunfo, a jovem suspendeu a mão com o punhal, enquanto prendia o rapaz com as pernas. A mão livre agarrou sua garganta. A lâmina terminaria seu trajeto no coração.

Um tiro fez calar a selvageria, despertando aqueles que assistiam à cena, amortecidos demais para interferir: o filho mais velho de Maria e todos os empregados que ele recrutara para salvar a mãe. Albuquerque piscou, voltando a si.

Alba largou o punhal. A bala a atingira a partir das costas. Então, como uma boneca sem vida, ela tombou debilmente para o lado, libertando o rapaz.

Albuquerque abaixou a espingarda. Não tivera a oportunidade de puxar o gatilho.

— Ela matou gente demais – disse Estelinha, logo atrás do marido.

A mulher largou a pistola que ainda mirava na filha e, sem mais nada para fazer, tomou o caminho de volta à casa principal.

»»»»»»

Hector nunca encontrou os cabelos que Alba cortara de suas vítimas. Isso o intrigou por anos, acabando por prendê-lo em Passa Quatro muito mais do que previa. Ele comprou terras na região, o sítio da família Monteiro e até uma casa na rua principal da cidade, onde abrigou sua nova governanta, Maria, e a família dela. Sob sua tutela, os sete filhos, mais os dois órfãos de Ernesto, aprenderam a ler e a escrever e passaram a viver como as crianças que ainda eram: livres para brincar e descobrir o mundo. Cresceram, casaram e tiveram os próprios filhos. A maioria acabou se mudando da região. Um dos meninos de Ernesto, já homem-feito, abriu um modesto restaurante na entrada da cidade. A caçulinha, Merência, tinha dezessete anos quando um emotivo e paternal Hector a entregou ao noivo na igreja. No bolso do paletó, o anel de Beatrice, que seria usado como aliança de casamento.

Muitas vezes, mesmo após bastante tempo ter transcorrido, Hector acordava se debatendo na cama, sentindo os dedos gelados de Alba em sua garganta. Foi numa noite sem Lua, em que esse pesadelo se repetiu, que ele acordou perturbado por uma ideia. E se Alba estivesse viva? Não, aquela era uma hipótese absurda! Ele a vira ser atingida pelo tiro, assistira a seu enterro... Cismado, resolveu pagar ao coveiro para que abrisse o caixão da filha mais nova do coronel, no mausoléu da família Albuquerque Lima. Queria confirmar o que a razão insistia ser verdade. Após mais de quatro décadas, não restaria nada além de uma caveira e um punhado de ossos.

Assim que a tampa foi retirada, Hector fitou, assombrado, o caixão que deveria conter os restos mortais de Alba.

Estava cheio de pedras.

PARTE 2

DANIEL

*"...erguerei dentro de mim o que sou um dia,
a um gesto meu minhas vagas se levantarão
poderosas, água pura
submergindo a dúvida, a consciência, eu serei
forte como a alma de um animal."*

CLARICE LISPECTOR

CAPÍTULO I
SUÍÇA

Apesar da questão do idioma, Carl aceitou receber, na clínica psiquiátrica da Universidade, a jovem brasileira que morava em Zurique desde o início daquele ano, 1909. Além disso, o francês que ela dominava seria suficiente para a conversa. Após cumprimentá-la, pediu que a jovem se sentasse. Ele pegou o caderno de anotações e se acomodou em outro sofá, já considerando citar o caso para o mestre Sigmund Freud, com quem trocava correspondência havia dois anos.

Sua futura paciente era franzina, muito pálida, dona de bonitos cabelos avermelhados, presos numa trança. Ela sorriu para conquistar a simpatia do jovem médico.

— Por favor, senhorita, fale-me sobre suas dores de cabeça.

— Mas eu não tenho problema algum!

— Não?!

— Quem vive com dor de cabeça é minha irmã. Quero dizer, *vivia...*

E o sorriso ganhou mais inocência ao acrescentar a informação seguinte:

— Ela morreu no ano passado.

Carl sentiu um arrepio. Havia algo naquela garota que lhe dava medo.

— E como ela morreu?

— Minha mãe a matou com um tiro.

Os dedos do médico apertaram a caneta sem perceber.

— Sua mãe me contou que... – e ele espiou o caderno para confirmar o nome – ... *mademoiselle* Cordélia morreu, vítima de uma doença, há...

— O senhor não entendeu. Hector também não entendeu. E nem meus pais também entendem...

A jovem ajeitou a trança ruiva, distraída, antes de se curvar ligeiramente para a frente e estreitar seus olhos intensos para o interlocutor.

— Eu não sou Alba – disse, com uma estranha satisfação. – Sou Cordélia.

CAPÍTULO 2

SANGUE

O sangue é um líquido que percorre as artérias, veias e capilares do corpo humano. Ele transporta vários elementos importantes: pelas artérias, leva o oxigênio do coração para todas as células; através das veias, carrega o dióxido de carbono das células para os pulmões, onde é eliminado; também conduz nutrientes para vários órgãos, além de ser veículo para os hormônios, que são fabricados pelas glândulas e devem ser levados aos tecidos do organismo. Ainda tem a função de regular o calor corporal, causando a dilatação ou a constrição dos vasos (veias e artérias) de acordo com a necessidade.

É composto na maior parte por um líquido chamado plasma, basicamente água contendo sais e proteínas como a albumina. O plasma carrega em si os hormônios, além de gorduras, açúcares, minerais, vitaminas, eletrólitos. E nele são conduzidos os componentes celulares do sangue: eritrócitos (glóbulos vermelhos), leucócitos (glóbulos brancos) e trombócitos (plaquetas).

Os glóbulos vermelhos constituem quase metade do volume do sangue: possuem hemoglobina, que permite o transporte do oxigênio, dos pulmões para os tecidos, e depois transportam o dióxido de carbono para eliminação. Os glóbulos brancos existem em menor número, e sua atuação é fundamental para combater infecções: eles detectam partículas invasoras, engolem algumas, destroem outras, e produzem anticorpos, os "soldados" do nosso sistema imunológico – o que nos imuniza contra doenças causadas por agentes antígenos: vírus, bactérias, fungos. Já as plaquetas são partículas que ajudam a coagulação do sangue e impedem o sangramento.

»»»»»»

Daniel fechou seu caderninho e ficou refletindo por algum tempo sobre o que lera, apreciando o sol da manhã a brilhar sobre a mata visível além da janela. Voltou o olhar para uma pilha de papéis que transbordavam de uma pasta vermelha sobre a mesa diante de si. Na etiqueta da pasta estava escrito, com letra manuscrita caprichada:

Exames de sangue e transfusões.

Passou os olhos por alguns daqueles papéis e devolveu outros à pasta, até dar com uma nota fiscal de certa empresa inglesa.

— *Alea jacta est* – murmurou para si mesmo, com um sorriso melancólico. – A sorte está lançada... A centrífuga deve ser entregue nas próximas semanas. E se Lazlo Molnár estiver certo, os procedimentos anteriores nunca deram resultado porque foram executados nas fases erradas. O *fator* é evidente nos exames, mas está adormecido. Somente na semana fatídica é que algo relevante iria aparecer, portanto... não há outra forma – suspirou. – Resta esperar por aquele *outro* material. E que Deus me ajude.

Havia guardado o caderninho no livro falso da estante, e devolvido a pasta a uma gaveta, quando o telefone fixo tocou. Imaginando se nem a arrogância que afetara na noite anterior, no jantar com os Sanchez de Navarra, teria afastado Ana Cristina de seu pé, ele atendeu.

Mas não era Ana. Era outra pessoa que, certa vez, também quase havia arranhado a inexpugnável muralha erigida em torno de seu coração.

— Daniel? É Natália, lembra-se de mim?

— Claro que sim, como vai? – ele sorriu; a investigadora ainda era uma das poucas pessoas em Passa Quatro que ele poderia chamar de amigas. – Estive aí outro dia e não vi você. Estava mesmo querendo telefonar para a delegacia, pra saber se o subdelegado vai ou não vai investigar o arrombamento da minha porteira. Já é a terceira vez que...

— Daniel – a voz da moça estava séria demais. – Você precisa vir à cidade.

— Claro, podemos tomar um café e...

— Você não está me entendendo – ela interrompeu de novo. – Este telefonema é uma comunicação oficial. Meu chefe está convocando você para depor. Ele queria que eu mandasse uma intimação, e ela está aqui na minha frente, mas achei melhor nos falarmos pessoalmente. Você pode vir à cidade hoje à tarde?

Um tanto surpreso, ele hesitou.

— Eu... Claro, sem problemas. Estarei aí depois do almoço.

Ela continuou, ainda séria.

— Então está certo. E, Daniel... por favor, não deixe de vir, por motivo algum. É importante.

Após desligar o telefone, ele se jogou no sofá, perplexo. De súbito, teve um acesso de riso. Quando percebeu, estava gargalhando até as lágrimas.

"A ironia da situação!", pensou, enxugando os olhos. "Quer apostar que eu sou suspeito do assassinato da Lina? Eu! A vida é mesmo irônica. E cíclica..."

O acesso só passou depois de um bom tempo. Então ele sentiu fome. Levantou-se e foi à cozinha ver na geladeira o que havia sobrado da comida preparada por dona Lurdes.

>>>>>>>

No hotel-fazenda, os rapazes estavam sentados no escritório da gerente, nervosos, suando. Benê dava lustro no capacete da moto, enquanto Gaúcho olhava para o teto, lutando com a vontade insana de tomar um chimarrão. Não importava quanto calor fizesse em Minas Gerais, ele era fiel às suas raízes e não passava um dia sequer sem usar a bomba de erva-mate. Tinha, porém, de esperar aquele interrogatório sem fim terminar.

Monteiro havia feito dezenas de perguntas a cada um, querendo saber tudo sobre Tonho e o incidente de terça-feira, em que Ana Cristina se perdera na mata. A última vez que o pessoal do haras o tinha visto fora durante a procura da garota.

— E não falaram mais com ele desde a comunicação que tiveram na terça ao anoitecer? – perguntou, olhando com insistência para Gaúcho.

O rapaz repetiu o que já dissera três vezes antes.

— Não, senhor. A moça chegou com os caseiros de um sítio, e eu só consegui avisar o Tonho quando a comunicação voltou a funcionar – apontou o *walkie-talkie* em seu cinturão. – O Benê tinha vindo pra cá com a moto, mas o Tonho continuava procurando. Ele me respondeu, disse que já ia voltar, e foi só isso. O cavalo apareceu no outro dia, lá no pasto, mas nem sinal do Tonho.

O subdelegado resmungou algo ininteligível. Depois olhou um mapa da região na parede.

— Vocês sabem me dizer em que lugar a garota se perdeu e onde o Tonho estava?

Benê levantou-se, deixou o capacete na cadeira e passou um dedo pelo mapa.

— O negócio da garota a gente não sabe, só que ela foi encontrada pelo seu Daniel, o dono do sítio onde fica a Cachoeira dos Lamentos. Aquela área é enorme. Eu e o Tonho percorremos toda a trilha na margem do rio, e nem sinal dela. Voltei pro hotel quando escureceu, ele disse que ia procurar mais um pouco... Assim que cheguei, soube que a menina estava bem. Aí tentei avisar, mas não consegui. Só mais tarde que a comunicação voltou a funcionar e aí o Gaúcho contatou ele.

Monteiro observava atentamente o mapa.

— Vocês foram por aqui... Mas essa trilha é comprida, ele não iria dar toda a volta pra vir pro hotel! Qual o caminho que faria, se quisesse chegar aqui mais depressa?

— Eu voltei a cavalo por lá mesmo – respondeu Gaúcho –, sempre acho melhor ficar nas trilhas que já conheço. Mas o Tonho era daqui, conhecia bem os caminhos. O que tu acha, Benê?

O outro rapaz apontou para um traço mais grosso do mapa.

— Se fosse eu, cortava pelo mato até sair na autoestrada. Era só trotar um pouco pelo asfalto que ele ia dar naquela estradinha secundária. De lá pra entrada dos fundos do hotel é bem perto.

— E este traço aqui ao lado, o que é? – Monteiro apontou para uma linha sinuosa que acompanhava o traçado da estrada e às vezes encontrava com ela.

Benê e Gaúcho responderam quase ao mesmo tempo.

— É o rio, uai.

— Um riacho que vai desaguar na corrente da cachoeira.

Os olhos do policial faiscaram. Recordava as palavras de Natália: *o legista disse que a morte não aconteceu aqui. As roupas estão úmidas...*

Já sabia aonde mandar o sargento Matos investigar, com a equipe da Polícia Científica: os trechos da autoestrada que interceptavam o tal rio. E se Tonho fora morto perto do asfalto, seria bom verificar as marcas de pneus nas proximidades.

Saiu, e os dois rapazes respiraram aliviados. Benê seguiu para a entrada do hotel e Gaúcho correu para seu alojamento. Não faria nada antes de acalmar os nervos com uma boa dose de seu amado chimarrão.

>>>>>>>

Da janela do restaurante, dona Ludmila viu o carro da polícia deixar o estacionamento. À sua frente, Irineu tomava café. Tinham acabado de almoçar; Cris e Cris haviam seguido juntas para os jardins – as duas mal se falaram durante o almoço – e ela suspirava ruidosamente, querendo atrair a atenção do marido. Afinal, ele baixou a xícara e sorriu para a esposa.

— O que foi, agora?

— Você não consegue adivinhar? – a voz dela saiu temperada pela irritação. – Irineu, o que estamos fazendo neste fim de mundo? Entendo que você não quisesse sair do país nestas férias, mas poderíamos estar agora num hotel de classe, em Trancoso, em Búzios, em Fortaleza. Ainda não entendi por que você insistiu em vir para cá!

O marido se serviu de mais café do bule de porcelana sobre a mesa.

— Já disse, Ludmila, eu queria ficar em algum lugar sossegado, para descansar. E alguns amigos me recomendaram este hotel-fazenda.

— Descansar? – ela retrucou, azeda. – Você não larga do celular e do *notebook*! E fica pra cima e pra baixo com esse motorista mal-encarado. Francamente! Pelo menos me prometa uma coisa.

— O que é? – ele indagou, já sabendo a resposta.

— Que nós vamos passar o Ano-Novo em algum lugar mais civilizado! Isto aqui é um horror. Cavalos disparando no meio do mato. Assassinos esfaqueando as pessoas e cortando seus cabelos! Não vejo a hora de ir embora deste…

— Veja só – Irineu a interrompeu, apontando para um táxi que adentrara o estacionamento. – Não são seus amigos franceses? Parece que voltaram do passeio.

Realmente, podiam ver Yves Poulain ajudando a jovem esposa a descarregar dezenas de sacolas de compras do carro. Ludmila sorriu, levantando-se de um salto.

— Finalmente! Pobre Amélie, ela vai ter um *troço* quando souber que a balconista da livraria e aquele moço ruivo tão bonzinho morreram. Ela fez vários passeios a cavalo com ele como guia, antes de nós chegarmos. Coisa mais *horrorosa*...

E deixou o marido a terminar seu café sozinho, sem perceber o sorriso enigmático que ele ostentava nos cantos da boca.

>>>>>>>

Ernesto olhou para o teto. Já não bastavam as fugas da tia-avó, a viagem de Rosa, os interrogatórios da polícia, e agora ele teria de encarar mais essa?! Voltou os olhos para a governanta, parada diante de sua mesa no escritório.

— Mas por que a senhora quer se demitir, assim tão de repente?

A mulher fungou.

— Precisa perguntar, seu Ernesto? Quando a dona Rosa me contratou, era pra manter a ordem na casa. E isso eu nunca deixei de fazer. Mas não sou enfermeira, não sei lidar com gente doente. E a dona Merência precisa de cuidado especializado.

— Eu sei, eu sei... – o dono do restaurante suspirou, desanimado. – É que eu fico com pena de internar a coitada. Ela não tem mais ninguém próximo, a senhora sabe. O resto da nossa família está espalhado pelo Brasil, e ela nunca quis sair de Passa Quatro, mesmo quando todos os seus irmãos foram se mudando. E ela é... bem... inofensiva.

A governanta ergueu as sobrancelhas.

— Ah, isso eu não sei não. Sabe o que eu achei ontem debaixo do travesseiro dela? – e contou o caso da faca, apreciando a mudança no olhar ressabiado do patrão.

— Tem certeza? Era mesmo uma faca?

— E afiada.

Ele perguntou, em um tom de voz mais baixo:

— A... a senhora contou isso para mais alguém?

— Só para o pessoal da faxina. Mas nenhuma faxineira viu a faca. Acho que, quando foram limpar o quarto, deu tempo de a dona Merência esconder. Deve ser isso.

Ernesto fungou de novo, parecendo pensativo. Se aquilo havia caído na boca das faxineiras, em pouco tempo a cidade inteira estaria sabendo. Por fim, falou:

— Já que a senhora quer mesmo ir embora, não posso impedir. Mas está conosco há tanto tempo, e eu estou desarvorado com essa viagem inesperada da minha mulher. Então... quem sabe... se eu lhe der um aumento, a senhora consideraria ficar no emprego mais um pouco?

— Aumento? – os olhos da mulher brilharam. – Eu não sei...

— Só até a Rosa voltar de Belo Horizonte. Não deve demorar muito. Mais algumas semanas e ela está de volta; aí nós resolvemos o que fazer com a minha tia. E eu assino a sua demissão.

— Aumento de quanto?

Ele rabiscou um número num papel sobre a mesa e, quando ela fez uma careta, rabiscou outro. Dessa vez foi a governanta quem fungou.

— Se é assim... não custa eu ficar mais um pouco. Mas só até a dona Rosa voltar!

— Naturalmente – ele assegurou. – Só até a Rosa voltar.

Quando a empregada deixou o escritório, ele olhou de novo para o teto.

"Um problema a menos", pensou. "Agora, o que era mesmo que eu ia resolver? Ah, sim."

Abriu uma gaveta e procurou a agenda de telefones, que folheou avidamente, até encontrar o que procurava. Então, parecendo nervoso, pegou o celular e ficou olhando-o por algum tempo, até decidir-se a teclar um número.

>>>>>>>>

— *Mon Dieu!* – Amélie exclamou, caindo sentada num dos sofás da recepção.

Yves largou as sacolas e correu a socorrê-la.

— *Que'est ce que tu as, chérie?* – perguntou, preocupado.

— *Ludmila m'ai dit que cette garçonne Lina est morte... on l'a tuée!*

A esposa de Irineu confirmou que a menina da papelaria fora mesmo assassinada. Completou com informações sobre o que acontecera a Tonho.

— Não é um horror? E aquele rapaz ruivo do haras, que saiu comigo e as meninas, também foi encontrado morto. Um em seguida do outro! Esfaqueados, e o assassino ainda se deu ao requinte de cortar os cabelos deles! Não parece coisa de filme policial? Foi uma comoção aqui no hotel. Ainda bem que vocês dois estavam em São Lourenço nesses dias, a Amélie é sensível demais e teria ficado muito nervosa...

Yves olhou-a como quem achava que a culpa era dela. Ia dizer algo, mas a esposa o chamou para ajudá-la a levantar-se.

— *Mon cher*, minha amiga fez bem em me contar. Nós íamos ficar sabendo, de um jeito ou de outro. E eu estou bem, foi só... um choque. Esta cidade parecia tão pacífica!

— Tem certeza de que está bem? – Ludmila gemeu. – Você está pálida. E... ai meu Deus, seu nariz está sangrando... É melhor chamarmos a doutora Jane!

Um filete vermelho realmente escorria de uma das narinas de Amélie.

— Foi o sol... tomei muito sol esta manhã – a moça disse, apoiando-se no marido. – Eu só preciso descansar um pouco. Nós nos veremos no jantar, *ma chérie*. Você leva as compras, Yves?

— *Oui* – ele respondeu. – Vamos para o quarto, você vai se deitar.

Ela o acompanhou docilmente, enquanto ele a amparava com um braço e, com o outro, carregava meia dúzia de sacolas. Empurrado pela recepcionista do hotel, que testemunhara tudo, um funcionário pegou o resto das sacolas e foi atrás deles pelo caminho dos chalés.

Ludmila ficou ali, meio hipnotizada pelos pingos de sangue que o nariz sangrando da jovem francesa deixara nas lajotas do chão. Fez uma careta. Se tinha uma coisa que Ludmila Sanchez de Navarra detestava, era a visão de sangue.

»»»»»»

Dessa vez as garotas haviam escolhido ir sentar-se num pequeno jardim com uma fontezinha, entre a capela de Nossa Senhora e a estrada do haras. Pela manhã Ana havia tomado sol no deque das piscinas, enquanto Cris ia passear no mirante. Durante o almoço mal haviam trocado duas palavras; mas após a sobremesa Cris se aproximara e dissera à amiga que precisavam conversar. Ela concordou, e as duas seguiram em silêncio para o tal jardim. Lá, ficaram um tempo sem dizer nada.

— Ana – Cris juntou coragem para começar, afinal –, foi tudo minha culpa. Eu fui burra o bastante pra me apaixonar pelo Paulo, e aí não consegui mais fazer de conta que era você! Não tenho a sua força. Não sou boa em fingir. Não sou...

Calou-se, fazendo força para não chorar. A amiga teve pena dela.

— Deixa pra lá, já passou. E afinal das contas, foi uma ideia boba mesmo. O que é que eu estava pensando? Esse negócio de trocar de identidade só funciona nas peças de Shakespeare ou nas novelas da televisão. Nós temos cara de heroínas de novela?

Cris soltou uma risada nervosa parecida com um soluço. Ana continuou:

— Olhe, não vamos deixar isso atrapalhar a nossa amizade. Não foi sua culpa, foi minha. Eu não tinha nada que inventar aquela história... e você não pode ter se apaixonado pelo Paulo. A gente só conheceu o Jonas e ele há três dias! Tudo bem, o carinha até que é atraente, com aquela timidez, mas nada demais. Deixe ele pra lá!

A outra suspirou, mais calma.

— Tem razão, só que não vai ser fácil. Acho que eu gosto mesmo dele.

Os olhos de Ana Cristina faiscaram de raiva.

— Bobagem. Você esquece! Eu também me senti atraída pelo tal do Daniel, mas sabe do que mais? Os homens são todos um bando de idiotas. Todos! E aquele escritorzinho metido é o idiota-mor, um imbecil antipático, arrogante e insuportável!

Tanta veemência pegou a filha de Luziete de surpresa.

— Sua mãe disse que no jantar de ontem ele foi muito educado...

— Ah, isso ele foi – a outra rilhou os dentes. – Educadíssimo! Pedante, de tanta educação. Você sabe o que ele teve a *audácia* de me dizer?!

E contou a Cristiana, que ouvia assombrada, o diálogo que haviam trocado antes do jantar, palavra por palavra.

— Eu não acredito que ele disse isso... – comentou, os olhos arregalados.

— Pois disse. – Lágrimas de ódio agora surgiam nos olhos de Ana. – Que eu sou mimada, egocêntrica, que deveria tomar umas palmadas. Eu o odeio! Nunca odiei tanto uma pessoa como odeio aquele... aquele... aquele...

Cris a abraçou, deixou que ela desabafasse a raiva com um choro nervoso. Ao vê-la acalmar-se, confortou-a, dizendo:

— Não pense mais nele. Daqui a uns dias a gente vai embora e nunca mais vamos encontrar nem com ele, nem com o Paulo. Você tem razão, eu vou esquecer tudo isso. E você também.

Ana fez que sim com a cabeça, e por um tempo ficaram em silêncio. Mas logo a herdeira dos Sanchez de Navarra sentiu a força de sua personalidade ressurgir.

— Se bem que o Paulo é primo do Felipe, e ele, sim, é nosso velho amigo. Não gostaria de perder a amizade do Felipe por causa de um mal-entendido com o primo dele. – Levantou-se, de repente. – Cris, pelo menos nisso eu posso dar um jeito.

— No quê? – a outra parecia atônita.

— Posso falar com o Paulo e o Jonas, pedir desculpas, dizer que foi tudo minha culpa, que eu praticamente obriguei você a entrar na mentira.

— Não era melhor deixar as coisas como estão?...

Ana Cristina, contudo, estava resolvida. E quando resolvia fazer alguma coisa, raramente desistia. Já que *certas pessoas* a julgavam uma manipuladora, por que não usar seus talentos para, pelo menos desta vez, ajudar alguém? Cristiana merecia uma oportunidade com Paulo, e ela ia fazer com que a amiga tivesse essa oportunidade.

— Vamos pra cidade, agora. Vou pedir pro meu pai o seu Damasceno emprestado!

No chalé, deram com Ludmila deitada na espreguiçadeira, lendo uma das revistas de decoração que elas lhe haviam comprado e que Paulo trouxera. Ao saber que as filhas queriam ir à cidade para encontrar os rapazes, baixou os óculos de leitura.

— Seu pai se trancou no quarto depois do almoço, disse que queria dormir e não era pra ser acordado. E quanto ao seu Damasceno, pelo que entendi, hoje é a folga dele. Parece que foi à cidade comprar cigarros. Duvido que encontre aquelas coisas fedorentas que ele fuma por aqui, mas...

Ana pareceu tão desapontada que a mãe resolveu tomar a iniciativa.

— Pra dizer a verdade, eu estava mesmo querendo fazer umas compras. E desde que chegamos aqui não peguei no carro. Vocês disseram que tem artesanato local na tal loja do pai de seu amigo?

Em cinco minutos as três estavam prontas, Ludmila bem animada para ir à cidade. Ela adorava dirigir; porém, desde que Irineu contratara aquele sujeito, quase nunca pegava no volante de nenhum dos carros da família. Ana Cristina estava pensativa, imaginando o que dizer aos meninos para livrar a cara de Cristiana. E esta... continuava envergonhada, sem a menor coragem de encarar Paulo. Mas estava decidida a tentar.

>>>>>>>>

Assim que entrou no distrito, Monteiro foi direto à mesa do computador. Natália chegara do almoço antes dele. Foi perguntando:

— E aí, já temos o mandado?

A moça sorriu para atenuar o golpe.

— Ainda não, doutor Monteiro. O gabinete do juiz ficou de me contatar, mas, por enquanto, nada. Essas coisas são demoradas, o senhor sabe.

Ele bufou. Nos últimos dias sua irritação crescia a olhos vistos.

— E o Matos, deu notícias? Já deve ter tido algum resultado.

Ela aprofundou o sorriso, para desespero do subdelegado.

— O sargento ligou, está lá na beira da estrada, mas até agora nem sinal da Polícia Científica. Bom, eles às vezes demoram, mas quando chegam dão conta do trabalho. Se tiver qualquer pista do local do crime naquela região, eles vão encontrar!

Monteiro olhou pelo vidro para a outra sala, viu que a estagiária estava trocando as garrafas de chá e café. Pelo menos isso aquela incompetente fazia direito. Foi servir-se de café, ainda falando com Natália,

— É isso que entrava o trabalho da polícia. Depender de outros departamentos. Será que ninguém vê a gravidade da situação? Nem o juiz nem os peritos? Podemos ter um assassino serial na cidade. Duas pessoas foram mortas num intervalo de dois dias!

Natália o seguiu e serviu-se de chá. A estagiária se dirigiu a eles.

— Ah, já ia me esquecendo, tem um recado pro senhor, doutor Monteiro. Da delegada. Pediu pra ligar pro celular dela assim que chegasse.

Ele engoliu o café e fitou Natália com um sorriso melancólico.

— E quem é que leva a culpa? O subdelegado. Se eu não encontrar evidências logo e não prender alguém bem depressa, a Eulália vai acabar comigo!

Como se não o tivesse ouvido, a estagiária continuou falando.

— E tem um recado pra senhora também, dona Natália. O senhor Daniel Lucas pediu pra avisar que vai se atrasar um pouco, mas vem ainda hoje para o depoimento.

Monteiro olhou rapidamente para a detetive, que tomava seu chá placidamente.

— Você mandou a intimação a ele?

— Na verdade – ela respondeu, com um sorriso cândido –, eu simplesmente telefonei e pedi que viesse depor. Mais rápido, não é? Logo ele estará aqui.

Resmungando, Monteiro amassou o copinho de café e jogou-o com toda a força no cesto de lixo. Sua irritação havia visivelmente aumentado alguns graus. Ligaria para Eulália Albuquerque e ela certamente perguntaria se tinha novidades na resolução do caso… Mas pelo menos agora ele sabia quem iria sofrer o efeito de seu mau humor. Disparou um sorriso maligno. Se havia uma coisa de que ele gostava, era de interrogar suspeitos.

>>>>>>>>

O aparelho telefônico estava tocando havia algum tempo, quando a garota entrou no quarto. Fitou a luz vermelha piscando ao ritmo do trinado, e voltou os olhos para a mulher sentada na cama. Ela olhava fixamente para a telinha no alto do aparelho, que exibia qual número estava chamando. Não era prefixo de Belo Horizonte.

— A senhora não vai atender não? – perguntou, tímida.

A outra não respondeu, esperou até que o ruído cessasse. Então, murmurou:

— Não quero falar com ninguém.

A moça engoliu em seco diante do olhar feroz da patroa.

— Era... o mesmo número?

A outra fez que sim com a cabeça, levantou-se e foi até a cômoda, do outro lado do quarto. Pegou um espelhinho e pôs-se a vasculhar o próprio rosto, passando os dedos com cuidado nas marcas quase cicatrizadas que a maquiagem não escondia totalmente. A moça engoliu em seco, recuando até a porta do quarto. Parecia estar acostumada a presenciar cenas desagradáveis.

— A senhora... quer alguma coisa? Um chá, um suco? Quase não comeu nada na hora do almoço.

— Não quero nada. Vá embora – foi a resposta seca que obteve.

A acompanhante não perdeu tempo, sumiu porta afora. Com um suspiro, a mulher tirou o lenço que cobria sua cabeça. Afastou o espelho, com uma careta de raiva. Depois, sentindo-se estremecer com um ódio incontido, virou-se e jogou o espelhinho contra a parede. Ele bateu lá com força e se estilhaçou, espalhando cacos pelo quarto.

No corredor da clínica, do lado de fora, a garota ouviu o ruído e se congratulou por ter saído na hora certa. Esperou para ver se seria chamada, mas ouviu apenas as gargalhadas histéricas da patroa. Ela agora ria, ria sem parar. No meio das gargalhadas a empregadinha a entreouviu sibilar:

— Só me faltava agora ter sete anos de azar! Sete anos... de azar!

Recomeçou a gargalhar, mais histérica do que nunca. Com um suspiro, a moça foi em busca da salinha de limpeza, ao lado da estação de enfermagem. A enfermeira de plantão a interrogou:

— Dona Rosa está mais calma esta tarde?

A moça exibiu um sorriso fraco, enquanto saía da salinha com uma vassoura e uma pá.

— Ah, sim, está bem melhor, obrigada.

E tratou de voltar ao quarto da patroa para recolher os cacos antes que Rosa se machucasse ainda mais.

CAPÍTULO 3

SUSPEITAS

Narrativas sobre homens-lobo, os lobisomens, existem desde a Antiguidade. Segundo os folcloristas, certas práticas religiosas greco-romanas chamadas lupercais contribuíram para o conjunto desses mitos. Tais festas, chamadas lupercalia, eram feitas em uma gruta nas colinas de Roma em honra ao deus Pã, que teria se transformado em uma loba para, naquela caverna, amamentar os gêmeos Rômulo e Remo.

Tratava-se de cerimônias de purificação: conta-se que eram dirigidas por um corpo de sacerdotes chamados luperci sodalis (os amigos do lobo), e que nelas os participantes sacrificavam cães ou lobos; eram ungidos com sangue, vestiam a pele dos animais sacrificados e depois saíam ao redor da colina chicoteando o povo que vinha assistir às festas e que se submetia aos açoites em busca de purificação. Considera-se que as lupercais sejam também ancestrais do Carnaval. Foram proibidas por um papa, por serem festas pagãs, em 494 a.D.

Mas tanto no Ocidente quanto no Oriente há ainda tradições relacionadas a lobos e homens. Acredita-se que a ideia das metamorfoses surgiu dos vários rituais em que os homens vestiam peles de lobo e simbolicamente se transformavam em deuses-lobos. Seja licantropo grego, lobisomem português, lobizón espanhol, werewolf saxão, loup-garou francês ou volkdlak eslavo, esse metamorfo é resultado de uma contingência infeliz, sofrendo um fado, uma maldição ou um castigo.

Há inúmeras explicações para seu surgimento. Ele pode ser filho de uma união incestuosa, pai e filha, mãe e filho, irmão e irmã, ou filho de compadre com comadre, de padrinho com afilhada. Pode ser o primeiro filho homem após uma série de sete filhas. Há ainda a ideia da passagem do fado pela contaminação do sangue: o homem mordido por lobisomem também se torna um, e se alguém se sujar com seu sangue pode ser contaminado. Em certas regiões da Rússia, dizia-se que quem nascesse no dia 24 de dezembro tornar-se-ia um lobisomem; na França e na Alemanha havia a tradição de que, se alguém dormisse ao relento numa noite de lua cheia, sofreria a transformação.

Em algumas narrativas do folclore brasileiro, a metamorfose ocorreria às sextas-feiras, da meia-noite às duas horas. Outras histórias dizem que, para virar esse bicho sanguinário, a pessoa precisaria apenas, numa noite de quinta para sexta-feira, procurar uma encruzilhada onde os animais tivessem o costume de espojar-se, tirar as roupas e também esfregar-se no chão de terra, como as bestas. Nada mais fácil.

As referências à ocorrência da transformação com a chegada da lua cheia vêm de textos medievais, como os do cronista católico inglês do século XIII, Gervase de Tilbury, que escreveu um Descriptio totius orbis, *espécie de miscelânea contendo narrativas diversas que, mais tarde, seriam consideradas folclóricas.*

Acreditava-se que pessoas acusadas de ser lobisomens poderiam ser desmascaradas cortando-se sua pele, pois o pelo do lobo apareceria sob a ferida. Há narrativas de lobisomens que devoravam corpos recém-enterrados, e daqueles que simplesmente caçavam crianças que encontrassem nas noites de lua cheia, para se alimentar. Outras dão conta de que a metamorfose era obra de feiticeiros malignos em rituais demoníacos. Havia até quem jurasse que pessoas excomungadas pela Igreja Católica se transformariam em lobisomens. E há os que acreditam ser os lobisomens benignos, chamando-os cães de caça de Deus, guardiães do Bem e perseguidores dos que praticam o Mal.

»»»»»»

Algumas nuvens escuras dominavam o céu além dos picos da Mantiqueira. Ana Cristina torceu para que não chovesse. Não pretendia enfrentar tão cedo outra tempestade em sua vida. Ao pensar no que se passara havia apenas dois dias, lamentou a morte de Tonho. Tanto ela quanto Cristiana tinham se afeiçoado ao rapaz.

Na cidade, Ludmila estacionou o carro junto à calçada de um imóvel antigo e conservado. Admirou a imponência do casarão, que Ana lhe disse ser a residência da delegada, segundo as explicações de Jonas. Já fora do carro, ela ia continuar admirando o local e fazendo elogios à restauração, quando a filha a puxou pela mão, rumo à papelaria. Era a única que tinha pressa. Cristiana, a passos de tartaruga, não se animou a entrar na loja.

— Espero aqui – avisou, cabisbaixa.

Ana apresentou a mãe a seu Paulo, deixou os dois conversando sobre o artesanato local e escapuliu para a sala onde se jogava RPG, ao lado. Ouvira as vozes de Paulo e Jonas: parecia que eles mantinham uma conversa animada sobre um assunto bastante tétrico.

— Tem um ponto, bem aqui no peito, que mata a vítima na hora se uma lâmina atravessar, pegando o coração e... – dizia Paulo.

Engoliu o restante da frase ao descobrir que Ana, apreensiva, interrompia o passo após ultrapassar a porta. Foi Jonas quem consertou o mal-estar, levantando-se e indo dar um beijo na bochecha da recém-chegada.

— Estamos tentando entender as mortes do Tonho e da Lina – contou. – É que todo mundo tem uma teoria diferente, mas só o Paulo aqui entende tudo sobre armas brancas e os estragos que elas podem fazer na vítima.

O outro rapaz sorriu amarelo antes de cumprimentá-la. A garota espantou a desconfiança infundada, entendendo perfeitamente a situação. Ludmila não falara de outra coisa no trajeto do hotel-fazenda até a cidade. A morte dos jovens – que eram namorados, segundo lhe contara uma camareira – tinha se transformado no único assunto existente em Passa Quatro e região. Comentava-se, inclusive, que Lina estava grávida.

— Eu vim pedir desculpas – começou Ana, direta. – Eu é que forcei a Cris a fazer a troca de identidades. Se você tem de ficar magoado com alguém, Paulo, é comigo.

O rapaz cerrou as sobrancelhas, numa carranca nada amistosa. Ana percebeu que seria um desafio convencê-lo a perdoar Cristiana. Insistiu.

— Olhe, eu só queria que as pessoas me vissem como sou, e não como a herdeira de pai famoso, entende?

O silêncio de Paulo estava tornando a exposição de Ana constrangedora demais.

— Pra mim, você é linda de qualquer jeito – brincou Jonas, galanteador. – Tanto faz ser Ana como Cristiana... Da minha parte, desculpas aceitas. Esse cabeça-dura aqui é que vai ficar uns tempos emburrado, mas depois passa.

O amigo lhe dirigiu um olhar furioso.

— Não sou cabeça-dura! – protestou.

— Prove isso! – intimou o outro, rindo.

— E o nosso passeio de trem? – lembrou a garota, inspirada. – Vocês não iam levar a gente?

— É mesmo! – apoiou Jonas. – Que tal no sábado à tarde?

O rapaz que Cristiana amava inspirou muito ar antes de formular uma resposta:

— Sábado, então – a voz saiu num tom muito baixo, quase sinistro. – A gente se encontra lá, na estação.

»»»»»»

Ana não se demorou na papelaria. A mãe ainda estava pagando as compras que fizera a seu Paulo quando ela saiu para a calçada e foi dar contas à amiga do que combinara com os dois. Cristiana se mostrou mais animada. Logo a mãe saiu também, mas separou-se delas ao avistar, numa esquina, uma graciosa lojinha de artesanato.

— Nos encontramos no carro daqui a uma hora – resolveu Ludmila.

— Tudo bem, a gente vai até aquela sorveteria da rua de baixo – a filha concordou.

Foi perfeito para as duas Cris. Elas puderam conversar à vontade enquanto tomavam o caminho da sorveteria. Ana não omitiu nenhum detalhe da conversa com os rapazes. Contou, inclusive, sobre a teoria que defendiam para a morte dos namorados.

— Cris, deixe de bobagem! – criticou, ao reparar que Cristiana estremecia. – Nenhum dos dois tem cara de assassino.

— E desde quando alguém nasce com cara de assassino? – a outra retrucou.

De qualquer forma, a amiga estava certa. Aquela desconfiança não passava de tolice. O foco agora deveria ser o passeio de sábado: uma chance, caída do céu, para fazer as pazes com Paulo.

Na sorveteria, as garotas não resistiram a uma exuberante calda de groselha por cima do sorvete de casquinha. Pagaram e dirigiram-se para a rua. Ana ia pisar a calçada quando esbarrou em alguém que caminhava apressadamente. Não deu outra: a groselha manchou de vermelho intenso a camiseta branquíssima de Daniel.

>>>>>>>

Tanta gente no mundo e Ana tinha logo de atropelar aquele escritor pedante?

Ela olhou para o sorvete no chão e as mãos molhadas de calda. Daniel havia deixado cair um pacote que carregava e esticava a parte da frente da camiseta, contemplando a imensa mancha, que parecia sangue.

Ao contrário da bronca que Ana esperava receber, veio um sorriso irônico.

— Agora é que o Monteiro vai achar mesmo que sou o assassino – ele comentou, achando graça na situação.

Cristiana correra para a sorveteria e pegara um punhado de guardanapos de papel, que estendeu para o rapaz. Estava à beira de um ataque de riso e não ouvira a observação dele. Mas Ana ouvira muito bem e sentiu uma pontada de aflição.

— A polícia considera você um suspeito? – preocupou-se.

— Fui intimado a depor. Estou justamente indo para lá.

Ele bem que tentou limpar a calda com os guardanapos, mas o tecido já havia absorvido a maior parte. Ana pegou do chão o pacote que ele derrubara: havia um cadeado lá dentro.

— E se comprar outra camiseta? – sugeriu Cristiana, que espiava a amiga de rabo de olho, intrigada com sua súbita aflição pelo que poderia acontecer ao rapaz. – Aí você pode trocar de roupa depressa e...

— Sinceramente? – disse Daniel, dando de ombros. – Isso não é tão importante assim.

E, um tanto afobado, jogou os guardanapos sujos no cesto de lixo, pegou o pacote e se despediu das garotas. Ana o acompanhou com o olhar até que o rapaz dobrasse a esquina mais próxima. Era óbvio que aquela intimação era importante para ele, apesar de sua tentativa de mostrar o contrário. Daniel estava tão concentrado em sua ida à delegacia que nem se lembrara de provocar a garota mimada que tinha assuntos inacabados da noite anterior para acertar com ele.

»»»»»

Finalmente Matos ligou avisando sobre a chegada da Polícia Científica no trecho onde o rio beirava a rodovia, exatamente o ponto onde Monteiro acreditava que Tonho fora assassinado. Perto de uma placa de propaganda, na margem, tinham encontrado marcas de patas de cavalo, que seriam comparadas com as ferraduras do animal utilizado pelo rapaz no dia de sua morte. Havia ainda várias impressões de pneus no barro que, graças às chuvas, invadira as margens da estrada; os policiais haviam tirado moldes.

Natália, cansada, fez nova busca na rede à procura de mais pistas sobre a hipótese que ganhava cada vez mais força em sua mente: a chave para solucionar os crimes do presente estava no passado. Mas a mesma crônica, que ela já lera, foi a única coisa pertinente que encontrou. A pesquisa não deu em nada além de um emaranhado de *links* que não levavam a lugar algum.

— Ligação para você! – avisou a estagiária. – É a doutora Jane, do Sete Outeiros, linha um.

O telefonema não poderia ser mais providencial. Jane acabara de se lembrar de um antigo morador de Passa Quatro. Alguém que poderia fornecer informações valiosas sobre o assassino serial do começo do século XX, assunto que as duas haviam discutido havia alguns dias.

»»»»»

Daniel encontrou Natália na porta da delegacia, após deixar o cadeado novo no jipe. Ela o cumprimentou, mas não sem antes analisar, confusa, a enorme mancha vermelha em destaque total na camiseta branca.

— Groselha – disse o rapaz, sem jeito.

A policial balançou a cabeça. Aquele visual sanguinário não podia aparecer em hora mais inoportuna. Somente então Daniel levou a sério a ideia de Cristiana, mas era tarde demais. Monteiro já o descobrira.

— Boa sorte! – desejou Natália, antes de sair.

O rapaz se empertigou e seguiu em frente. Que o subdelegado pensasse o que bem entendesse! Havia muito perdera a paciência para lidar com as pessoas. Vivera em excesso, enfrentara problemas inacreditáveis. Sua inocência e boa vontade com o mundo haviam ficado para trás em algum momento de seu passado. Às vezes, tinha a impressão de não se adaptar mais a um cotidiano sempre em movimento acelerado... Valores mudavam numa velocidade espantosa, a própria tecnologia era difícil de acompanhar.

Antes de alcançar a sala de Monteiro, Daniel passou pela sala vazia da delegada Eulália Albuquerque. Até onde ouvira falar, aquela parente distante do coronel herdara o temperamento autoritário da família.

— Bonita mancha – disse o subdelegado, mordaz, ao recebê-lo e lhe indicar uma cadeira defronte à sua mesa.

Daniel não justificou a presença do tom vermelho em sua roupa.

— O que gostaria de conversar comigo, doutor Monteiro? – disse, demonstrando serenidade.

Não notou que isto soava como provocação para o subdelegado. Este chamou o escrivão, que se acomodou junto a uma segunda mesa para digitar o depoimento no computador.

— O senhor conhecia a vítima, Lina de Oliveira? – perguntou Monteiro, sentando-se calmamente em sua cadeira.

— Sim, era a funcionária da papelaria-livraria do seu Paulo.

— E qual era sua relação com a vítima?

— Profissional.

— Em que sentido? – disse Monteiro, apoiando os cotovelos na mesa.

Daniel corou. Devia ter imaginado que ele faria o possível para distorcer suas declarações.

— Há alguns anos fiz o lançamento de um livro aqui na cidade. Aliás, aquele livro me rendeu um prêmio literário importante – acrescentou, sempre sério. – Lina cuidou dos convites e da divulgação. Foi quando a conheci. Depois disso, ela sempre me ligava para marcar visitas a colégios da região. No mês passado mesmo, ela me telefonou umas duas vezes para acertarmos os detalhes sobre minha participação numa feira de livros no começo do próximo ano.

— E foi apenas disso que trataram?

— Foi.

Os dedos ágeis do escrivão não perdiam o registro de nenhuma palavra. Monteiro deixou a mesa para andar pela sala. Parou atrás da cadeira que o rapaz ocupava.

— O que acha de morar em Passa Quatro, seu Daniel?

O rapaz demorou a responder, pensando em sua relação de amor e ódio com a cidade. Ali passara por algumas das piores provas de sua existência. Mas também ali descobrira como era ter uma família de verdade. Recebera carinho, apoio e coragem para enfrentar sua sina. E perdera tudo... porque esse era o resultado natural da passagem do tempo. Hoje só lhe restavam a solidão, a amargura e as saudades de uma época mais feliz.

— Gosto daqui – preferiu dizer.

— E a beleza da Lina não deve ter passado despercebida para um rapaz solteiro como o senhor, não é mesmo?

Uma resposta afirmativa reforçaria sua posição de suspeito tanto quanto uma negativa.

— Como disse antes, tratei com a Lina assuntos referentes à feira. Nada além disso.

O desapontamento do subdelegado atiçou ainda mais sua vontade de pressioná-lo. Ele partiu para uma tática mais radical ao tirar de uma gaveta uma pasta abarrotada de fotografias recém-ampliadas, abrindo-a com estardalhaço sobre a mesa, na frente de Daniel.

— Pena que a Lina não esteja bonita nestas fotos – comentou Monteiro, agressivo.

As imagens exibiam, em detalhes, a crueldade feita contra a jovem: o rosto de olhos arregalados, o sangue marcando determinada trajetória em seu peito, partindo do coração, o véu cobrindo a cabeça tosada brutalmente...

Funcionou como um golpe para Daniel, demolindo todo o autocontrole que ele treinara por anos. Jamais estaria preparado para reviver a tormenta de seus pesadelos.

Monteiro, sádico, fez questão de lhe mostrar as fotos uma a uma.

— O senhor é ciumento, seu Daniel?

A vítima agora era outra, um rapaz desconhecido que também tivera a cabeça raspada e coberta por um véu. Tufos ruivos tinham resistido bravamente no alto da testa.

— Este é o Tonho – continuou o subdelegado. – Era o atual namorado da Lina.

A cor dos cabelos das vítimas... Castanho-claro e avermelhado...

De repente, todo o horror, reprimido a muito custo, veio à tona. Daniel sentiu novamente o sangue sobre ele, a dolorosa sensação de asfixia e a repulsa que subia por sua garganta. Mal teve tempo de encontrar a lixeira e vomitar.

Monteiro estava satisfeito por obter uma reação tão genuína, que deixava em evidência o descontrole do rapaz. E que ainda comprovava, em parte, sua suspeita: Daniel Lucas já tivera, em algum momento, contato com aquelas imagens aterradoras.

O rapaz limpou a boca com um lenço de papel que o subdelegado fez questão de lhe entregar.

— Não conheci esse Tonho – disse, lutando contra si mesmo para recuperar a frieza.

— Ele era funcionário do hotel-fazenda Sete Outeiros.

Aquele nome também não lhe evocava as melhores lembranças.

— Deseja um café? – ofereceu Monteiro, solícito, pegando a garrafa térmica e virando parte da bebida em um copinho de plástico. Mudava outra vez de tática. – Já está adoçado.

E estendeu o café para o rapaz, com a mão livre tocando seu ombro num gesto amigável.

— Não é fácil levar um pontapé de uma garota – disse, compreensivo. – Ainda mais o senhor, um escritor famoso e rico, trocado por um funcionariozinho qualquer...

Daniel se levantou bruscamente, afastando-se ao máximo do subdelegado. Odiava armadilhas e gente manipuladora.

— Seu Paulo pode confirmar que a Lina me ligou para falar sobre a feira – avisou, secamente. – Se é apenas isso que o senhor tem contra mim, então estou dispensado, certo? Ou tem mais alguma pergunta relativa ao caso?

Podia jurar que as narinas de Monteiro estavam dilatadas, igual a um tigre impedido de estraçalhar sua presa. Com um gesto, o subdelegado mandou o escrivão imprimir o depoimento, que Daniel assinou após ler com cuidado todas as palavras.

— Espero que esta seja a única mancha vermelha em suas roupas – rosnou Monteiro. – E nada de viagens tão cedo, entendido? – Depois, menos coloquialmente, acrescentou: – Apenas faça o obséquio de não se ausentar da cidade enquanto durarem as investigações.

»»»»»»

Seu Jeremias recebeu Natália na porta de casa, apoiando-se no andador com a tranquilidade de quem enfrenta sem medo as limitações da velhice. Completara noventa e oito anos em outubro. O registro da idade avançada ficava evidente na decoração antiga de sua residência e nas inúmeras fotos espalhadas na estante da sala, que registravam fases diferentes de sua vida e do crescimento dos filhos, netos e bisnetos.

Pediu que Natália se sentasse no sofá diante do seu, oferecendo-lhe um suco de laranja. Ela aceitou o copo trazido pela empregada, que deixou a bandeja com a jarra na mesinha de centro antes de se retirar. O refresco trazia dois cubos de gelo, o que o deixava perfeito para a tarde abafada.

— Obrigada por me receber tão depressa – disse a investigadora. Ela lhe telefonara antes de sair da delegacia.

— Ah, quem deve agradecer sou eu! – sorriu Jeremias, deixando o andador para se sentar em sua poltrona. – Você não imagina o quanto é bom encontrar alguém interessado em escutar minhas histórias. Nem meus bisnetos pequenos querem mais saber delas!

Era uma observação divertida, sem o tom recriminatório que, em geral, acompanhava a crítica dirigida pelos idosos aos mais novos.

— Em que posso ajudá-la?

Sucinta, Natália expôs tudo o que sabia sobre os crimes ocorridos em Passa Quatro no passado.

— Foi em 1908 – precisou o velhinho. – Eu não era nascido, mas praticamente cresci com a Merência e os irmãos e primos mais velhos dela aqui na cidade. Sou cinco anos mais novo que ela. Éramos vizinhos... O que sei sobre o caso é o que eles me contaram, e também o que ouvi dos meus pais e dos outros adultos.

— E o que o senhor sabe? – incentivou a policial.

Jeremias bebericou o suco em seu copo. O dele estava na temperatura ambiente.

— O coronel Albuquerque Lima tinha duas filhas, Cordélia e Alba, e...

O velhinho narrou o que sua memória registrara de tantos relatos: a morte da irmã mais velha, a loucura da mãe, que se vestia de fantasma para cantar de madrugada, ao relento, e a sede de sangue da filha mais nova, que matou três pessoas na cidade e mais uma em São Paulo, utilizando o mesmo tipo de procedimento dos crimes ocorridos nos últimos dias.

— E essa era a Alba? – quis confirmar Natália, anotando os dados em seu bloco.

— Sim. Merência me contou que ela escolhia a vítima seguindo a cor dos cabelos de suas oito bonecas...

— Bonecas?!

Não fora a faxineira do restaurante que falara algo sobre bonecas? Ou fora dona Merência, quando estivera na delegacia?... Precisava conferir as anotações de Monteiro.

— Aquelas antigas, com cara de porcelana e cabelo de gente.

Pelo que Jeremias explicou, a cada vítima morta, Alba tosava a boneca correspondente, cobrindo a careca com um véu. Natália não conseguiu evitar um arrepio gelado.

— E o senhor sabe onde foram parar essas bonecas?

— Dona Estelinha deu para Merência quando o coronel vendeu as terras dele e foi morar na Europa. Se não me engano, estão guardadas num baú velho, lá no restaurante. O seu Hector bem que tentou queimar aquelas coisas ruins, mas ele sempre fez todas as vontades da Merência.

— E esse Hector, quem foi?

Jeremias abriu um sorriso grande.

— Era o tutor da Merência e das outras crianças. Um homem bom, decente, honrado. Viajava muito, mas passava bastante tempo aqui. Sempre jogava futebol na rua com a gente. Lembro que eu era pequeno e fiquei muito feliz quando ensinei a ele como jogar bolinha de gude... E as festas, então? Sempre que uma das crianças fazia aniversário, era uma fartura só. Todo mundo era convidado.

— E como ele exatamente entra nessa história? – disse Natália para redirecioná-lo ao que lhe interessava descobrir. – O senhor disse que Merência era filha da empregada da fazenda, Maria...

— Não lembro como ele foi parar na Sete Outeiros. Sei que salvou a vida da dona Maria, que a Alba ia matar, e acabou criando os filhos e os sobrinhos dela. Ela o tratava como filho. Moravam perto da igreja matriz. Quando a dona Maria morreu, ele vendeu a casa e... Ah, por que você não pergunta ao neto dele?

— E quem é?

— O menino Daniel, que é escritor.

— Daniel Lucas? – surpreendeu-se a investigadora.

— Sim, sim. Um rapaz que é a cara do pai e do avô, mas não puxou o seu Hector como gente.

— Como assim?

— O neto é antipático. Não puxa assunto como o seu Hector. Às vezes, passa por mim na rua e nem me cumprimenta! Quase nunca vem pra cidade e, quando vem, parece sempre de mau humor.

Natália guardou um sorriso. Daniel sabia ser muito simpático e gentil quando baixava suas defesas.

— Uma pena o que está acontecendo com a Merência – lamentou Jeremias. – Ela sempre foi tão lúcida... Agora, todo mundo anda dizendo que ela ficou doida, coitada.

— Dona Merência teve filhos?

— Não. Isso sempre entristeceu a ela e ao marido.

— E quando ele morreu?

A memória do velhinho era mesmo boa.

— Foi em 1980. Teve um derrame quando abria o açougue.

A investigadora parou de escrever, outra vez surpresa. Açougue?

— Ele sempre foi açougueiro?

— Sempre. Já tinha o comércio dele quando casou.

— E Merência o ajudava no açougue?

— Claro! Ninguém entende mais de carne e corte do que aquela mulher. E olha que ainda hoje ela tem as mãos firmes e uma força de surpreender. Quero dizer, deve ter. Faz um bom tempo que a gente não se vê...

206

Natália baixou a caneta sobre o papel. Desde o começo das investigações, tinha a impressão de que o *modus operandi* do assassino serial refletia um estilo feminino. As palavras de Jeremias confirmavam isso ao revelar Alba, uma jovem franzina, como a responsável pelas mortes do passado. O ar de espanto encontrado nas vítimas do presente sugeria que o imitador era alguém que não representara ameaça para elas.

O assassino poderia muito bem ser uma pessoa frágil, até mesmo uma idosa que acumulara décadas de prática no processo de desmembrar e cortar animais abatidos para o consumo.

>>>>>>>

Irineu bocejou diante do *notebook*. Passara a tarde lendo e relendo aquele material, procurando encontrar brechas na documentação. Já não conseguia enxergar mais as letras na tela quando o celular tocou. Era Damasceno.

— Deu certo? – perguntou para o motorista.

Ele confirmou com um monossílabo.

— Pois tenho outra incumbência para você – prosseguiu o advogado.

>>>>>>>

À noite, Daniel custou a pegar no sono. E, quando dormiu, não demorou a se sentir sufocar, com imaginários dedos gelados apertando sua garganta. Apesar de ainda ter mais de duas horas de madrugada pela frente, ele saiu da cama e trocou o pijama por bermuda e camiseta para uma de suas caminhadas habituais pela mata. Tinha urgência em pensar com clareza. E, mais importante ainda, recuperar o domínio sobre si mesmo. Monteiro fizera um estrago considerável ao obrigá-lo a encarar sentimentos que não deveriam mais existir.

Na volta, apenas no comecinho da manhã, o rapaz viu, perturbado, que a porteira de seu sítio estava novamente aberta. Respirou fundo, apoiando-se no autocontrole, e se aproximou para investigar um pequeno e estranho pedaço de metal encravado na madeira, no ponto em que deveria encontrar a corrente e o cadeado novos, que comprara na cidade e instalara na tarde anterior.

— É uma bala de prata! – constatou.

Os pensamentos, tranquilos após muita meditação, retomaram o turbilhão da véspera.

"E se for mesmo *ela*...?"

>>>>>>>

Avermelhados, claro, no mesmo tom dos cabelos da senhorita Alba...

Com o olhar delirante, Merência tirou a boneca ruiva do baú. Estava sozinha no museu, o restaurante ainda não abrira e ninguém chegara para o expediente.

A faca fina e serrilhada, de lâmina inoxidável, pesava no bolso de seu vestido. Era o que usaria para arrancar os fios da cabeça de porcelana, um material mais velho do que a própria idosa.

— Será que eu guardei...? – disse, tateando dentro do baú. – Ai, não me lembro... Onde deixei o véu da senhorita Cordélia?

CAPÍTULO 4

SURPRESAS

Algumas tradições dizem que as balas de prata são a única coisa que pode matar um lobisomem. A primeira referência a esse método parece ter vindo das histórias, aparentemente reais, das Bestas de Gévaudan, na França do século XVIII. Eram feras lupinas que teriam matado dezenas de pessoas. O escritor Chevalley, ao contar sobre Jean Chastel, um dos matadores de tais bestas, declarou ter ele fabricado balas de prata com as quais conseguiu matar uma delas.

Certas narrativas do folclore dizem que, para fazer efeito contra esses seres, uma arma de fogo deve ter suas balas untadas com cera. Porém não pode ser cera comum, e sim a cera de uma vela benta. Tais velas podem ter recebido a bênção de um sacerdote, podem ter sido acesas dentro de um templo, ou ter ardido durante a missa. Há autores que falam da necessidade de a vela estar presente durante três missas ou um rito especial, como a Missa do Galo, na noite de Natal.

Seja qual for a origem da cera, as narrativas indicam que sua força não está na vela, assim como as tradições sobre a prata sugerem que não é o mero contato com ela que é nocivo ao lobisomem, e sim o poder simbólico do metal, associado tradicionalmente à Lua. Objetos de prata eram oferecidos à deusa grega Ártemis, que os romanos chamavam Diana, senhora da Lua. E assim como o poder da prata estaria na Lua, que comanda a transformação dos lobisomens, o poder das velas de cera estaria na consagração que elas teriam sofrido em um templo religioso.

Isso, sim, o elemento sagrado, é que seria capaz de afetar uma maldição tão profunda quanto a que infecta os homens-lobo.

»»»»»»»

O calor naquela manhã de sexta-feira estava de matar. Monteiro tirou o paletó e pendurou num cabide. Estava suando em bicas, e nem o ar-refrigerado da delegacia era suficiente para desafogueá-lo. Natália ainda não havia chegado e a estagiária parecia adormecida sobre os telefones; os policiais de plantão junto à porta bocejavam, e ainda não eram nem dez horas.

Começou a organizar a bagunça que era sua mesa, quando ouviu a porta se abrir e uma lufada de ar quente entrar. Uma voz conhecida o saudou.

— Bom dia, Monteiro, como é que estão as coisas por aqui?

Era seu Paulo, o dono da livraria. O subdelegado lhe fez sinal para que entrasse e, assim que se viu sozinho com o amigo, fechou a porta da sala.

— Recebeu meu recado? Desde outro dia estou querendo falar com você.

— Desculpe, recebi o recado; é que ando numa correria danada. Essa coisa da Lina me deixou desarvorado, Montanha...

— Senta aí. E por falar na Lina, quero saber sobre uma história que ouvi contar, de que aquela menina andou de caso com você, além de namorar o seu filho.

Seu Paulo despencou na cadeira, parecendo literalmente *desarvorado*.

— Como é que é?! Eu, ter um caso com a Lina? Ela tinha idade pra ser minha filha! O Paulinho e ela namoraram um tempo, sim, mas aquilo não foi adiante. Agora, imagina se eu ia me meter com uma menina daquela idade, e ainda funcionária minha! Quem disse um absurdo desses?

Monteiro o analisava cuidadosamente. Sorriu de leve ao responder:

— Isso não importa. Provavelmente é coisa das fofoqueiras da cidade, você sabe como essa gente fala. Agora, me conte sobre o dia em que a Lina sumiu.

— Não tem muito que contar. Até sábado ela trabalhou normalmente. Quando cheguei na papelaria, segunda de manhã cedo, tinha um recado dela na secretária eletrônica avisando que não ia poder ir trabalhar naquele dia. Dizia que a mãe não estava se sentindo bem. À tarde, vem o meu filho dizer que encontrou a mãe da Lina na cidade e que ela não sabia do paradeiro da filha. Logo mais ouvimos aquele grito, e você viu o que encontramos na rua. O casaco da menina...

210

— A mãe da Lina declarou que não viu a filha sair naquela manhã, simplesmente achou que ela tinha ido trabalhar mais cedo. Bem, vamos voltar para trás um pouco. Quando foi que ela namorou o Paulinho?

O livreiro limpou o suor abundante que começava a lhe pingar do rosto.

— Foi no ano passado, antes das férias de inverno. Você conhece o meu filho, ele é muito fechado, nem sei como arrumou coragem pra pedir a Lina em namoro. Eu não gostei muito daquilo, sabia que não podia dar certo, com os dois trabalhando na livraria. E não deu: ela tinha ciúmes de cada garota que aparecia na loja e meu filho atendia. Deram de brigar, e em pouco tempo ficaram amuados, um pra cada lado. Demorou mais de um mês para voltarem a se falar, mas aí me pareceu que estava tudo normal. Ela começou a sair com um outro rapaz, e ele com uma colega do cursinho.

— Sabe quem era esse rapaz? – o subdelegado perguntou.

— Não. Ouvi dizer que trabalhava no Sete Outeiros, mas só isso.

Monteiro serviu ao amigo um copo de água do bebedouro que havia na sala. Seu Paulo tomou a água avidamente, enquanto o subdelegado o observava.

— Obrigado por esclarecer isso. Eu achei que aquela história não era verdadeira, mas como surgiu num depoimento, precisava perguntar. E tem o problema, é claro, de que… bem, você vai acabar sabendo de qualquer forma. A garota estava grávida.

O dono da livraria deu um salto na cadeira e empalideceu visivelmente.

— Sério? E… sabem quem é o pai? Quero dizer, hoje em dia tem aqueles tais exames de DNA pra se descobrir essas coisas, não tem?

— Existem alternativas, sim, mas ainda não chegamos a esse ponto. A mãe da Lina nem mesmo acredita na gravidez da filha, e é daquelas religiosas ferrenhas. Nunca iria nos autorizar a fazer um exame de DNA do feto que não acredita que exista… De qualquer forma, pode ser que peguemos o assassino sem precisar desse recurso. E isso me lembra de outra coisa: o que você sabe sobre um tal de Daniel Lucas?

— Lucas? – a surpresa era evidente no rosto do homem. – É um escritor bastante conhecido. Vem algumas vezes por ano a Passa Quatro, mas fica a maior parte do tempo fora do país. Já publicou vários livros sobre folclore brasileiro. Tenho lá na loja, eles vendem bem. Os colégios da região adotam para leitura dos alunos.

— Entendo. Ele costuma ir à sua livraria?

Seu Paulo fez que não com a cabeça.

— Raramente. Fizemos o lançamento de um livro dele há uns dois anos. A Lina organizou tudo. Aliás, sempre que temos uma feira cultural nos colégios da cidade, ela fala... – suspirou – ela falava com ele e com outros escritores para irem autografar os livros das crianças. Isso sempre aumenta as vendas.

— Então Lucas conhecia a Lina.

— Claro, quem é que não conhecia a Lina?! – o livreiro desabafou. – Eu até me lembro de ela ter comentado que tinha telefonado para ele, recentemente. Por causa de uma feira de livros que vai haver no começo do ano. Não tenho certeza da data nem do local, mas deve haver registro da encomenda dos livros para a feira lá na loja.

Monteiro pareceu desapontado.

— Poderia verificar isso para mim? É que no celular dela constam dois telefonemas para o tal escritor. Ele afirma que foram a respeito de venda de livros, mas eu quero ter certeza, porque pode ser que ele e ela... você sabe.

Seu Paulo arregalou os olhos.

— Que ele tivesse engravidado a menina? – pensou um pouco. – Não sei. Nunca vi os dois juntos, mas tudo é possível. Posso verificar pra você, sim. Mais alguma coisa?

Monteiro levantou-se, dando a conversa por encerrada e estendendo a mão.

— Não, era só isso, meu amigo. Obrigado por ter vindo.

O outro apertou-lhe a mão e saiu resmungando sobre o calor. Monteiro o viu escafeder-se do distrito o mais depressa que podia. E Natália apareceu na porta.

— Bom dia, subdelegado. Alguma nova pista? – perguntou.

Ele fez uma careta e sentou-se de novo.

— Por enquanto, só desconfianças. Conversei com o Matos, ele acha que a cena do segundo crime foi mesmo à beira daquele riacho perto da autoestrada. Havia mato amassado e barro pisoteado, recolheram

212

objetos para analisar e tiraram moldes das marcas de pneus, mas só teremos alguma coisa positiva quando chegarem os resultados da perícia. E quanto ao mandado de busca?

Um suspiro foi a resposta de Natália. Nada, ainda.

Ela aproveitou para colocá-lo a par da conversa com seu Jeremias, no dia anterior.

— Uma velhinha centenária agindo como assassina serial? – ele duvidou, sem valorizar as informações obtidas pela investigadora. – Parece forçado.

Natália ainda tentou argumentar, ressaltando o perfil feminino daquele tipo de crime, mas não conseguiu despertar seu interesse. Acabou saindo da sala, e Monteiro voltou a mexer em sua papelada, com uma ruga na testa. A conversa com Paulo voltava à sua mente. Conhecia-o havia bastante tempo para saber que o amigo estava lhe escondendo alguma coisa. Estaria tentando proteger o filho? Ou proteger a si mesmo?

》》》》》》》

Lurdes entrou na casa sem fazer barulho, pensando que o patrão poderia estar dormindo, apesar de já passar de meio-dia. Mas não havia ninguém no quarto. A caseira deixou a vasilha com comida na cozinha e foi abrir as janelas para arejar os cômodos.

Os pertences do dono da casa estavam todos lá, portanto ele não havia saído da cidade. Devia ter ido fazer caminhadas de novo, uma mochila pequena estava faltando. E, enquanto arrumava a casa, Lurdes não conseguia deixar de se preocupar.

"Que tanto esse moço se enfia no mato?", pensava. "Isso não pode fazer bem pra saúde de ninguém, Deus que me perdoe…"

Terminou a arrumação da casa, colocou o almoço no forno para não esfriar, saiu, e ainda não havia nem sinal de Daniel.

》》》》》》》

A piscina estava vazia naquela tarde. De todos os hóspedes, somente as duas Cris se dispuseram a aproveitar o calor para se bronzear, embora

Ludmila insistisse em que usassem um filtro solar de fator altíssimo para evitar queimaduras.

O dia passara para elas numa espécie de anticlímax, depois das emoções dos dias anteriores. Cristiana estava mais serena, e Ana Cristina mais quieta que de costume. Várias vezes aproximou-se da amiga com jeito de quem queria desabafar, mas acabava desistindo e mergulhando na piscina. Depois do quinto mergulho, porém, a filha de Luziete foi se sentar diante de Ana, que agora fitava as águas cloradas à sua frente com o ar absorto, e lhe chamou a atenção com um estalar de dedos.

— O que você quer, Cris? – ela perguntou, como que despertando de um transe.

— Eu é que pergunto o que é que você quer! – a garota retrucou. – Passou o dia olhando pra anteontem, e já tentou conversar comigo um monte de vezes, sem conseguir. Tem alguma coisa te incomodando, e eu quero saber o que é. Desembuche.

Durante algum tempo ainda, Ana ficou em silêncio. Afinal, falou.

— Tudo bem. Você é como se fosse minha irmã, é a única pessoa em quem eu posso confiar pra me dizer a verdade... Prometa que vai me responder sem enrolar.

Cris assegurou que jamais mentiria, e afinal ela começou a desabafar.

— As coisas que o Daniel me disse outro dia foram muito duras. Eu fiquei pensando... você acha que eu sou mesmo egoísta? Que só penso em mim mesma, e que – respirou fundo – sou uma adolescente mimada, mandona, que manipula as pessoas?

Cristiana não esperava por aquilo. Sentiu-se dividida entre a lealdade à amiga e a sinceridade. Gostava dela como de uma irmã, era verdade, mas tinha consciência de seus defeitos – mais do que tinha dos próprios... Só não esperava vê-la assim inquieta, agoniada, questionando-se. Aquilo nunca acontecera antes.

— A verdade, Cris – Ana insistiu, sem tirar o olhar das águas azuis.

— Bom... – começou. – Eu não acho que você manipula as pessoas... só que nasceu com talento pra liderar. Todo mundo acaba, de um jeito ou de outro, fazendo o que você quer – sorriu, tentando amenizar o máximo possível o que ia dizer. – E seus pais são ricos, você sempre teve de tudo. Qualquer pessoa se acostuma a ter do bom e do melhor, é natural! Até eu já estou me acostumando.

— Então – Ana murmurou, ainda sem tirar os olhos da piscina –, ele tem razão. Eu ajo como se o mundo girasse ao meu redor. É isso, não é?

Cristiana limpou a garganta, tossiu, passou a mão pelos cabelos compridos e cacheados.

— E daí? – conseguiu dizer, afinal. – Você tem defeitos, como todo mundo. Mas tem um monte de qualidades também! Quem te conhece...

— Quem me conhece faz todas as minhas vontades: meus pais, você, a Luziete. Eu sempre consigo o que quero! Mimada, manipuladora, egocêntrica. É isso que eu sou!

— Não é bem assim, Ana, olhe...

Ela pretendia suavizar a crítica, mas a amiga não ficou para ouvir o que tinha a dizer. Levantou-se, vestiu a túnica sobre o biquíni e saiu do deque. De longe, disse:

— Não tô zangada com você, Cris, só preciso ficar um pouco sozinha...

A outra garota ficou a olhá-la, imaginando se dissera a coisa certa. Não sabia até que ponto Ana teria a capacidade de lidar com a verdade.

»»»»»»»

Já havia escurecido, seu Irineu e dona Ludmila tinham se vestido para o jantar, e ninguém sabia do paradeiro da filha.

– Tem certeza de que ela não disse aonde ia? – a mãe perguntou a Cristiana pela oitava vez.

— Não, senhora, ela saiu da piscina e falou que queria ficar um pouco sozinha – a garota respondeu, agoniada. – Eu vou procurar de novo.

E embora vasculhasse todos os caminhos dos chalés, a recepção, o salão de beleza, o *spa*, as piscinas, jardins e salas de jogos, não a encontrou em lugar nenhum. Foi voltando, frustrada, sem saber o que diria aos pais da amiga. No caminho topou com Amélie, que acenou para ela com um sorriso; parecia ir em direção à capela.

De fato, a jovem francesa passou pela antiga porta e entrou na reduzida nave, iluminada por duas lâmpadas fracas nas laterais e algumas

215

velas acesas lá na frente. Já ia fazendo o sinal da cruz e se sentando em um dos três bancos rústicos que havia ali, quando percebeu um vulto ajoelhado nos degraus do altar, diante da imagem de Nossa Senhora esculpida em madeira.

Era Ana Cristina.

Amélie nunca imaginara que aquela garota fosse religiosa, mas respeitou sua privacidade. Fez suas próprias preces com os olhos baixos, e somente quando se levantou e andou para o altar foi que Ana pareceu notá-la. Fitava as paredes grossas da pequena capela, tão simples, tão antiga.

— A gente encontra muita paz aqui, *n'ést ce pas*? – a moça lhe disse, suavemente.

— Bem que eu estava precisando de um pouco de paz – Ana respondeu, baixinho.

— Seus pais estão preocupados, *ma chérie* – disse a outra. – E a sua amiga já vasculhou tudo atrás de você. Devia ir sossegá-los.

Ela passou a mão pelos olhos, como quem acorda.

— Tem razão. Eu perdi a noção do tempo. Precisava pensar... e *ela* parecia tão compreensiva – murmurou, olhando para o rosto sorridente na imagem da santa.

Amélie foi até a garota e a ajudou a levantar-se, conduzindo-a para a saída.

— Na vida, às vezes a gente enfrenta coisas difíceis. E precisa se acalmar, decidir o que fazer, procurar um caminho. Passei por isso muitas vezes... sabe o que me ajuda?

Ana fez que não com a cabeça.

— Isso mesmo que você fez. Eu me isolo, coloco a cabeça em ordem, tento ver os fatos por nova perspectiva. E sempre acho uma solução. Não se preocupe, *chérie*. Você tem personalidade. Tem coragem. Vai encontrar um caminho.

Já fora da capela, a adolescente sorriu para ela.

— Obrigada, Amélie. Vou procurar minha família agora. Você vem?

— Não, o Yves e eu combinamos jantar mais tarde. E agora eu é que preciso meditar um pouco... Também tenho alguns problemas para analisar. *A bientôt!*

Após um último aceno, ela voltou a adentrar a capelinha.

Com o passo firme, Ana Cristina seguiu em direção aos chalés. Deu com Cristiana no meio do caminho.

— Menina, até que enfim apareceu! Você não sabe como a procuramos. Seu pai e sua mãe já estavam quase ligando pra polícia... Agora foram jantar.

— Eu só precisava de um tempo pra pensar. Avise os dois que estou aqui, vou tomar um banho rápido e já encontro todo mundo no restaurante.

Cris a encarou, ainda preocupada.

— Está tudo bem?

O sorriso com que Ana respondeu foi um tanto triste, mas seu olhar tinha o mesmo brilho voluntarioso de sempre.

— Está tudo ótimo. Pensei muito e sei exatamente o que tenho de fazer. Vou precisar da sua ajuda, mas esse assunto pode ficar pra amanhã. Agora, vá sossegar meu pai e minha mãe – ela mudou o tom, meio sem jeito. – Ahn... eu quis dizer... *por favor.*

E seguiu para o chalé, enquanto a amiga corria para o restaurante, refletindo que Ana Cristina estava bem: voltava a dar ordens, porém a sutil diferença em seu tom de voz indicava que algo mudara, e para melhor.

>>>>>>>>

Todos se voltaram para a entrada da delegacia, naquele princípio de noite, quando Eulália Albuquerque teatralmente escancarou a porta.

O dia quente havia deixado todos meio amarfanhados por ali. O uniforme do sargento Matos tinha manchas de suor, a estagiária (que já ia se preparando para sair) havia retocado a maquiagem umas cinco vezes, Natália prendera o cabelo no alto da cabeça com clipes de papel e se sentia uma lástima; e Monteiro só não ficara em mangas de camisa porque andava desconfiado de que algo assim iria acontecer: a delegada adorava vir à cidade sem avisar e fazer entradas inesperadas, triunfais, como aquela.

Eulália desfilou pelo distrito, rebolando os quadris apertados num terninho de linho cor-de-rosa, sacudindo os cabelos louros recentemente tingidos e balançando uma bolsa Gucci que, Natália avaliou suspirando, devia ter custado várias vezes o seu salário. Pensou em como era injusto que a delegada, que parecia bem mais jovem que ela, e que mal passara pelo concurso público, já tivesse alcançado um posto superior na carreira – falava-se até em uma transferência para Belo Horizonte –, enquanto ela, com toda a sua experiência e sua pontaria perfeita, continuava mofando no interior. "Ter bons contatos faz a diferença", refletiu, num segundo suspiro.

Sorridente, a chefe cumprimentou todo o *staff* da delegacia e foi se instalar em sua sala, onde ficava o computador em que Natália trabalhava. Não perdeu tempo.

— Em que pé está o caso do assassino serial? – perguntou à moça.

A detetive respirou fundo e desandou a falar, passando em revista todos os fatos, todos os depoimentos, todas as pistas e suspeitas. Monteiro, que viera para lá, encostou-se no batente da porta e ficou ouvindo. Quando Natália citou as informações obtidas com seu Jeremias, Eulália empinou o nariz arrogante.

— O velho está caduco, isso sim! – disse a delegada. – Só enrolou você com mentiras. O coronel Albuquerque Lima foi meu parente distante e nenhuma filha dele era assassina!

— Mas ele me pareceu bem lúcido e…

— Esqueça essa linha de investigação – mandou, sem dar seus motivos.

Natália respirou fundo e passou a relacionar as dúvidas que restavam.

— O que ela não disse, mas para mim parece óbvio, é que nosso suspeito mais provável seja o escritor – acrescentou Monteiro.

— Mas não há motivo para o crime! – retrucou a investigadora. – Mesmo que Lucas tivesse engravidado Lina, por que a mataria? Ele é solteiro, não teria por que…

Eulália atalhou a frase.

— Ele é rico, e quando há dinheiro envolvido, sempre há motivo. E se a garota o chantageou, pediu dinheiro? Ele acharia melhor acabar com ela. Faz sentido.

— E como a Lina também namorou o Tonho – disse Monteiro –, vai ver que ele se meteu na história, fez ameaças, descobriu algo incriminador. Ou, quem sabe, o filho era do Tonho e Lucas ficou morto de ciúmes.

218

Também faz sentido. O que não faz sentido é o juiz demorar tanto pra liberar um mandado de busca e apreensão para o sítio dele! Garanto que lá eu encontro indícios contra ele. Esses sujeitos metidos a intelectuais sempre se enrolam, quando cometem crimes.

— Deixem comigo – declarou Eulália, levantando-se e desamassando o terninho cor-de-rosa. – Sei como apressar as coisas. O principal é prendermos logo alguém. A notícia do segundo crime já se espalhou, há repórteres de todo o país chegando a Passa Quatro, temos de aproveitar a propaganda e mostrar serviço. Que horas são?

— Quase oito da noite – Natália respondeu, olhando para o relógio na entrada da DP. A estagiária tinha saído de fininho e ninguém a culparia. Ela e Monteiro também gostariam de poder sumir, quando a delegada aparecia em suas visitas-relâmpago.

— Preciso correr, vou jantar com o prefeito. Mal vai dar tempo de passar em casa e me arrumar... Bem, vocês tratem de pressionar a perícia para soltar os resultados da análise das cenas dos crimes. E quanto ao juiz, se esse mandado não sair já, eu não me chamo Eulália Albuquerque! Ah, sim, amanhã quero dar uma coletiva à imprensa. Avisem todos os jornais e tevês. E preparem uma declaração oficial para mim, daquelas em que a gente fala muito mas não revela nada, cheia de balela técnica pra impressionar o público. Do tipo, *"não podemos revelar detalhes, os laudos da perícia nos trouxeram dados científicos incriminadores, temos confiança de que ainda neste fim de semana faremos prisões..."*, vocês sabem muito bem como encher linguiça. Boa noite!

E, tão intempestivamente quanto chegara, a delegada deixou o distrito, sempre balançando sua bolsa italiana de forma que a grife ficasse aparente.

Monteiro e Natália se entreolharam, exaustos. O turno de ambos havia terminado naquela sexta-feira, mas não teriam outro jeito senão fazer hora extra.

— Matos, você pode ir até a pensão da dona Dulce? – o subdelegado disse. – O jeito é pedir uma marmita para o jantar. O que você vai querer, Natália?

— Só uma salada – disse ela, despencando na cadeira atrás do computador e sufocando a vontade insana de comer uma picanha na brasa, inteira. Toda vez que Eulália aparecia ela tinha ímpetos terríveis de comer carne. Muita carne.

»»»»»»

Paulo entrou na livraria ainda com sono. A insistência do pai em abrir a loja aos sábados o irritava. Sabia que havia freguesia, especialmente nas férias, quando sempre vendiam muito artesanato, mas teria apreciado poder dormir até mais tarde.

Seu pai estava atrás da caixa registradora, falando ao telefone. O rapaz conferiu o relógio; Jonas logo chegaria. Foi arrumar as estantes, que sempre amanheciam bagunçadas após as pessoas largarem os livros nas prateleiras erradas. Depois foi limpar sua coleção de réplicas de armas medievais. Enquanto polia uma adaga, recordou o encontro marcado com as duas Cris, à tarde.

Ainda estava bastante magoado com a brincadeira de mau gosto. Por que Jonas as tinha perdoado sem problemas? O amigo parecia até ter achado graça na história. Ele não tinha brios? Não se sentira humilhado?

"Não, porque ele não estava se apaixonando por nenhuma das duas", pensou, com mais amargura ainda. Tinha de admitir que ele, Paulo, estivera mesmo interessado em Cristiana. Quando a beijara, fora sincero. Ela o atraía. Muito.

Ou não?... Com um suspiro aborrecido, refletiu se o que o atraíra nela não fora a ideia de que era uma garota rica. E se, no fundo, ele estivesse só deslumbrado por se envolver com a suposta filha do famoso advogado, uma verdadeira celebridade?

Bufou, tentando afastar aquela linha de pensamentos. Não era nada daquilo. As duas eram só garotas mimadas. Porém, eram amigas de seu primo Felipe, e ele ia levá-las a passear. Só isso. Em alguns dias elas iriam embora e ele poderia esquecer tudo aquilo. Completamente. Definitivamente.

O clique do aparelho telefônico avisou que seu pai havia encerrado a conversa. E logo viria arrumar-lhe mais trabalho, como sempre. Começou a falar antes dele.

— Pai, estava pensando em trocar aquelas duas estantes de lugar. Acho que vai melhorar a circulação por aqui, e...

Então notou o olhar estranho do pai, fixo na adaga que ele ainda segurava.

— Depois resolvemos isso – respondeu seu Paulo. – A mãe da Lina acaba de me ligar. A polícia liberou o corpo. Vou precisar ir de novo à funerária pra resolver sobre o enterro. Acho que vai dar certo marcarmos para amanhã de tarde.

O rapaz engoliu em seco. Ainda não havia acreditado totalmente que Lina nunca mais voltaria. Teria coragem de ir vê-la no caixão?

Não. Não teria.

— Eu não vou – disse, distraído, equilibrando a adaga na palma da mão.

O pai o fuzilou com o olhar.

— E por que motivo? – perguntou, contendo a raiva na voz. – Ela era nossa funcionária. Trabalhou aqui um tempão. Foi até sua namorada! O que todo mundo vai pensar, se você não aparecer no enterro?

— Eu não vou – repetiu, com mais ênfase, fechando a porta de vidro da estante das armas e saindo.

Seu Paulo foi atrás dele, agora furioso.

— Você vai sim! Ao menos para demonstrar nosso apoio à mãe dela. E salvar as aparências. – Fez uma pausa dramática. – A Lina estava grávida! Esperando um filho! É verdade, o Montanha me contou ontem.

Paulo nem olhou para ele, continuou andando e equilibrando a faca na mão.

— Se você não for ao enterro, as pessoas podem achar que você era o pai!

— Que achem o que quiserem. Eu não vou.

Parou, quando o pai o segurou pelo braço, intrigado.

— Eu tomei o maior susto ontem, quando fiquei sabendo dessa história de gravidez. Mas você não parece surpreso... Já sabia, não é?

O rapaz apenas deu de ombros e puxou o braço, soltando-se das mãos do pai. Adivinhava o que ele estaria pensando, a pergunta que iria fazer, e não ia ficar ali para responder. Saiu pela porta dos fundos, apertando a adaga com força na mão direita. O livreiro ficou parado, a indagação muda evidente em seu semblante.

"Será que meu filho era mesmo o pai da criança?"

— Bom dia, seu Paulo! – a voz de Jonas soou alegre, vinda da porta da frente, tirando-o da imobilidade. – Demorei, mas cheguei!

Paulo só voltou à loja horas depois. Quando afinal retornou, deu com Jonas mudando as estantes de artesanato de lugar, e um recado do pai grudado na caixa registradora, dizendo que fora tratar do enterro e ia demorar muito para voltar.

»»»»»»

O estrondo da bandeja caindo e da louça se espatifando chamou a atenção dos funcionários na cozinha, cujas janelas davam para o pátio e para a casa do patrão, nos fundos. Ernesto, que estivera na copa entendendo-se com o *mâitre*, desculpou-se e saiu.

Correu para a casa e deu com a governanta na porta do quarto da tia-avó, suas roupas manchadas com respingos de sopa.

— O que foi que...?

Nem terminou o que estava dizendo. Uma concha de aço, suja de sopa, o atingiu em cheio na cabeça, fazendo-o ver estrelinhas brilhantes.

Dois garçons apareceram atrás dele, e quase foram atingidos por outros talheres que a velha senhora, reclinada na cama, arremessava para a porta. Afinal, tendo-se acabado os projéteis, a governanta conseguiu se aproximar e segurar os braços dela, que agora tentava arrancar o abajur do criado-mudo para jogar também.

— Vamos, dona Merência, não fique nervosa – a mulher começou a falar, enquanto fazia sinal a um dos garçons para que viesse ajudá-la. – Está tudo bem, se a senhora não quer almoçar não precisa, ninguém vai obrigá-la...

A velha senhora soluçou. Tinha os olhos arregalados e as pupilas dilatadas.

— Eu... não quero chá! O chá que me dão é amargo! Onde... onde está a Rosa?

Ernesto cambaleou até a cama da tia, apertando a testa com força. Um galo roxo já estava aparecendo. Apesar da tontura, falou, com mansidão:

— A Rosa vai voltar logo, tia, lembra-se? Ela precisou viajar. Fique calma. Se a senhora não quer chá, nem sopa, tudo bem. Mas precisa se alimentar, pra não ficar doente. Vamos ver o que o seu médico acha? – disse isso olhando a governanta com segundas intenções. – Ele pode receitar umas vitaminas para a senhora...

Percebendo o recado, a mulher saiu do quarto e foi para a sala, onde encontrou o telefone do geriatra na agenda ao lado do telefone. Não demorou muito para o doutor aparecer, pois ele morava perto; ao chegar deu ainda com Ernesto e um dos garçons acalmando a paciente, enquanto a governanta recolhia os restos de pratos, copos e comida que se haviam espalhado pelo quarto quando a bandeja fora arremessada.

Acostumada com o médico, Merência pareceu serenar um pouco e se deixou examinar; até tomou um comprimido que ele lhe deu. Mas exigiu que lhe trouxessem água, sempre resmungando que não queria chá.

— Deixe eu dar uma olhada nisso – o doutor disse a Ernesto, quando saiu do quarto e deu com o dono do restaurante sentado na sala, apertando o galo na testa com um cubo de gelo que a governanta lhe trouxera.

— Não foi nada demais – Ernesto protestou.

— Como ela está agora? – perguntou a empregada.

— Dormindo, o calmante fez efeito. Mas vocês devem pensar em interná-la. Dona Merência é minha paciente há anos, e nunca imaginei que sua personalidade se alterasse tanto, tão depressa. Na última consulta, eu me lembro que disse à Rosa que ela estava bem, em vista da idade. Mas agora... Gostaria de fazer exames mais detalhados.

— Ela sente muito a falta da Rosa. Desde que minha mulher viajou, anda contrariada. Esquece as coisas, foge e vai vagar na estrada, na cidade, ataca as pessoas.

— Outro dia achei uma faca debaixo do travesseiro dela! – a governanta revelou.

— Podem ser sintomas de demência senil – o médico concluiu, num suspiro. – Devíamos interná-la, Ernesto. Sei que você gostaria de manter sua tia em casa, mas se ela ficar violenta...

— Não – ele decidiu, levantando-se. – O lugar dela é com a família. Mas vamos fazer o seguinte: esperamos alguns dias até que a Rosa volte. Se a minha mulher achar que devemos internar, então que seja. Só mais uns dias...

— Você é quem sabe – o médico concluiu. – Mesmo assim, quero fazer alguns exames. Por enquanto vou receitar um calmante leve; se ela piorar, me chamem.

Após a saída do doutor, Ernesto e a governanta foram ver a velha senhora. Parecia profundamente adormecida, o rosto plácido e a respiração suave. Assim que eles saíram e fecharam a porta, contudo, Merência abriu os olhos, ergueu-se e se sentou na cama. Por mais de uma hora ficou ali, olhando para a parede e resmungando alguma coisa entre os dentes.

>>>>>>>

Jonas e Paulo estavam esperando na antiga estação ferroviária de Passa Quatro, quando o carro dos Sanchez de Navarra apareceu e dele desceram Cristiana e Ana Cristina. Seu Damasceno, naquela tarde, parecia mais taciturno que nunca; levara as garotas do hotel à cidade sem pronunciar uma única palavra. Quando elas desceram, Ana ajeitando um horrendo boné rosa-shocking na cabeça, ele apenas perguntou:

— A que horas vocês voltam?

A filha de Irineu respondeu secamente:

— O passeio de trem deve ser curto, mas depois combinamos jantar com os nossos amigos, naquele restaurante grande da praça. Eu ligo do celular, pra avisar quando acabarmos de jantar.

O motorista não pareceu satisfeito, porém não disse nada. Enquanto elas se afastavam, deixou o carro, trancou-o e foi para a estação também. Lá, ficou do lado oposto da plataforma, olhando os arredores, enquanto elas iam encontrar os rapazes perto da bilheteria.

— Ele não vai embora, não? – Cris resmungou.

— Aposto que meu pai mandou esperar até o trem sair – Ana sussurrou. – Não se preocupe, é só seguirmos o plano que tudo dá certo.

A amiga não parecia muito convencida disso, mas prometera fazer a vontade da outra, como sempre; pelo menos agora Ana estava se acostumando a pedir *por favor*. Jonas as recebeu com festa, e Paulo com um formal aperto de mão, que deixou Cristiana com o coração apertado. Conversaram um pouco sobre o calor que estava fazendo e foram comprar os ingressos para o passeio.

Entraram no trem enquanto o filho do livreiro se esmerava em dar informações.

— Este trem é uma maria-fumaça fabricada em 1929. Faz um trajeto histórico que vai de Passa Quatro a Coronel Fulgêncio. Dizem que uma das primeiras pessoas a fazer esse caminho foi dom Pedro II. A marca da locomotiva é Baldwin...

Ana fez questão de que Cris tirasse várias fotografias dela com os dois, e pediu a uma senhora que fotografasse os quatro juntos, antes de o trem partir. Quando, afinal, o apito soou e o trem deu sinal de que ia começar a se movimentar, ela rapidamente passou a máquina fotográfica e o boné chamativo para Cristiana.

— Olhe, eu preciso ir agora – disse aos dois. – Tenho de resolver umas coisas, a Cris explica pra vocês depois. E nosso jantar naquele restaurante está de pé, não é?

Jonas não estava entendendo nada.

— Claro, mas aonde você vai? Pensei que queria fazer esse passeio...

— E quero, só que vai ter de ser outro dia. A gente se vê à noite no restaurante!

Cris colocou o boné de Ana na cabeça e ficou em evidência na janelinha, de costas. A amiga saltou para fora do trem antes que ele embalasse, tomando o cuidado de pular do lado oposto da plataforma em que sabia que seu Damasceno estava vigiando. Enquanto o trem passava, ele não a veria... então ela entrou na estação e correu para o banheiro feminino.

Quando o trem se afastou, Damasceno finalmente voltou para o carro, deu a partida e sumiu na rua de cima. Ana calculou quanto tempo ele levaria para ir embora. Ficou conferindo a passagem do tempo no celular. Afinal saiu do banheiro e da estação.

O coração lhe batia selvagem no peito, e várias vezes teve vontade de desistir, ficar ali mesmo esperando o trem voltar; mas acabou seguindo o plano original.

Sabia onde havia um ponto de táxi ali perto e foi diretamente para lá.

»»»»»»

Ele levava uma mochila às costas com algumas roupas, água e um embrulho com sanduíches. Andava devagar, apreciando a beleza da mata e às vezes parando para ouvir um ou outro pássaro que cantava. A tarde caía, ele queria aproveitá-la o mais que pudesse. Afinal, parou diante de uma trilha semioculta e murmurou baixinho:

— É melhor ir logo. Hoje a lua cheia vai nascer cedo, antes mesmo de escurecer.

Resignado, obedeceu às próprias ordens e apressou o passo, adentrando a trilha. Andou por um tempo até sair diante de uma espécie de barranco, onde a parede de pedras se mostrava entremeada de arbustos e tufos de vegetação. No alto, havia uma espécie de platô de onde se avistaria boa parte da periferia da cidade.

Porém não foi para o platô que o rapaz se encaminhou. Foi rapidamente escalando algumas pedras e reentrâncias que pareciam estar ali para isso mesmo, como se aquilo fosse uma escadaria natural. No meio do caminho, afastou as folhagens que disfarçavam a entrada de uma gruta. Apesar de quase invisível lá de baixo, a gruta era grande e permitia que um homem entrasse em pé.

Daniel sumiu dentro dela, e apenas algumas marcas do solado de sua bota denunciavam que alguém entrara ali.

»»»»»»

O trajeto fora mais demorado do que Ana Cristina esperava. Fizera parte daquele caminho ao contrário, quando os caseiros a tinham levado para o hotel-fazenda, e poderia jurar que fora mais rápido. Custara, porém, para encontrar um taxista que soubesse exatamente para onde ela queria ir, e conhecesse os caminhos que davam no sítio. E ainda tiveram de fazer várias voltas, pois algumas das estradas de terra estavam difíceis de transitar por culpa das chuvas da última terça-feira.

Finalmente ela reconheceu o local, a porteira, as árvores que ladeavam a entrada da propriedade. Pagou o táxi e ficou algum tempo ali parada, enquanto o motorista manobrava e ia embora. Até o último momento pensava em chamar o carro de volta...

"Você chegou até aqui, não vai desistir agora!", disse a si mesma.

Entrou pela estradinha do sítio e percorreu o terreno até que viu o pomar; atravessando-o, deu com o jipe estacionado ali, mas as janelas da casa estavam fechadas. A tarde caía rapidamente e ela sentiu um friozinho que não era típico daquela região tão quente. Foi até a porta e bateu de leve.

Ninguém respondeu e ela bateu de novo, agora com mais força. A porta se abriu, num rangido... Ana Cristina olhou para dentro e vislumbrou a sala. Mas não havia ninguém.

— Daniel? – chamou, tímida.

Ouviu um latido atrás de si. Voltou-se de súbito, e viu que era o cachorro negro que a havia assustado da outra vez. Lembrou-se de que pertencia aos caseiros.

— Cachorrinho bonitinho... – murmurou, sem muita convicção.

Parada na soleira, fechou a porta atrás de si, sem saber o que fazer. Teria perdido a viagem? Não havia ninguém na casa, mas o jipe estava ali. Onde estaria *ele*?

Então o cachorro latiu de novo. O animal esperou que ela o olhasse e caminhou para o canto da construção. De lá, soltou outro latido curto. Ana o seguiu; ele andava um pouco, parava, latia para ela, e só continuava quando percebia que ela o seguia. Queria que o acompanhasse!

As batidas de seu coração começaram a soar mais selvagens que antes. Atrás da casa, o cão se animou e entrou por uma trilha mato adentro. Tentando não raciocinar, Ana Cristina foi atrás. Quando a viu em plena mata, o animal foi em frente, pegando à direita ou à esquerda nas bifurcações que apareciam.

"Fiquei completamente maluca!", a garota refletiu, com um riso nervoso.

Estava seguindo um cachorro estranho no meio do mato, sem ter a mínima noção de para onde estava indo, nem de como voltar atrás! Se se perdesse de novo, sua mãe teria um ataque e seu pai a deixaria de castigo por um ano, no mínimo...

Estava já suando pela caminhada acelerada quando viu o cachorro parar e olhar para cima. Havia chegado à base de um tipo de barranco, que tinha um platô no alto. E ali, no chão de terra úmida, viu marcas de botas. Não eram pegadas lá muito claras, mas mostravam que alguém – tinha de ser Daniel! – caminhara diretamente para a parede inclinada que subia o barranco.

Examinou as pedras com cuidado. Havia marcas das mesmas botas em algumas delas, revelando que eram uma escadaria improvisada. Olhando para cima, percebeu que o vento sacudia as folhagens entremeadas às pedras e revelava a entrada de uma gruta.

O acesso era difícil, mas ela era ágil o bastante. Em poucos minutos estava dentro da gruta.

CAPÍTULO 5

OS OLHOS DO LOBO

Como analisar as inúmeras narrativas sobre lobisomens? Uma forma é vê--las pelos olhos das vítimas dessa fera; outra forma é tentar enxergar os fatos do ponto de vista do lobo.

Em algumas histórias do folclore mundial, a maior preocupação é de se matar os lobisomens: eles são vistos como feras antropófagas e malignas, que devem ser exterminadas. Daí a necessidade das balas de prata ou untadas com cera benta.

Em outros contos, a questão já não é essa. A licantropia é mostrada como uma desdita, uma maldição, um castigo que atormenta um homem. A ênfase nesse caso está na ambiguidade, na angústia daquele que é humano mas também é fera, e está sujeito às imposições do instinto animal, quando se transforma: mata, dilacera, não reconhece nem mesmo seus entes queridos. No momento em que retoma sua primeira natureza (a forma humana), o sofrimento do homem-lobo é intenso, pois o humano sabe o que pode fazer quando a segunda natureza se sobrepõe à sua humanidade – e embora em algumas histórias ele se lembre do que fez, horrorizando-se, em outras ele tem ao menos a bênção (embora ambígua) do completo esquecimento.

Tais narrativas propõem, então, maneiras de dar fim à sina dos lobisomens. O folclore brasileiro é incisivo nesses casos: diz que basta que se faça seu sangue correr. E o sangramento do lobisomem não implica a sua morte, ele apenas deve ser ferido para que o sangue corra.

Essa crença tem muita relevância, pois indica que o Fator Lobisomem – o que quer que seja que o faz virar lobo – corre em seu sangue. Por mais que as histórias e depoimentos variem, está aí uma coisa de que não se pode duvidar.

»»»»»»

A luz que entrava pela boca da gruta era pouca, mas suficiente para iluminar a câmara escavada na rocha. O lugar não era grande. Onde estaria Daniel? Já pensava ter se enganado, entrado no local errado, quando percebeu que atrás de uma grande pedra elevada havia uma reentrância nos fundos. Teve a impressão de que de lá vinham sons.

Ana andou até o local e esgueirou-se para trás da pedra. Sim, a gruta continuava. Havia uma passagem ali, totalmente oculta. Ela podia sentir um vento vindo de longe... e o eco de passos distantes.

Não hesitou: espremeu-se atrás da grande pedra e passou pela abertura.

Foi parar numa continuação da gruta, que agora poderia, realmente, ser chamada de caverna. Era uma espécie de túnel descendente, que tinha o teto mais alto que a gruta anterior; e, embora não houvesse iluminação alguma, via-se luz mais forte no final.

"Que clichê, uma luz no fim do túnel", riu, nervosa. Andou à frente e, quando chegou ao término da descida, deu com uma câmara enorme – parecia ter sido escavada naturalmente pela erosão. Provavelmente ali correra um rio, em tempos antigos. O piso continuava descendo, irregular, e havia luz: no teto, mais alto ainda que na outra passagem, viam-se várias fendas da rocha que mostravam o céu azul. Ela pôde até ver pedaços de galhos de árvores lá fora, e por uma das fendas vislumbrou uma estrela surgindo no céu que começava a escurecer. Olhando ao redor, reparou que o lugar tinha vestígios de presença humana: uma lanterna de querosene acesa numa parede, um banco rústico de madeira num canto, alguns caixotes com etiquetas de postagem, garrafas d'água, uma mochila. No chão de terra seca, marcas das mesmas botas que ela seguira.

Parou, com o coração de novo dando saltos loucos em seu peito. Estava invadindo o espaço dele, como fizera quando se perdera na mata e quando entrara em sua casa. Mas agora, pela primeira vez, sentia que não tinha esse direito... e como ali não havia porta a se bater ou campainha a soar, ela chamou:

— Daniel? Você está aí?...

Ele surgiu na boca de outra passagem, no fundo da caverna. Estava usando apenas uma bermuda velha e pareceu transtornado ao vê-la.

— Ana Cristina? Como... O que está fazendo aqui?!

Ela se aproximou, preocupada com a reação dele, mas decidida.

— Desculpe por aparecer sem avisar, mas eu precisava falar com você. Fui até sua casa e o cachorro me mostrou o caminho.

— Cachorro?... – Daniel parecia cada vez mais assombrado.

Vendo que ele não estava zangado, apenas espantado por ela ter descoberto aquele lugar, reuniu coragem e continuou falando.

— Não vim para agredir você, nem invadir seu espaço, nada disso. Eu andei pensando sobre tudo o que você me disse. Foi difícil pra mim ouvir aquilo, mas...

Com tremenda urgência no olhar, ele deu um passo à frente e a interrompeu.

— Não podemos conversar hoje. Você tem de ir embora! Vai anoitecer.

— Eu sei, mas não tem problema, a Cris sabe onde eu estou e se precisar ela segura a encrenca com os meus pais. Tenho bastante tempo pra...

— Você não entendeu – ele estava realmente desesperado. – Eu não tenho tempo! Vá embora! Amanhã nós conversamos. Saia daqui, depressa, agora!

Ela recuou, sem saber o que dizer. Por que ele agia daquela forma? Então viu que Daniel olhava, aterrorizado, para as aberturas no teto da caverna. Em uma delas pensou ver um brilho entrar, e recordou algo que dissera a Cris havia uma semana.

"No sábado que vem vai ser lua cheia."

Eram os primeiros raios de luar insinuando-se para dentro da câmara.

E então ele gritou.

Apertando as têmporas com as duas mãos, seu grito ainda ecoando em todas as câmaras, Daniel saiu correndo para os fundos da caverna e entrou na saída que ela entrevira. Ana Cristina não sabia o que fazer: devia obedecer, ir embora?

Não.

Não viera até ali para ficar na mesma. E o desespero na voz dele indicava que alguma coisa estranha estava acontecendo. Talvez ela pudesse ajudar...

"Mandona, manipuladora e impulsiva. É isso que eu sou", ela pensou com um melancólico sorriso interior, enquanto corria atrás dele.

Foi parar numa outra câmara, menor, também contendo uma lamparina na parede e uma abertura no teto alto por onde entravam os raios do luar nascente. Mas o mais espantoso estava no fundo da caverna.

Havia uma espécie de jaula de metal fechando o canto da gruta, com barras cerradas e uma porta estreita. O metal brilhava estranhamente: Daniel havia entrado lá e estava ocupado em trancar a porta com uma grande chave prateada.

— Daniel, por favor – ela pediu, ofegante pela corrida. – O que é que está acontecen...

Parou, sem conseguir terminar a frase. Um urro de dor veio dele; Ana viu que a chave brilhava e fumegava em sua mão, como se lhe estivesse queimando a pele! O rapaz deixou a chave cair junto à porta e afastou-se para o fundo da jaula, arfando.

A luz amarelada da lamparina projetou a sombra dele nas paredes de pedra: aos poucos a silhueta aumentou, seus braços e pernas pareceram engrossar e suas unhas cresceram feito garras, enquanto as orelhas cresciam e o rosto se afilava, perdendo o aspecto humano e adquirindo um semblante animal.

Havia pelos... pelos brotando por toda parte de seu corpo! Um focinho a farejou, dois olhos de fera faiscaram, dentes brancos se projetaram – e a garota andou de costas, aterrorizada, até bater na parede oposta.

Diante dela, preso na jaula de barras prateadas, havia um imenso lobo.

»»»»»»

O trem parara na estação Coronel Fulgêncio, onde Cristiana fizera algumas compras de doces típicos e tirara muitas fotografias com a máquina digital de Ana. Dessa vez tivera cuidado em não fotografar as pessoas: apenas paisagens.

— Quer que tire uma foto de vocês dois? – Jonas propôs.

— Não precisa – ela respondeu, fitando o outro rapaz com o canto do olho.

Paulo, que estava um pouco mais distante olhando a paisagem, o ar tristonho, percebeu o olhar dela e improvisou um sorriso polido.

— Quer um suco, um sorvete? – ofereceu educadamente. – O trem ainda demora um pouco pra sair. Está atrasado hoje, costuma voltar bem antes de escurecer.

Ela agradeceu, também forçando um sorriso. As palavras dele, com toda aquela polidez indiferente, doíam em sua alma como chicotadas.

"Ele me odeia", pensava, a cada observação ou informação histórica que Paulo lhe passava. Ele acabara de fazer uma longa preleção sobre uma batalha da Revolução de 1932, que acontecera ali perto, na divisa entre São Paulo e Minas Gerais.

"Só mesmo a Ana pra me fazer passar por uma situação dessas…"

Lembrando-se da amiga, começou a imaginar se ela realmente encontrara Daniel no sítio e se desculpara, como estava decidida a fazer. Não conseguia imaginar Ana Cristina pedindo perdão a alguém. Sempre fora tão orgulhosa… Apesar disso, no outro dia ela falara toda contrita com os dois rapazes. Seria verdadeira aquela mudança toda?

Jonas pareceu ler sua mente, pois perguntou:

— Você não vai contar pra gente que coisa misteriosa a Ana foi fazer, afinal?

— Eu prometi manter segredo – respondeu. – Mas não é nada de mais; ela só queria ir falar com uma pessoa a sós.

O apito do trem chamou os três de volta à estação. E enquanto embarcavam para Passa Quatro, Cris duvidava de que Ana estivesse tendo uma tarde tão angustiante quanto ela.

»»»»»»

O lobo estava furioso. Farejava carne humana, bem perto, mas não podia alcançá-la. Uivou, rosnou e se atirou com toda a força contra as grades, que balançaram, porém não cederam. Encolhida junto à parede, Ana viu as barras que entraram em contato com o lobisomem brilharem, fumegarem, queimarem os pelos.

Ele ganiu, recuou; seus olhos mudaram de cor e pareceram aumentar. Farejou de novo a presa e mais uma vez, com um rosnado ameaçador, lançou-se contra as barras que o aprisionavam. Nova reação das grades prateadas, que sibilavam como se fossem seres vivos, e queimavam a pele e o pelo do lobo. Uma delas tocou sua face esquerda e deixou um vergão.

O animal uivou de dor e caiu no fundo da jaula, ferido. Arfava penosamente, e parecia não ter forças para se levantar.

Ana estava aterrorizada. Sua mente não conseguia processar o que via tão rapidamente quanto seus sentimentos se alteravam. O pavor profundo ao testemunhar a transformação de repente virara compaixão. E ela não conseguiu evitar o impulso de se aproximar daquela cela.

Tocou as barras que formavam a grade. Frias, geladas. Lembravam-na de uma pulseira de prata que possuía. Prata! Como era possível esse metal esquentar e queimar daquela forma? Havia provocado queimaduras profundas nele... em Daniel. Se é que aquela fera ainda era ele.

Caído dentro da jaula, lambendo as feridas que deviam ser muito dolorosas, o lobo ergueu para ela o rosto lupino, onde ainda havia um brilho de humanidade. Ele a analisava... a reconhecia. Seus olhos se encontraram, como tinham se encontrado naquela rua, uma semana atrás. E o mesmo choque, o mesmo sobressalto, tomou conta dele – e agora dela também.

O lobo gemeu.

Ela soluçou. Lágrimas escorreram por seu rosto.

Aqueles eram olhos de lobisomem... Mas eram também os olhos de Daniel.

Ana Cristina nunca soube dizer de onde veio a urgência com que ela tateou o chão da caverna à procura da chave. Num ápice encontrou o objeto prateado e introduziu na fechadura. A porta se abriu com um clique e ela a escancarou.

Entrou na jaula ignorando o medo que ameaçava paralisá-la, o cheiro de pelo queimado, o focinho brilhante, os dentes afiados. Só via os olhos.

Ajoelhou-se diante dele e o abraçou com força, agora chorando copiosamente e apertando o corpo do lobo ferido com todo o amor que era capaz de sentir.

>>>>>>>

Havia anoitecido completamente, e a lua cheia brilhava no céu, quando o trem parou na estação de Passa Quatro.

No meio das muitas pessoas que desceram quase não se podia ver Cristiana, Paulo e Jonas, que seguiram a massa do povo e andaram até a praça. Lá, ninguém atentou neles quando entraram no restaurante. Pareciam apenas três jovens despreocupados a se divertir nas férias.

Ninguém poderia adivinhar a angústia de Paulo por ter de acompanhar a garota que tanto o magoara, e o sofrimento de Cristiana por ter de aguentar a hostilidade disfarçada dele.

Lá fora, na praça, o luar prateava as folhas das árvores.

»»»»»»»

Ela abriu os olhos de repente, a lembrança do que vira voltando com tudo à sua consciência. Estava na caverna, com Daniel. Ele... ele...

Ele não era mais um lobo. E ela não estava mais ao seu lado; lembrava-se vagamente de ter afagado o corpo ferido do animal, e depois ter recuado para fora da cela, chorando. Teria desmaiado, ou apenas imaginara ter adormecido?

Levantou-se, tonta, e se apoiou nas paredes de pedra. Enxugou o rosto ainda molhado de lágrimas. A porta da jaula estava aberta, mas ele não saíra de lá.

Continuava atrás das grades, pálido, encolhido; readquirira a forma humana. Totalmente sem roupas. A bermuda que usara tinha se despedaçado durante a metamorfose.

— Como está se sentindo, Ana? – a voz dele veio fraca, do fundo da jaula.

— Eu estou bem... mas você... você está ferido!

Ela se aproximou um pouco e viu, entre as sombras projetadas pelas grades que ainda brilhavam à luz do luar, que ele estava deitado de lado. Havia uma marca em seu rosto, do lado esquerdo, e várias no peito e nos braços. Vergões, como de queimaduras.

Falou, e podia-se ver que lhe era difícil falar, a garganta raspava estranhamente.

— Não é nada. Já passei por coisa bem pior. Mas você sabe disso, não é? Você leu o livro. Conhece minha história. A história de Hector.

Diante da porta aberta da jaula, uma vertigem fez Ana sentar-se no chão para não cair. *Coração selvagem*. Tudo o que ela e Cris haviam lido nas páginas amareladas começou a passar por sua mente, como num filme acelerado.

O lobisomem... Beatrice... As mortes... Alba enlouquecida. Hector sendo surrado pelo capanga do coronel, chutado, alvejado, esfaqueado.

— Meu Deus! – gemeu, indecisa entre o pavor e a compaixão.

Numa careta de dor, a voz mais segura, ele murmurou, amargamente:

— Está satisfeita, agora? Você descobriu meu segredo. Aquele que você conheceu como Daniel Lucas, o escritor, o salvador de donzelas, não passa de um animal. Um monstro. Um escravo da lua cheia. *Lobisomem!*

Ela demorou vários minutos para falar de novo. Não era fácil pensar, raciocinar, digerir o que descobrira. Fitou-o, mais perturbada com as queimaduras do que com sua nudez.

— Como foi que as barras... te machucaram tanto assim?

— Prata – ele respondeu baixinho. – Foram revestidas de prata. É um metal mortal para os...

Ela o interrompeu, não querendo ouvir a palavra de novo.

— Se tudo que está no livro foi verdade, se você vive desde aquela época, então as mortes... será possível que as pessoas que morreram agora também sejam vítimas da mesma assassina? A tal de Alba, ela poderia estar viva? Você já pensou nisso?

Ele deixou escapar um gesto irritado.

— Não penso em outra coisa, desde que a Lina foi morta!

Alguns segundos de silêncio. Ele ofegava, como se reunisse as forças.

— O último capítulo... – Ana recomeçou a falar – dizia que o caixão dela estava cheio de pedras.

Daniel tentou erguer-se, porém os vergões doeram demais e ele voltou a se deitar. Respondeu, a voz de novo enfraquecida pela dor:

— E estava. Mas não consegui descobrir nada sobre a Alba, e olhe que eu tentei. Quando encontrei pedras no caixão dela, contratei investigadores. O coronel Albuquerque vendeu a fazenda dos Sete Outeiros e foi para a Europa com a mulher. Não há menção alguma de que a filha tenha sobrevivido. Ele torrou todo o dinheiro que tinha em viagens, até que dona Estelinha morreu, e pouco depois ele também. Estão enterrados em Paris... – sorriu, quase com ironia. – No Père Lachaise, o mesmo cemitério em que está enterrada Sarah Bernhardt, acredita nisso?

— Na história, você conta que a Alba se infectou com o seu sangue. E se ela também passou a se transformar em...?

— Loba? Não sei. Às vezes, penso que ela sobreviveu porque meu sangue a curou. Só o que eu descobri foi que... – fez uma pequena pausa, engolindo saliva antes de prosseguir: – Aconteceram dois assassinatos, um em 1968, em Paris, e outro em 1998, em Amsterdã.

— As vítimas foram mortas da mesma forma?

— Sim. E nunca prenderam os assassinos... ou o assassino.

Outras lembranças acudiram a Ana Cristina.

— Então o hotel Sete Outeiros é a antiga fazenda com o mesmo nome. E aquela velhinha do restaurante... a dona Merência... ela é a mesma criança que aparece na história?

Ele assentiu com a cabeça.

— Eu não devia ter mostrado o livro a ela. Era para ter sido destruído juntamente com todos os papéis de Hector, meus papéis. Acho que foi em 52 ou 53 que eu tentei queimar tudo. Ia ficar mais tempo na Europa e precisava me livrar de qualquer coisa que denunciasse meu passado. Guardei só uma fotografia... Ela tirou o livro do fogo, e nunca me disse nada! Só agora descobri que meus escritos ficaram no baú, no restaurante, todo esse tempo.

— Mas o povo deve se lembrar da história. Podem ter informações sobre a tal Alba, se reapareceu ou não. Quem mora em Passa Quatro, quero dizer! Deve haver mais pessoas por aqui que se lembram.

— Que eu saiba, Merência é a única que recorda esses fatos passados. A essa altura, tudo aquilo já virou folclore. Acredite, sou especialista nisso. Depois de algum tempo, os fatos são submergidos pelas lendas. Os descendentes dos filhos da Maria se espalharam por outras cidades, e o único parente que restou por aqui é o dono do restaurante, que é neto do tio de Merência – aquele Ernesto que foi morto por Alba. De resto, parece que só mesmo a tal da delegada Eulália tem ligação com aquele passado. Ela é neta do irmão mais novo do coronel Albuquerque. Mas nunca a conheci pessoalmente; pelo que dizem, não fica na cidade, só vem para cá de vez em quando.

Ana precisou de tempo para assimilar mais aquelas informações. Afinal, disse:

— Entendo muita coisa, agora... mas como você explica sua idade para todo mundo? Com documentos falsos? Na sua carteira de identidade não pode constar que tem mais de cem anos!

Quase sem perceber, ele começou a desabafar. Fazia tanto tempo que não podia falar naquilo com ninguém...

— Meus documentos dizem que Daniel Lucas nasceu em 1985, e ele realmente nasceu. Mas até chegar a essa época... Demorei a perceber que não envelhecia. A passagem do tempo não me afetava: era como se a cada ano só envelhecesse uma semana. Aos quarenta anos aparentava vinte e poucos! Então tive a ideia de inventar um herdeiro. Fui a um cartório em Bath e registrei o nascimento de um menino. Dei a ele o nome de Hector Wolfstein Lucas. Em 1930, isso não foi difícil... Mais difícil seria justificar minha morte, para aparecer como um suposto filho. Fiz isso em 1945, quando a Inglaterra se recuperava da guerra: muita gente havia morrido nos bombardeios e eu fui – Hector foi – dado como morto na Segunda Guerra. Passei a usar a identidade de Lucas. Herdei a fortuna dos Wolfstein, vendi a maioria das ações da empresa de meu pai, apliquei o dinheiro e mantive uma cota que renderia dividendos para o resto da minha vida. De todas as minhas vidas...

— E foi quando vivia como Lucas que você escreveu aquele livro!

Ele respirou fundo, apalpando as queimaduras. Continuavam doendo.

— Foi. Eu precisava exorcizar meus demônios... colocar tudo aquilo para fora, para ver se me livrava da culpa. Dos pesadelos... Foi por causa dos pesadelos que virei escritor. Passei décadas pesquisando tudo o que se referia a lobisomens. E preparei refúgios em algumas cidades, para quando sofria as transformações. Eu me assegurei de não ter liberdade para sair e matar.

Ana se levantou e foi apalpar as barras da prisão. Sentiu de novo o frio da prata na mão.

— Você condenou a si mesmo a viver aprisionado?

— Eu não tinha outra escolha. Não podia viver sabendo que todo mês seria capaz de estraçalhar e devorar uma pessoa! A culpa seria grande demais. E a prisão nem sempre deu certo... mas agradeço a Deus porque, nas vezes em que vaguei solto feito lobo, só cacei animais. Nunca tirei a vida de um ser humano!

— Ainda acho horrível. Colocar a si mesmo numa jaula, feito um bicho?!

Ele recuou mais para o fundo, sentindo-se de repente constrangido pela nudez.

— Na primeira noite da lua cheia eu *sou* um bicho, Ana Cristina. Já se esqueceu do que viu agora há pouco? Eu poderia ter matado você.

— Mas não matou. Você deixou que eu o abraçasse...

— Ainda preciso entender por que isso aconteceu. Alguma coisa interferiu, algum elemento novo. Geralmente eu perco toda lembrança de ser humano durante a metamorfose. E ela nunca terminou tão de repente! Não fiquei nem uma hora transformado, e geralmente só volto ao normal de manhã. Também nunca deixei de ter os ferimentos curados. Um lobisomem não suporta a prata, mas existe um fator de cura: as queimaduras deveriam ter desaparecido juntamente com a pele do lobo.

Ela analisou o conjunto todo: a caverna, a cela. Estremeceu.

— Então foi você mesmo que instalou essas barras aqui?

Ainda deitado no fundo da cela, ele fez que sim com a cabeça.

— Isso foi depois que Daniel nasceu.

— Imagino que você tenha ido ao cartório e registrado outro filho falso.

— Ah, nos anos 1980 já não era tão fácil assim. E houve mesmo um Daniel Lucas... que nasceu em Londres, em 1985. É uma longa história, não vale a pena contar.

Ana voltou a sentar-se em frente à porta da jaula.

— Ainda é cedo. Eu adoraria ouvir essa história.

Ele resistiu à vontade de dizer que ela o estava manipulando, como sempre, para obter o que queria. Enfim... Sabia que o desabafo estava lhe fazendo bem.

— Eu tinha planejado ir a Bath naquela lua cheia, para me trancar num casebre dos fundos da propriedade. Era meu melhor esconderijo durante as transformações. Mas naquele mês houve sei lá que problema nos aeroportos, e meu voo atrasou. Quando percebi que ia anoitecer, ainda estava esperando para trocar de aeronave em Heathrow. Cancelei a passagem no voo que iria pegar para Bristol e saí de lá o mais depressa que pude. Eu conhecia bem os arredores, fui me refugiar nos subúrbios de Slough. Esperei a lua nascer depois de esconder minhas roupas num bosque, em Eton... Faz tanto tempo, e me lembro como se fosse hoje. Foi a noite em que conheci Mary.

Uma sensação desagradável envolveu o coração de Ana. Daniel sorriu mais largamente. Ela não gostou de vê-lo sorrir, enciumada. Já não bastava a tal Beatrice, agora essa Mary?

— Ia amanhecer e eu estava uivando para o que restava da Lua, às margens do Tâmisa, num ponto que julgava deserto. Foi então que vi o vulto parado ali. Tentei me esconder, mas ela não me viu, nem havia reparado nos uivos. Estava desesperada, chorava muito, e de repente se jogou nas águas. Eu não sabia o que fazer. O instinto do lobo foi de se jogar também, e quando dei por mim, estava nadando contra a correnteza e puxando o corpo dela para fora do rio. No meio da confusão, tinha voltado à forma humana. Ela estava viva, mas tinha engolido muita água. Consegui fazê-la vomitar, daí corri em busca das minhas roupas, e com algum esforço tirei a moça do bosque. Por sorte, obtive ajuda de um motorista e a levei para um hospital em Windsor.

— Ela tentou se matar? – O sentimento de ciúme não mais incomodava Ana.

— Ela estava sozinha, grávida, desempregada e doente. Tinha sido diagnosticada com Aids, e em 1985 isso era praticamente uma sentença de morte... Quando acordou, comigo ao seu lado no hospital, fui xingado com todos os palavrões existentes na língua inglesa. Ah, eu aprendi muito com Mary... – riu, já menos pálido. – Demorou para que ela confiasse em mim. Levei-a para morar comigo em Londres: todos imaginaram que a criança era minha. Ficamos amigos, e acabei contando meu segredo a ela. Aquilo nos uniu: ela contaminada pelo HIV, e eu, pelo sangue do lobisomem... Infelizmente, a doença não pôde ser detida. Ela morreu ao dar à luz um menino. Registrei-o como Daniel Wolfstein Lucas, filho de Hector Wolfstein Lucas e de Mary West Mascott.

Ana nem notara que as lágrimas escorriam por seu rosto.

— E a criança... o menino...

Novo suspiro.

— Não chegou a viver um ano. Fiz o que pude por ele, mas o HIV não perdoou. Teve muitas infecções secundárias, e uma pneumonia acabou sendo fatal. Naturalmente, ninguém que me conhecia soube disso, só os médicos do hospital em Londres. Levei o corpo para Bath numa noite e o enterrei nos fundos da propriedade. Disse aos empregados da cidade que meu filho estava sendo criado no campo, e aos do campo que ele era criado na cidade. Em certa ocasião vim ao Brasil e trouxe o sobrinho de um jardineiro, espalhei nas redondezas que era meu filho e se chamava Daniel.

— E então arrumou uma nova vida...

— Nas décadas seguintes, já com os documentos de Daniel Lucas, eu viajei muito. Passei bastante tempo na Argentina e no Leste Europeu. Oficialmente, meu "pai", Lucas, morreu em 2003 na Hungria. Foi "enterrado" lá mesmo. Para cuidar disso tive a ajuda de um amigo médico que mora em Budapeste, Lazlo Molnár. Ele tem me ajudado com as pesquisas e com outras coisas.

— Esse médico sabe... da sua condição?

Daniel não respondeu. O desabafo realmente lhe fizera bem, e os vergões já não doíam tanto. Era possível que algum resquício do fator de cura ainda estivesse ativo, afinal. Ia erguer-se e sair da jaula, mas lembrou-se da nudez a tempo, e pediu:

— Você poderia ir buscar a mochila com roupas que eu deixei na outra câmara da caverna? Eu ia trazer para cá antes de a Lua subir... Mal tive tempo de guardar os óculos. Sua chegada não me deu tempo de preparar as coisas.

Ela obedeceu em silêncio.

Ele não se levantou quando ela trouxe a mochila. Ao pegá-la, sentiu o cheiro dos sanduíches e, numa ânsia meio selvagem, abriu o pacote e os devorou rapidamente.

— Peço que me perdoe – disse, muito sem jeito, espanando as migalhas depois de engolir o último bocado. – A fome é tremenda quando a transformação termina.

241

Havia alguma ironia na voz de Ana Cristina, quando ela comentou:

— Uma fome de lobo.

Se ele se incomodou com a ironia, não demonstrou. Já estava ocupado pegando as roupas na mochila.

— Vire de costas.

Ana bufou, impaciente.

— Daniel, chega de ser antiquado, você acha que eu nunca vi um...

— *Mandei virar de costas* – ele rosnou.

Ela se lembrou da ferocidade do lobisomem.

Vencida, voltou-se e ficou fitando a parede da caverna enquanto ele se vestia e calçava, colocando a seguir o par de óculos. Finalmente saiu da jaula. Apenas os vergões no rosto e em parte dos braços apareciam, e mesmo esses já não pareciam tão graves.

Apagou a lamparina na parede e foi andando para a saída sem dizer nada. Ana foi atrás.

Atravessaram a outra câmara, onde ele apagou a outra lamparina e deixou a mochila; passaram pelo túnel, saíram na gruta. Ele estendeu a mão para ela.

— Vou ajudar você a descer.

Desceram com vagar e saíram em frente ao barranco; a mata estava clara, iluminada pela lua cheia. Ele deu uma olhada para o satélite, lá no alto do céu, branco e ameaçador, mas não se sentiu afetar. O que tinha acontecido ali? Precisava pensar.

Ana Cristina pôs a mão em seu ombro.

— O que você vai fazer, agora? O que *nós* vamos fazer?

Daniel delicadamente removeu a mão dela e lhe indicou uma trilha.

— Eu vou cuidar da minha vida, você vai cuidar da sua. Vamos até o sítio e de lá eu levo você de jipe para o hotel.

— Tenho de ir para a cidade. A essa hora, meus pais pensam que eu estou jantando com o pessoal naquele restaurante grande da praça.

— Tanto faz.

Ele enveredou pela trilha. O luar deixava o caminho claríssimo. E ela teve de apertar o passo para não perdê-lo de vista no meio do mato.

»»»»»»

Ana nem tentou romper o silêncio: tinha muito em que pensar, e a cada momento sentia-se mais culpada. Como ela o definira para Cristiana? "Aquele escritorzinho metido é o idiota-mor, um imbecil antipático, arrogante e insuportável..." Mas ele não era nada disso. Sentiu mais lágrimas correrem, e deixou-as cair sem dizer nada.

Somente quando o jipe estava quase chegando à cidade foi que Daniel quebrou o mutismo.

— Não preciso dizer que... o que você viu é segredo. Confio na sua discrição.

Ela enxugou as lágrimas e fungou. Assentiu com a cabeça. Ele continuou:

— E, afinal das contas, por que foi me procurar? Sei que tentou me dizer alguma coisa, lá na caverna, mas eu já estava sendo afetado pela lua cheia. Só lembro o desespero que senti, sabia que ia me transformar e não queria atacar você.

Ela engoliu um soluço. Olhou para os tênis de grife que usava, agora cheios de terra.

— Eu... queria me desculpar.

Ele franziu as sobrancelhas.

— Por quê? Você não me fez nada. Não me deve desculpas.

— Porque – ela disse, com muita dificuldade – desde que a gente se conhece, tudo que eu faço é provocar você. E naquele jantar lá no hotel...

Ele sorriu. De lado, porque o vergão no rosto doía se desse um sorriso completo.

— A rigor, naquela ocasião fui eu que ofendi você. Me desculpe, Ana Cristina.

Ela rompeu num choro tão alto e desesperado que Daniel se alarmou. Já estavam no perímetro urbano, quase chegando à praça onde ficava o tal restaurante. Ele parou o jipe numa rua lateral e abriu o porta-luvas. Achou uma caixa de lenços de papel meio amassada, tirou alguns lenços e estendeu para ela, completamente embaraçado.

— Não precisa ficar assim! Não chore, Ana... – tentou consolá-la. – Sei que o que você viu foi horrível, e prometo que nunca mais vai ter de presenciar isso. Não é sua culpa se eu sou um monstro, a culpa é toda minha, me perdoe...

243

— Pare de me pedir desculpas, Daniel! – ela berrou, arrancando os lenços da mão dele.

Enxugou as lágrimas, assoou o nariz e encarou o rapaz que a olhava, atônito.

— Tudo o que você disse era verdade. Eu não passo de uma egoísta. Tenho mania de manipular as pessoas, só penso em mim mesma. Fiquei morta de ódio naquele dia porque alguém teve coragem de dizer isso, na minha cara. E agora não posso simplesmente ir cuidar da minha vida, como você disse. Ainda mais depois de descobrir quem você é... como você é. Não me importa se vira lobo ou sei lá o quê. Tem alguma coisa nos ligando, alguma coisa muito forte, e a gente não pode ignorar isso!

Ela aproveitou a proximidade do carro e o abraçou de novo, dessa vez sem medo, mas tomada pelo mesmo amor, a mesma compaixão, que sentira ao abraçar o lobisomem.

Daniel aspirou o perfume que associara a ela. Juventude, beleza, vida...

Beijaram-se longamente, e dessa vez ele não a repeliu.

Porém, quando seus lábios se afastaram e o abraço terminou, ele a olhou com tanta tristeza que ela sentiu que estava sendo rejeitada. De novo.

— Você sabe – ele disse, calmamente – que isso não pode ser. Nossos mundos estão separados por mais de um século... Tem ideia de como nós dois encaramos a vida de forma diferente? Eu tenho mais de cento e vinte anos, Ana Cristina! Quando era jovem, não existia nem rádio, nem televisão, nem cinema, nem computadores. Eu viajava de navio e de trem, antes que houvesse aviões atravessando o Atlântico. Eu escrevia com pena e tinta, enquanto você praticamente já nasceu com um celular nas mãos. Eu vi acontecerem duas guerras mundiais, vi países nascerem e sumirem, vi mais mortes do que gostaria de ter visto... Como posso esperar que uma jovem como você faça parte da minha vida? Não seria justo. Não seria certo. Não, eu não posso me ligar a ninguém. Não posso *amar* ninguém. Especialmente... – engasgou.

Ela o fitou, agora furiosa.

— Especialmente o quê? – insistiu. – Especialmente uma adolescente que só merece levar umas palmadas?

Ele pegou no volante, obstinado, e ficou olhando para a frente, fitando o painel do carro. Parecia completamente sob controle. Não havia mais nenhum vestígio do lobo nos seus olhos.

— É melhor você ir. Seus amigos estão esperando. O restaurante é logo depois da esquina.

Ela respirou fundo, ajeitou as roupas, espanou a terra dos tênis. Então viu o celular dele jogado no porta-luvas, que ainda estava aberto. Pegou-o e digitou seu próprio número na memória do aparelho. Ao abrir a porta do jipe e sair na calçada, estendeu-lhe o celular e disse:

— Se você mudar de ideia, já sabe como me achar.

Ele não respondeu, apenas pegou o telefone em silêncio.

— Muito obrigada pela carona. Não se preocupe, seu segredo está seguro; você pode não acreditar, mas mesmo uma *criança mimada* como eu sabe ser discreta.

Seguiu para o restaurante sem olhar para trás.

Assim que ela virou a esquina, ele deu a partida no jipe e disparou de volta ao sítio com a maior velocidade que aquele motor antigo lhe permitia.

Nunca sentira tanta vontade de uivar como naquela noite.

CAPÍTULO 6

FRANÇA

Estelinha sempre estivera certa. Paris era fascínio puro. Alba sentou-se à margem do rio Sena e, após tirar os sapatos, mergulhou os pés na água fria. Esta a aceitou com ternura, perdoando todos os seus crimes. A jovem dedicara muitos anos de tratamento à tarefa de aprisionar Cordélia dentro de sua cabeça. Carl, seu psiquiatra, desistira de publicar os estudos que fizera sobre o caso. Jamais poderia explicar à comunidade médica por que sua jovem paciente era incapaz de envelhecer.

Os pés, sob a água, se moviam seguindo um balé harmonioso. Do outro lado, a Catedral de Notre-Dame projetava seu reflexo na superfície do rio. Eram duas catedrais, duas realidades. Como duas mentes distintas compartilhando o mesmo corpo...

Alba suspirou, com saudades dos pais. Levara mais de quatro décadas para finalmente entender Albuquerque. Ele a amara tanto que se arriscara para protegê-la, subornando quem estivesse ao seu alcance para tirá-la em segredo de Passa Quatro. Nem mesmo o desconfiado Hector percebera a manobra. O coronel vendera suas terras, convencera Estelinha a perdoar a filha e gastara a fortuna inteira em tratamentos para salvá-la. Morrera quase na miséria, um ano após a esposa. O dinheiro que sobrara fora usado para custear enterros no Père Lachaise.

Inteligente demais para se entregar à solidão, Alba aprendera a tocar a vida sozinha. E agora estava ali, na bela primavera de 1951, perseguindo sua segunda chance de ser feliz.

»»»»»»

Mas Cordélia não desejava uma segunda chance nem tampouco ser feliz. A primeira vez que ela escapou da *prisão* mental foi em outra primavera, a de 1968. Uma estudante da Universidade de Sorbonne, de vinte anos e lindos cabelos castanho-claros, tornou-se sua quinta vítima. Na segunda vez, Cordélia exigiu os cabelos vermelhos e espetados de um jovem roqueiro, em Amsterdã, que ainda prendia parte dos fios numa trança minúscula atrás das orelhas. O ano era 1998. Foram dois crimes sem solução para a polícia.

Saciada, Cordélia permitiu que a irmã caçula descansasse por algum tempo. Despertou novamente em Londres, já no século XXI, certa tarde chuvosa em que Alba passeava pela charmosa Charing Cross Road. As calçadas estavam cheias de gente, como sempre, e ela se deteve diante da vitrine de uma das inúmeras livrarias da rua. Não estava tão interessada nos livros expostos quanto em verificar sua própria imagem refletida. Os cabelos tinham sido tingidos, e ela estava adorando sua nova imagem, usando um chapéu vermelho que comprara em Piccadilly. Toda inglesa usa chapéu, e na época ela estava querendo se sentir a mais inglesa possível.

Ao lado da livraria havia um café, e foi através do reflexo da vitrine que ela o viu sentado à mesa próxima à rua: magro, despenteado, a barba por fazer e as pernas compridas esticadas para a frente, concentrado em ler um livro muito antigo e bebericar ocasionalmente uma xícara de chá. O rapaz ingênuo que a cativara, em 1908, agora tinha um ar sisudo e eternamente preocupado, apesar de continuar tão jovem quanto ela. Por sorte, não notou sua presença.

Ela saiu de lá decidida a descobrir tudo sobre ele. Não seria difícil: dois dias mais tarde já sabia que Hector – ou Daniel, como dizia se chamar – morava no West End, ali perto, mas ainda mantinha residência no Brasil. Na verdade, ele retornaria a esse país alguns dias depois daquela tarde chuvosa.

Talvez fosse o momento certo de Alba voltar para casa, investir numa nova vida, quem sabe numa carreira…

A voz de Cordélia despertara em sua mente para não se calar mais. Exigia terminar uma antiga coleção de mechas de cabelos iniciada havia muito, muito tempo.

CAPÍTULO 7

A SÉTIMA BONECA

Uma análise de histórias que envolvem metamorfoses, especialmente as dos lobisomens, dá conta do componente folclórico que nelas existe, mas também de fatos científicos ocultos por trás das lendas. Existe algo nas ciências biológicas que explique, por exemplo, a licantropia?

Se levarmos em conta que o agente causador da transformação de um homem em lobo – vamos chamar esse agente de Fator Lobisomem – está no sangue, muita coisa faz sentido. Uma pessoa é contaminada ao ser ferida ou mordida por um lobisomem. O sangue da vítima então é infectado com moléculas do Fator L, e se elas tiverem a capacidade de se multiplicar num ambiente favorável (esse ambiente deve ser o plasma, como ocorre em certas doenças), podem ficar em estado latente no sangue até chegar a primeira lua cheia.

A Lua tem efeito sobre todos os fluidos da Terra; e, assim como faz as marés do planeta subirem, pode perfeitamente fazer as moléculas do Fator L virem à tona e se tornarem ativas. Já que os glóbulos vermelhos constituem mais da metade dos elementos que formam o sangue, é provável que o Fator L se una a eles para causar a transformação em lobisomem: ao subir da lua cheia os "glóbulos L-fatorizados" levarão a todo o corpo o agente da mutação, assim como levam o oxigênio.

Como se processa a transformação das células da pele em pelos? Não sabemos ainda. Mas pode ser possível identificar as moléculas-agentes nos exames de sangue comuns e isolá-las com um teste químico; pode até ser que seja possível retirá-las através de uma filtragem do plasma.

Consta que a metamorfose do homem em lobo lhe atribui superforça. Isso é perfeitamente plausível se levamos em conta a ação das glândulas suprarrenais. Se o corpo é submetido a uma situação de estresse, elas produzem o hormônio adrenalina (ou epinefrina), que entra na corrente sanguínea, aumenta os batimentos cardíacos e o fluxo do sangue, preparando o corpo para grandes esforços físicos e diminuindo toda sensação de dor, ao estimular a contração dos vasos. O aumento da força no homem-lobo viria então de um excesso de adrenalina.

Além do efeito anestésico da adrenalina, os ferimentos recebidos durante a metamorfose seriam curados com rapidez, porque o Fator L também deve aumentar o índice dos glóbulos brancos e o tamanho das plaquetas no sangue. Os leucócitos, que atacam infecções no corpo criando anticorpos, iriam atacar qualquer corpo estranho, talvez pela fagocitose (engolindo o invasor), e destruí-lo. Uma bala de revólver, por exemplo, seria engolfada por esses superanticorpos e expulsa. Já as plaquetas, responsáveis pela coagulação e fechamento de feridas, multiplicar-se-iam com a ajuda do Fator L, provocando uma cicatrização muito rápida.

Naturalmente, ao baixar a Lua no horizonte, sua ação magnética deve decair. O Fator L então precisará descansar e o efeito da licantropia cessará, terminando a mutação.

Um elemento, porém, precisa ser mais bem entendido nesse processo todo: o hormônio endorfina, produzido pela glândula hipófise, e também transportado pelo sangue. Como a ação desse hormônio é analgésica, relaxante e transmite prazer e euforia ao cérebro, talvez a liberação de endorfinas no sangue, ao mesmo tempo que acontece a ativação do Fator L, venha a inibir a licantropia. Contudo, mais estudos precisariam ser feitos para confirmar tal hipótese.

»»»»»»»

O celular tocou. Foi o tempo exato de Ana Cristina reencontrar os amigos e atender a ligação: era o pai, avisando que seu Damasceno já fora buscá-las no restaurante. De fato, o motorista mal-encarado parava o carro junto à praça praticamente no mesmo minuto em que Ana se sentara à mesa com Cris, Paulo e Jonas.

— O passeio foi ótimo! – agradeceu, despedindo-se dos rapazes, que não a deixaram pagar a conta, e puxando Cristiana sutilmente para fora. Ansiava pela tranquilidade de seu chalé. – Depois a gente se fala, combinado?

»»»»»»»

— E aí? – perguntou Cristiana, sem aguentar o silêncio da amiga. Acabavam de chegar ao hotel-fazenda, com Damasceno despejando-as para fora do carro antes de ir para o estacionamento.

Ana, porém, não demonstrava a mínima vontade de conversar, a cabeça a anos-luz de distância. O pior de tudo era a fome que sentia. Não comia nada desde a hora do almoço, as emoções que passara no sítio a tinham feito se esquecer de tudo. Quando chegara ao restaurante, o aroma das pizzas que os amigos haviam consumido a lembrara de que tinha estômago, porém o pai telefonara bem naquela hora...

Então viram alguém chamá-las, alguém que saía da recepção. Era Amélie.

— Meninas? – ela chamou pela segunda vez. – Vocês vieram da cidade? Por acaso viram o meu Yves? Ele saiu tão cedo e ainda não voltou...

Diante da negativa das duas, a francesa agradeceu e repetiu a última pergunta para uma família que vinha de um dos chalés.

— Podemos conversar amanhã, Cris? – disse Ana, já contando com a compreensão da amiga. – Tem coisa demais na minha cabeça...

»»»»»»

—Aqui está! – disse Eulália, madrugando na delegacia em pleno domingo. Não era de seu feitio chegar tão cedo.

Monteiro olhou para o papel que ela jogara sobre sua mesa: o mandado de busca e apreensão para o sítio do escritor Daniel Lucas. Sorriu.

— Usei meus contatos para acelerar os trâmites com o juiz – gabou-se a delegada. – Nem um fim de semana pode me deter! Agora trate de fazer a sua parte. Não aguento mais a mídia e a opinião pública no meu pé.

O subdelegado duvidou daquele comentário. O excesso de maquiagem para uma manhã tão quente e o vestido de grife famosa denunciavam a ansiedade de Eulália por dominar a coletiva com a imprensa, marcada para o começo da tarde. Um horário que ele pretendia passar muito longe da delegacia e dos *flashes* das câmeras. "E ela ainda vai aproveitar a ocasião para ganhar mais prestígio político."

— E a minha declaração oficial, Monteiro? – cobrou, tirânica como de costume. – Você já redigiu ou vai ficar aí enrolando?

»»»»»»

O estômago de Daniel lhe deu um ultimato após roncar pela décima quinta vez. A hora do almoço passara fazia tempo. Ou ele se alimentava com urgência ou não se responsabilizava pelo que poderia acontecer. O rapaz, enfim, largando o *notebook* e a pesquisa que o absorvia havia horas, levantou-se para ir à cozinha. Abriu a geladeira, à procura de algo comestível, mas logo teve sua atenção desviada por dois carros que invadiam seu sítio. Uma viatura da polícia e um Land Rover.

— Finalmente alguém apareceu para examinar a porteira! – resmungou.

Na porta, deu com o sempre cordial sargento Matos e o nada simpático Monteiro. O subdelegado em pessoa apenas para investigar um arrombamento...? Daniel recuou, temendo o pior. Mas os policiais apenas lhe apresentaram um mandado de busca e apreensão.

— Entrem – disse o rapaz, apesar de não ser mais necessário. Monteiro já invadia a sala, vistoriando o ambiente com um olhar feroz. Que diabos ele lhe fizera para atrair tanto ódio gratuito?

— Como o senhor conseguiu essa queimadura no rosto? – intimou ele, referindo-se ao vergão que ainda marcava a face esquerda e os braços de Daniel.

— Cozinhando – mentiu.

Claro que Monteiro não acreditou. Sua ânsia em desmascarar o suspeito o fez avançar avidamente para cumprir o mandado. Daniel preocupou-se com a segurança do material de pesquisa que acumulava havia décadas – pastas, livros, anotações, recortes de jornais e revistas... sem contar os arquivos do computador.

— Achei uma bala encravada na porteira. Como disse aos senhores quando fiz queixa na delegacia, alguém a arrombou – disse, revoltado com tanta incompetência. A polícia perdia tempo ali, revirando seus pertences, quando poderia estar atrás do verdadeiro assassino. Atrás de Alba...

— O senhor falou em uma bala? – quis confirmar Matos, o único a lhe dar atenção. Pois Monteiro e os outros policiais metodicamente abriam gavetas e vasculhavam prateleiras.

251

Daniel não ia aguentar mais um segundo assistindo àquilo. Pegou a chave do jipe, avisando que almoçaria na cidade. Já estava do lado de fora da casa quando ouviu a ordem dada ao sargento: ligar para Natália, na delegacia.

— Fala pra ela colocar alguém na cola *dele*! – completou o subdelegado.

>>>>>>>

Entediada, Ludmila abriu uma revista. A tarde à beira da piscina tinha animação demais para o seu gosto, graças a uma numerosa família que viera do Rio para comemorar as bodas de ouro dos avós. Eram filhos, filhas, genros, noras, primos e muitas, mas muitas crianças barulhentas.

— Que chateação! – reclamou, baixinho, quando uma delas saltou na piscina, espirrando-lhe uma grande quantidade de água. E isso porque tudo o que Ludmila desejava era retocar o bronzeado. Não valia o sacrifício...

Enquanto se secava com a toalha, ela avistou as duas Cris caminhando sem pressa na direção do mirante e Irineu, com cara de poucos amigos, vindo até ela, suado e esbaforido.

— Você viu onde se meteu o Damasceno? – foi logo perguntando.

Ludmila detestava quando o marido agia assim, sem qualquer sutileza ao lhe dirigir a palavra.

— Você sabe muito bem que, por mim, esse motorista podia sumir para sempre! – retrucou, irritada. – Por que você não o despede de uma vez?

— Porque não, Ludmila.

— Isso não é resposta! Você nunca teve escrúpulos quando se trata de despedir empregados. E é só isso que ele é, um empregado! Um dos piores que já tivemos. Mande o homem embora e...

Irineu aproximou o rosto da esposa e disse, numa voz baixa e decidida que ela sabia que não podia contestar.

— Pare de me pressionar. Não vou despedir o Damasceno. *Não posso* despedi-lo!

— Não pode?! – estranhou ela. – E por que não?

Ao perceber que falara demais, Irineu lhe deu as costas e, após se desviar das crianças que agora disputavam uma boia em formato de golfinho, foi procurar pelo motorista em outra parte do hotel.

Ludmila fechou as sobrancelhas, intrigada. O que o marido estava lhe escondendo?

»»»»»»

Ainda na estrada, e com o estômago doendo de fome, Daniel viu uma pessoa andando como doida pelo acostamento, à direita. Fixando o olhar, espantado, deu-se conta de que era Merência.

Reduziu a velocidade do jipe e foi parar um pouco adiante, saindo para ir ao seu encontro. Deus, como doía vê-la naquele estado senil... Ela agitava os braços, falava sozinha, ria, chorava.

— Merência, sou eu. Vai ficar tudo bem... – disse, ao se aproximar, para acalmá-la.

Os olhos perdidos na loucura demoraram a enxergá-lo. E o viram como ameaça.

— Não vou deixar você destruir minhas bonecas! – a mulher berrou, fechando os punhos para bater nele. – Elas são só *minhas*!

Resignado, o rapaz permitiu que ela esgotasse sua fúria. Apesar da idade, Merência era forte e acertou com vontade o peito masculino, inclusive os vergões adquiridos na véspera.

— Isso machuca, senhorita.

Há muito não a chamava daquela forma, uma palavra que acabara se tornando um apelido carinhoso. E foi esse apelido que pareceu soar como algo real no meio do transe.

Merência interrompeu o ataque, permitindo que Daniel a abraçasse.

— As bonecas, Lobinho... As bonecas... – soluçou, ao se aninhar contra ele como uma criança pequena. – Roubaram a chave do meu baú!

Seria verdade ou apenas mais um de seus delírios?

— Suas mãos... – ele reparou nos dedos cheios de cortes pequenos. – Como você se machucou desta forma?

— Foi a faca...

— Que faca?

253

— Estava escondida no travesseiro... Eu sei me defender!

Facas, cortes nas mãos, fugas solitárias até a cidade... Mesmo sabendo que não podia mais se meter na vida de sua pupila preferida, Daniel não podia deixá-la ali. Precisava falar com Ernesto. Merência jamais poderia viver daquele jeito, sem qualquer tipo de cuidado!

— Venha comigo até o jipe – pediu. – Vou levá-la para casa. Mas antes vamos tomar um lanche na cidade, está bem?

Ela não protestou. Entrou no veículo com docilidade.

"Eu posso aproveitar a oportunidade para espiar aquelas bonecas", ele refletiu. Até onde se lembrava, a quinta e sexta bonecas tinham as mesmas cores dos cabelos, respectivamente, da vítima francesa e da holandesa. Mas agora havia Lina, também com cabelos castanho-claros, e Tonho, um ruivo. Cordélia passara a matar duas vítimas por boneca? Se fosse isso...

Aquela possibilidade o atormentava desde que soubera da morte de Lina. Era terrível demais para ser verdadeira...

Daniel balançou a cabeça, espantando seu medo. Ainda no começo do século XX, tirara uma foto das bonecas, mas o material era em preto e branco. Após tantas décadas sem vê-las pessoalmente, não conseguia mais recordar o tom exato dos cabelos da sétima e da oitava.

Com ou sem repetições de bonecas, ainda restavam duas com os cabelos intactos.

»»»»»»

O mirante parecia o lugar mais calmo do mundo, ideal para a conversa séria que aguardava as duas Cris. Ana tinha esperança de que a atmosfera bucólica do local a ajudasse, naquele final de tarde. Afinal, fazer a amiga acreditar na existência real de lobisomens, jovens com cento e vinte e um anos e mortos-vivos que colecionavam mechas de cabelos não seria uma tarefa simples.

Precisava dizer alguma coisa a Cristiana. Ela sabia que algo tremendo acontecera à amiga, e o silêncio que esta mantivera por tanto tempo só lhe estava dando ideias erradas.

As garotas subiram os intermináveis degraus da escadaria até a plataforma. Lá em cima, o vento desmanchou seus cabelos, cobrindo-lhes a visão até que pudessem domar os fios agitados.

Foi Cristiana quem gritou, aterrorizada.

Estendido no chão, a alguns passos do alto da escadaria, havia um homem. Sangue tinha escorrido de seu peito...

A filha de Irineu chegou mais perto, sem resistir à fascinação mórbida e apavorante que a guiava. Um véu cobria a cabeça tosada e a expressão medonha do cadáver. "Ele tinha cabelos lisos e loiro-acinzentados, no mesmo tom que os meus", disse um pensamento fora de hora.

Ela conhecia aquele homem.

Era Yves, o marido de Amélie.

CAPÍTULO 8
EM FUGA

Há uma nota curiosa em algumas narrativas sobre lobisomens. Diz-se que faz parte de sua sina a corrida, a peregrinação. A maldição do licantropo, lançada pelo destino, pelo demônio ou por seus próprios pecados, traria consigo a obrigação de o homem-lobo sair do lugar da transfiguração e percorrer sete locais, voltando ao começo da corrida para readquirir a forma humana.

Algumas fontes dizem que a corrida aos sete lugares deve começar numa sexta-feira à meia-noite e terminar às duas horas da manhã. Outras dizem que na verdade são sete vezes sete locais: sete cemitérios, sete igrejas, sete vilas acasteladas, sete partidas do mundo, sete outeiros, sete encruzilhadas, sete espojadouros.

O sete como número mágico ou sagrado é comum em muitas culturas. A razão de o lobisomem ter de peregrinar por sete locais é, contudo, inexplicável. Talvez faça isso para fugir dos cachorros que, dizem as histórias, o perseguem. Talvez a corrida diminua a força da lua cheia sobre o homem condenado a ser lobo, ou talvez a peregrinação por locais sagrados (igrejas, cemitérios) seja importante para a quebra do encantamento. Uma coisa é evidente: o local original da transformação em lobo deve ser o ponto de partida do peregrino. É possível que haja aí um componente terapêutico para a cura da licantropia.

>>>>>>>>

Monteiro fechou o caderno com expressão de desprezo. As coisas malucas que o sujeito escrevia! Aquele amontoado de loucuras sugeria que Lucas era um psicopata perigoso. Ou um desses adoradores do demônio. Talvez fosse ambas as coisas...

A busca que os policiais deram na casa foi metódica e completa. Nenhum objeto no sítio permaneceu intocado; e o caderno de anotações, escondido no interior de um livro falso, fora uma das primeiras descobertas a animar o subdelegado. A segunda foram as facas, numa gaveta da cozinha. Mandou ensacar e catalogar as que possuíam lâminas finas, para análise do legista e comparação com as fotos das feridas nas vítimas.

A terceira descoberta animadora foi uma caixinha de madeira trabalhada com tampa de madrepérola, que continha um cacho de cabelos e várias fotografias.

O cacho foi devidamente ensacado para análise. Quanto às fotos, mostravam homens e mulheres dos séculos passados: havia um menino de seus sete anos junto a um homem de expressão severa e uma mulher de rosto triste; e havia outra, muito estranha e quase apagada, que ele precisou examinar sob uma lâmpada para distinguir o que retratava. Concluiu que eram oito bonecas de porcelana antigas. Apenas de quatro delas podiam-se ver os rostos: as demais estavam cobertas por véus. Monteiro achava que, sob os véus, elas não tinham cabelos; mas não dava para ter certeza disso. Apreendeu também a foto, pretendendo analisá-la melhor no laboratório da polícia.

— Acho que acabamos, doutor Monteiro – disse um policial, Agostinho, aproximando-se.

— Encontraram alguma arma, traços de sangue, qualquer coisa incriminadora?

— Não senhor, tá tudo limpo. Quero dizer, limpo de pistas, porque nos cantos da casa tem pó. Só os lugares mais usados estão limpos. Como uma casa normal...

— De qualquer forma – Monteiro retrucou –, achamos que os crimes foram cometidos em outros locais. Eu tinha esperança de encontrar manchas de sangue nas roupas, nos sapatos, ou que o assassino tivesse lavado as mãos nas pias daqui.

— Nenhum sinal disso, doutor – Agostinho acrescentou. – Até usamos o *luminol* pra realçar qualquer rastro de hemoglobina, mas não deu em nada.

Aquilo era frustrante para o subdelegado. Se tivesse encontrado uma limpeza impecável, já seria sinal de que o local fora limpo para esconder vestígios de um crime. E nem isso ele podia alegar. Tudo ali exalava a mais perfeita normalidade.

De qualquer forma, o caderno demoníaco, o cacho de cabelos e as bonecas carecas – se ele confirmasse que estavam carecas mesmo – eram indícios suficientes que lhe permitiriam deter o escritor para averiguações. Caso ele entrasse em contradição com o depoimento anterior, ou se novas provas surgissem, seria indiciado. E a detenção serviria para acalmar a delegada e a imprensa.

Monteiro havia acabado de sair da casa quando o sargento Matos apareceu, vindo do pomar. Trazia consigo um saquinho de evidências, também.

— Você não vai acreditar, o rapaz disse a verdade – explicou, ao se encontrarem. – A porteira foi forçada e tinha mesmo um buraco de bala nela. A arma foi disparada há dois dias, no máximo.

— Bala estranha – o subdelegado comentou, examinando o projétil através do plástico. – Poucas estrias e um brilho fora do comum.

— É o material que é esquisito – o sargento sorriu, com um ar misterioso. – Vou mandar pra perícia, mas posso jurar pro senhor que ela é feita de prata.

— Prata?

— Pois é – e Matos reprimiu uma gargalhada. – Parece que tem alguém aí querendo matar um lobisomem...

O celular de Monteiro tocou bem nessa hora, antes que mandasse o sargento parar de dizer bobagens. Atendeu rezando para que fosse a delegada, mas não era: era Natália, que a essa hora já deveria ter saído, pois não faria plantão naquela noite.

Os policiais já seguiam para as viaturas, quando soou o berro de seu superior.

— *O quê?!* Me espere aí no distrito, vamos juntos pra lá.

— Algum problema, subdelegado? – Matos indagou.

Monteiro nem respondeu. Já havia entrado em seu Land Rover e dado a partida.

»»»»»»

A Lua surgiu quando o céu ainda estava claro, e ele a olhou sem conseguir evitar o nervosismo. Parara na entrada do estacionamento do restaurante, em busca de uma vaga: estava lotado, o que era incomum para o horário, mesmo que fosse domingo.

Domingo de lua cheia...

— Não tem problema não, Lobinho, você não vai virar lobo hoje. Dá pra perceber.

Daniel voltou-se para Merência, sentada ao seu lado no jipe. Tencionara trazê-la para casa mais cedo, bem antes que o nascer da Lua pudesse ameaçá-lo, mas havia se demorado na cidade, pois após o lanche ela pedira para irem ao cemitério. Ele concordara, embora lhe repugnasse o simples olhar ao mausoléu da família Albuquerque Lima, enquanto a velha senhora rezava no túmulo da mãe.

De qualquer forma, Merência tinha razão. Era a segunda noite do plenilúnio, e ele não sentia nenhum sintoma da metamorfose. Não ia se transformar.

— Como sabe que eu estava preocupado com isso? – sorriu para ela.

Mas Merência já havia de novo resvalado para a insanidade, pois recuou diante dele parecendo amedrontada.

— Quero ir pra casa... me deixe ir embora!

Naquela hora um dos manobristas do restaurante lhe fez sinal para entrar com o carro. Ele estacionou o jipe diante da entrada.

— Pode chamar o seu Ernesto? – pediu ao rapaz. – Eu trouxe a tia dele da cidade.

Enquanto o manobrista ia para o restaurante, tentou ajudar Merência a descer.

— Me solta... – ela resmungou. – Você é mau! Tem sangue ruim.

Ernesto apareceu na porta e, ao vê-la, veio correndo.

— Tia Merência! Pensei que a senhora estivesse dormindo, no seu quarto!

Ela olhou o sobrinho com o ar ofendido.

— Eu não quero dormir! Dormir faz mal. Tenho pesadelos.

E foi entrando no restaurante. Ernesto fez sinal ao manobrista para que a acompanhasse.

— Encontrei sua tia-avó vagando na cidade e a trouxe – Daniel explicou, controlando-se para não brigar com Ernesto. Não devia demonstrar a preocupação paternal que sempre dedicara a Merência. – Pelo que percebi, está muito alterada.

— Alterada é pouco! – o sobrinho baixou a voz. – O médico suspeita de demência senil... O senhor é o escritor, Lucas, não é? Agradeço por trazer minha tia. Ela anda me pondo maluco; tenho uma governanta pra cuidar dela, mas a mulher é uma incompetente! Nem deve ter percebido a fuga.

— As coisas por aqui parecem meio confusas, hoje.

— Temos uma festa de casamento, estou na loucura desde cedo, e agora que os convidados estão chegando a loucura só vai piorar.

— Então não vou retê-lo, dona Merência está entregue. Mas aconselho que arrume uma enfermeira, ou outra governanta. Ela poderia ter sido atropelada na estrada!

— Eu sei – o homem respondeu, com um tom amargo. – Vou ter de providenciar mais alguém. Mas não quero ficar lhe devendo esse favor! Entre, permita que eu lhe ofereça um jantar. O salão grande está cheio com o casamento, mas o salão menor vai servir as refeições normalmente.

— Não é preciso.

— Eu faço questão, senhor Lucas. Venha!

O aroma de carne assada já estava mesmo invadindo as narinas de Daniel. A fome que sentia após as transformações não havia sido saciada com o lanche da cidade.

Lembrou o olhar irônico de Ana Cristina. *Fome de lobo...* Além do mais, teria uma boa desculpa para ir fuçar no museu e descobrir sobre o baú e as bonecas.

»»»»»»

Natália atravessou os jardins e subiu agilmente a escadaria que dava no mirante. Apenas um PM a acompanhava. Estava contrariada: Monteiro lhe pedira para esperá-lo na DP, porém Eulália lhe ordenara que fosse para a cena do crime sem ele. De qualquer forma, dessa vez a Polícia Científica chegara logo e o médico-legista já estava ali, examinando o corpo sob as fortes luzes que a equipe levara.

A iluminação dava à cena um ar sobrenatural... A detetive estremeceu, ao ver o corpo de Yves. Estava deitado de costas, com a ferida no peito em evidência; um perito havia retirado o véu de sua cabeça. O rosto do rapaz mostrava surpresa: olhos azuis estavam arregalados, a boca ligeiramente aberta. Os cabelos haviam sido grotescamente tosados.

— Ah, Natália, mais um – o legista suspirou. – A coisa está se complicando.

Ela se inclinou para olhar a ferida no peito.

— É igual às outras? – indagou. – Terá sido feita pela mesma arma?

O homem balançou a cabeça.

— Pode ser, o ângulo é o mesmo, mas não me parece a mesma largura de lâmina. Preciso comparar com os moldes que fiz das outras feridas. Mas há uma coisa em comum com os crimes anteriores: ele não foi morto aqui. De novo, a rigidez do corpo indica que o crime aconteceu há algum tempo.

Natália ergueu-se e olhou ao redor. Já estava escuro. O mirante era alto, e podia ser avistado de vários pontos do hotel-fazenda. Infelizmente, ali não havia iluminação alguma: se o descarte do corpo tivesse ocorrido à noite, ou de manhã cedo, antes que houvesse movimento no local, ninguém veria absolutamente nada. E transportar um cadáver para lá, com tantas escadas, não teria sido fácil!

Vislumbrou ao longe a entrada do hotel, irritada. Onde estava Monteiro, que não chegava?

»»»»»»

O subdelegado estava no distrito, em pé diante da mesa da delegada, ouvindo-a falar sem parar. Tinha a mesmíssima sensação de quando era criança e o levavam à diretoria, para ouvir um sermão da diretora e saber qual o castigo que receberia.

Ele planejara encontrar Natália para irem juntos à cena do crime, e descobrira que Eulália não só mandara a investigadora sozinha para lá, como ficara à sua espera, bem irritada. Não teve outro jeito senão receber as recriminações dela em silêncio.

— Muito bem – ela disse, após ter despejado a maior parte da irritação. – Pelo menos você descobriu alguma coisa interessante no tal sítio?

Ele pegou suas anotações no bolso.

— Nada muito incriminador, só algumas coisas peculiares. Lucas tem um caderno em que anota coisas estranhas. Sobre sangue, maldições, lobisomens, demônios.

— Ótimo. Um psicopata. Combina com o perfil de assassino serial. O que mais?

— Várias facas, que mandei encaminhar à perícia. Se o corte de alguma delas combinar com as feridas nas vítimas, logo saberemos. E isto...

Tirou do bolso os saquinhos contendo o cacho de cabelos e a fotografia.

Eulália nem ligou para os cabelos, mas olhou a foto com avidez.

— Hum... parece que as bonecas da esquerda estão carecas. E as cabeças cobertas por véus, igualzinho ao que foi feito com as vítimas! Cada vez melhor. Acho que pegamos nosso assassino.

Monteiro deixou escapar um ar de dúvida.

— É tudo circunstancial, não há provas suficientes para indiciar o Lucas.

Ela jogou o saquinho com a fotografia no nariz dele, furiosa.

— Pois então fabrique provas! Estou cansada de ter repórteres me seguindo. Vamos prender o escritor, é nosso melhor suspeito! Devemos tomar qualquer ação que tire os criminosos das ruas.

— Eu tinha pensado em fazer uma detenção para averiguações...

— Que seja – ela concordou, pensativa. – Vou providenciar. E agora, vá para o Sete Outeiros. Confirme se nosso suspeito se encaixa em mais essa morte.

O policial saiu da delegacia, aliviado por se ver livre de Eulália, mas preocupado com outra coisa. Desde a quinta-feira em que Daniel viera depor, pedira a Matos que mantivesse alguém vigiando o escritor; o sargento designara policiais à paisana para isso. E, pelo que fora informado, o sujeito não deixara o sítio, a não ser no domingo. Fora visitado pela filha do advogado e depois a levara à cidade, retornando em seguida. Aparentemente, não chegara nem perto do hotel-fazenda.

Naquele dia, enquanto era feita a busca em sua casa, também estivera sob vigilância em Passa Quatro: o policial que Natália encarregara de segui-lo lhe telefonara para contar que Lucas chegara à cidade com a velha maluca, tinham lanchado, visitado o cemitério, e depois ele a levara para o restaurante de Ernesto. Devia estar lá ainda.

Ele tinha um álibi para aqueles dias... Isso podia atrapalhar, e muito, a hipótese de que a nova morte era coisa do mesmo assassino.

Com um suspiro, entrou em seu jipe e rumou à toda pressa para o hotel.

>>>>>>

— Senhora? – chamou a camareira, timidamente. – A senhora está aí?

Como não vinha resposta alguma de dentro do chalé, a moça olhou apreensiva para a gerente e para a esposa de Irineu, que apertava as mãos, nervosa, ao seu lado.

— Ela pode ter saído – disse a gerente, indecisa.

— Já disse que ela não saiu! – assegurou Ludmila. – Ontem Amélie estava preocupada por não encontrar o marido. Liguei pra cá hoje cedo, ela só disse que não estava se sentindo bem e ia ficar deitada. E já é noite! Aconteceu alguma coisa com ela, tenho certeza. Abram logo essa porta!

Alguns curiosos já se juntavam no caminho dos chalés, e a gerente afinal se decidiu. Pegou a chave mestra no bolso e destrancou a porta. Não tinha a menor vontade de contar à sua hóspede que tinha ficado viúva, mas a polícia insistia em falar com ela... só faltava, agora, aparecer mais um cadáver em seu hotel.

Escancarou a porta e empurrou a camareira para entrar primeiro. O chalé tinha uma salinha, o banheiro e o quarto ao fundo. Ali dentro nada parecia fora do normal.

— Amélie! – Ludmila chamou. – Você está aí?

Um gemido veio do quarto. As três mulheres correram para lá e deram com a moça francesa espreguiçando-se na cama.

— *Mon Dieu!* – ela disse, entre bocejos. – Dormi demais. Já passou da hora do almoço?

— Já anoiteceu – declarou a gerente. – A senhora tomou um remédio para dormir?

As sobrancelhas erguidas pela surpresa, ela indicou a bandeja no criado-mudo.

— Pedi um chá logo cedo, não estava me sentindo bem. Tudo que eu punha na boca tinha sabor amargo… Mas só tomei o chá.

Então, vendo o olhar alarmado de Ludmila, algo a perturbou. Olhou ao redor, como se só agora se desse conta de que estava faltando alguma coisa. Alguém.

— *Où est mon mari?* – perguntou. E soltou um grito desesperado: – *Yves!!!*

»»»»»»

Daniel havia jantado no restaurante de Ernesto, vendo o homem desdobrar-se para atender aos clientes normais e à tal festa de casamento. Aproveitando-se da confusão, pedira uma sobremesa e, enquanto esta não vinha, fora até o pequeno museu.

Tudo parecia em ordem na sala vazia; aparentemente, poucos clientes se interessavam pelas antiguidades. Mexeu nos velhos livros, onde imaginava que as meninas haviam encontrado o seu.

Tentou abrir o baú, inutilmente. Estava trancado, e o cadeado era dos antigos, grosso e difícil de arrombar. Examinou-o por fora: era exatamente o mesmo que pertencera à família do coronel Albuquerque. Segundo Merência, as bonecas ainda estavam lá, e não havia motivo para duvidar – a não ser que essa afirmação também fosse sinal da insanidade da velha senhora. Depois de tentar abri-lo por um tempo, desistiu. Precisava da chave. E ela dissera que a chave sumira…

— Ah, o senhor está aí – uma voz o surpreendeu. – Sua sobremesa foi servida.

Era o garçom que o atendia. Daniel sorriu para ele.

— Vim dar uma olhada nas antiguidades. Este baú se parece com um dos tempos do meu avô. Será que está à venda?

— Acho que não, só o que a gente vende aqui são os doces, licores e artesanato – respondeu o rapaz. – Se bem que o seu Ernesto vive dizendo que vai se livrar do baú, porque a dona Merência não larga dele. Ela ficou mais maluca, ultimamente.

— É a idade. Ela está com a cabeça confusa, mas não faria mal a ninguém.

— Não sei não. Uma vez ameaçou todo mundo com uma faca, e outro dia até agrediu o patrão, que eu vi! Ela piorou muito depois que a dona Rosa viajou.

— E por que a dona Rosa viajou? – ele aproveitou para indagar. Conhecia vagamente a esposa de Ernesto, e nunca a vira sair da cidade. Na verdade, nunca a vira fora do restaurante.

O rapaz baixou a voz.

— Eu não sei, mas andam correndo umas histórias… de que ela saiu daqui toda machucada. E a Lu, que trabalha no caixa, disse que têm chegado faturas de uma clínica de saúde em Belo Horizonte. O pessoal da cozinha acha que a velha atacou a dona Rosa e o seu Ernesto mandou a coitada pra tal clínica. Pode ser, não é?

Daniel não respondeu. Voltou ao salão e foi aproveitar a sobremesa. Por mais misteriosa que fosse aquela história, ele já tinha muito mais em que pensar. Mesmo assim, precisava ficar de olho em Merência. Se estava sofrendo de demência senil, ela seria bem capaz de deixar escapar informações que deveriam permanecer ocultas.

>>>>>>>

Passava de meia-noite quando o corpo foi removido, e Monteiro estava exausto após tantas providências e interrogatórios. Havia conversado com as meninas que acharam o corpo, com os funcionários e com a viúva, que fora encontrada adormecida no chalé. Ele instara com Natália para verificar a possibilidade de ela ter sido dopada, e a moça sumira cozinha adentro; ainda não voltara.

O legista estimava que a morte se dera na noite anterior; e tudo indicava que o corpo fora levado para lá naquela manhã, bem cedo. Uma coisa era certa: não era possível que Daniel Lucas fosse o assassino. A não ser que tivesse um cúmplice…

Lembrou o que Matos lhe dissera: a tal garota hospedada ali fora ao sítio e voltara à cidade com o escritor. Ela era menor de idade, mas isso não queria dizer nada. Já vira pré-adolescentes matarem a sangue frio.

Porém era melhor manter aquela hipótese consigo mesmo, por enquanto. Não ia mexer de graça com o famoso doutor Irineu Sanchez de Navarra.

Afinal Natália veio ao seu encontro. Parecia preocupada.

— O que foi, agora? – ele perguntou.

— Não consta que a senhora Amélie tenha pedido chá ao serviço de quarto do hotel – ela respondeu. – Todos os pedidos têm registro, nota fiscal, essas coisas, e não há nada. Se ela tomou mesmo o tal chá, ele não foi preparado na cozinha.

— E se ela não tomou chá nenhum, só inventou que tomou? Pode ter matado o marido e usado o chá como álibi.

— Havia uma bandeja com xícaras vazias no quarto, foi vista pela camareira, a gerente e uma hóspede. Aliás, a mesma hóspede que telefonou para a moça esta manhã e falou com ela. O que mostra que a moça estava lá de manhã cedo – além de que ela é tão frágil que não aguentaria carregar um corpo para o mirante.

— Hum... – Monteiro pensou um pouco. – Suponho que você não tenha conseguido as xícaras para mandarmos analisar.

— Seria sorte demais, não é? A camareira não só levou tudo para ser lavado na cozinha, como limpou e arrumou o quarto com perfeição. Pedi ao pessoal da perícia para dar uma olhada lá, mas nem com *luminol* acharam qualquer vestígio. Se o francês foi morto no chalé, não sangrou ali.

O subdelegado esfregou os olhos, bocejando.

— Maravilha. E depois a imprensa vem nos cobrar ação, dizendo que um assassino perigoso está solto e a polícia não faz nada... Vamos pra casa, Natália. Mais um dia destes e *eu* é que acabo matando alguém!

— Não devíamos passar na DP antes?

— Devíamos, mas não estou a fim de encontrar de novo com nossa prezada superiora e ouvir outro sermão. Hoje tive a impressão de que ela ia me botar de castigo no canto da delegacia, com um chapéu escrito "burro" na cabeça...

Natália riu alto. Era totalmente inesperado ver o sério Monteiro fazendo piadas àquela hora da noite, no meio de uma investigação de assassinato. Talvez ainda houvesse esperanças de que ele fosse um ser humano, afinal.

Ainda rindo, seguiu para a viatura em que viera, onde os policiais já a esperavam.

— Improvável, chefe. A essas horas Eulália está aninhada nos braços de Morfeu. Boa noite!

Ele franziu as sobrancelhas, espantado. Não sabia que a delegada tinha um namorado. Como Natália soubera de uma coisa daquelas, e quem seria o tal fulano?

— Nos braços de quem?!

Ia atrás dela para perguntar, mas a detetive já entrara no carro e o motorista arrancara logo em seguida.

>>>>>>>

Daniel sentou-se à mesa de trabalho, com a grande caneca de café na mão, e ficou olhando o calendário enquanto bebia. Aquela era uma das coisas que mais apreciava quando vinha ao Brasil. Na Inglaterra e em outros países, ou o café era ralo demais, ou descafeinado, ou servido morno.

"Terceiro dia da lua cheia", pensou, depois de um gole, fazendo um xis sobre aquela segunda-feira no calendário. "Vamos ver o que acontece hoje."

Planejava enfiar-se na gruta de novo. Tinha deixado lá um material enviado pelo seu amigo da Hungria e queria fazer certos testes. Além disso, sempre havia a possibilidade da transformação, mesmo que na segunda noite nada tivesse acontecido. Procurou a pasta com os exames de sangue e custou a encontrar. Os policiais haviam feito uma revolução por ali: ao chegar, na noite anterior, ele notara a desordem e o sumiço do conteúdo da caixinha e do caderno. As anotações lhe fariam falta.

Buscou na pasta os resultados de testes que já fizera. E então Lurdes entrou.

— Bom dia, seu Daniel. Já tomou café?

— Estou tomando, dona Lurdes.

— Eu trouxe um pão quentinho que cabei de assar. Vou botar lá na cozinha, e o senhor trate de comer antes que esfrie. – Olhou ao redor, desolada. – Que bagunça a polícia fez ontem! Eu tentei pedir pro seu Montanha me deixar entrar pra ir arrumando, mas ele não quis saber. Agora, olha só…

O rapaz cortou uma fatia do pão caseiro. Enquanto a enchia de manteiga, disse:

— Não se preocupe demais com a arrumação, a senhora pode ajeitar as coisas aos poucos. Vamos ver se agora o Monteiro perde a cisma que tem comigo...

— O senhor tá certo: eles desarrumam, a gente arruma. Ai, mas eu tô com muita vergonha, porque já faz uma semana que o senhor chegou e eu me esqueci de entregar um papel que veio no seu nome uns dias antes; pode ser coisa importante e eu nem lembrei.

Estendeu-lhe uma notificação com o logotipo dos Correios.

— Não tem importância.

— Tem importância sim, porque o senhor é tão bom com a gente, e como é que eu fui deixar o papel esquecido em casa? Eu andava varrendo lá pra fora quando a motocicleta do moço veio, botei no bolso do avental, e me esqueci de vez! Com aquela chuva toda eu não lavei roupa; só ontem, quando fui botar o serviço em dia, é que achei naquele bolso. Não foi por querer...

Ele teve pena da mulher.

— Não se preocupe. É só um aviso de que chegou uma correspondência do exterior pra mim, preciso ir buscar lá na agência dos Correios.

— Uai, que bom que o senhor não ficou bravo. O Manuel disse que a gente era até capaz de ser mandado embora por causa disso...

— Bravo? – o rapaz riu alto. – Eu estou felicíssimo! Se a polícia tivesse encontrado isto aqui ontem, teria se metido onde não é da conta deles. A senhora salvou meu dia! E agora, se me dá licença, vou já à cidade pra pegar a correspondência.

Lurdes começou a recolocar no lugar tudo o que os policiais haviam revolvido. Nunca vira o patrão tão satisfeito: ele até cantarolou uma modinha antiga enquanto trocava de roupa. Ao sair, deu-lhe um beijo na bochecha e correu a dar a partida no jipe.

— Virgem santa, mas não era pra tanto. Vá se entender essa juventude de hoje...

E foi encher a cesta de roupa suja com todos os lençóis e toalhas das gavetas reviradas. Não queria nem pensar nas mãos sujas dos homens da polícia mexendo na roupa branca que ela lavava e passava com tanto carinho.

»»»»»

O subdelegado foi mais cedo que de costume para a DP, e encontrou o papel sobre sua mesa. Como e quando a delegada conseguia aquelas coisas à noite ou em fins de semana, não tinha a mínima ideia. Perguntou a Matos, que chegara antes dele:

— Doutora Eulália já esteve aqui?

— Bem cedo, depois saiu dizendo que ia ficar fora da cidade por um tempo.

— Estava sozinha? – Ele se lembrou da observação de Natália na noite anterior. Precisava descobrir quem seria o tal namorado. Marfeu... Murfeu... uma coisa assim.

— Veio sozinha sim, por quê?

Monteiro lhe mostrou o papel. O sargento assobiou.

— Então, vamos mesmo prender o moço? Quando?

— Já – o outro decidiu. – A delegada vai querer o serviço feito agora. E é bom resolvermos o caso antes de a Natália chegar; eu desconfio que ela tem uma queda por esse infeliz. Mas você pode ir sem mim; não quero outro confronto com o Lucas.

— Se o senhor prefere assim...

Em cinco minutos Matos saía com o camburão e uma equipe da PM, levando a ordem de prisão. Monteiro foi sentar-se, satisfeito. Duas coisas boas: logo teria aquele escritor arrogante enfiado em uma das celas do distrito, e provavelmente passaria o dia sem ter de encarar a delegada. Quem sabe mais de um dia. Se desse sorte, ela sumiria e o deixaria em paz por um mês.

»»»»»

Ana estava inquieta naquela manhã. A terrível visão de Yves morto, no entardecer de domingo, deixara a ela e a Cristiana com os nervos à flor da pele. Tinham ouvido contar sobre a morte de Lina e de Tonho, mas ver um cadáver assim, ao vivo, e ainda ter de dar depoimento à polícia, tinha sido mais do que podiam suportar. Irineu as acompanhara o tempo todo e insistira que a doutora Jane lhes receitasse calmantes, porém ela se limitara

269

a prescrever chá de ervas – que as garotas não tomaram, pois tinham ouvido falar no tal chá misterioso que fizera Amélie dormir.

Ludmila tomara um calmante mas não sossegara, para desgosto do marido. Enfiara-se no chalé da francesa e passara o dia todo lá fazendo companhia à moça, que chorava muito, inconformada.

Durante a noite a gerente mandara a assistente de enfermagem ficar com a jovem, e então os quatro puderam jantar e tomar o café do dia seguinte em família. Porém a conversa só girava em torno do funesto acontecimento, e Irineu já estava cansado daquilo. No final do café da manhã, ordenou:

— Chega de repisar o mesmo assunto. Não quero mais ouvir falar em mortes! Meninas, vão aproveitar a piscina. E nós dois, Ludmila, vamos para o *spa*. Você falou tanto na tal massagem relaxante que agora eu quero experimentar. Vamos!

Cris e Cris foram para a piscina. Enfiaram-se na sombra de um guarda-sol e ficaram relendo os trechos do livro de Daniel que descreviam os assassinatos. Com o acontecido, Ana acabara não contando à amiga nada do que havia prometido, e agora já não estava tão certa se devia contar. Começava a achar que nem Cristiana, nem ninguém, acreditaria que Daniel era Hector... que uma pessoa que elas conheciam tinha mais de cem anos e virava lobisomem na lua cheia!

— E aí, você não vai contar o que aconteceu anteontem? – Cris pressionou pela milésima vez.

— Não aconteceu nada de mais – Ana desconversou, indecisa.

A outra cruzou os braços e a encarou.

— Tá. E a cara amarrada que você tinha quando chegou lá no restaurante? Alguma coisa aconteceu, sim.

— Olha, eu fui até o sítio, e o Daniel não estava. Daí segui o cachorro que tem lá por uma trilha no mato, e fui parar numa gruta, uma caverna que tem nas terras dele. Perto da Cachoeira dos Lamentos. O Daniel explora as cavernas, alguma coisa assim. E a gente conversou.

— Será que essa caverna é a tal Toca do Lobo?

Ana teve um sobressalto ao ouvir falar em "lobo", mas não respondeu.

— Você não vai me contar mais nada? – a outra resmungou, amuada.

— Eu me desculpei com ele – a garota confessou, afinal. Decidira contar a verdade até certo ponto. – Ele disse que estava tudo bem. Daí... falamos um monte de coisas, e... a gente se beijou.

— Rá! Eu sabia! – Cris aplaudiu. – E depois?

— Depois... nada! – ela deixou sair um bufo de frustração. – Ele veio com uma história de que é mais velho que eu, nós pertencemos a mundos diferentes, e deixou claro que não quer se envolver comigo. Pronto, agora você já sabe!

Era óbvio que Ana estava dizendo a verdade. Mas a amiga percebeu que havia mais... havia algo que ela não dissera. E teria de se contentar só com aquilo.

— Puxa, que saco. Então vocês não vão mais se ver?

— Não sei. Acho que não. Que droga, por que a gente não foi pra Bahia ou pro Ceará, como a minha mãe queria? Aqui, nada deu certo. E a gente ainda viu... aquilo.

Cristiana estremeceu com a lembrança. Passou a mão pelas páginas do livro.

— Uma coisa é ler um livro policial... outra, bem diferente, é estar no meio de uma investigação! Ah, Ana, eu não consigo deixar de pensar no livro, e nas mortes, e na assassina, e em como tudo que tá acontecendo se parece com a história.

— Pois eu acho – a amiga disse – que é melhor parar de pensar nisso. Daqui a uns dias vamos embora e pronto. Vamos devolver o livro pra velhinha do restaurante.

— A gente não ia pedir pro seu Damasceno levar lá?

— Ia, mas prefiro ir entregar em pessoa. Vamos hoje?

— Pode ser. Não planejamos nada para esta tarde, mesmo.

— Então tá combinado. Vou pedir pro meu pai... ele deve estar no *spa*, ainda.

Nada aconteceu como Ana Cristina esperava, porém. O pai e a mãe concordaram em deixar seu Damasceno levar as duas ao restaurante após o almoço. Contudo, quando ela colocou o livro na bolsa grande, Cristiana estava às voltas com o telefone do chalé.

— Não posso sair agora, Ana. Minha mãe ligou e a ligação caiu, tô esperando ela discar pra cá de novo. Faz um tempão que não converso com ela.

— Mas liga pra ela do meu celular, criatura! Ficar parada do lado do telefone, esperando esses interurbanos funcionarem, ninguém merece!

— Até parece que você não conhece dona Luziete. Ela não admite que eu use o seu celular! Diz que é abuso. Minha mãe só liga se ela mesma estiver pagando a conta.

— Tudo bem – suspirou a outra –, mas eu não posso esperar. O seu Damasceno tá pronto pra sair, e meu pai vai precisar dele depois. É ir agora, ou só amanhã!

O telefone tocou. Antes de atender, Cris decidiu.

— Vai sozinha, oras. Aposto que você vai, entrega o livro, volta, e eu ainda vou estar aqui falando com ela. Quando minha mãe começa a falar, não para mais!

— Tudo bem, então. Até daqui a pouco.

O motorista estava à espera dela com a mesma cara de poucos amigos de sempre. Após entrar no carro, a garota se reclinou no banco, consultando o relógio: em meia hora, no máximo em quarenta minutos, estaria de volta.

≫≫≫≫≫≫

Daniel procurou uma mesa escondida nos fundos da lanchonete, antes de abrir o pacote que retirara na agência dos Correios. Pediu um chá, e, quando a garçonete disse que ali só serviam café ou refrigerante, escolheu o café, embora sem intenção de tomar. Não queria abusar da cafeína.

O pacote continha várias cópias de escritos em latim e em inglês, um CD que, segundo o rótulo, continha fotografias de locais históricos, e uma carta. Daniel a leu avidamente.

"Só mesmo Lazlo Molnár pra me conseguir isso!", pensou ao terminar, ansioso pelo conteúdo do CD. Não quis esperar; perguntou à garçonete se havia computadores no local, e a moça indicou duas máquinas ali ao lado. O acesso era cobrado por hora.

O rapaz não perdeu tempo. Inseriu o CD no *drive* e foi olhando os arquivos que iam se abrindo. Eram fotografias de antigos túmulos em algum cemitério do Leste Europeu, as lápides meio destruídas, várias ainda com caracteres legíveis. Releu um trecho da carta, escrita em inglês, e que seu cérebro processava imediatamente para o português.

Encontrei finalmente o poema ritual de cuja existência você desconfia há anos. Os versos concordam com as citações esparsas que encontramos naquelas obras da biblioteca do Vaticano. Os primeiros dois versos são as frases em latim "Por sete cantos do mundo / tua peregrinação". É um setessílabo: tanto faz a língua em que o encontremos, latim, inglês arcaico, romeno, as sete sílabas se mantêm. O outro verso que lemos naquele tratado húngaro sobre licantropia também está presente: "Por sete espadas de prata / Teu sangue em expiação". Remete à necessidade de se sangrar o lobo sete vezes com uma lâmina de prata, para expurgar o sangue. Copiei no CD as fotografias que consegui da lápide. Tive de obter uma permissão especial do Ministério para entrar no sítio arqueológico, pois o estado dos monumentos é bastante precário. Por isso minha demora em dar notícias. Envio a transcrição que fiz, para o inglês, da inscrição da lápide. Mas algumas palavras ainda estão ilegíveis. Pode ser que, ao comparar a fotografia com as suas anotações, elas possam ser interpretadas. Boa sorte, amigo.

Daniel comparou cuidadosamente a foto da tal lápide com a transcrição que seu correspondente inserira na carta. Sim, faltavam algumas palavras. Se ao menos Monteiro não tivesse levado seu caderno! Ali havia trechos do poema, que ele registrara no decorrer dos anos. Se bem que... já lera tantas vezes aquilo, que era só ir para casa e se concentrar um pouco, que conseguiria lembrar as palavras. Tinha certeza disso!

"Com o poema, tenho nas mãos todas as peças do quebra-cabeça", pensou, com um sorriso. "Então posso colocar o Ritual em ação. Mas ainda não sei como fazer sozinho tudo o que ele pede."

Tirou o CD do computador e se desligou da máquina. Estava no caixa, pagando pelo café que não tomara e pelo acesso ao computador, quando seu celular tocou.

Era dona Lurdes, telefonando de casa. Estranhou: ela nunca lhe telefonara antes.

— Seu Daniel, desculpe ligar, mas a polícia acabou de sair daqui.

— A polícia? O que eles queriam, dessa vez? Devolveram minhas coisas?

A voz da mulher estava assustada, ele podia sentir.

— Não, eles tinham uma ordem pra prender o senhor. Eu acho que não devia avisar, mas... era melhor o senhor não vir pra casa agora. Tem um carro da polícia lá na frente da porteira, esperando. Seu Daniel, o que é que tá acontecendo?!

Ele respirou fundo antes de responder.

— Dona Lurdes, não se preocupe. Eu não fiz nada, pode ter certeza, isso é só um engano da polícia. Mas vou ficar fora uns tempos, está bem?

Desligou o telefone e saiu na rua. Então, Monteiro tentaria prendê-lo... Por sorte, tinha estacionado o jipe numa rua secundária, em vez de parar na avenida. E escolhera uma lanchonete afastada. Não tinha a menor intenção de deixar-se aprisionar. Muito menos durante a lua cheia!

Entrou no jipe e tomou a primeira rua que dava na periferia. Não podia pegar nenhuma das vias principais, devia evitar a DP e os postos policiais. Se conseguisse sair no mato, do lado oposto de seu sítio, conhecia bem as trilhas que o levariam à gruta.

A agitação de estar em fuga – de novo! – não o deixava concentrar-se. Precisava pensar, recordar as palavras que faltavam no poema. Sem elas, o Ritual seria inútil...

A fortuna o protegeu, ao menos naquela hora. Deixou a zona urbana e enveredou por estradas de terra, enfiando o jipe em caminhos cobertos de mato e abandonados.

Um trovão soou, à distância. O clima parecia acompanhar seu estado de espírito. A manhã que rompera ensolarada prometia desaguar numa tarde de chuva.

>>>>>>>>

Monteiro ouviu o camburão parar diante do distrito e foi para a porta. Para sua decepção, não havia ninguém preso nele. Interrogou com o olhar o sargento, que descia do carro com o ar desapontado.

— Não estava em casa – disse Matos. – Segundo a caseira, saiu cedo e não disse pra onde ia. Deixei uma viatura lá e dei um giro pela cidade, mas não vi o jipe dele.

Monteiro tornou a entrar, e teria soltado uma sequência de palavrões se no distrito, além dos policiais e o escrivão, não estivessem a estagiária atendendo os telefonemas e Natália, que naquela manhã estava com o nariz torcido para ele. Vira a cópia da ordem de detenção na mesa da delegada e não gostara nem um pouco.

— Solte um alerta – ordenou ao sargento. – Quero o suspeito preso o mais depressa possível! Ele não pode ter ido muito longe. Natália, avise os postos em todas as saídas da cidade. Sabe o número da placa do jipe dele?

— Sei – a detetive respondeu num tom sombrio. – Mas eu já disse que...

— Obedeçam – ordenou o subdelegado, indo trancar-se em sua sala.

Matos olhou-a como quem pede desculpas.

— Só estou cumprindo ordens, Natália. A delegada deixou a ordem de detenção, o subdelegado mandou prender o homem, o que eu podia fazer?

— Nada, eu sei – ela suspirou. – Mas é um erro, Matos! Daniel Lucas não é um assassino. E esteve sob vigilância nos últimos dias, como poderia ter matado o francês no hotel-fazenda?

— Se não foi ele, quem foi? – o sargento perguntou, já se encaminhando para a viatura, pretendendo soltar o alerta pelo rádio. – Não temos mais nenhum suspeito.

A moça foi atrás dele.

— Temos sim, e eu já mostrei todo o material que reuni para o Monteiro, mas ele está com a ideia fixa de prender o Lucas! Escute, e me diga se fiquei maluca.

Despejou para o sargento uma lista enorme de evidências. Ele arregalou os olhos ao ouvir.

— Faz sentido... – disse, quando ela terminou de falar. – Mas você não vai convencer nem o Montanha, nem a delegada, nem nenhum juiz, a prender uma velhinha de cento e três anos!

— Pode ser, mas tudo aponta para ela. E sabe o que é o pior? Não acredito que as mortes vão parar por aqui. Teremos mais vítimas, acredite no que estou dizendo!

Voltou para a delegacia, furiosa, enquanto Matos, já não tão certo do que estava fazendo, disparava um alarme geral pela frequência da polícia.

»»»»»»

Ana Cristina desceu do carro com um agradecimento de cabeça para seu Damasceno. Ele nem se dignou a acenar de volta. Manobrou no estacionamento enquanto ela se dirigia à entrada. O céu nublara e alguns pingos de chuva já caíam.

O restaurante estava tranquilo naquela segunda-feira. Havia algumas pessoas almoçando e poucos garçons atendendo. Ela entrou sem que ninguém lhe prestasse atenção e sem encontrar a quem perguntar sobre a velha senhora.

Deu de ombros e entrou pelo corredor que ia dar nos toaletes e de onde, por uma porta à esquerda, podia-se entrar no museuzinho.

A sala estava escura, apenas com uma fresta da janela aberta. Mas Ana não precisava de mais luz para encontrar a pilha de livros antigos. Mesmo na obscuridade, pegou o de capa marrom na bolsa e enfiou entre os outros. Já ia sair quando percebeu que alguma coisa havia mudado naquela sala, desde que ela e Cris tinham estado ali.

Era o baú, com certeza. Alguém o havia arrastado para o meio da sala, deslocando um pouco o tapete grosso do chão. Provavelmente iam tirar aquela velharia de lá… O local em que ele ficava antes, sob a prateleira, estava cheio de coisas empoeiradas caídas.

Dessa vez, levada mais pela curiosidade que pela impulsividade, Ana foi fuçar nas tais coisas. Algo brilhante chamava a atenção; ela estendeu a mão e pegou o objeto.

Era uma correntinha com uma chave pendurada. A garota não demorou nem dois segundos para associar a chave com o cadeado que trancava o velho baú…

Custou um pouco para abrir, mas logo um clique liberava a tranca. Ela levantou a tampa e olhou o conteúdo.

Nem mesmo o cadáver de Yves lhe parecera tão sinistro quanto o que via agora.

Oito bonecas de porcelana, muito antigas. Seus vestidos estavam puídos, e sobre algumas cabeças havia véus... amarelados, cheios de manchas e buracos de traça. O cheiro de mofo era horrível! Mas havia outro cheiro ali. Um cheiro peculiar...

Ana viu a faca junto aos pés das bonecas. Suja... manchando mais ainda os vestidos e véus. Era de lá que vinha o cheiro.

Cheiro de sangue.

Pastoso, em grande parte coagulado. Misturado a fios de cabelo!

E outra coisa, no canto da grande caixa de madeira. Um objeto elétrico que destoava totalmente daqueles cacarecos antigos.

Fascinada, ela estendeu a mão e pegou naquilo. Era um aparelho de cortar barba e cabelo, supermoderno, importado, caro! Possuía bateria interna recarregável. Seu pai tinha um daqueles. Havia manchas na superfície prateada...

Ana deixou aquilo cair no baú, abafando um grito. Era sangue! Quem matara Lina e Tonho usara aquela faca e raspara seus cabelos com o aparelho. Ela estava diante das armas do crime!

»»»»»»

Daniel havia deixado o jipe oculto no final de uma trilha, camuflado por um bambuzal. De lá, seguira para uma picada que ia dar na entrada da gruta. Era um bom esconderijo. Ainda havia algumas roupas lá, e pelo menos duas garrafas de água. Se Lurdes lhe levasse comida, poderia muito bem esconder-se ali por uns dias.

Na segunda câmara, acendeu a lamparina e pescou alguns frascos e um suporte com tubos de ensaio em um dos caixotes. Sentou-se no velho banco e preparou um procedimento que já repetira incontáveis vezes.

De uma caixa de metal revestida de isopor, tirou um frasco de vidro cuja etiqueta dizia *"F. L. Reagente"*. Depois, esquentou uma agulha na chama da lamparina e com ela picou um dedo, deixando seu sangue escorrer dentro de um tubo de ensaio. Tomando de novo o frasco, pingou no tubo várias gotas do líquido que ele continha. Ergueu o tubo à luz da lamparina e o sacudiu vigorosamente durante um minuto inteiro. Então, observou...

Os componentes do sangue estavam se separando. No fundo do tubo de ensaio permanecia um líquido vermelho-escuro. Sobre ele, uma água amarelada se depositava. E, na água... pequenos corpúsculos prateados revoluteavam. Eram mínimos, ínfimos, mas os olhos treinados de Daniel os identificavam com facilidade, e até mesmo calculavam sua incidência por milímetro cúbico.

Colocou o tubo de ensaio no suporte e ficou analisando-o.

"Está no mesmo nível que sábado. Fiz o teste pouco antes de Ana Cristina chegar, e a incidência do Fator L no sangue era praticamente a mesma de hoje. Se a quantidade de agentes no plasma não se alterou, por que, então, não me transformei ontem? Ou será que o fator baixou e hoje tornou a subir? Ainda é lua cheia..."

Estava nessas elucubrações quando seu celular tocou. Olhou o visor, alarmado. Podia ser a polícia... Percebeu que o número de celular pertencia a Ana. Não se falavam desde a noite de sábado, e ele realmente esperara que ela não o procurasse enquanto a lua não mudasse.

— Calma, Ana Cristina, fale mais devagar, não entendo nada do que está dizendo... Onde você está?... O quê?! Sim, consigo ouvir, mas sua voz está abafada. Mais devagar!

Por alguns instantes escutou o que ela dizia. Levantou-se, alarmado. Os pensamentos se processavam em seu cérebro com rapidez espantosa, enquanto a ouvia.

O baú. Arrastado para o meio da sala. Alguém ia removê-lo dali... Bonecas sem cabelos. Uma faca! Um aparelho elétrico importado. E o sangue, o sangue...

De repente, tudo fez sentido.

— Ana, pare de falar e me escute! Você tem de sair daí. Agora. Entendeu?

Ouviu-a retrucar, e repetiu:

— Isso mesmo. Feche o baú e saia, depressa, antes que alguém veja você! Depois me ligue, está bem? Assim que estiver fora daí, me... Alô? Ana? Ana?!

Ela não desligara o celular.

Um ruído… um grito abafado… então um estrondo, um clique, e a linha caíra.

Daniel sentiu a adrenalina inundar seu sangue. Precisava ir para lá! Mas estava longe demais. E se o jipe fosse visto na cidade, Monteiro colocaria a força policial inteira atrás dele.

Mas isso não importava: tinha de ir. A pessoa que matara Lina e Tonho acabava de pôr as mãos em Ana Cristina!

Veloz como se ainda galopasse sobre quatro patas, ele correu para fora da gruta, para o bambuzal onde escondera o carro, para a cidade por uma estrada secundária. Não podia suportar o pensamento de que alguém estava prestes a matar aquela garota.

Não! Isso não ia acontecer. Era o começo da tarde, num dia das férias, com a cidade cheia de gente e muitas testemunhas possíveis. Ela podia estar em perigo, mas não seria morta durante o dia. Todos os outros assassinatos haviam sido acobertados pela noite.

Ainda havia tempo para encontrá-la.

Antes que anoitecesse.

Antes que a Lua nascesse.

Ele não ia permitir que Ana tivesse o mesmo destino de Beatrice.

CAPÍTULO 9
PRISÃO

Na mitologia e no folclore mundiais há histórias antiquíssimas que falam de homens e mulheres transformados em animais. Em quase todas elas, a magia que causou a transformação e a prisão na animalidade é desfeita quando o personagem principal encontra um parceiro do sexo oposto. Duas conclusões se podem tirar daí: a primeira é de que não existe magia, ou maldição, que não possa ser desfeita. A segunda é de que o desfazer da maldição só ocorre após o citado encontro com o amor.

Essas histórias foram agrupadas num corpo de estudos que se convencionou chamar de Ciclo do noivo animal. Sua versão mais ancestral parece ser o mito grego Eros e Psichê, conhecido através de um texto de Apuleius, filósofo e escritor nascido no século II em uma colônia romana na Numídia (hoje Algéria). Nessa história temos vários dos motivos que depois aparecerão em contos de fada: a união de um homem (ou mulher) transformado ou disfarçado de animal com uma jovem (ou rapaz); várias provas pelas quais ele, ela, ou ambos devem passar; e a redenção de um deles ou de ambos, através da coragem e amor do parceiro (ou parceira).

Algumas histórias pertencentes a esse ciclo são bastante conhecidas. Temos, dos Irmãos Grimm, "Rosa Branca e Rosa Vermelha", na qual um urso pede abrigo durante o inverno severo na casa da floresta em que moram duas irmãs. Depois de várias peripécias com um anão maligno, o urso se transforma em um belo príncipe e se casa com uma das irmãs. Também recontada por Grimm, "O rei sapo" traz um sapo a quem a princesa deve convidar para sua mesa e sua cama, em agradecimento por ele ter recuperado sua bola de ouro caída em um poço. Naturalmente, o sapo se desencanta pela ação da princesa, revelando-se humano, e um rei.

Na história francesa "A Bela e a Fera", a jovem Bela é obrigada a ir morar num castelo habitado por uma fera repugnante e ameaçadora;

280

a princípio ela o detesta, mas aos poucos vai aprendendo a amá-lo e, quando Fera está prestes a morrer, Bela o salva demonstrando seu amor. Ele então se desencanta e retoma a forma humana.

Um conto romeno chamado "O porco encantado" tem como protagonista a filha mais nova de um rei, que é destinada a se casar com um porco. Destino tão ingrato é amenizado pelo fato de que, à noite, o porco se transforma em homem. Porém, ao tentar desfazer a transformação com a ajuda de uma feiticeira, a moça só consegue perdê-lo. E terá de passar por inúmeras provas, sendo a última terrível, para reencontrá-lo e tê-lo como marido na forma humana.

No conto norueguês "A leste do Sol e oeste da Lua", encontramos os mesmos elementos, só que o marido a quem a protagonista é prometida é um urso branco; aqui a transformação do urso em homem é complicada, pois ele cai sob o poder de um grupo de trolls e só depois de muito sacrifício, e da ajuda dos quatro Ventos, a moça o encontra e pode casar-se com ele.

Dizem os estudiosos que, na verdade, todas essas histórias falam sobre a jornada do ser em busca de sua humanidade, da necessidade que toda pessoa tem de alcançar a maturidade. Apenas quando o homem e a mulher se desligam do mundo infantil e lutam por seu crescimento como pessoas é que poderão ser felizes, completos – a completude simbolizada pelo encontro com o parceiro ideal. Mas recuperar a humanidade, quando se está preso na animalidade, não é fácil. Os heróis das histórias, sejam homens ou mulheres, devem passar por muitos sacrifícios e provar sua maturidade através do sofrimento, para obter a transformação.

»»»»»»»

Os quarenta minutos que durariam a saída de Ana Cristina se transformaram em mais de uma hora. Um mau pressentimento deixou Cristiana inquieta. Do telefone do chalé, ela ligou três vezes para a amiga, mas a ligação só caiu na caixa postal. A filha de Luziete, a contragosto, percebeu que a única saída era avisar os pais de Ana.

Debaixo da chuva intensa que esfriava bastante a tarde sem pressa de avançar, Cristiana saiu do chalé e correu até o *spa*. Chegou encharcada, o rosto apreensivo, e esbaforida o suficiente para preocupar Irineu, que acabara de ser atendido pela podóloga. Do *hall*, ouvia-se a voz de Ludmila, numa das salas, discutindo com a esteticista a eficiência dos cremes importados *versus* os nacionais.

Imediatamente, o advogado acionou o motorista pelo celular.

— *Como assim, Damasceno?* – vociferou. – Minha filha não pode ter simplesmente *sumido!*

»»»»»»»

Em seu desespero para chegar o mais rápido possível ao restaurante, Daniel nem notou que chamava a atenção de uma viatura de polícia na estrada. Estava concentrado demais no volante, o temporal e o excesso de velocidade provando que jamais combinariam. Quase perdeu o controle do jipe antes de, finalmente, entrar no estacionamento. Além da escuridão trazida pela chuva, sabia que estava anoitecendo. E, se a mutação viesse, poderia reencontrá-lo a qualquer segundo...

"Penso nisso depois!", resolveu, largando o veículo na primeira vaga disponível. As gotas pesadas e frias o receberam com agressividade, lutando para atrasá-lo ainda mais em sua corrida até a porta do restaurante. Lá, ninguém pareceu notar sua entrada cheia de água, que marcava o piso com os tênis ensopados. Era só mais um cliente que o temporal pegara desprevenido no caminho.

Daniel voou para o museu, de onde Ana Cristina lhe telefonara. Encontrou apenas Merência, no centro do aposento, balançando-se para a frente e para trás. A seus pés, sobre o tapete e aberto ao meio, estava *Coração selvagem*, o original que jamais seria publicado, aquele que o autor, na verdade, jamais deveria ter escrito.

A idosa gemia, baixinho. Suas mãos manchadas pela idade apertavam os cotovelos, enfiando-lhes as unhas sujas com o sangue que arrancava de seu próprio corpo.

Daniel aproximou-se com cautela, para não assustá-la.

— Merência... Você viu a Ana Cristina? – perguntou, em voz baixa. – É aquela jovem loira, filha do advogado famoso, que pegou meu livro emprestado, lembra?

A mulher girou para ele os olhos dementes. O rapaz estremeceu. Aquela jamais seria a mesma pessoa que conhecia havia um século... *O que estava acontecendo de verdade?*

— Você roubou meu baú! – acusou Merência, apontando o dedo indicador para o nariz de Daniel. A peça não estava no lugar e tampouco em nenhum outro ponto do museu. Desaparecera.

— Eu não...

— *Você destruiu minhas bonecas!*

Ele engoliu o que iria dizer quando a velha senhora agarrou seu pescoço com uma das mãos. Dedos gelados pressionando sua garganta... E com força.

— Eu sei que foi *você*... – sibilou Merência, impondo mais pressão. – Vi a faca, o sangue... E os cabelos, muitos cabelos... Ah, como aquele chá é amargo... Culpa sua!

Daniel afastou a mão da idosa e, principalmente, as lembranças dolorosas despertadas pela ameaça. Seu estômago, revirado pelo nervosismo, provocou-lhe náuseas.

— Não fui eu – disse, mantendo o autocontrole. – Eu não matei ninguém.

— *Mentira!* – ela gritou, esganiçada. – *Você é o assassino!*

Os berros logo atrairiam atenção. Era preciso sair dali, descobrir o paradeiro de Ana Cristina e...

— Chá amargo?! – repetiu o rapaz, percebendo que ali havia um detalhe importante. – Onde está a xícara de chá, Merência?

— Que diabos está acontecendo aqui? – disse Ernesto, entrando no museu acompanhado por um dos garçons, o mesmo que atendera Daniel na véspera.

Totalmente fora de si, Merência tampou as orelhas com as mãos e gritou uma frase que paralisou Daniel:

— *Hector é o assassino!!!*

Ernesto chegou mais perto, com cuidado, abrindo os braços num movimento que pretendia tranquilizá-la.

— Tia, por favor, pare com isso...

Ela deu um passo para trás, depois outro. Novamente o dedo indicador se dirigiu a Daniel.

283

— Foi ele... *ele!*

— Mas esse rapaz só trouxe a senhora pra casa ontem... – lembrou Ernesto.

— Ele tem sangue ruim... Assassino! *Assassino!*

Foi quando Daniel sentiu a presença de Monteiro, que entrara no museu bem a tempo de ouvir a acusação. Não viera sozinho. Contava com o reforço de cinco policiais para lhe dar ordem de prisão.

Quanto mais o sobrinho-neto se aproximava, mais Merência berrava:

— É sim! A lua cheia manda nele... Manda no lobisomem!

— A senhora precisa ficar calma...

— Você não acredita em mim?! Conte pra eles, Hector, conte! Ai, me solte! Me solte!

E a velha senhora começou a se debater nos braços que a cercaram, buscando controlá-la. O garçom também se unira a Ernesto para ajudar.

Daniel avaliou a janela a alguns passos de distância. Talvez tivesse tempo de abri-la e saltar para o temporal. Mas havia Ana Cristina... E também Merência, que poderia se machucar gravemente se continuasse a lutar contra Ernesto e o garçom.

Felizmente ou não, o amor sempre teria o poder de decisão na vida de Hector Wolfstein, não importava que nome ele usasse hoje.

— Era uma vez um príncipe egoísta, que ganhou uma feiticeira como inimiga – começou a contar, com uma doçura que contrastava com o ambiente de gritos e fúria. – Para castigá-lo, ela o transformou numa fera abominável...

Teve sucesso em atrair o interesse de Merência. Ela parou quieta, fechando a boca para que nenhum som atrapalhasse a história.

— E como fera o príncipe viveu no castelo, à espera de um grande amor que viesse resgatá-lo de si mesmo.

— Fale da Bela, Lobinho! – pediu a velha senhora, ansiosa como uma criança pequena à espera da continuação da história que a colocaria para dormir o sono dos anjos.

Daniel sorriu para ela, sem se importar com os olhares dos policiais que agora o consideravam, além de assassino, doido varrido. Ernesto fez uma careta, na certa pensando no quanto aquela tática teria sido útil se a conhecesse antes.

Quando era pequena e Hector a colocava para dormir, Merência sempre o interrompia naquele trecho, pedindo para falar da Bela, a personagem que se apaixonaria pela Fera. Era seu conto favorito. E o rapaz o utilizara inúmeras vezes para dissolver alguma birra da menina com a mãe ou com os irmãos mais velhos.

— Falo da Bela se você for se deitar – propôs. Não tinha certeza de que, ainda em surto, ela lhe obedecesse.

— Agora? – a idosa perguntou, contrariada.

— Agora.

Mansa como um cordeirinho, Merência se deixou levar pelo sobrinho-neto e pelo garçom, parando apenas para pegar o livro ainda sobre o tapete. Agarrou-o como se fosse um tesouro. Depois, tranquila, passou pelos policiais, em pé junto à porta, como se eles não existissem.

— A Ana Cristina desapareceu! – disse Daniel, antecipando-se para falar com o subdelegado. – Ela me ligou daqui e contou que...

Um clique quase inaudível provou que era tolice acreditar na colaboração da polícia. Monteiro acabava de fechar uma das argolas da algema em seu pulso direito. Truculento, ele o obrigou a se virar de costas, dando prosseguimento à prisão.

— Ela será a próxima vítima! – argumentou o rapaz. – O senhor precisa perguntar se alguém a viu aqui, se notaram algo suspeito e...

O subdelegado, porém, manteve-se surdo ao seu apelo. Empurrou-o para fora do museu, direto para a área principal do restaurante. O ar de satisfação pura demonstrava o quanto se sentia realizado com a humilhação imposta ao seu suspeito. Garçons, clientes, faxineiras, cozinheiros e até a governanta mal piscavam, todos acompanhando o desdobramento de uma cena tão deplorável.

— Não! – gritou Daniel. – Vocês precisam encontrar a Ana Cristina! O assassino vai *matá-la*!

Foi ladeado por Monteiro e por outro policial, que o seguraram pelos braços para controlar seus movimentos. Como Merência fizera antes, ele também se debateu. Resistiu até que sua força fosse dominada por completo e ele terminasse, arfando, dentro do camburão.

Fazia décadas que Daniel não chorava.

Foram lágrimas de raiva e frustração.

285

»»»»»

De um terraço, que permitia a visão total do estacionamento do restaurante, clientes e funcionários acompanhavam o desfecho da ação policial. Sob a chuva intensa, Monteiro e seus homens arrastavam o escritor até o camburão. O infeliz derrapava no piso molhado, esperneando, gritando, fazendo o impossível para convencer a polícia de que Ana Cristina estava em perigo.

Damasceno, no meio da plateia interessada, pegou o celular e se afastou, buscando privacidade para conversar com Irineu.

»»»»»

A filha de Luziete cruzou os braços, aflita, e foi novamente espiar a janela que dava para o estacionamento do hotel-fazenda. Fora da recepção, onde aguardavam por notícias de Ana, só existia o temporal que isolava o mundo como uma parede grossa e úmida, escurecendo ainda mais a noite.

Trair a confiança da melhor amiga jamais seria uma opção. O problema é que Cristiana não conseguia parar de pensar no pouco que sabia sobre a escapada secreta de Ana, no sábado, para falar com Daniel. Ela mencionara uma caverna próxima à Cachoeira dos Lamentos... E se estivesse naquele local, perdida? Ou, pior, fosse prisioneira de algum maluco...? E se Daniel fosse o responsável pelos crimes em Passa Quatro?

O medo levou Cristiana a fazer uma escolha difícil. Retornou para perto de Ludmila e Amélie, sentadas em um sofá. A mãe de Ana chorava no ombro da francesa.

— Perto da Cachoeira dos Lamentos, tem uma caverna – começou a jovem, criando coragem de falar a frase seguinte. – A Ana só pode estar lá!

Ludmila ergueu a cabeça, sem entender.

— Caverna?! – murmurou. – Por que minha filha iria para um lugar assim?

Cristiana recuou. A amiga jamais a perdoaria se revelasse seus segredos.

— Porque... hum... Ela se perdeu lá da outra vez, não foi?

A explicação soou estúpida demais para merecer uma checagem. Amuada, a jovem buscou abrigo em outro sofá.

— Ai, minha filhinha... – retomou Ludmila, aos prantos.

— Mantenha a fé – incentivou Amélie, afagando seus cabelos. – Logo, logo, ela voltará para vocês...

»»»»»»

O perigoso Daniel Lucas atrás das grades, os crimes prestes a serem solucionados, enfim, um dia perfeito. Ou quase.

Monteiro torceu o nariz ao ver, de sua sala, quem acabava de chegar: a delegada Eulália Albuquerque. E não vinha sozinha. O advogado Irineu Sanchez de Navarra a perseguia, esbravejando. Pelo jeito, os dois tinham se esbarrado na porta da delegacia. "Droga, ela não ia ficar fora da cidade por um tempo?", pensou Monteiro, desolado.

— Minha filha sumiu e eu exijo que a polícia tome as devidas providências para encontrá-la!

Calmamente, Eulália fechou seu guarda-chuva grená de bolinhas brancas e o largou num cesto de metal, ao lado do balcão de atendimento ao público.

— Como o senhor mesmo disse – resmungou, azeda –, ainda não temos vinte e quatro horas do desaparecimento de sua filha. Não há, portanto, nada a ser feito antes desse prazo.

Monteiro deixou sua sala e, discreto, foi remexer numa pilha de pastas atrás do balcão. Irineu estava roxo, indignado ao extremo.

— A senhora não entendeu – rosnou. – Há um assassino à solta, e minha filha...

— O senhor é que não está entendendo. O assassino foi preso no começo da noite. E eu não pretendo mobilizar meu pessoal atrás de uma adolescente mimada que, possivelmente, resolveu dormir com o namorado sem *papai* saber.

O advogado engoliu ar, quase explodindo de raiva.

— Exijo falar com esse escritor! Ele gritou para todo mundo ouvir que foi o último a falar com minha filha e...

— Aqui o senhor não exige nada!

— Pois sou o advogado dele – mentiu, tentando controlar-se. – E meu cliente tem direito a...

Naquele momento, porém, Eulália era a única autoridade presente. E até mesmo o poderoso Irineu teria de engolir suas ordens.

— Passar bem, doutor! – ela dispensou, dando-lhe as costas.

Sem saída, o homem deu meia-volta e, a passos largos, retornou à rua. Monteiro ainda revirava as pastas.

— Não seria melhor procurar a menina? – sugeriu para a delegada.

— Se alguém sumiu de verdade, o que não parece ser o caso – ela resmungou –, então basta perguntar sobre seu paradeiro ao nosso suspeito, não é mesmo? Só não entendo por que você continua aí, parado.

As mãos do subdelegado quase amassaram o papelão de uma das pastas. Eulália, os saltos finos dos sapatos batendo, nervosos, contra o chão, seguiu empinando o queixo até sua sala. "Droga, ela é que devia sumir de vez!"

»»»»»»

A chuva diminuía de intensidade, sem qualquer preocupação com as ruas que abandonava parcialmente alagadas. Irineu correu até o carro parado junto à calçada, defronte à delegacia. Bufando, abriu a porta e entrou, sentando-se no banco ao lado do motorista.

— Acho que *ela* desconfia da nossa presença aqui na cidade, Damasceno.

»»»»»»

Através da minúscula janela gradeada, no alto de uma das paredes da cela dois, Daniel constatou que a chuva dera uma trégua. Encolheu-se, sentado na cama de ferro sem colchão e tocando as roupas molhadas que secavam em seu corpo. Já tirara os tênis e as meias, tentando aliviar a sensação de frio, mas não conseguia parar de tremer.

— Posso lhe trazer um cobertor – ofereceu Natália, surgindo no corredor além da cela.

Sem hesitar, o rapaz desandou a falar. Ela o ouviria! Despejou tudo o que pudesse facilitar a localização de Ana Cristina: a visita ao museu para devolver um livro, a ligação para o celular dele, o que ela vira no baú, a interrupção brusca do telefonema. Se existia alguém que pudesse ajudá-los, essa pessoa era Natália.

— Infelizmente, Daniel, estou de mãos atadas. Não há nada que eu possa fazer.

— Vá ao restaurante, procure pela Ana. Alguém deve ter visto alguma coisa!

— Algum indício de Merência ser a responsável pelo desaparecimento da jovem?

Daniel mordeu os lábios, aturdido. A investigadora acreditava que a velha senhora...?

— Ela jamais mataria alguém! – defendeu o rapaz.

— Como você pode ter tanta certeza?

— Simples, Natália – respondeu Monteiro ao também se aproximar da cela. – Porque ele é o assassino, esqueceu?

Angustiado, Daniel procurou os olhos dela. Torcia para que acreditasse em sua sinceridade.

— Não matei ninguém, eu juro!

O subdelegado riu alto. A investigadora, porém, sustentava o olhar capturado pelo rapaz.

— Nossa, quanto drama! – zombou Monteiro, com um tapinha camarada nas costas da subordinada para quebrar a ligação visual entre ela e o prisioneiro. – E ainda existem mocinhas ingênuas que acreditam nessa cara de cachorrinho abandonado...

Deu certo. Natália piscou antes de se voltar para o chefe, com as sobrancelhas cerradas. Sem uma palavra, deixou os dois a sós.

— O chá... – lembrou-se Daniel. Teve de gritar para que a investigadora o escutasse. – Existe alguma coisa estranha naquele chá amargo que a Merência toma!

— Ah, além de cabelos e mortes, você também gosta de chás misteriosos! – provocou o subdelegado. – O que acha de conversarmos mais sobre este assunto, hein?

Ainda com muito frio, Daniel girou o rosto em direção à janelinha. Ventava bastante, mas não chovia mais. Analisou as grades e o contorno em alvenaria da abertura, emoldurando a noite que se aproximava.

Para chamar sua atenção, Monteiro citou a terceira morte, descrevendo o cadáver de Yves Poulain. E começou a pressioná-lo para que contasse onde escondera a filha do advogado.

Exausto demais para reagir, o rapaz deixou-o falando sozinho. Sua mente vagava pelo passado, pelo rosto surpreso de Beatrice sob o véu, pelo cadáver da lavadeira Valdina... E retornou ao presente, para as fotos que mostravam Lina e Tonho mortos...

Algo lhe dizia... A nova vítima não era a terceira, e sim a sétima.

E somente um milagre impediria que Ana Cristina se tornasse a oitava e última boneca.

>>>>>>>

Uma dor na cabeça. Nos braços. Depois, a falta de ar... E de súbito tudo lhe voltou: o medo, a raiva, a sensação de impotência que tivera ao sentir o cano gelado da arma pressionando suas costas. E as lembranças. Naquela hora a voz sussurrada, estranha, ameaçadora o suficiente para fazer seu sangue gelar nas veias, dissera apenas:

— Você chegou bem na hora do chá... e é bom continuar quieta, com a boca fechada, se não quiser ficar igualzinha às bonecas no baú.

Paralisada de medo, ela ficara imóvel enquanto alguém apertava um pedaço de pano fedendo a bolor sobre seus olhos, cegando-a totalmente, e prendia seus braços para trás com algum tipo de tira, também de tecido. A pressão da arma nas costas diminuíra por um instante; e então uma xícara fora pressionada junto a seus lábios.

Era chá, quente e doce, mas com um sabor amargo ao fundo. Ela bebera sem saber como nem por que, e então... então...

Veio a escuridão e uma vaga lembrança de sonhar que estava presa num caixão, sem poder se mexer, sem respirar direito com todo aquele cheiro de bolor.

Ana Cristina ergueu o corpo do chão, sentindo a cabeça doer de novo. Mas não havia mais falta de ar. Tentou raciocinar, colocar a mente confusa em ordem. Aquilo acontecera havia muito tempo... ela dormira, talvez por horas.

Estava sentada no chão em algum lugar frio, úmido. A venda continuava apertada em seus olhos, impedindo qualquer visão. Mexeu as mãos; estavam amarradas nas costas. Dava para sentir que agora o que a prendia era uma corda de náilon, forte, fina e cortante. Machucava bastante, mas não impedia a circulação.

Estendeu as pernas à frente e não encontrou resistência. Os pés resvalavam em um piso coberto de pó. Sentia dores nas pernas e nos braços. Tinha contusões nos cotovelos. Onde estava?

Não mais no museu do restaurante, isso era certo. Lá não havia esse pó nem essa umidade. Fora transportada para outro local... estremeceu, quando a conclusão óbvia se impôs: fora dopada com aquele chá e transportada dentro do baú, junto com as bonecas!

Isso explicaria as contusões nos braços e pernas e o bolor. O cheiro a impregnava... Um bolo no estômago subiu e ela se inclinou para o lado. O vômito jorrou com um horrível gosto amargo.

Ela recuou para longe da sujeira e bateu numa parede. Tateou, mesmo com as mãos amarradas. Eram tijolos, frios, e não parecia haver mobiliário nenhum ali.

Uma sensação nova, de leveza, a perturbou. Havia algo estranho em sua cabeça. Num esforço, esticou os braços amarrados o mais que pôde para cima e inclinou a cabeça para trás, procurando tocar os cabelos. Mas... que cabelos?

Gemeu alto, ao perceber que eles haviam sido cortados rentes à nuca. Um terror indizível a tomou, e ela se encolheu no canto da parede, chorando baixinho.

Quem matara Lina, Tonho e Yves ia matá-la também... só não enfiara aquela faca ensanguentada nela ainda porque, é claro, não queria deixar traços no restaurante. Não raspara seus cabelos ainda porque a venda nos olhos impediria o serviço completo.

Teve vontade de gritar, espernear, sair correndo dali.

E então se lembrou de Daniel. Ele sabia que ela fora ao restaurante, sabia o que ela vira no baú. Seria capaz de encontrar sua pista!

Uma certeza cálida envolveu seu coração. Não podia se desesperar. Estava viva, ainda! Ele passara por todas aquelas quase mortes, surras, ameaças, tristezas, transformações – e sobrevivera. Não era um homem comum. Era um homem-lobo. Tinha força, poderes, podia salvá-la como já a salvara de ficar perdida na mata.

Sem conseguir usar as mãos, Ana Cristina esfregou nos ombros as faces molhadas pelas lágrimas que não tinham sido absorvidas pela venda. Não ia ter um ataque histérico. Ia provar para todo mundo que não era mais uma criança mimada. Aguentaria tudo aquilo. Sem chorar. Sem se desesperar. Não sabia como, mas tinha de acreditar que sairia dessa.

»»»»»»

Em casa, após o expediente interminável, Monteiro não conseguia dormir. Rolou na cama, intrigado com o mergulho de Daniel na depressão mais absoluta. Passara as últimas horas provocando-o, utilizara todas as táticas para pressionar suspeitos, e nada!

Prostrado, perdido em si mesmo, o rapaz não manifestara nenhuma reação. Desistia de tudo, como se salvar a garota fosse a única coisa que realmente importasse. E se ele…? Não, impossível! Claro que o escritorzinho com o rei na barriga era o culpado! Tudo apontava para ele… Ou não?

Se havia algo que Monteiro odiava era questionar suas próprias conclusões. Existe uma grande diferença entre insegurança e dúvida, mas o subdelegado costumava confundir a segunda com a primeira.

No entanto, o que piorava ainda mais seu estado de espírito era o fato de Natália demonstrar abertamente um interesse romântico pelo rapaz, que respirava inteligência e refinamento. Doía não contar com o apoio da investigadora para solucionar o caso. E vê-la, então, preocupando-se com o prisioneiro, perguntando se ele queria um cobertor, suspeitando de uma velhinha centenária e inofensiva apenas para inocentá-lo… Ah, aquilo era inadmissível!

Não ajudou muito o telefonema que o subdelegado recebeu no meio da madrugada. Era um dos policiais de plantão na delegacia, Aguiar.

— O senhor não vai acreditar – balbuciou ele, inseguro –, mas o prisioneiro fugiu!

»»»»»»

Ainda de madrugada, Damasceno reuniu moradores locais para ajudar nas buscas pela região, num grupo que também incluía Benê, Gaúcho e mais dois funcionários do hotel-fazenda. Irineu, que não era homem de ficar parado, voltou à cidade, onde rodaria à procura da filha.

Cristiana os viu sair, olhando pela janela da enfermaria. Apesar do medo de estar errada, arriscara guardar para si o segredo da amiga. Mas, mesmo assim, precisava ajudar de alguma forma!

Exausta pela noite insone, deixou o ambulatório, onde Ludmila descansava à base de calmantes, após o terceiro sumiço da filha... No corredor, passou por duas camareiras, que comentavam sobre a prisão do escritor e a confusão que ele aprontara no restaurante.

— Então a filha do advogado foi vista lá pela última vez? – dizia uma delas.

— É o que todo mundo está comentando. A Etelvina, mãe do Pedrinho, aquele que trabalha como garçom, me contou que o pobre do seu Ernesto já cansou de falar para as pessoas, inclusive para o pai da menina, que ninguém viu ela por lá! Até repórter já apareceu para infernizar ele!

— Ah, coitado! Aquilo vai ficar mal é para o restaurante, sabia? Quem vai querer comer naquele lugar depois disso?

— Almoce aqui e desapareça! – riu a outra, num péssimo momento para comentários de humor negro.

Continuaram conversando, animadas, sem se importar com Cristiana, que arrastava os pés em sua trajetória. Lá, a garota sentou-se na cama e fitou o telefone, indecisa.

Após um longo suspiro, pareceu reunir a coragem de uma existência inteira. Retirou o telefone do gancho para teclar os números. Paulo era a única pessoa com quem podia contar.

»»»»»»

Nem todos os anos de atuação na polícia tinham preparado Monteiro para o enigma que encontrou na cela de Daniel. No lugar da janelinha gradeada, no alto da parede, havia um rombo grande o suficiente para dar passagem a um urso! Somente um monstro teria força suficiente para arrancar tijolos e barras de ferro daquela forma.

Lá fora, o céu da madrugada, ainda nublado, deixava entrever alguns raios da lua cheia.

— Como ele fez isso, chefe? – disse Aguiar, bastante impressionado. – Nós escutamos um barulhão, e quando corremos pra cá... tinha esse buraco aí!

Mais estranho ainda que o buraco era o que o prisioneiro deixara na cela. No chão, um par de tênis e meias ainda úmidos. Sobre a cama de ferro, as roupas que Daniel usara, perfeitamente dobradas; sobre elas, os óculos. Seria possível que aquele maluco tivesse fugido... pelado?

O subdelegado balançou a cabeça para adiar a vontade de desvendar a fuga inexplicável. Isto poderia ficar para depois.

— Acione a PM! – mandou. – Quero todas as viaturas atrás desse sujeito! Ele não pode estar longe.

>>>>>>>>

Mas Daniel já estava muito longe da delegacia. Apreensivo pelo final da madrugada, o lobisomem galgou com facilidade os obstáculos que o separavam de seu esconderijo favorito, próximo à Cachoeira dos Lamentos.

Morrendo de sono, desistiu de atravessar a gruta para alcançar a caverna, mais adiante. Apenas tombou sobre o piso rochoso, sem vontade nenhuma de despertar tão cedo.

>>>>>>>>

Mal amanhecera quando Paulo parou a camioneta do pai no estacionamento do Sete Outeiros. O dia nascera cinzento, contribuindo para ampliar a sensação de temor que pairava sobre aquele canto do universo.

Cristiana correu para o carro e, após um oi sem graça, acomodou-se no banco à direita dele.

— Lá para os lados da Cachoeira dos Lamentos, você disse? – ele quis confirmar. Tinha uma cara amassada de sono e o mau humor característico de quem dormira menos do que gostaria.

— Desculpe te acordar, mas eu não podia contar para os pais da Ana que o Daniel e ela se encontraram nessa caverna no sábado e...

— É, você já explicou isso pelo telefone.

Foi uma interrupção um tanto grosseira, que intimidou ainda mais a garota. Em silêncio, ela afivelou o cinto de segurança enquanto Paulo manobrava para sair do estacionamento.

— Eu nunca ouvi falar de nenhuma caverna naquela área – ele resmungou. – Só tem a Toca do Lobo, mais pra cima. Agora, se você diz que tem...

E deu de ombros. Cristiana engoliu saliva. Será que valia mesmo a pena tê-lo chamado para ajudar?

Ela olhou para o rapaz de esguelha, desejando que ele a tratasse como antes, quando imaginava estar lidando com a paparicada Ana Cristina. Mas a realidade era muito diferente para a filha pobre da governanta, a borralheira que jamais poderia ser vista como uma princesa.

Amarga, Cristiana concentrou-se na estrada de lama à sua frente. Contos de fadas não aconteciam de verdade.

»»»»»»»

Eulália foi a última a aparecer na delegacia. O corretivo não disfarçava as olheiras fundas, provocadas por falta de sono e excesso de cansaço. Os cabelos tingidos de loiro exigiam retoques na raiz, denunciando que a preocupação com a aparência, naquele dia, andava em segundo plano.

Natália encontrou a delegada diante da cela que Daniel ocupara, contemplando, enigmática, o rombo enorme na parede. Sem pensar duas vezes, saiu de fininho, com receio de levar alguma repreensão gratuita.

Todas as viaturas disponíveis estavam à procura do fugitivo. O subdelegado saíra havia algum tempo após reunir quatro policiais e rumar diretamente para as terras de Daniel, na esperança de achá-lo enfurnado na mata. Foi com seu precioso Land Rover, um modelo antigo e usado, de que ainda pagava as prestações com muito sacrifício. O veículo sempre fora o sonho de consumo para alguém como ele, que adorava se aventurar pelas trilhas mais desafiadoras da região.

Já Natália considerou mais produtivo ir fuçar no material apreendido no sítio, guardado na sala de Monteiro. Lá, analisou com cuidado a

295

mecha de cabelos, protegida por um plástico. Aqueles fios pareciam antigos, como se tivessem sido cortados havia décadas...

No entanto, o que realmente despertou seu alarme interno foi descobrir uma fotografia, embotada pela passagem do tempo, que também fora encontrada na caixinha. "As bonecas!", constatou, assombrada, lembrando do que tanto Daniel quanto Jeremias tinham lhe contado.

— Quer café? – disse Matos, bocejando, ao entrar no local com uma garrafa térmica na mão. – Ou prefere um chá?

Aquela palavra teve o condão de estimular mais ainda suas desconfianças. Amélie dormindo o dia todo após tomar chá... Daniel insistindo em que havia algo estranho no chá de Merência...

— Natália? – Matos insistiu. – Eu perguntei se você quer café.

— Sim e não – foi a resposta da investigadora.

— Hum?

— Um café lá no restaurante de seu Ernesto viria bem a calhar – sugeriu a investigadora, com um sorrisinho que denunciava seu tom conspiratório. – A delegada vai pensar que estamos com o Monteiro dando busca... Você vem?

»»»»»»

Aos poucos, a vontade de chorar foi sufocando Cristiana. As lágrimas vieram abundantes e silenciosas, obrigando-a a retirá-las com os dedos.

— Tem lenço no porta-luvas – disse Paulo, impassível diante de seu sofrimento.

A jovem estendeu o braço e puxou a porta do compartimento cheio de papéis amassados e embalagens de chocolate. A palma da mão foi tateando até pousar sobre uma superfície metálica e cortante...

Cristiana prendeu a respiração. Acabara de tocar em uma adaga, fina o suficiente para perfurar um coração.

»»»»»»

Daniel lutou contra a sonolência e a tentação gratificante de passar o dia sem precisar se mexer. "Ana Cristina!", lembrou-lhe seu coração.

296

Funcionou como mágica para colocá-lo em pé, à procura da mochila com suas roupas, calçados e óculos de reserva. O estômago roncava de fome; porém precisou contentar-se apenas com o conteúdo de uma garrafa de água mineral. Não sobrara nenhum alimento, nem sequer um pão velho para enganar sua voracidade após tantas horas de jejum forçado.

A manhã se revelava morna, com um sol tímido que tinha preguiça de secar o aguaceiro da véspera. Pronto para sair, o rapaz quase colocou os pés para fora da caverna. Um vozerio, metros abaixo da plataforma, deteve-o a tempo. Reconheceu uma das vozes: pertencia ao subdelegado Monteiro.

»»»»»»

A larga experiência como guia e a paixão pelo montanhismo provavam que Monteiro conhecia melhor do que ninguém as trilhas da Mantiqueira. Fora ideia sua vasculhar a área da Cachoeira dos Lamentos, disposto a escancarar todos os seus mistérios.

— Não há nada aqui, chefe – disse Agostinho, um dos policiais.

Monteiro estreitou os olhos. Era uma tremenda ironia que aquelas terras não estivessem mais com sua família, uma opção de seu avô Antônio, que jamais valorizara a beleza estonteante de Passa Quatro.

— Tem sim – disse ao subordinado. Claro que havia! Por que não se recordara disso antes?

Quando era pequeno, Monteiro gostava de escutar, fascinado, as histórias do avô sobre onças bravas e lobisomens famintos. Naquela época soubera da existência de uma caverna secreta.

— Era lá que sua avó e eu... bem, a gente namorava escondido do seu bisavô! – ria-se Antônio antes de emendar um causo no outro.

Uma caverna secreta... mas onde? Os olhos treinados como guia esquadrinharam o terreno ao redor. Deteve-se na parede de pedras, camuflada pela vegetação.

— É lá em cima – sorriu, incrivelmente satisfeito.

»»»»»»

A expressão de pânico de Cristiana finalmente preocupou Paulo. Ao ver a adaga nas mãos trêmulas da garota, ele perdeu a cor do rosto.

— E-eu estava arrumando minha coleção de armas medievais outro dia... – a voz não transmitia segurança, contra a vontade do rapaz – ... aí briguei com meu pai e... Caramba, Cris, saí andando com a adaga e acabei guardando aqui. Foi isso.

Parecia uma boa explicação. Procurando aparentar calma, Cristiana devolveu o objeto ao porta-luvas. Não ia entrar em pânico só porque descobrira uma arma, ainda mais uma com função meramente decorativa.

— Você não achou que eu...? – riu Paulo, um riso nervoso.

— Você... ahn... você não mataria ninguém, não é?

Sem querer, ela acabava de expor a dúvida que não pretendia ir embora tão cedo de sua cabeça. Foi o que faltava para o rapaz trocar o repentino e forçado bom humor pelo contra-ataque.

— Ficou doida, é? Só porque tem um psicopata imitando os crimes do *Coração selvagem* não quer dizer que eu...

— *Você também leu o livro do museu!*

O medo assumiu os pensamentos de Cristiana. Ela suava frio... Sua mente reconstituiu a imagem macabra de Yves estendido no mirante, os olhos esbugalhados através do véu, os cabelos arrancados furiosamente. O sangue...

De repente, tudo fez sentido. Paulo conhecia o ponto exato no peito de uma pessoa para lhe atingir o coração, tinha motivos para matar a ex-namorada, que o trocara por Tonho. Vingara-se dos dois amantes... E se Lina estivesse esperando um filho dele? Talvez tivesse exigido que Paulo se casasse com ela. Mas um casamento sem qualquer vantagem jamais estaria nos planos de um sujeito ambicioso. Ainda mais alguém que investia na conquista da herdeira dos Sanchez de Navarra, a família que abriria as portas para uma vida de luxo, bem diferente da rotina sem perspectivas como filho de um livreiro, numa cidadezinha do interior...

Até aquele momento, Cristiana menosprezara a si mesma, achando que o fato de ser pobre, e descendente de nordestinos, fosse um empecilho para sua felicidade. Pela primeira vez, no entanto, enxergou Paulo de outra maneira: e se ele fosse mesmo uma criatura inescrupulosa, capaz de matar para conseguir o que queria? Ela estava ali, indefesa, numa estrada rural longe de tudo, sem que ninguém soubesse de sua saída do hotel-fazenda.

— Foi o meu primo que leu aquele original, quando esteve passando as férias aqui no ano passado – justificou-se o rapaz. – Ele gostou tanto da história que ficava falando nela o tempo inteiro, eu nem precisei ler...

Isso explicava o porquê de Felipe inventar uma aventura de RPG tão sinistra, mas não acalmava a filha de Luziete. Ela soltou o cinto de segurança e pegou de volta a adaga, apontando-a para Paulo.

— Me leva até a Ana Cristina! – exigiu, arrumando coragem no meio do pânico.

O rapaz brecou o jipe na mesma hora.

— *O quê?*

— Você sabe onde ela está!

— Eu?!

— Você sequestrou a Ana, não foi? – disse, o choro novamente atrapalhando sua visão. Furioso, Paulo bateu os punhos contra o volante.

— Sai do carro! – vociferou. – *Já!!!*

Como Cristiana hesitasse, ele arrancou a adaga das mãos dela e a enxotou para fora após abrir a porta. Os pés da garota afundaram na lama, derrubando-a de quatro quando tentou fugir. No mesmo segundo, Paulo deu partida na camioneta, abandonando-a sozinha na estrada.

— Ele vai matar a Ana! – murmurou, sentindo-se impotente. Não tinha sequer um celular para avisar a polícia.

»»»»»»»

As vozes ficaram mais próximas... Monteiro encontrara a entrada da gruta. Encurralado na câmara, logo após a passagem e o túnel, Daniel olhou para o teto, avaliando as fendas por onde penetrava a luz do dia. Se pudesse alcançá-las...

Havia reentrâncias numa das paredes, o necessário para uma escalada de emergência. Com pressa, o rapaz pendurou-se na rocha, apoiando os pés nas saliências para ganhar impulso. Foi subindo, uma das mãos avançando para se prender na fenda mais próxima. O solado do tênis escorregou, mas a outra mão, ágil, apoiou-se ao lado da outra, deixando-o pendurado.

— Essa gruta é muito maior do que parece – dizia o tom grave de Monteiro. – Vejam, há uma passagem aqui...

»»»»»»

A sensação agora era de fome. Principalmente de sede. Quanto tempo fazia que estava ali, sozinha, no escuro? Muitas horas, certamente, talvez quase um dia inteiro. Lembrava-se de ter adormecido várias vezes, acordando sempre tonta e desorientada.

Chegara a erguer-se, ficando de pé e tentando atravessar o cômodo que lhe servia de cativeiro. Conseguira apenas concluir que estava em uma sala mínima e totalmente vazia, com paredes geladas e um piso de cimento rústico coberto de pó.

Era óbvio que quem a sequestrara não pretendia pedir resgate, pois não se dera ao trabalho de alimentar sua presa. Ia matá-la, e provavelmente só estaria esperando a melhor hora.

Mas ela não ia se deixar abater sem lutar! O que quer que acontecesse, precisava manter-se lúcida, serena. Fingir passividade até ter a chance de fugir.

"Eu vou sobreviver. Vou escapar. Não sei como, mas vou!", era o que ela repetia para si mesma, lembrando que Daniel, os pais, a polícia, todos estariam à sua procura.

Sua decisão foi posta à prova quando, de novo encolhida junto à parede, ela ouviu passos se aproximando; percebeu uma porta abrir-se e a luz entrar. Parecia vir de uma lanterna. Ana não podia ver nada, mas captava a mudança na luz. E a mudança em si mesma: começou a suar frio, de pavor.

Nada foi dito. Os passos se acercaram dela, a lanterna foi pousada no piso, duas mãos enluvadas a seguraram – podia sentir o frio dos dedos envoltos em couro – e foi puxada para o centro do quarto, longe das paredes.

Ela se deixou arrastar, meio deitada no chão. Enxergava, mesmo por trás da venda, uma certa claridade vir da porta aberta. Quando as duas mãos frias largaram seus braços por um instante, utilizou toda a energia que represara e soltou um grito, erguendo-se num salto. Tonta, correu para a vaga claridade e saiu do quartinho.

Disparou em frente mesmo sem enxergar. Resvalou numa parede gelada e continuou andando adiante, decidida a fugir. Ouviu o palavrão que o sequestrador soltou ao ser surpreendido pela súbita fuga de sua presa, e escutou os passos que vinham atrás dela. Cada vez mais perto.

Ela não contava com as curvas daquele túnel. De repente, deu com a testa numa parede de pedra e a dor do baque a fez parar, sem fôlego. A venda que a cegava impedira que se ferisse muito, porém a pancada fora forte o suficiente para abalá-la.

Não teve tempo de fazer mais nada. Sentiu de novo o cano frio da arma, agora encostado em seu ombro. Um risinho maligno vinha do perseguidor que a alcançara.

— Pensa que pode fugir de mim, pirralha? – a voz sussurrou em seu ouvido. – Você só adiou um pouco o desfecho. Pensando bem, por que acabar com você aqui pra ter de carregar o cadáver depois? Já que acordou mesmo, você vai andar. E se gritar de novo, vai se arrepender. Entendeu?

Ela soltou um soluço. Sentiu a arma fazer mais pressão em seu corpo.

— Entendeu?

Fez que sim com a cabeça, tentando engolir o choro. O revólver sumiu e a mão fria a segurou com força por um braço, puxando-a pelo caminho que não podia ver. A pancada na cabeça, a tontura e a fraqueza pela falta de alimento agora dificultavam seus passos. Teve de usar todas as energias para não se deixar cair. Sabia que, se caísse, seria morta ali mesmo.

Depois do que lhe pareceu meia hora de caminhada exaustiva, sempre numa escuridão em que apenas o fachinho da lanterna fornecia algum brilho através da venda, ouviu um som de ferrolho se abrindo e foi empurrada por uma escadinha rústica.

Percebeu que atravessava algum tipo de folhagem espessa, e então saiu ao ar livre. Havia claridade ao seu redor, um vento frio soprava, e o sequestrador agora a puxava sobre um terreno irregular, cheio de altos e baixos; o cheiro era horroroso. Coisas podres, azedas, excrementos. O único som que distinguia era o de asas de pássaros, não muito longe.

"Onde eu estou?", perguntou-se, quase deixando o pavor tomá-la de novo.

Recordou o que tinham dito sobre a morte de Lina. O corpo fora encontrado no aterro sanitário... Não sabia onde ficava aquilo, mas só podia ser o mesmo lugar, pelo cheiro de lixo. Seriam de urubus as asas de pássaros que ouvira? O pensamento a fez tremer. Urubus eram sinal de carniça... de morte.

E agora? O que fazer para escapar?

»»»»»»

A passagem dava para um túnel e, a seguir, para uma câmara ampla. Admirado com a exuberante formação rochosa, Monteiro olhou as fendas muito acima de sua cabeça. Viu apenas os galhos das árvores, balançando ao vento. Dois dos policiais, Ferreira e Agostinho, o seguiam, igualmente impressionados.

Largadas num canto, havia uma mochila e uma garrafa vazia de água mineral. Sem saber explicar o motivo, o subdelegado teve a impressão de que encontraria coisas ainda mais estranhas naquele esconderijo.

»»»»»»

Ninguém no restaurante sabia onde Merência se enfiara. Ela desaparecera novamente, no que já se transformara em um hábito. E, como hábito, nada que despertasse mais atenção.

Natália e Matos, então, resolveram investigar mais detalhadamente a salinha do museu. Remexeram em livros e papéis antigos e nos objetos nas prateleiras. Um canto empoeirado mostrava cor diferente no tapete que cobria as lajotas do chão, num quadrilátero de bom tamanho. Era óbvio que o baú estivera bem ali.

— Não há bonecas nem baú – ela suspirou, desanimada, apoiando as costas contra a estante. – E muito menos chás misteriosos!

— Mas há cabelos – disse Matos, agachando-se para espiar o que se escondia, quase invisível, nos cantos entre aquele vazio e as prateleiras.

Natália inclinou-se, ansiosa, para checar a descoberta: fios loiro-acinzentados, no mesmo tom dos cabelos de Ana Cristina.

302

Cuidadoso, Matos colocou um par de luvas e recolheu a prova com uma pinça, depositando-a em um saco plástico que pegou num dos bolsos. Depois, com a ajuda da parceira, começou a enrolar o tapete. Ele tomava a maior parte da sala, feito de um material grosso e pesado, incapaz de sair do lugar por mais que as pessoas o pisassem. Foi Natália quem deixou escapar um "a-ha!". A retirada do tapete desbloqueava o acesso a um alçapão.

— Não temos um mandado para ir em frente – comentou o sargento.

— E nem a delegada sabe que estamos aqui.

— É mesmo.

Matos sorriu para ela, deslizando a mão boba que empurrou o fecho do alçapão e o ergueu com facilidade. Natália, prevenida, sempre tinha uma lanterna no bolso. A luminosidade foi imprescindível na descida pela larga rampa de concreto, direto para alguma espécie de porão.

Os dois policiais tiveram de engatinhar sob o teto baixo do lugar. A lanterna, agora com Matos, que ia na frente, revelou que o piso terminava bruscamente. Um pouco abaixo dele havia uma passagem para uma caverna. O homem desceu primeiro, estendendo a mão para ajudar Natália.

— Por que me sinto num filme de aventura? – brincou ela, para espantar o nervosismo. Forçada a cuidar da burocracia, nunca participara de verdade de uma ação policial perigosa. E aquela prometia ser a mais marcante de sua vida!

O espaço entre o chão e o teto da caverna permitia que eles ficassem em pé. Era um local pequeno, iluminado toscamente por uma lâmpada velha pendurada pelo fio numa das paredes. O piso de pedra estava coberto de um pó grosso e escuro, com pegadas confusas e marcas no chão. Alguém passara por ali um pouco antes deles...

— O baú! – disse Natália, correndo até a grande peça encostada contra a parede.

A tampa estava aberta... Não havia nenhum sinal das bonecas, mas o conteúdo do baú revoltou os policiais: sangue coagulado em meio a abundantes fios de cabelos de dois tons diferentes, o castanho-claro de Lina e o ruivo de Tonho.

— Nosso assassino arrastou o baú até aqui — comentou a investigadora.

303

— E devia estar pesado. Olhe só as ranhuras que fez no piso...

Os policiais resolveram dar atenção àquilo mais tarde. Um túnel, mais para a esquerda, prometia ser a próxima etapa da trajetória recente do assassino. Como ali a escuridão aumentava, a lanterna foi outra vez necessária. Sua luz revelou pequenos objetos ao longo do caminho: castiçais e velas, de variados tamanhos e formas. Num canto, o que parecia um acolchoado enrolado.

Natália e Matos prosseguiram pelo túnel durante alguns minutos antes de o facho de luz destacar uma porta. Examinando ao redor dela, encontraram uma espécie de quartinho para guardar ferramentas, construído com tijolos, em um trecho onde a passagem se alargava mais. Era uma obra antiga, pois o material apresentava desgaste e muita umidade.

Eles sacaram suas armas e avançaram. Com um chute, o sargento escancarou a porta de madeira antes de entrar. Natália, dando cobertura, seguiu-o. O local estava vazio.

— Deus do céu... – sussurrou Matos.

A lanterna novamente foi útil para revelar que uma pessoa fora mantida refém naquele espaço apertado. Havia vestígios de que alguém se deitara no pó do chão, mais fios loiros, e uma mancha de sangue seco misturado à terra, no piso rústico. Alguém também vomitara em um canto. Bem recentemente, a julgar pelo cheiro.

— Eu acho – disse Natália, procurando manter a razão sobre a emoção – que a Lina foi morta aqui, antes de levarem o corpo para o aterro sanitário.

— Então esse sangue seco...?

— É dela. E esse vômito é de alguém que esteve aqui hoje.

— Da Ana Cristina? Isso significa que a garota ainda pode estar viva...

— ...E que esse caminho pode dar no aterro! – ela completou, tentando visualizar mentalmente o mapa da cidade.

Apressados, eles retornaram ao túnel, as armas em punho prontas para serem usadas. Se o destino final era realmente o que imaginavam, não havia como saber. A escuridão à frente dos policiais comprovava que a luz do dia ainda estava muito distante.

— Não estamos em um filme de aventura, Natália – disse Matos, achando difícil acreditar na falta de limites para a maldade humana. – É um filme de terror.

»»»»»

— Não tem dúvida, chefe – disse Agostinho, muito sério. – É prata. Algum maluco revestiu as grades desta jaula com uma camada de prata!

Monteiro estava parado diante das grades, atônito. Aquilo não fazia o menor sentido! Que Lucas era doido, disso não tinha dúvida alguma. De que era psicopata, assassino, sequestrador, aquele lugar era prova suficiente: uma cela improvisada no fundo de uma caverna, em suas terras. Entretanto, por que gastar uma fortuna para revestir as grades com prata?!

Ferreira ia revistar as outras câmaras da caverna, mas, antes que tivessem tempo, uma voz chamou lá de fora, com urgência. Monteiro correu para lá.

— O que foi? – o subdelegado perguntou, quando viu que o policial que deixara de guarda havia subido mais para cima e alcançado o platô sobre a entrada da gruta.

— Era melhor o senhor mesmo ver isso, doutor. Tem alguma coisa acontecendo lá pros lados da cidade! Num terreno grande, acho que é o aterro...

Ele nem hesitou. Mostrando por que o povo da cidade o chamava de Montanha, foi agilmente escalando as pedras até alcançar o platô. O rapaz o ajudou no último salto e o conduziu para mais adiante.

Era uma plataforma natural e bem irregular. Subindo um pouco, contornando as fendas que vira antes, cercadas de vegetação, obteve uma vista privilegiada de quase toda a cidade. Aquele lugar ficava no final do terreno que pertencia a Lucas, e além dele só havia mata fechada e, depois, o aterro sanitário.

Monteiro soltou uma exclamação quando viu por que o policial o chamara. Havia dois vultos andando naquela extensão enorme de montes de lixo. Não se podia distinguir quem eram, àquela distância, porém percebia-se claramente que uma pessoa mais alta puxava uma mais baixa, que aparentemente não tinha braços.

— O senhor viu? – o rapaz apontava para lá. – O sujeito da frente tá puxando o sujeitinho de trás, e esse tem as mãos amarradas...

305

Monteiro soltou um palavrão. A garota!

Desceu do platô quase se esborrachando nas pedras, e berrou para Aguiar, o quarto policial que deixara de vigia próximo ao Land Rover:

— Manda pelo rádio alguma viatura seguir já para o aterro sanitário! Nós também vamos.

O outro policial, ainda de cima do platô, comentou:

— Estamos muito longe! Se formos dar toda a volta para a estrada, vai levar uma hora pra gente chegar lá...

— Quem disse que vamos de carro? Você e o Aguiar – ele escolheu os dois mais jovens do grupo – vêm comigo. Conheço uma trilha que sai daqui de perto e que vai nos levar lá em menos de vinte minutos! Mas vamos ter de correr. Os outros dois vão de carro pelo caminho normal.

Monteiro não esperou ninguém responder. Enveredou pelo meio do mato molhado pela chuva da véspera, correndo como havia tempos não corria.

»»»»»»»

Mexendo o nariz e movendo os músculos do rosto, aos poucos Ana havia conseguido deslocar um pouco a venda. Já conseguia entreabrir os olhos e enxergar uma faixa mínima de chão. Olhando de lado, viu a barra da calça e os sapatos masculinos do sequestrador.

Não teria, contudo, muito tempo para aproveitar a descoberta. Haviam chegado diante de uma pilha enorme de papelão compactado, e a mão enluvada largara seu braço. Ao mesmo tempo, antes que ela pudesse correr, sentiu-se empurrar para o chão.

Caiu de costas, fragmentos de papelão úmido amortecendo sua queda; e ergueu o queixo para tentar ter um vislumbre do sujeito na faixa de visão que a venda permitia.

Viu apenas as pernas dele e as mãos usando luvas negras se aproximando de si. Uma delas segurava uma faca, a mesma que ela vira no baú...

Tentou gritar, mas estava fraca demais para ter força na voz; então gemeu e se debateu o quanto pôde, porém, inutilmente. Ele a manteve no chão pondo um dos pés sobre seu abdômen e segurando sua cintura com uma das mãos, enquanto com a outra...

Ana Cristina soluçou, ultrajada por mais aquela humilhação. Com a outra mão ele estava abrindo sua blusa, desnudando seus seios! Era isso que ele queria?!

Não era. O assassino estava apenas tateando seu peito à procura de um ponto, aquele ponto – como dizia a frase que ela ouvira antes – *bem aqui no peito, que mata a vítima na hora se uma lâmina atravessar, pegando o coração.*

Uma estranha sensação a envolveu, e parou de se debater quando percebeu que em alguns segundos estaria morta. Seria paz? Aceitação do inevitável?

Não. Era a certeza de que, se tinha de fazer alguma coisa, aquela era a hora. Sem hesitar, reuniu as forças que lhe restavam e projetou o pé direito para cima, mirando a virilha do agressor.

Num urro de dor e ódio ele largou a faca e tirou o pé de cima dela, encolhendo-se. Ana se arrastou para trás, sem ligar para o lixo, o fedor, a náusea. Tinha um segundo para fugir dele e ia aproveitá-lo.

— Sua... – ele gemeu, erguendo-se. – Você me paga!

Ela nunca soube como foi que conseguiu ficar de pé. Sacudiu a cabeça e, com o impulso, a venda se soltou completamente! A luz da tarde feriu os olhos de Ana Cristina, que encarou seu agressor de frente.

Ele?!... A surpresa a paralisou de novo. Como podia ser?...

Já recuperado, ele agora levava a mão ao bolso traseiro da calça e pegava de novo a arma. Um revólver igual a dezenas que já vira na televisão e no cinema.

Então ela percebeu, com a visão periférica, movimento à sua esquerda. E ouviu a voz que mais esperava ouvir, ainda de longe, gritar:

— Fuja, Ana!

Era Daniel.

»»»»»»

O tiro ecoou para além do aterro sanitário. Monteiro, que vinha correndo por uma trilha, à frente dos dois policiais que se esfalfavam lá atrás, ouviu e começou a xingar a si mesmo de burro, imbecil, estúpido, e mais alguns nomes não tão civilizados.

Tirando forças de alguma reserva desconhecida, saltou à frente e redobrou a velocidade da corrida.

»»»»»

Daniel se aproximava aos saltos e em zigue-zague, e assim evitou que o primeiro tiro o atingisse. Antes que o segundo fosse disparado, estava perto o suficiente para se agarrar ao braço do agressor, tentando fazê-lo largar a arma.

— Acabou, Ernesto! – vociferou, o rosto próximo ao do sobrinho-neto de Merência, que tinha o rosto contorcido numa careta e parecia achar graça na situação.

— Não! Estamos só começando – ele respondeu, num tom sombrio.

»»»»»

Paulo, a poucos minutos da Cachoeira dos Lamentos, precisou tirar o jipe da estrada para dar passagem ao Land Rover de Monteiro, que vinha na maior velocidade possível pelo barro. Estranho, não era o subdelegado no volante, mas um policial negro, o Agostinho. Desde quando o subdelegado, ciumento como era com seu carro, permitia que outra pessoa o dirigisse?

O rapaz retomou o caminho. Dessa vez, Cristiana passara de todos os limites para magoá-lo. *Achar que ele era um assassino?*

Depois da raiva, sempre vinha a tristeza. E Paulo estava arrasado quando chegou à cachoeira, procurou de bobeira uma caverna que não existia e afinal, exausto, decidiu voltar para casa.

»»»»»

Com a mão esquerda Ernesto socou o estômago de Daniel, enquanto com um dos pés chutou sua perna esquerda, tentando fazê-lo perder o equilíbrio. Deu certo em parte, pois o rapaz caiu de joelhos, mas sem largar o braço que segurava o revólver.

Escorada numa pilha de papelão, Ana assistia a tudo, o coração disparado e o medo redobrado. Percebera que Daniel não ia aguentar por

308

muito tempo resistir àquele homem! Ela quase chegara a aceitar a ideia de morrer, mas não suportaria vê-lo morto...

Com seus quarenta e seis anos, Ernesto era alto, corpulento e estava no auge de suas forças, enquanto o rapaz se sentia enfraquecido pela transformação da noite passada e pela falta de alimento. Se ao menos fosse noite! Ainda era lua cheia, e transformado em lobisomem ninguém conseguiria vencê-lo. Mas só anoiteceria em algumas horas, e o céu nublado não trazia o menor indício do nascer da Lua.

Ele teria de lutar como homem, não como lobo.

Um instinto o fez morder o braço de Ernesto. Não eram as presas lupinas, mas podiam fazer estrago! Com um grito, o homem soltou a arma, que caiu e escorregou até parar em uma depressão do terreno coalhado de lixo. Daniel correu para alcançá-la, porém o outro se jogou sobre ele e o derrubou de bruços antes que conseguisse.

A mão de Ernesto alcançou o revólver. Ágil, ele deu um salto que o colocou a salvo, a um metro do rapaz, ainda deitado no chão, e de frente para Ana Cristina.

— Não adianta, Lucas. Fique quietinho aí ou eu acerto a menina antes de acabar com você. Preferia que fosse com a mesma faca, do jeitinho que está no livro, mas a essa altura não posso me dar ao luxo de escolher. De um jeito ou de outro ela morre, e você também...

— Você não vai escapar da polícia! – Ana berrou, desvairada. – Eles acham que o Daniel é o assassino, e se ele morrer vão saber que foi outra pessoa!

O dono do restaurante apenas riu e deu alguns passos em direção à faca que caíra. Recuperou-a com uma mão, enquanto com a outra mantinha a mira firme no peito da garota. Daniel estava imóvel no chão, mas não perdia um movimento.

— Você fez de tudo para jogar a culpa em Merência – acusou. – Foi o chá, não foi? Esteve drogando a coitada para todo mundo pensar que é louca! Mas não vai conseguir se safar.

— Ah, vou sim – o assassino riu de novo, brincando com a faca numa mão e o trinta e oito na outra. – Ela *é* louca. De tanto ler as bobagens que o seu pai escreveu, ficou doida. Resolveu matar as pessoas e cortar os cabelos delas. Eu li o livro. Seu pai jogou na filha do coronel a

309

culpa da morte do meu avô, inventou lendas absurdas sobre lobisomens… Imagine o estrago que aquela história pode fazer na cabeça de uma velha com demência senil!

Daniel tentou se levantar, mas sentiu o pé de Ernesto em suas costas. Retrucou:

— Seu avô foi morto pela Alba!

— Quem disse? O *seu* avô? Hector? Claro que diria isso! Pra mim, foi ele o assassino! E se foi seu avô que matou o meu, Lucas, nada mais justo que eu agora retribua o favor.

— Não! – Ana berrou, vendo que ele posicionava a pistola na nuca de Daniel. – Por favor, não faça isso. Não pelas costas! Eu não quero ver, não quero ver…

E desandou a chorar desesperadamente. Ernesto ergueu as sobrancelhas.

— Até que ela tem razão numa coisa – disse. – Não vou acabar com você pelas costas. Afinal, quando eu chamar a polícia e disser que tive de atirar quando o surpreendi raspando a cabeça da garota, depois de esfaqueá-la, vai ter mais lógica se eu contar que você tentou me atacar com a faca e eu o atingi no peito. Levante-se, Lucas. De pé! Não prefere morrer de frente, feito um homem?

Ele se afastou um pouco, sempre mantendo a mira em um e outro. Daniel ergueu-se lentamente, Ana continuava chorando, e ele a conhecia o bastante para saber que estava fingindo o choro. Só não entendia por quê. O que estaria planejando?

— Assim está melhor – disse o assassino. E disparou o segundo tiro.

Daniel nem se mexeu: percebera o que Ana Cristina planejara. Alguns segundos antes de Ernesto disparar, ela chutou com tudo um saco de lixo que havia ao seu lado, direto no rosto dele!

O impacto do saco na face o fez cambalear. O tiro saiu, mas a bala passou alguns centímetros à esquerda do rapaz, que aproveitou o momento e saltou para a frente de Ana. Sabia o que o outro faria em seguida.

Não deu outra. Furioso, o sobrinho-neto de Merência limpou a sujeira do rosto e mirou nos dois jovens. Estava perdendo a paciência.

— Mudança de planos – rosnou. – Mato os dois de uma vez e dou o trinta e oito para a minha tia. Ela vai brincar um pouco com o revólver, dar uns tirinhos por aí e pronto. Não é meu, mesmo. Por direito, é dela... Pertencia ao meu tio-avô que era açougueiro. Eu era moleque quando ele morreu, e peguei pra mim. Sabia que ia ser útil um dia. E então? Qual dos dois quer ser o primeiro?

Ana tremia atrás do corpo de Daniel, que agora só temia que a bala atravessasse seu corpo e a ferisse também. Ela fechou os olhos quando ouviu o terceiro disparo, mas ele manteve os olhos bem abertos e viu...

»»»»»

Viu Ernesto gritar e deixar cair o revólver e a faca, segurando a mão direita, ferida de raspão. Sangue manchou suas luvas de couro negro.

Viu Natália parada a vários metros deles, em meio ao aterro. O braço estendido, ela segurava com firmeza sua Browning de estimação. Fora de lá que viera o tiro...

Outro policial apareceu ao lado da detetive e veio correndo para eles, apontando uma arma para Ernesto. Natália guardou a pistola no coldre e veio atrás.

Daniel relaxou, deu alguns passos à frente e murmurou:

— Acabou. Está tudo bem, agora.

Ana caiu sentada no chão. Não chorava, só tremia sem parar. Ele ia acudi-la, porém Natália chegara ao seu lado e inesperadamente o abraçou com toda a força.

— Você está bem? Está ferido? Matos e eu descobrimos o alçapão e o túnel, ainda bem que seguimos nosso instinto!

— Estou bem, Natália. Mas a Ana Cristina precisa de atendimento.

O sargento já cuidara disso. Algemara Ernesto, que continuava gemendo com o ferimento na mão, apossara-se da faca e do revólver dele, e fora atender a garota. Tirou a jaqueta e a cobriu, depois desamarrou seus braços.

— Vai ficar tudo bem, você só tem uns arranhões e um galo na testa. Fique calma, já vamos chamar a ambulância, e os médicos vão cuidar de você...

Um som distante de sirene começava a soar. Sentada no chão, aliviada por ter o peito nu coberto pela jaqueta do sargento, Ana esfregou os pulsos esfolados e doloridos enquanto fitava com olhos sombrios a moça da polícia ainda abraçando Daniel.

»»»»»»

Monteiro vira, assim que havia atravessado a cerca do aterro, Lucas colocar-se diante da garota para receber o tiro. Vira Ernesto mirar no peito dele e Natália tirar-lhe a arma da mão com sua pontaria infalível. Vira Matos acudir a garota e a detetive abraçar o escritor.

Caminhou para encontrá-los, aproveitando para recuperar o fôlego depois de toda aquela corrida. Os dois policiais jovens ainda estavam bem lá atrás...

Natália foi a primeira a vê-lo, e só então soltou Daniel. Foi ao encontro dele, sentindo o rosto vermelho de vergonha por ter sido vista abraçando um suspeito.

— Boa tarde, chefe. Não sei como descobriu que estávamos aqui, mas pegamos o assassino. Seu Ernesto tem um porão oculto que sai do restaurante e desemboca num túnel subterrâneo que vai dar bem ali; a entrada fica sob aquele monte de lixo, atrás dos arbustos. Tudo indica que ele manteve a menina lá, presa num cubículo, desde ontem. Esta tarde a trouxe aqui para matá-la, aparentemente da mesma forma que matou a Lina. A faca está ali, com o Matos. Acredito que se Daniel não interferisse, ela estaria morta.

— É mentira! – berrou Ernesto, que o sargento deixara algemado a certa distância. – Eu não fiz nada disso! Foi ele que fez tudo, foi o Lucas!

Ana, que agora havia vestido a jaqueta do sargento, não deixou barato.

— Não foi não! Esse homem me prendeu no museu do restaurante ontem... acho que foi ontem... me fez dormir com um chá, pôs uma venda nos meus olhos, me amarrou e prendeu numa sala escura. Daí me trouxe pra cá e ia me matar com a faca, quando o Daniel chegou. Eles lutaram, ele atirou, e... e...

— Fique calma, filha, eu já disse – Matos foi amparar Ana, que voltara a tremer, quase histérica. – Venha comigo, você precisa de atendimento médico.

Mais policiais apareciam, vindos da entrada do aterro, no lado oposto ao túnel. E Daniel viu o olhar enigmático com que Monteiro o fitava.

— Vejam o que Ernesto tem no bolso de trás da calça – o rapaz disse, sereno.

Natália foi olhar. Usando um lenço, puxou do bolso traseiro do homem um aparelho elétrico de cortar barba e cabelo. Havia manchas de cor vermelho-escura nele. Estendeu para o subdelegado, que pegou um saquinho plástico no bolso e o embalou.

— Nós vamos resolver isso tudo no distrito – ele decidiu.

Os dois policiais que tinham vindo com Monteiro estavam chegando só agora.

— Vocês – ordenou –, escoltem o Ernesto para fora daqui. Ele foi apanhado em flagrante, ameaçando duas pessoas de morte. Quanto ao senhor Lucas, ainda está sob prisão. Faça o favor de algemá-lo, Natália.

Ela hesitou. Mas o rapaz placidamente estendeu as mãos para a detetive.

— Tudo bem – disse. – Não vou resistir à prisão desta vez. Agora que a Ana está em segurança, não me importo.

Natália olhou para seu chefe, como que implorando para não ter de fazer aquilo. Mas ele cruzou os braços e a encarou, irredutível. Ela pegou as algemas e obedeceu, usando toda a delicadeza com que era possível se algemar alguém. Antes que o conduzisse para a saída, porém, ele pediu:

— Posso falar com a Ana por um minuto?

A garota, que já estava sendo levada por Matos, recuou e foi até ele. Sentia-se furiosa com o abraço da moça em Daniel, mas àquela altura faria qualquer coisa que lhe pedisse. A visão dele sujo, ferido, algemado, quando tinha acabado de salvar sua vida, fez suas lágrimas voltarem a correr.

— Eles não podem te prender! Eu vou falar com o meu pai. Eu vou...

Ele sorriu e a fitou com intensidade, fazendo-a calar-se.

Ela reconheceu os olhos do lobo.

— Não se preocupe com isso. Meu advogado é ótimo e num instante me tira da prisão. Mas eu quero uma coisa de você, antes de irmos embora... antes que anoiteça.

Instintivamente, ela soube do que ele estava falando. Colocou os braços ao redor de seu pescoço e o beijou, louca e apaixonadamente, sem se importar com todos os policiais que os olhavam. Naquele beijo estava todo o desespero do que havia passado, o agradecimento pelo que ele fizera, a esperança do que poderia existir entre eles, um dia.

Monteiro quebrou o encanto, resmungando.

— Não temos o dia inteiro! Vamos logo com isso.

E eles se separaram, os policiais levando as evidências do local, Matos escoltando Ana para a ambulância que já chegara, e Natália conduzindo Daniel sob o olhar sombrio do subdelegado. Ela não disse uma palavra enquanto colocava o escritor na viatura e o conduzia para a DP.

Não gostara nem um pouco do jeito com que ele beijara a garota...

»»»»»»»

Era sua obrigação salvar as bonecas de Cordélia. Antes mesmo de amanhecer, ela já estivera andando pelo aterro, cobrindo o nariz com um lencinho bordado para evitar o cheiro abominável do lugar.

No passado, aquela área era de mata fechada, que encobria a abertura para mais uma caverna desconhecida. Quando eram crianças, Cordélia e ela gostavam de percorrer o túnel longo e sinistro, uma aventura inofensiva que sempre empolgava as duas. Não era uma pena que tivessem construído um restaurante bem em cima do segundo acesso para a caverna?

Se Alba entrasse pelo túnel que findava no aterro, faria o caminho inverso até o restaurante... Tinha de reaver as bonecas! Se algo acontecesse a elas, a irmã jamais a perdoaria!

Num golpe de sorte, nem precisara avançar pelo túnel. As bonecas já estavam do lado de fora, dentro de um saco de plástico... tratadas como se fossem lixo! Aquele *copycat* miserável, que tivera a audácia de copiar as ideias geniais de Cordélia, pretendia desová-las no aterro, junto a todo tipo de imundície...

Com o coração batendo mais forte, Alba, enfim, recuperara as bonecas. Logo amanheceria, precisava abandonar rapidamente aquele local. Estava cansada, com muito sono. Descuidara de sua aparência, precisava urgentemente de um banho...

Não sabia que, muitas horas depois, naquele cenário de quinta categoria, muita ação iria acontecer. Não veria o imitador em sua tentativa frustrada de matar Ana Cristina, nem a aparição heroica de Daniel e a chegada providencial da polícia.

Saberia desses fatos somente mais tarde. Mas a essa altura as bonecas de Cordélia já estavam guardadas em um lugar seguro.

CAPÍTULO 10

CONFISSÕES

Houve um rei que teve três filhas; a mais nova, chamada Psiquê, era tão bela que visitantes vinham de longe para admirá-la. Diziam que sua beleza rivalizava com a da deusa Afrodite, e o povo a reverenciava como se fosse divina. O resultado foi que as pessoas cada vez menos iam aos templos de Afrodite prestar-lhe sacrifícios.

A deusa nascida da espuma do mar irou-se com aquilo. Como ousavam comparar sua beleza eterna à de uma mortal? Tomada de ódio, decidiu castigar a que afastava os fiéis de seus templos. Para isso pediu a ajuda de seu filho Eros: desejava que ele fizesse a mortal apaixonar-se pelo monstro mais horrendo da terra.

O filho de Afrodite era um belo jovem, um deus malicioso e travesso. Com suas setas alvejava homens e mulheres, instilando-lhes o sentimento do amor. Concordou em ajudar a mãe a se vingar daquela que a ofendera; mas não pôde.

Algumas versões da história dizem que, ao ver a beleza de Psiquê, Eros se apaixonou; outras dizem que ele apenas se feriu com o veneno de sua própria seta. De qualquer forma, a vontade de Afrodite se cumpriria graças a outro deus, Apolo.

O rei, pai de Psiquê, viu que sua filha mais jovem não era feliz. Suas irmãs, não tão belas, já haviam se casado enquanto ela continuava solitária. Ninguém se animava a cortejar a moça, só a adoravam como a uma divindade. E o rei decidiu perguntar ao oráculo de Apolo, deus da Profecia, com quem Psiquê deveria casar-se.

A resposta do deus foi terrível, verdadeira sentença de morte: Psiquê estava destinada a ser a esposa de um monstro feroz. Deveria vestir uma mortalha e ser levada à mais alta rocha no topo de um monte. De lá o futuro marido a levaria.

O rei, a rainha, as irmãs e os súditos do reino choraram pelo destino da jovem. Mas Psiquê seguiu resignada junto do cortejo fúnebre que a levou ao monte. E lá, sozinha, aguardou o marido que os deuses lhe destinavam, ou a morte.

Nenhum dos dois apareceu, porém: Zéfiro, o deus-vento, a arrebatou e levou até uma mata magnífica em torno de um palácio. Entrando no local, a moça encontrou luxos e riquezas que jamais imaginara; e vozes misteriosas disseram que tudo aquilo lhe pertencia. Maravilhada, ela se banhou, vestiu-se e tomou as refeições ali servidas.

À noite, num quarto esplendoroso, percebeu a chegada de um homem a quem não podia ver na escuridão: seu marido. Ele passou a dormir com ela todas as noites, sempre indo embora antes de a manhã nascer. Disse-lhe que correria grande perigo se deixasse o palácio, e que deveria prometer amá-lo sem jamais ver seu rosto.

Psiquê prometeu e se acostumou à situação. Amava o esposo, que a tratava com delicadeza e paixão durante a noite; de dia, as vozes lhe faziam companhia.

Enquanto isso, seus pais a julgavam morta e as irmãs iam ao pé do monte para lamentar sua sorte. Sabendo disso, o marido, certa noite, pediu-lhe que não desse ouvido aos lamentos delas, pois as irmãs poderiam separá-los para sempre.

A princípio, Psiquê não se preocupou com a família que deixara para trás. Mas sentia saudades e desejava sossegar o desespero das irmãs. Tanto suplicou ao esposo que a deixasse vê-las, que ele permitiu. Quando elas de novo vieram à montanha chorar por ela, pediu que Zéfiro as trouxesse à sua presença. E não só revelou às irmãs que estava viva como as levou ao palácio, mostrando as riquezas que agora lhe pertenciam.

As irmãs, roídas de inveja, começaram a envenenar sua felicidade. Diziam que o marido invisível poderia ser um monstro; que motivo ele teria para proibir a própria esposa de ver seu rosto? E a aconselharam a esperar que ele dormisse, para ir espioná-lo com uma lamparina. Se fosse mesmo um monstro, deveria matá-lo.

Tanto falaram que Psiquê resolveu tirar a dúvida. À noite, levantou-se, pegou uma faca afiada e foi acender uma lamparina a óleo que deixara no quarto.

Qual foi sua surpresa ao iluminar o esposo adormecido e encontrar não um monstro, mas o deus do amor... Seu esposo era o próprio Eros!

Atônita, Psiquê estremeceu e acidentalmente gotas de óleo da lamparina pingaram no ombro dele.

Eros acordou com a dor da queimadura. Repreendeu-a, furioso pela quebra da promessa. Não havia ele desobedecido à própria mãe para tornar-se seu marido? Não a havia salvado de unir-se a um ser monstruoso? Agora não mais poderiam ficar juntos. E partiu, para ir curar a ferida dolorosa junto dos deuses.

Psiquê se desesperou por ter dado ouvidos às irmãs. Saiu pelo mundo em busca do esposo, sem saber onde procurar ou como ser perdoada. Em sua busca pediu a ajuda das deusas Deméter e Hera. E embora ambas tivessem piedade da jovem, não podiam ajudá-la para não desagradar Afrodite.

Depois de muito vagar, e sabendo que a mãe do marido a procurava por toda parte para castigá-la, Psiquê decidiu enfrentá-la de uma vez, indo ao templo da deusa.

Afrodite a recebeu com ódio, dizendo que Eros estava ainda muito ferido pela queimadura; decidida a vingar-se da mortal que fora orgulhosa a ponto de se julgar tão bela quanto ela, e que ousara seduzir seu filho, entregou-a a suas servas, Mágoa e Tristeza, para ser açoitada. Depois, propôs à jovem várias tarefas impossíveis de serem realizadas, como separar um monte de grãos misturados, tosquiar um bando de carneiros selvagens, recolher água na fonte de um alto penhasco guardado por dragões ferozes. Por fim, ordenou-lhe que descesse aos infernos para buscar uma caixa contendo um pouco da beleza da Senhora do Hades, Perséfone.

E embora Psiquê não soubesse como cumprir essas tarefas, ela tentou, e foi ajudada por animais e plantas. Quando Eros se recuperou do ferimento, ele mesmo foi buscá-la no Hades. Mandando-a mais uma vez prostrar-se diante de Afrodite e dar conta da última tarefa, ele foi pedir a ajuda de Zeus, o maior dos deuses.

Zeus decidiu que Psiquê e Eros deveriam unir-se; deu à moça uma bebida que a tornou imortal. Assim, após muitos trabalhos e sofrimentos, o casal foi recompensado com uma união que duraria para sempre.

》》》》》》》

Natália fechou o caderno de Daniel e devolveu-o ao envelope em que estavam guardados os objetos apreendidos no sítio. Gostava de Lucas, mas tinha de admitir que ele escrevia coisas esquisitas. Lobisomens, sangue, deuses gregos... Escritores eram pessoas estranhas.

Bateu de leve na porta da sala de Monteiro. O subdelegado lhe fez sinal para entrar, apesar de estar ao telefone. A detetive entrou e se sentou, depositando o envelope e mais uma pilha de papéis em sua mesa. Ele continuou sua conversa.

— ... e a situação é essa. A senhora precisa voltar para casa o quanto antes. Seu depoimento é importantíssimo – fez uma pausa. – Hoje à noite? Sim, telefone para cá assim que chegar. Obrigado, dona Rosa.

A moça arregalou os olhos.

— Conseguiu encontrá-la? Então Daniel estava certo sobre a tal clínica em Belo Horizonte.

Monteiro disparou um meio sorriso.

— Seu amigo escritor é uma fonte de boas ideias. Sim, como ele disse, havia faturas de uma clínica de saúde na papelada do restaurante. Foi só pedir para a caixa, uma moça chamada Lu, que obtive o endereço e o telefone. Liguei para Belo Horizonte e exigi falar com dona Rosa. Quando contei que o marido estava preso, ela deu todo o serviço. Não pareceu nada surpresa... Foi exatamente como desconfiávamos: a mulher descobriu que Ernesto tinha um caso com a Lina e o confrontou. Ele agrediu a coitada, arrancou boa parte dos seus cabelos. Deixou-a quase careca... vai ver que foi daí que tirou a ideia de copiar os tais assassinatos do passado. Acontece que ela o ameaçou com o divórcio, e ele se fez de arrependido. Pediu perdão, chorou as mágoas e mandou-a para a clínica com uma empregada, jurando que ia terminar o caso com a Lina.

— Então ela não sabia que Lina estava grávida!

— Nem desconfiava. Ele quis resolver o problema antes que a notícia se espalhasse, porque se ela se separasse dele, ou se morresse, ele ficaria sem nada. Herdou o restaurante do pai, mas quem fornece o dinheiro para mantê-lo funcionando é a mulher; Ernesto não tem um tostão furado no banco. O casamento com separação de bens salvou a vida de Rosa, pois, se ele fosse seu herdeiro direto, teria acabado com ela... Mas o que é toda essa papelada?

319

Natália passou em revista alguns dos papéis que trouxera, além do envelope.

— Novos resultados da perícia. O mais recente é este: as marcas de ferradura naquele trecho da estrada batem mesmo com as do cavalo do Tonho. E as impressões de pneus no barro e no asfalto, ali ao lado, conferem com as do carro de Ernesto.

— Ele deve ter matado o rapaz ali mesmo; espantou o cavalo e levou o corpo para o haras de madrugada... – Monteiro concluiu. – Mas por quê? Não pode ter sido ciúme.

— Provavelmente Tonho descobriu alguma coisa sobre a morte de Lina, e isso o colocou na mira do assassino. Assim como a Ana Cristina, que entrou sem ser vista no museu bem quando ele ia levar embora o baú com a faca e as bonecas, e deu o azar de encontrar a chave que dona Merência perdeu, caída no canto de onde o baú saiu.

— Então aquela chave não era do Ernesto? – o policial especulou.

— Não, encontramos uma réplica no chaveiro dele. Deve ter espalhado entre os funcionários que a única chave era a da velha senhora, para incriminá-la e fazer todo mundo acreditar que apenas ela poderia pegar os véus. Mas nos últimos dias ela perdeu a chave, deixou-a cair atrás do baú.

— Bem, vou para a sala de interrogatórios – disse o subdelegado, levantando-se. – O Matos deve estar enjoado de ouvir as mentiras do Ernesto... o advogado dele já chegou?

— Já e está lá citando tudo que é lei para o Matos. Sem efeito algum... – ela riu. Depois, séria, indagou: – E quanto ao Daniel?

— O que tem ele? – Monteiro já se encaminhava para o fundo da DP, onde ficavam as celas.

Ela pôs as mãos na cintura, injuriada.

— O que tem ele?! Foi detido para averiguações sobre os crimes. Já prendemos o criminoso. Algum motivo em particular para não liberá-lo?

"Fora o fato de que você está caída por esse sujeito?", o subdelegado pensou, irritado. Mas respondeu apenas:

— Ele está detido sob a acusação de depredação do patrimônio público. Você viu o estado em que seu *queridinho* deixou a cela dois? Vai ficar preso até o advogado dele trazer um *habeas corpus*. Quando isso acontecer, me avise.

Natália ficou no corredor, sem coragem de encarar o chefe depois daquele desabafo. *Queridinho?...* Decididamente, ela precisava, de alguma forma, recuperar o respeito de seu superior. E nem sua mira precisa, desarmando o assassino naquele flagrante, parecia tê-lo impressionado.

»»»»»»»

Ernesto estava tomando água mineral de uma garrafinha que Matos lhe trouxera. Com a mão esquerda, já que a direita estava enfaixada num curativo exagerado. Sentado ao seu lado, um senhor baixinho, o advogado, lia desesperadamente a papelada referente à prisão, que Natália providenciara. Estava muito difícil achar uma brecha ali...

Monteiro entrou na sala de interrogatórios com um sorriso desafiador.

— Tenho boas notícias, Ernesto. Excelentes, mesmo! Acabo de falar com sua esposa, e você vai ficar feliz em saber que dona Rosa está se recuperando bem dos ferimentos. O braço deslocado retomou todos os movimentos, com a fisioterapia, e os cortes cicatrizaram. Vai precisar de uma cirurgia plástica, depois, mas nada muito grave. Os cabelos é que vão demorar para crescer, é claro.

O advogado se levantou, enfurecido.

— O que é que o senhor está insinuando?

Monteiro sentou-se ruidosamente na cadeira que Matos puxou para ele.

— Insinuando? Eu? Absolutamente nada. Apenas repeti o que dona Rosa declarou, num telefonema direto da clínica em que está internada, em Belo Horizonte. Aliás, ela acaba de ter alta. Assegurou que hoje à noite estará na cidade.

— Nada do que ela lhe disse por telefone tem valor legal – o homem resmungou.

Do outro lado da mesa, Ernesto começou a suar frio. Matos lhe ofereceu um lenço de papel.

— Falando em legalidade, onde foi mesmo que paramos? – Monteiro recomeçou, sem nem ligar para o advogado. – Ah, sim. O suspeito dizia que não fez nada, que não tinha motivos para matar Lina, nem

Tonho, muito menos Yves. E que o fato de o termos encontrado ameaçando a vida de duas pessoas, no próprio lugar em que encontramos o corpo da moça, portando a arma dos crimes e a máquina usada para raspar os cabelos das vítimas, foi apenas uma coincidência fortuita.

Ernesto não respondeu. Continuou enxugando o suor abundante.

— Tudo isso é circunstancial – o homenzinho tentou argumentar. – É a palavra desse Lucas contra a de meu cliente! Aliás, ele mesmo era suspeito dos crimes, até ontem! E está detido nesta delegacia, não está?

— Sob uma acusação menor – o subdelegado exibiu um sorriso inocente. – Nada a ver com o presente caso. E há mais testemunhas.

— A adolescente não conta, esses jovens de hoje vivem drogados – o homem retrucou. – Com duas testemunhas não confiáveis, o senhor não tem provas de que...

Monteiro riu.

— A adolescente em questão é filha do doutor Irineu Sanchez de Navarra, de São Paulo. Um dos pilares da Ordem dos Advogados. O senhor vai mesmo querer acusar a garota de usar drogas, sem prova alguma?

O homem ficou branco e resolveu se sentar novamente.

— Vamos voltar ao caso. Meu cliente é um comerciante estabelecido, verdadeiro esteio desta comunidade, não há o menor sentido em mantê-lo sob custódia! Vou requerer ao juiz sua soltura para responder a essas acusações absurdas em liberdade...

Dessa vez foi Matos quem contestou.

— Ele foi preso em flagrante, e mais testemunhas o viram alvejar a garota e o rapaz com aquele trinta e oito – indicou a arma sobre a mesa, ensacada e etiquetada. – Eu, a detetive Natália, o subdelegado e mais dois policiais. Boa sorte em conseguir convencer o juiz a soltá-lo...

O homem abriu a boca para protestar, mas antes que dissesse qualquer coisa, o próprio Ernesto desabou.

— De que adianta negar? A Rosa vai acabar comigo quando chegar. Mas foi por ela que eu fiz tudo isso, foi pela minha Rosa... pra calar a boca daquela vagabunda...

— Não diga mais nada, Ernesto, precisamos conversar a sós antes! – o advogado sibilou. E para os policiais: – Meu cliente está sob estresse, ferido, precisa de atendimento médico urgente! É um desrespeito aos direitos humanos! Eu exijo que...

— O senhor – Monteiro sibilou de volta – não vai exigir nada. Estamos dentro da lei, seu cliente foi atendido pelo resgate ontem à noite após receber voz de prisão, e está na presença de seu advogado. Se ele quer confessar, o senhor não pode impedir. Fale, Ernesto. E como a Natália já avisou assim que o trouxe para cá, lembre-se de que aquela camerazinha ali na parede está gravando seu depoimento.

>>>>>>>

Ernesto confessou tudo – ou quase tudo. Narrou como Lina exigiu que ele se separasse de Rosa e casasse com ela, quando descobriu a gravidez. Falou do cheque que lhe entregou para que fizesse um aborto, e de como a garota se recusou, citando os argumentos religiosos da mãe. Da briga com Rosa, quando ele perdeu o controle e agrediu a mulher, arrancando-lhe os cabelos. Fora realmente naquela ocasião que ele se lembrara do livro antigo que um dia encontrara no baú sinistro de Merência. Fizera uma cópia da chave do baú sem a velha saber, e deixara de propósito o livro entre os outros, esperando que mais pessoas o lessem. Uma história de crimes seriais, em que as vítimas eram apunhaladas e tosadas. Seria simples livrar-se de Lina colocando a culpa na tia-avó maluca. Não tinha o menor remorso por isso: quem iria prender uma velhinha de cento e três anos? No máximo iriam levá-la para uma instituição, onde ela passaria os anos que lhe restavam.

Depois de aplacar Rosa com mil promessas, enviara-a para tratar dos machucados numa clínica que conhecia, na capital. Contratara uma acompanhante em uma agência de lá mesmo, para cuidar da esposa. Aos poucos pretendia voltar às boas graças dela e ter de novo acesso ao seu dinheiro: bastava que Lina sumisse. Para fazer Merência piorar dos devaneios que tinha às vezes, começou a drogar seus chás. A tonta da governanta não se deu conta de nada.

Porém Lina não devolveu o cheque que lhe dera. Ele sabia que ela o levava, juntamente com o resultado do exame médico que comprovava sua gravidez, numa bolsinha pequena que sempre carregava. Então decidiu matá-la, e planejou cuidadosamente como trazer a garota para o porão do restaurante, que se comunicava com aquele antigo túnel. No passado seu pai usara o lugar como depósito de materiais e ferramentas, mas na atualidade somente ele conhecia a entrada e a saída.

No domingo, telefonara para Lina na hora em que o restaurante estava mais cheio, e a convidara para uma noitada especial, frisando que o encontro devia ficar em segredo enquanto o divórcio não fosse oficial. A moça sabia que Rosa havia viajado, e acreditou quando ele disse que tinham se separado definitivamente. Além disso, ela brigara com o namorado, Tonho, que ligara para ela do hotel-fazenda um pouco antes. Lina, então, telefonou para a papelaria e deixou um recado gravado, inventando uma desculpa para não ir trabalhar na segunda-feira... e à noite, depois que a mãe fora se deitar, saiu e seguiu para o local que ele sugerira, na estrada, não muito longe de sua casa. Uma placa de propaganda comercial marcava o ponto de encontro.

Ao chegar lá, o carro de Ernesto já estava à sua espera. Ela correu para encontrá-lo, e na pressa escorregou no barro, derrubando a bolsa. Recolheu tudo, mas nenhum dos dois percebeu que a bolsinha em que guardava os papéis ficou caída na lama.

Ernesto a levou ao restaurante, àquela hora da madrugada fechado e apenas com um segurança sonolento na guarita de entrada. Entraram sem ser vistos e ele a levou ao museuzinho, onde revelou a surpresa: tinha preparado um ninho romântico para ambos num quarto secreto, que nem mesmo Rosa conhecia.

A moça desceu ao porão, encantada com os castiçais e as velas acesas que ele colocou até a entrada do quartinho, situação que achou lindamente parecida com um filme a que assistira. Enquanto desciam, ele mencionou o cheque que ela havia prometido devolver. Lina até procurou em seus pertences, mas não encontrou: concluiu que devia ter caído quando ela derrubara a bolsa perto da estrada.

Ernesto ficou contrariado, mas conteve-se. Beijou-a e a fez deitar-se num acolchoado que estendera no chão, delicadamente abrindo os botões de sua blusa com uma das mãos. Ela não resistiu, e somente quando sentiu o frio da lâmina penetrando em seu peito foi que percebeu tudo. Aquilo não era um encontro romântico, e sim uma armadilha!

324

Quando constatou que ela estava morta, fez o que havia planejado. Usando a máquina, tosou seus cabelos. Cobriu seu rosto com um pedaço do véu que pegara no velho baú das bonecas. Sujou com sangue o casaco da garota, salpicando ali alguns dos cabelos arrancados, e o guardou num saco plástico. Enrolou o acolchoado e o jogou num canto do túnel. Quanto à faca, levou consigo.

Carregou o corpo pelo túnel para o aterro sanitário e o deixou longe da entrada oculta do subterrâneo, juntamente com a bolsa enlameada – sempre usando luvas, para não deixar nenhuma impressão digital. Pretendia pegar o carro e voltar à estrada para procurar a bolsinha perdida, porém a essa altura já ia amanhecer, então decidiu fazer isso na noite seguinte.

Na segunda-feira à tarde, dona Merência fugiu para a cidade, e ele aproveitou a desculpa de ir buscá-la para jogar o casaquinho num ponto central, sabendo que aquilo desviaria a atenção de seu restaurante. Como era dia, de novo não quis se arriscar a parar o carro junto à placa para procurar a bolsinha perdida.

Mas no dia seguinte a tia-avó fugiu novamente. E quando ele rodava para a cidade à sua procura, ao anoitecer, viu Tonho parado bem onde encontrara Lina naquela madrugada. Estacionou ali, percebendo que o rapaz tinha nas mãos o exame de gravidez e o cheque que dera à moça...

A estrada estava vazia, a não ser pelos dois. Ernesto não hesitou em pegar a faca, que escondera num saco debaixo do tapete sob seus pés, no carro. Distraiu-o com uma conversa, e, sem aviso, esfaqueou Tonho no peito. O rapaz nem teve tempo de resistir, embora seu cavalo relinchasse e empinasse, percebendo que havia algo errado.

Foi questão de minutos colocar o corpo no porta-malas do carro e espantar o cavalo para longe dali. De posse dos papéis e da bolsinha, ele os escondeu com a faca, no saco sob o tapete – mais tarde os queimaria –, e foi tranquilamente à cidade buscar Merência. Para sua surpresa, não a viu no cemitério, como de costume. Um telefonema o avisou que a velha fora encontrada por uma investigadora e o esperava na delegacia! Ele se divertira muito, pensando que a própria polícia, naquela noite, lhe forneceria um álibi... Até conversara um tempo com o sargento Matos, enquanto o corpo ainda se encontrava no porta-malas!

325

De madrugada saiu mais uma vez e, entrando pela porteira dos fundos do hotel-fazenda, deixou o cadáver do rapaz na parte desativada do haras. Havia obtido outro pedaço de véu no baú para cobri-lo, outra peça que incriminaria a velha senhora.

Fora surpreendido ao encontrar Ana Cristina no museu, junto do baú aberto. Estava em meio ao processo de remover o baú de lá, ia descê-lo pela rampa ao subterrâneo; mas a garota apareceu e encontrou a chave que Merência perdera! Ele tivera de improvisar, e só não a matara quando estava desacordada porque, ao tirá-la do baú e prendê-la no quartinho, tinham-no chamado pelo celular ao restaurante, para resolver problemas urgentes na cozinha. Sabia, porém, que ela ficaria adormecida por muito tempo e não poderia escapar. Planejou matá-la na tarde seguinte, num horário em que todos o julgavam fechado no escritório a cuidar das contas, como sempre fazia.

Porém a confissão foi apenas até esse ponto. Não apenas Ernesto negou peremptoriamente ter assassinado Yves, como alegou nem ao menos saber de quem se tratava. Além disso, na noite da morte e na seguinte, em que o corpo fora levado ao mirante, ele não deixara o restaurante, ocupado com os preparativos da tal festa de casamento. Havia dezenas de testemunhas para seu álibi.

Matos e Monteiro discutiram aquilo com Natália depois. A esposa do francês alegava nunca ter ido ao restaurante da estrada, nenhum dos funcionários se lembrava de ter visto um deles. Porém o *modus operandi*, a arma, a raspagem do cabelo e o véu diziam o contrário... Devia haver um motivo para que Ernesto quisesse Yves morto, uma explicação para mais aquele crime.

E os policiais estavam decididos a descobrir qual seria.

»»»»»»»

Ana Cristina abriu os olhos sentindo a luz da janela incomodá-la.

— Ela acordou! – ouviu a voz de Cristiana a seu lado.

O pai e a mãe a cercaram no mesmo instante, querendo saber como se sentia. Ela sorriu; lembrava-se de tudo. Na noite anterior fora levada ao hospital municipal após ser atendida pelo resgate, e os médicos a haviam sedado antes que os pais chegassem, chamados por Natália. Dormira pesadamente a noite toda.

— Que horas são? E que dia é hoje? – perguntou, afagando os pulsos enfaixados, que ardiam terrivelmente. Tinha a sensação de ter dormido por uma semana.

—- Dez e meia da manhã, quarta-feira – Cris respondeu. – Você está no hospital e o médico disse que vai te liberar ainda hoje, se a tomografia que fizeram não acusar nada.

A garota levou a mão à testa. Havia um enorme galo, no ponto em que batera na parede. Ela estremeceu, lembrando a fuga desesperada e cega pelo subterrâneo. Os procedimentos dos médicos, injeções, tomografias, pareciam um sonho bom comparados com aquele pesadelo.

— Já liguei para a doutora Eloísa e você tem uma consulta marcada para a semana que vem – Ludmila declarou, percebendo o estremecimento da filha.

Doutora Eloísa era a psicoterapeuta de sua mãe, e embora Ana sempre tivesse se recusado a fazer terapia, não resmungou daquela vez. Ia precisar de ajuda para lidar com tudo aquilo: as mortes, o sequestro, a transformação de Hector em lobisomem...

— Daniel! – exclamou, lembrando-se. – Onde ele está? Não veio me visitar?

Dessa vez foi Irineu quem respondeu.

— Daniel Lucas continua preso. Tentei ir vê-lo, mas a DP está tão cercada de repórteres que os policiais não me deixaram entrar. Falei com a detetive Natália e ela disse que o advogado dele está vindo de São Paulo. Deve ser liberado entre hoje e amanhã. É só uma questão de burocracia.

Ana teve vontade de chorar de novo, recordando tudo que ele fizera para defendê-la e a injustiça de ter sido levado algemado feito um criminoso.

— Eu vou ter de ir depor, não vou? – ela perguntou. Havia contado ao sargento Matos o que acontecera enquanto era atendida pelo resgate, mas sabia que não fora um depoimento oficial.

— Vai – o pai confirmou –, assim que estiver melhor. Mas eu estarei junto com você o tempo todo. Não precisa ter medo, filha.

Para surpresa de todos, Ana Cristina soltou uma gargalhada.

— Medo? De falar com a polícia? Pai, eu fui sequestrada por um assassino serial. Ele me amarrou, cortou meu cabelo, me jogou no meio do lixo e arrancou minha blusa pra meter uma faca no meu peito! Depois, só não me matou com um tiro porque o Daniel se jogou na minha frente e protegeu meu corpo com o dele. Acha que eu vou ter medo de contar isso para a polícia? Eu quero mais é que todo mundo saiba!

Uma enfermeira entrara no quarto, atraída pela comoção da paciente.

— Vocês estão deixando a menina agitada. E está na hora de verificar a temperatura e a pressão. Saiam, por favor.

Eles tiveram de obedecer, mas, antes que saíssem, Ana pediu, já mais calma:

— Pai, o Daniel tem de ser solto. Se não fosse por ele, eu estaria morta, e você sabe disso...

Sim, Irineu sabia disso. Enquanto Ludmila e Cris iam lanchar, ele ficou na sala de espera do hospital, andando nervosamente de um lado para o outro e checando o celular, na esperança de que Damasceno telefonasse. Aquelas semanas em Minas Gerais não estavam sendo nada do que ele planejara. Da próxima vez que tivesse assuntos... confidenciais... para tratar, não levaria a família.

»»»»»»

Sentado na cama metálica da cela, torturante de tão dura, Daniel engoliu vorazmente o arroz com feijão e bife que Natália lhe levara num pratinho de isopor com uma colher plástica. Estava faminto, e, com a confusão generalizada na delegacia, ninguém tinha se lembrado de alimentá-lo. Se não soubesse que o Fator Lobisomem em seu sangue estava enfraquecido, teria até desejado a transformação para fugir e ir caçar na mata.

— Desculpe os meus modos – disse, percebendo o olhar espantado da detetive sobre ele. – Faz tempo que não como nada.

Ela reprimiu um desejo insano de abraçá-lo. Detestava vê-lo preso.

— Eu é que peço desculpas pela demora. Com a imprensa cercando a DP, tudo está fora dos eixos. E nem sinal da delegada. Ela só aparece para atrapalhar. Quando poderia ser útil, avisa que está ocupada.

O pobre do Monteiro é quem está lá fora dando entrevistas... – suspirou, mudando de assunto. – Olhe, seu advogado ligou. Assim que conseguir o *habeas corpus* estará aqui. E... hum, outra coisa: ainda ontem, você tinha vergões no rosto e nos braços, mas eles desapareceram!

— Não eram tão graves assim – ele desconversou, olhando para o chão. Como sempre, a transformação em lobisomem acionara o processo de cura. – Tem notícias da Ana Cristina?

Sabia dos sentimentos que Natália nutria por ele e detestava espicaçá-la, mas não tinha outra pessoa a quem perguntar.

A resposta dela teve um tom amargo que não pôde ser disfarçado.

— Sua *namoradinha* está bem, logo vai ser liberada do hospital. Matos deve ir ao hotel nos próximos dias para tomar o depoimento dela. Conversei com o doutor Irineu sobre todo o caso, ele concorda que Ernesto não escapa. Com a confissão, a Promotoria Pública vai fazer a festa...

— E quanto a Merência? Como ela está?

— Ontem havia sumido, mas hoje de manhã foi encontrada dormindo em seu quarto! A governanta está me mantendo informada sobre ela, até dona Rosa voltar. O que deve acontecer logo.

Com Rosa em Passa Quatro, Merência seria bem cuidada. Daniel sorriu para a policial.

— Obrigado por tudo, Natália.

Ela fez um ar profissional, evitando deixar-se derreter pelo sorriso dele, como já ocorrera.

— E há ainda alguns pontos em que eu apreciaria a sua ajuda. Nisto aqui, por exemplo – ela pegou no bolso a fotografia antiga e mostrou a ele: as bonecas.

— Ahn... – ele disse, desconcertado. – É um retrato que está na minha família há tempos. Acho que foi meu avô quem tirou.

— Sim, estou informada sobre Hector Wolfstein e sua passagem por esta cidade – ela disse secamente, fazendo-o imaginar até que ponto estaria "informada". – O que eu quero saber é se são estas as tais bonecas da senhorita Alba de Albuquerque Lima, que Ernesto diz que estavam no baú de dona Merência. Ele alega que cobriu os rostos das vítimas com véus tirados das bonecas, porque isso estava escrito num tal livro. Mas que livro é esse?

O rapaz levantou-se e andou pela cela. Falou com vagar, escolhendo bem as palavras.

— Meu pai escreveu uma novela de ficção... uma fantasia... usando parte da história que meu avô contava sobre os assassinatos que presenciou, no começo do século XX. Mas o livro nunca foi publicado, era só um texto datilografado que ficou perdido por aí. Eu não tenho nenhuma cópia.

— Ernesto declarou que Merência tem uma no museu.

O rapaz fez um ar de dúvida, para esconder o receio. Se tinha uma coisa que ele não desejava, era que o original do *Coração selvagem* fosse parar nas mãos da polícia.

— Acho difícil. Sinto muito não poder ajudar mais, Natália.

Ela o deixou, pensativa. Tinha a sensação de que Daniel mentira. Estava intrigada por não encontrar as tais bonecas; sabia que haviam permanecido muito tempo no baú, com os véus, mas ela e Matos encontraram o baú vazio. Antes de falar com Daniel, perguntara sobre elas a Ernesto. Este jurara que não sabia das bonecas: ele as tinha colocado em um saco de lixo e deixado perto da saída do túnel, no aterro, pretendendo queimá-las. Porém não vira mais o saco depois disso.

A Polícia Científica havia vasculhado o subterrâneo e boa parte do aterro, e nada fora encontrado. Nem havia sinal de queima recente de lixo naquele local.

Onde estariam as bonecas?

Resolveu que, assim que acabasse com os relatórios que estava devendo, tentaria falar com a tia-avó do assassino. Ela saberia sobre aquilo e o tal livro misterioso.

Sentou-se diante do computador, desanimada. As exigências da burocracia policial eram seu maior castigo... pelo menos enquanto trabalhava ela não iria pensar *nele*, nem em sua *namoradinha*.

Com um bufo, abriu o programa e começou a digitar.

»»»»»»

Havia anoitecido quando ela conseguiu deixar a delegacia. Fora verificar se Daniel havia jantado, e o encontrou ferrado no sono sobre a dura cama da cela. Agostinho, que estava por lá, assegurou que ele devorara duas pratadas de macarrão com frango.

Saiu pela porta que dava na rua dos fundos: ainda havia repórteres na da frente, embora muitos tivessem ido embora. Não querendo usar uma viatura, pedira a Monteiro o Land Rover emprestado, e para seu espanto ele simplesmente atirara a chave para ela com um sorriso. "Esse é mesmo o meu chefe?", ela se perguntou, ao sair.

Chegando ao restaurante, descobriu onde estavam os repórteres que haviam deixado a DP: diante da porta, impedidos de entrar pelos seguranças, desejando entrevistar a esposa do assassino.

Sabia que Rosa estava na cidade; ela telefonara a Monteiro no final da tarde. Mostrando sua identificação ao segurança, entrou no restaurante, naquela noite excepcionalmente fechado.

Encontrou a porta do museu trancada, com um ofício pregado ali, explicando o fechamento por ordem da polícia. Foi ao salão principal e deu com uma reunião geral. A esposa de Ernesto reunira os funcionários para assegurar a todos que o restaurante continuaria funcionando e que ninguém perderia o emprego. Natália ficou junto à porta, observando a cena. Quando o *maître* declarou que não acreditava no que andavam dizendo de seu patrão, mesmo após a prisão, ela se irritou. Arrancou o lenço de seda que lhe cobria a cabeça e mostrou uma cicatriz entre os cabelos ralos, que começavam a despontar.

— Está vendo isto aqui? Foi seu amável patrão que fez, há algumas semanas. Ele me agrediu com uma faca, deixou duas cicatrizes, arrancou parte dos meus cabelos e quase quebrou meu braço. Segundo a polícia, passou semanas drogando a dona Merência, e foi preso apontando um revólver e uma faca para dois jovens. A mesma faca que matou três pessoas. Você pode acreditar no que quiser, mas se vai defender o Ernesto, é melhor ir embora. Porque agora quem vai tocar o restaurante sou eu!

Os empregados murmuraram e o homem resmungou alguma desculpa, mas ninguém a interrompeu mais quando ela desfiou os planos para a semana seguinte.

Assim que a reunião se dispersou, Natália foi falar com ela.

— E como vai... o meu marido? – Rosa perguntou, amarga.

— Não muito bem – a investigadora respondeu. – Confessou ter matado Lina e Tonho, afinal. O advogado vai tentar um *habeas corpus*, mas nenhum juiz vai conceder.

— Ótimo – a mulher declarou, voltando a amarrar o lenço na cabeça. – E em que mais posso ajudá-la, detetive?

Natália explicou suas dúvidas quanto ao baú das bonecas e o livro datilografado. Rosa nunca vira o que havia dentro da grande caixa, mas acompanhou a moça até a casa, nos fundos, para falar com Merência. A velha senhora havia jantado e a governanta ainda não a pusera na cama.

Encontraram as duas vendo televisão na sala. Merência já não tinha o olhar vago das últimas semanas, porém ainda não voltara ao normal. Abraçava com força um livro de capa marrom.

— Tia Merência, lembra-se da Natália? Ela quer lhe fazer algumas perguntas.

A velha senhora a cumprimentou e respondeu a tudo que foi perguntado, mas não largou nem por um instante o livro.

Não se lembrava quando perdera a chave do baú, nem quando vira as bonecas pela última vez. Esclareceu que eram oito, cada uma com tons de cabelo e penteados diferentes. Quanto ao livro, disse que era seu e que não emprestaria a mais ninguém...

A governanta saiu, dizendo que ia arrumar a cama para a tia-avó se deitar; Rosa e a policial voltaram ao restaurante.

— Sinto muito, mas não quero agredir mais tia Merência, tirando aquilo dela – Rosa desculpou-se. – Ela já sofreu muito nestes últimos tempos.

— Não tem importância – a detetive assegurou. – Assim que ela dormir, veja se a senhora consegue pegar o livro. Ali pode haver indícios importantes para a polícia.

A esposa de Ernesto prometeu fazer isso. Enquanto se despedia de Natália na porta, com os seguranças ainda mantendo os repórteres lá fora, nenhuma delas viu que a velha senhora as seguira.

Do corredor, Merência foi para a cozinha, a essa altura povoada apenas pelos poucos auxiliares que preparavam tudo para a abertura do restaurante na manhã seguinte.

332

Ninguém prestou atenção a ela, quando se aproximou do grande forno a lenha. Poucas brasas ainda ardiam, mas com força suficiente para o que ela queria.

"Hector tinha razão", pensou ela.

Com um suspiro, jogou o livro sobre as brasas. Alimentadas com o papel velho, elas soltaram chamas e lamberam as folhas amareladas com avidez. Em menos de dez minutos o livro se transformou em uma pilha de cinzas, os pedaços da capa de couro ardendo por um tempo a mais.

Ela ficou ali, olhando as chamas, e parecendo enxergar, no fumo que se evolava do forno em direção à chaminé, cenas que sabia de cor.

Viu Hector se transformando em lobo. Viu Beatrice morta em seu vestido branco. Viu a si mesma salva das queimaduras fatais por um rapaz que a protegera com o próprio corpo. Viu o sangue... das pessoas e do lobo. Tantas cenas, tanta gente, tantos anos se desvanecendo feito fumaça enquanto o fogo consumia as páginas.

Rosa a encontrou ali, parada, ainda olhando as brasas agora adormecidas. Sem desconfiar do que acontecera, levou-a para a cama. Merência foi calada, um leve sorriso nos lábios.

Aquela seria a primeira noite, em muito tempo, em que ela dormiria em paz.

»»»»»

— Não sei o que dizer, Lucas – dizia o advogado da editora, acompanhando seu premiado autor e estrela literária internacional para fora da cela. – Isso é inadmissível! Dois dias preso nesta espelunca, sem um motivo real, por conta da má vontade de uns policiais incompetentes? Vamos meter um processo nessa gente que vai dar o que falar!

— Já disse que não quero processo nenhum – Daniel reiterou, andando depressa para longe das celas malcheirosas. Fez questão de não olhar para a cela dois, onde um pedreiro tentava reparar o estrago na parede, nem para a cela de segurança, onde Aguiar montava guarda a Ernesto. – Só me leve para almoçar em alguma churrascaria, por favor. Preciso comer carne. Muita carne.

O advogado continuou resmungando, citando itens da Declaração Universal dos Direitos Humanos. Quando chegaram à frente da delegacia, Matos apontou para a sala do subdelegado.

— O doutor Monteiro quer falar com você, Daniel. Ele vai entregar os seus pertences.

— Deixe que eu pego suas coisas, assim aproveito pra dizer a esse subdelegado o que eu penso – o advogado sugeriu, belicoso.

— Não, é melhor eu mesmo conversar com ele – o escritor declarou.

E, apesar dos protestos do outro, entrou sozinho na sala e fechou a porta.

Monteiro estava sentado, folheando o caderno manuscrito. Os demais objetos apreendidos encontravam-se no envelope: o cacho de cabelos, documentos, dinheiro, a chave do jipe. Faltavam as facas, ainda com a Polícia Científica. E a fotografia, que Daniel sabia estar com Natália.

— Bem – o subdelegado começou a falar, com certo embaraço. – Acho que eu lhe devo desculpas, Lucas. Seu advogado está falando em me processar...

— Ninguém vai processar ninguém. Já acertamos tudo. Você retirou as acusações e eu vou pagar pelo conserto da cela. O assassino está preso e Ana Cristina está salva. Nada mais importa.

O subdelegado o fitou. Parecia perturbado. Mais que isso, parecia não ter dormido. Como a confirmar isso, ele bocejou.

— Sabe o que eu fiz durante a última noite? Examinei tudo o que reunimos contra o Ernesto. Não há dúvida de que ele é o assassino. Teve motivo, oportunidade, e confessou o que fez, ao menos em parte. Mas ainda há pontos sem explicação me incomodando... Fique tranquilo, não vou acusar você de mais nada! Só gostaria de entender certas coisas.

O rapaz sorriu para ele. Pobre Monteiro, jamais poderia entender tudo que acontecera.

— Há coisas que às vezes não têm explicação – falou. – Já dizia Shakespeare que há mais mistérios entre o céu e a terra do que sonha a nossa vã filosofia.

— Pois a minha vã filosofia não está nem conseguindo sonhar. Por exemplo... não sei onde você conseguiu forças para arrebentar a janela da cela, mas não vou entrar nesse assunto. O que eu gostaria que me contasse é como sabia que a menina estava com o Ernesto no aterro sanitário.

— Simples – o rapaz explicou. – Eu estava escondido naquela caverna quando a força policial chegou. Ouvi suas vozes... e escapei por uma fenda no teto da caverna. Lá de cima, vi dois vultos saírem de uma abertura do chão, no aterro. Reconheci a Ana e corri para lá. Você conhece a trilha.

Aquilo fazia sentido. Mas outras coisas não faziam.

— Por que Merência o chamou de Hector?

— Hector foi meu avô, praticamente criou dona Merência e os irmãos. Eu me pareço com ele.

— Eu sei. Natália me contou sobre as histórias antigas, a moça assassina, o livro, as bonecas... Ela anda obcecada com as benditas bonecas! Mas eu fiquei imaginando: como você sabia que a Merência ia se acalmar, ia parar de dizer que a lua cheia mandava em você, só de ouvir aquela história de fadas?

— Foi um palpite, eu acho – Daniel sorriu amarelo.

— Não – o outro contestou. – Foi mais que isso. Como se você a conhecesse muito bem... Como se tivesse passado anos contando histórias para ela dormir... E não venha me dizer que seu avô lhe contava essa mesma história, porque ele morreu bem antes de você nascer. Eu pesquisei. Hector Wolfstein foi dado como desaparecido em 1945, na guerra – suspirou. – Lucas, esta conversa não é oficial. *Quem é você?*

O escritor se pôs na defensiva.

— O que você quer, Monteiro? Fale claro.

O policial folheou de novo o caderninho e parou em uma página. Leu.

— *Dizem que as balas de prata são a única coisa que pode matar um lobisomem... não é o mero contato com ela que é nocivo ao lobisomem, e sim o poder simbólico do metal, associado tradicionalmente à Lua.*

— Eu uso esse caderno para fazer anotações. Pesquisa para os meus livros de folclore.

O outro o encarou mais uma vez, e seu olhar não era agressivo.

— Matos tirou uma bala da porteira do seu sítio. Disse que era de prata. E havia prata nas grades daquela cela, na caverna – fez uma pausa. – Eu sou um homem da lei. Não acredito em Papai Noel, nem em sacis, nem em lobisomens. Mas supondo... supondo que existissem criaturas

335

sofrendo dessa doença, a licantropia, uma infecção no sangue... supondo que a lua cheia pudesse fazer uma pessoa se transformar de homem em lobo, e que esse lobo tivesse superforça... Supondo que a pessoa não envelhecesse, que tivesse o poder de curar vergões de queimadura de um dia para o outro... eu imagino que teria de ser alguém muito corajoso, para trancar a si mesmo numa cela e se impedir de sair para machucar os outros. Ou para se colocar na frente de um assassino com um trinta e oito na mão, disposto a morrer para proteger uma garota.

Daniel olhou para o chão. Não soube o que dizer.

— Eu não li o tal livro – o outro continuou. – Nem vou ler. Natália me disse hoje cedo que o livro sumiu do quarto de Merência... Dona Rosa desconfia de que ela o queimou. Mas se lesse, acho que seria a história de um lobisomem tentando voltar a ser apenas um homem. Como na história da Bela e a Fera. Alguém em busca de sua humanidade. Uma história fantástica, é claro.

— É claro – ainda fitando o chão, o escritor sorriu. – Um conto de fadas.

Monteiro colocou o caderno no envelope e entregou a ele. Daniel estendeu a mão para o policial. Monteiro a apertou, seus olhos se encontraram e nenhum dos dois desviou o olhar.

— Hipoteticamente falando – o subdelegado murmurou –, existiria cura para essa... infecção do sangue?

— Hipoteticamente? Talvez, se tudo der certo. Tudo indica que a maldição pode ser desfeita. E, na hipótese de isso acontecer, é bem possível que um certo esconderijo se torne inútil e que as terras que um dia pertenceram a um senhor Antônio possam voltar para os descendentes dele.

Monteiro franziu as sobrancelhas, atônito. Jamais esperara por aquilo.

— E aí... todos viveriam felizes para sempre?

Daniel foi se reunir ao advogado, que o esperava na saída. Voltou-se apenas para dizer:

— Não é assim que terminam os contos de fada?

E saiu, deixando o subdelegado ainda mais perturbado que antes.

»»»»»»

Na quinta-feira à tarde, Paulo e Jonas foram ao hotel-fazenda visitar Ana Cristina. O filho do livreiro teria preferido evitar ver Cristiana de novo, mas o amigo havia prometido uma visita a Ana e infernizara sua vida até ele concordar em ir.

Encontraram as duas garotas na sala do chalé, paparicadas por dona Ludmila. Ela parecia achar que não devia deixar a filha sozinha nem por um instante, e isso estava pondo Ana doida. Quando os rapazes chegaram, seu Irineu salvou a situação.

— Vamos fazer um passeio – propôs, arrastando a esposa de lá. – As meninas elogiaram tanto o centro histórico da cidade, que eu quero dar uma olhada. Venha, elas não vão a lugar nenhum!

Apesar dos protestos da mulher, deixou os quatro jovens a sós.

Ana tinha ataduras nos pulsos e um curativo na testa. Seus cabelos, cortados rusticamente por Ernesto, haviam sido trabalhados com habilidade por um cabeleireiro, e curtos a deixavam ainda mais bonita. Teve de narrar de novo tudo que acontecera, e os dois rapazes contaram como a história estava sendo comentada na cidade. Cristiana se limitava a responder a uma ou outra observação da amiga. A certa altura da conversa, reuniu coragem e sussurrou a Paulo:

— Posso falar com você? Lá fora?

Ele fechou a cara, mas concordou. Saiu do chalé, seguido por ela. Ana se inquietou.

— Jonas, vai atrás deles...

— Não – o rapaz retrucou. – Eles precisam conversar. Deixe.

»»»»»»

Se o passeio de trem fora uma provação para Cris, aquela conversa não prometia ser melhor. Porém ela estava decidida a ter um último entendimento com ele. E não ia jogar a responsabilidade em Ana, dessa vez. Ainda sem coragem de fitá-lo, começou:

— Nós vamos embora nos próximos dias. E eu não quero ir sem pedir que você me desculpe.

Ele cruzou os braços, irritado.

337

— Por quê? Por ter fingido ser quem você não é? Ou por ter me acusado de ser um assassino?

— O que você queria que eu pensasse? – disparou, angustiada. – Três pessoas morreram esfaqueadas na cidade. Eu estava desesperada com o sumiço da Ana. Ninguém acreditava em mim quando eu falava da tal caverna. E aí eu acho uma faca no seu carro! Eu desconfiaria até da minha mãe, se ela tivesse uma faca no carro!

Paulo se deixou aplacar um pouco. No fundo, também se sentia culpado por tê-la deixado no meio da estrada enlameada.

— Como foi que... você fez pra voltar naquele dia?

Ela deu de ombros.

— Fui até a estrada asfaltada e peguei um táxi pro hotel. Cheguei num estado lastimável... Não faz mal, acho que mereci aquilo.

— Olhe – ele disse, com um suspiro. – Foi uma injustiça enorme me acusar daquele jeito, mas eu não devia ter largado você lá. Então, vamos fazer um acordo. Eu te desculpo, você me desculpa, e pronto. Daqui a uns dias você vai embora, e provavelmente nunca mais vamos nos ver.

— Provavelmente – ela concordou, o coração apertado.

— Então, é isso – ele a olhou, parecendo apreciar pela última vez o rosto moreno, os cabelos negros encaracolados, os olhos profundos. Pensava em como as coisas poderiam ter sido diferentes, se não tivessem começado do jeito errado. Não disse nada, contudo. Apenas voltou para o chalé.

Cristiana ainda ficou um pouco lá fora, fazendo força para não chorar.

»»»»»»

A quinta-feira fora a folga de Natália, e Monteiro sabia que fora bem merecida. Mas sentira demais a falta da investigadora naquele dia... especialmente porque a delegada, que tinha saído da cidade de novo, resolvera telefonar várias vezes fazendo perguntas e pedindo providências. Queria saber dos resultados da perícia e do encaminhamento das provas à Promotoria Pública.

Monteiro fez o que pôde para responder a tudo, mas somente à noitinha foi que Matos apareceu em sua sala com os últimos relatórios da Polícia Científica.

O legista concluíra, afinal, que a faca que matara Yves Poulain não era a mesma arma que causara a morte em Lina e Tonho. Além do mais, as duas primeiras vítimas tinham mesmo sido tosadas com o aparelho apreendido de Ernesto, enquanto o francês tivera os cabelos cortados com algum instrumento rústico, uma faca ou tesoura.

— E o que a gente vai fazer? – Matos perguntou, após o subdelegado repassar os resultados.

— Não tenho a menor ideia – foi a resposta desanimada. – Está claro que Ernesto não tinha motivo para matar Yves.

— Ah – o sargento riu, pegando um dos papéis que haviam chegado –, eu ia me esquecendo. A bala que tirei da porteira do Daniel Lucas é mesmo de prata maciça. Calibre trinta e oito. O que acha disso?

Monteiro sorriu, enigmático.

— Eu acho é que você tinha razão, Matos. Tem alguém por aí querendo matar um lobisomem.

»»»»»»

Na sexta-feira de manhã bem cedo, Damasceno, que andara sumido, apareceu no hotel-fazenda e apresentou uns papéis ao patrão. Irineu examinou aquilo trancado na sala do chalé que transformara em escritório e, ao sair, intrigou Ludmila por ostentar um enorme sorriso – e por ter acendido o fogo na lareira que havia na tal sala. Um cheiro de queimado invadiu os demais quartos.

Na sexta-feira pouco antes do almoço, Matos, um escrivão e dois policiais foram tomar o depoimento de Ana Cristina. Ela contou detalhadamente tudo o que acontecera no dia do sequestro e depois. Só fraquejou quando teve de reviver as cenas de Ernesto rasgando sua blusa e de Daniel jogando o corpo diante dela, pronto a receber o tiro. Irineu esteve o tempo todo com a filha, abraçando-a nos momentos difíceis da narrativa.

Na sexta-feira à tarde, Ana e Cristiana tentaram contatar Daniel, mas nem o celular nem o telefone do sítio atendiam. A garota ficou alucinada, imaginando por que não a procurava e lembrando o abraço que Natália lhe dera. Teria fugido para ir ao sítio se, depois de seus três sumiços, a mãe não estivesse mantendo estrita vigilância sobre ela.

Na sexta-feira à noite, porém, durante o jantar, Irineu avisou:

— Daniel Lucas me telefonou hoje. Amanhã cedo ele virá visitar a Ana.

Ludmila não gostou; combinara ir à cidade com Amélie na manhã seguinte; a viúva tinha de resolver alguns aspectos legais do traslado do corpo de Yves para a França. Ana, contudo, exultou.

Nem dormiu direito, pensando nele.

Era a última noite de lua cheia do mês...

»»»»»»

Quando ele entrou no chalé, Ana não se importou com o olhar de reprovação do pai nem com as dores que ainda sentia. Correu para Daniel e o abraçou com toda a força, na soleira da porta.

— Por que demorou tanto pra vir me ver? – gemeu, o rosto enfiado no peito dele, os pulsos feridos estreitando seu corpo. – Cansei de telefonar, só caía na caixa postal...

— Você pode me soltar agora – ele pediu, quase não podendo respirar. – Eu não vou fugir.

O celular de Irineu tocou, e ele colocou a mão no ombro da filha.

— Ana. Solte o rapaz. E libere a porta, eu vou atender este telefonema lá fora.

Relutante, ela o soltou. O pai saiu e fechou a porta atrás de si, já falando ao celular. Os dois ficaram sozinhos na sala do chalé.

— Sua mãe não está?

— Ela e a Cris foram com a Amélie até o necrotério. A coitada não tem família aqui, mamãe não quis que ela fosse sozinha cuidar do enterro do marido.

Daniel lembrou o que Monteiro lhe dissera. *Ernesto teve motivo, oportunidade, e confessou o que fez, ao menos em parte.* Parecia haver dúvidas sobre a morte do tal francês... Mas ele não queria pensar naquilo agora. Tinha coisas sérias a conversar.

Ana Cristina estava sentada na beiradinha de um sofá, olhando-o.

— O que tem a dizer em sua defesa? Você foi liberado anteontem e só hoje veio me ver?!

Ele sorriu e sentou-se no sofá em frente.

— Vejamos. Saí da cadeia na quinta-feira, mas meu advogado ficou na cidade, cuidando de problemas legais e tentando me convencer a processar os policiais que me prenderam.

— Eles bem que mereciam.

— Estavam fazendo seu trabalho. De qualquer forma, o advogado só foi embora ontem, e eu tive que desligar tanto o telefone móvel como o fixo, por causa da imprensa. A cidade está lotada de repórteres; eles ficam o tempo todo tentando falar comigo para conseguir entrevistas. Além disso, tive de meditar muito e fazer uns preparativos... na caverna. E como vou viajar logo, precisei ir à agência reservar as passagens. Só agora estou livre para dar atenção a Sua Alteza.

A última frase foi dita com leve ironia e uma reverência pseudorrespeitosa. Ana não gostou.

— Você ainda acha aquilo, não é?

— Aquilo o quê?

— Que eu sou uma pirralha mimada e metida.

Daniel suspirou.

— Eu acho é que você passou por uma prova muito dura. E demonstrou coragem em toda a situação. Viveu um trauma horrível e sobreviveu, descobriu um segredo tremendo e manteve o sigilo. Você me surpreendeu, Ana. Palavra de lobisomem...

Aquela expressão trouxe à memória dela todo o problema.

— Agora que a lua cheia passou... você tem três semanas até acontecer de novo, não é?

— Sim. Daqui a três semanas eu me torno de novo escravo da Lua. Mas desta vez tenho perspectivas... tenho esperanças.

— Isso tem a ver com o que você disse, lá na caverna? Que alguma coisa que eu fiz interrompeu a transformação?

Ele fez que sim com a cabeça.

— Pode não ser nada que você tenha feito, apenas a sua proximidade... Primeiro pensei que o elemento de interferência seria a emissão de endorfinas. Mas não pode ser só isso! Você sabe, o cérebro faz as glândulas liberarem hormônios, quando acha que o corpo precisa deles. E as endorfinas são hormônios ligados às sensações de prazer.

341

— Você tá falando em sexo? – ela pareceu confusa. – Mas a gente não fez nada de mais, só nos beijamos. Nem um amasso decente nós demos, e por falar nisso...

Ela se levantou e foi se sentar ao lado dele. Daniel enrubesceu e se levantou. Ana teve de lembrar que, apesar do tanto que ele devia ter mudado nos últimos cem anos, ainda era um inglês vitoriano. Literalmente. No dia anterior, ela fora de novo fuçar no *notebook* do pai e, fazendo contas, calculou que Hector nascera em 1887. Em pleno reinado da rainha Vitória.

— A verdade é – ele explicou, andando pela sala – que se o sexo fosse um antídoto para o Fator L, eu teria descoberto isso há décadas. Posso ter vivido solitário... mas saí com algumas mulheres no decorrer de um século.

Viu que ela fez uma careta ao ouvir aquilo, mas continuou falando.

— Não é isso. É algo mais. Pode ter começado quando você me beijou, e saber disso vai me ajudar, agora que consegui montar o quebra-cabeça.

— Se não explicar melhor, a minha cabeça é que vai quebrar. Do que está falando?

Ele pareceu mais animado.

— Existe um ritual muito antigo, que alguns autores registraram através dos tempos. Uma espécie de poema em latim, que deveria ser recitado na primeira noite de lua cheia. Fala de vários procedimentos, inclusive o derramamento do sangue do lobo. Todas as tradições dizem que, para quebrar o encanto sobre um lobisomem, ele deve sangrar. E tem mais coisas: a prata, as velas sagradas, o fogo líquido. Tudo isso junto pode anular a maldição...

— Entendi. Se você praticar o tal ritual, deixa de ser lobisomem! Parece ótimo.

— Parece, porém não é nada simples. Eu precisaria fazer tudo o que o poema diz, como ser ferido sete vezes pela prata; e seria preciso também eliminar o Fator L do sangue. Já tentei isso, com a ajuda de meu amigo, o doutor Lazlo Molnár. Fizemos transfusões quase totais, e não adiantou. Porque sempre tentamos nas outras fases da Lua! Eu não podia simplesmente entrar numa clínica transformado em lobisomem e pedir:

por favor, tirem meu sangue e filtrem o Fator L do plasma! Você sabe muito bem que, quando sou um lobo, eu mal raciocino.

— E como dá pra fazer isso, então?

— Com uma boa preparação do ambiente. Vou usar a caverna, tenho tudo planejado. Mas antes de tudo, o ritual pede uma peregrinação. Por sete lugares sagrados, começando no ponto em que tudo começou. No meu caso, é o local em que minha mãe foi infectada: a Hungria. É isso que vou fazer em dezembro. Peregrinar. Percorrer sete lugares. E no mês seguinte...

— Você volta para Passa Quatro.

— Na lua cheia de janeiro devo ter tudo pronto para completar o ritual.

Ana ficou pensativa por um tempo.

— Se sou eu o elemento alienígena... a coisa que faz seu cérebro liberar as endorfinas ou sei lá o que mais... você vai precisar de mim.

— Não necessariamente – ele argumentou, voltando a sentar-se. – Poderia ajudar, mas...

Outra coisa, porém, parecia ocupar a mente da garota.

— Quando você me beijou naquele dia, na hora em que a polícia chegou no aterro, queria se impedir de virar lobo à noite. Eu percebi, na hora, mas não tinha pensado no que isso significa.

Daniel sorriu inocentemente. Aquilo significava apenas que ele a amava. E que a força da licantropia era derrotada pelo sentimento de amor. A ironia! Passara cem anos impedindo-se de amar, traumatizado pela perda de Beatrice. Fechara o coração à única coisa que poderia tê-lo libertado... E só o descobrira graças a uma adolescente, quase uma criança.

— Pois então! – disse, entusiasmado. – Na primeira noite de lua cheia você me abraçou, ainda virado em lobo. Eu voltei a ser humano. Na segunda noite, nada aconteceu. Na terceira noite eu desejei a mutação para escapar da cadeia. A Lua me ajudou. Mas na quarta noite eu não queria me transformar, a polícia teria visto. E o seu beijo, a sua proximidade me protegeu. Não é incrível?

Para sua decepção, Ana não estava sorrindo. Não partilhava seu entusiasmo.

343

— Incrível é você me dizer isso com tanta calma! – exclamou. – Você só me beijou pra evitar virar lobo. Não por amor, nem nada parecido. Ou será que foi pra fazer ciúmes na tal investigadora?

Ele emudeceu com a surpresa.

Estava a ponto de vencer um século de timidez para confessar seu amor – e era recebido com um ataque infantil de ciúmes?!

— Eu vi o jeito como ela te abraçou! Como se fosse a dona do pedaço. E ainda levou você algemado, toda satisfeita. Aquela... aquela... aquela...

Ele franziu as sobrancelhas.

— Não fale assim da Natália. Ela é uma boa amiga, só isso.

— Posso imaginar. – Ela cruzou os braços, emburrada. – Assim como as *boas amigas* com quem você saiu durante o último século?

Ele quase conseguiu ouvir um gongo tocando. Os dois tinham de novo assumido as mesmas expressões daquela noite, ao jantar, em que pareciam ter iniciado o primeiro *round* de uma luta.

Levantou-se, desiludido. Tinha de admitir que se apaixonara por ela. Contudo, apesar dos acontecimentos dos últimos dias, e de ter amadurecido um pouco com o sequestro, Ana Cristina acabara de demonstrar que ainda era a mesma. Criança demais, imatura demais para poder ajudá-lo.

— Acho melhor eu ir embora. Não deveria nem ter vindo aqui... Adeus. Transmita os meus cumprimentos ao doutor Irineu e à dona Ludmila.

Abriu a porta e ia saindo, quando ela exclamou, furiosa:

— É assim, então? Você simplesmente volta a ser o inglês antiquado e se levanta pra ir embora, sem dizer mais nada? E eu nunca mais vou te ver?!

Ele se voltou, os sentimentos completamente sob controle, agora.

— Se existe uma coisa que meus cento e vinte e um anos me ensinaram, foi que as palavras *nunca mais* raramente são definitivas... – fez uma pausa e voltou para ela os olhos de lobo, faiscantes, antes de continuar. – Eu tive orgulho de como você se comportou. Pensei que estivesse mudada. Achei que poderíamos dialogar, e até... não importa. Cresça, Ana Cristina. Pense um pouco antes de falar. Você não é o centro do universo. E talvez em uns dez ou vinte anos você finalmente entenda este inglês antiquado. *Farewell.*

E sumiu na curva da estradinha dos chalés, enquanto ela o fitava, atônita.

>>>>>>>

Apesar de estar profundamente magoado com o que acontecera, Daniel queria ver Merência antes de viajar, e encaminhou o jipe para o restaurante na entrada da cidade. Foi recebido com alegria por dona Rosa, que fora informada de todos os acontecimentos anteriores à sua chegada, incluindo a parte que ele tivera na prisão de Ernesto e na ajuda à tia-avó. Levou-o à sala de jantar da casa, onde a velha senhora tinha acabado de almoçar.

Feliz, ele percebeu que ela estava lúcida de novo. Conversaram amenidades enquanto Rosa os acompanhava, mas, quando ela foi chamada pelos funcionários ao restaurante, puderam falar mais livremente.

— Obrigada por tudo – ela sussurrou, apertando com carinho as mãos dele. – Você continua sendo o meu anjo da guarda...

Ele apenas sorriu e a abraçou.

— Eu queimei o livro – ela confidenciou, antes que ele saísse. – Você tinha razão. Se eu tivesse deixado que ele queimasse daquela outra vez, nenhum desses crimes teria acontecido.

— Não diga isso – ele pediu. – Você não teve culpa de nada: cada pessoa é responsável por seus atos, e o Ernesto foi responsável por tudo o que fez.

Ela ficou em silêncio, rodando no dedo o anel de prata que sempre usara. Daniel percebeu o gesto e recordou aquele mesmo anel no dedo de Beatrice, os olhos dela apreciando os desenhos em estilo celta que tanto admirava. Seu sorriso era tão parecido com o de Ana Cristina... Estremeceu ao pensar nisso. Então levantou-se. Estava na hora de ir.

— Bem, até mais ver, senhorita. Daqui a alguns meses estarei de volta, cuide-se enquanto isso, está bem?

— Você sabe que eu sempre te obedeço, Lobinho – ela respondeu. Mas seu sorriso desapareceu quando lembrou: – Só não se esqueça de uma coisa: as bonecas podem ter sumido, mas nós dois sabemos que uma delas ainda tem os cabelos. E Alba não vai descansar... enquanto não matar mais uma pessoa.

CAPÍTULO II

SETE HORAS, SETE CÍRIOS

O povo que morava na região de Carternaugh, nas fronteiras da Escócia, dizia que havia elfos nas matas próximas. E um antigo verso alertava as mocinhas de que não entrassem na floresta: estariam em perigo se encontrassem Tam Lin, um rapaz humano que fora raptado pelas fadas e que poderia enfeitiçá-las.

A jovem Janet, filha do Senhor de Carternaugh, desprezou os alertas e entrou na mata proibida exibindo seus cabelos dourados. Ao encontrar um poço junto do qual crescia uma roseira, colheu uma rosa branca para enfeitar seu vestido. Imediatamente surgiu um belo rapaz, de profundos olhos verdes e cabelos escuros. Ele a repreendeu por colher flores na Terra das Fadas, e ela retrucou que aquelas terras pertenciam a seu pai.

Tam Lin, pois era ele mesmo, não discutiu: propôs mostrar-lhe a floresta. E os dois passearam pela parte mágica da mata; quando ela voltou para casa, ninguém tinha dado por sua falta.

Janet se apaixonou por ele e retornou outras vezes ao poço para encontrá-lo. Tornaram-se amantes, mas ele custou a lhe contar sua história.

— Nem sempre fui parte do Povo das Fadas – disse, afinal, certa vez. – Eu era neto do conde de Roxburgh. Mas um dia entrei na terra encantada e a Rainha das Fadas me capturou. Desde então sou seu escravo, tenho de fazer o que me ordena. Ela gosta de mim, mas mesmo assim vai me entregar aos infernos na véspera de Halloween.

— Por quê? – Janet espantou-se. – Eu não posso fazer nada para impedir isso?

Tam Lin sorriu tristemente para ela.

— A cada sete anos a Rainha das Fadas tem de pagar tributo aos infernos, entregando um ser humano. Já sei que será a minha vez, e existe, sim, uma forma de me libertar. Porém é muito perigosa, ninguém teria a coragem necessária.

— *Deixe-me tentar! – Janet pediu. – Por seu amor, eu vou conseguir.*

Ele explicou o que ela deveria fazer.

— *Na véspera de Halloween, as fadas sairão em procissão pela mata. Você não vai me reconhecer, mas eu serei o terceiro cavaleiro da fila; terei uma luva na mão direita e nenhuma na esquerda. Deve me tirar do cavalo e me abraçar com força, mesmo que não me reconheça. Eu me transformarei em muitas coisas perigosas. Se seu amor for verdadeiro, nada poderá machucar você. No momento em que eu me transformar num peso de chumbo em fogo, jogue-me nas águas do poço; então voltarei a ser humano... quando eu sair do poço, cubra-me com um manto verde, e serei livre.*

Na escura noite da véspera de Halloween, Janet se envolveu num manto verde e esperou junto ao poço. Logo viu a tétrica procissão das fadas, com a Rainha à frente: levavam sua vítima para pagar o tributo.

Janet não hesitou e saltou sobre o terceiro cavaleiro, que tinha uma mão enluvada e a outra nua. Abraçou-o com toda a força, e no mesmo instante ele se transformou em uma salamandra. Depois, em uma serpente viscosa que se enrolou em seu corpo. Foi tomada pelo nojo, mas conseguiu conter-se. Em seguida ela abraçava um enorme urso, e depois um leão feroz que a derrubou no chão. Mesmo assim, Janet não o soltou. Sentiu então uma dor tremenda, quando o leão se transformou numa barra de ferro incandescente; manteve o ferro seguro, apesar de sentir as queimaduras.

As fadas gritavam, mas nada podiam fazer. E quando o ferro se transformou num peso de chumbo em chamas, ela se arrastou até o poço e o jogou lá dentro. A água chiou, uma fumaça subiu, e Tam Lin saiu do poço, molhado, fraco e nu, mas um ser humano outra vez. Janet o cobriu com a capa verde e o levou para fora da mata, deixando a Rainha das Fadas a se lamentar por ter perdido o escravo.

Foram recebidos com alegria pelos moradores da região, casaram-se, e seu filho, muitos anos depois, tornou-se o Senhor de Caternaugh.

»»»»»»»

Daniel guardou o caderno na mochila. Aspirou, faminto, o aroma de carne assada que vinha da cozinha da lanchonete. Mas pedira apenas um suco de laranja. Desde o começo da peregrinação iniciara um regime duro, sugerido por Lazlo Molnár. Era preciso evitar proteínas e carboidratos a todo custo, segundo ele. Por algum motivo que só o médico entendia, isso ajudaria o ritual a funcionar... O rapaz resmungara um pouco por ter de sobreviver de frutas e verduras, sabendo a quanto sacrifício ainda teria de se submeter, na hora decisiva; mas decidiu aguentar mais aquele.

Não seria fácil... Não seria nada fácil, ainda mais estando sozinho. Era impossível não pensar na lenda escocesa que acabara de reler, no caderno. Como Tam Lin, ele também poderia ser libertado de um destino cruel... só não teria a presença de uma Janet para ajudar.

"É a história da minha vida", pensou, com um sorriso. "Não é um estereótipo imaginar um lobo solitário? E aqui estou eu, com quase cento e vinte e dois anos, vinte livros publicados, cabeça de homem e instinto de lobo, um enorme patrimônio em dois países. E completamente sozinho."

Mas tudo ia acabar naquela noite, afinal.

Terminou o suco, pagou e imaginava se devia comprar mais água mineral quando ouviu:

— Hector?

Voltou-se de súbito, sabendo que aquela voz não podia ser de Merência, a única a chamá-lo dessa forma. Já ia pronunciando o nome de Beatrice quando reconheceu os cabelos loiro-acinzentados agora curtos, o corpo perfeito, o ar de princesa acostumada a ter os súditos a seus pés.

— Ana Cristina. – Vencendo o estupor, cumprimentou-a. – Boa tarde... Faz tempo que ninguém me chama por esse nome. O que está fazendo em Passa Quatro?

Ela estava vestida discretamente, jeans e camiseta, uma mochila nas costas.

— Procurando você, é claro. Vim comprar umas coisas e ia pegar um táxi para o sítio, mas vi seu jipe estacionado umas ruas lá para trás. Então andei por aí pra ver se te encontrava... e *voilà*!

Ele saiu da lanchonete e estacou ao lado dela, sem saber exatamente o que dizer.

— Como estão sua mãe e seu pai? E Cristiana? – perguntou, afinal.

— Todos bem. Cris ainda extasiada porque nós duas fomos aprovadas na faculdade. Mas deixe a boa educação pra depois, Daniel... Você sabe que dia é hoje?

— Ahn... Primeiro dia da lua cheia de janeiro?

— Além disso, criatura – ela resmungou, começando a caminhar em frente. – Cento e vinte e um anos, e não tem a menor noção das coisas! – suspirou. – Hoje é meu aniversário. Dezoito anos. Faz um mês que meu pai e minha mãe me infernizam perguntando o que eu quero de presente. Você não imagina o que eles me ofereceram!

Conhecendo o tamanho da fortuna de doutor Irineu, Daniel podia, sim, imaginar os possíveis presentes de aniversário prometidos à sua única filha.

— Mas não me interessei por nenhuma das opções – ela continuou. – Daí meu pai prometeu que me daria o que eu pedisse, qualquer coisa... E eu pedi Passa Quatro.

Ele não pôde evitar uma gargalhada.

— Você pediu a cidade de presente?

— Não. Eu pedi que eles me deixassem fazer uma viagem, sozinha, para o lugar que eu quisesse, sem ninguém me vigiando ou me paparicando. Afinal, tenho dezoito anos! Eles custaram a aceitar, mas acabaram concordando. Só exigiram que a Cris viajasse comigo. E nós viemos pra cá.

Ele não podia acreditar que doutor Irineu ignorasse o paradeiro da filha.

— Você tem consciência de que deve haver alguém te vigiando.

Ana riu baixinho.

— Ganhei um celular novo, com GPS. A essa altura tem gente localizando a minha trajetória numa telinha de computador, mas tudo bem. Desde que não interfiram... Eu e a Cris nos hospedamos no hotel-fazenda Sete Outeiros, é claro.

— É claro – ele repetiu, bastante confuso.

— Ora bolas, Daniel! Você sabe por que eu vim, não sabe?

Ele não respondeu, e eles andaram em silêncio por alguns minutos, até que ele disse:

— Eu não cheguei a te explicar tudo sobre o ritual, Ana. Há riscos consideráveis. Não é uma brincadeira, é uma coisa muito séria.

— Então é bom estar tudo pronto na caverna, porque eu não quero desperdiçar o meu tempo! – ela retrucou, mal-humorada. E foi andando depressa adiante dele.

Daniel não estava mais magoado com Ana; sua natureza não era de guardar mágoas. Porém, ainda carregava a má impressão de sua última discussão. Não acreditava que ela teria a maturidade, a coragem necessária para ajudá-lo no ritual. Por outro lado, ela tomara a iniciativa de viajar até ali, renunciando a sabe lá quais presentes caros, para passar seu aniversário de dezoito anos em uma cidade pequena, enfiada com ele numa caverna escura, pondo em ação um ritual perigoso...

Sorriu e correu atrás dela.

>>>>>>>

Até onde Cristiana sabia, aquela segunda viagem até Passa Quatro existia apenas porque Ana queria fazer uma surpresa a Daniel. Há pouco, ela o avistara e se despedira da amiga, avisando que só voltaria bem mais tarde ao hotel-fazenda. Para Cristiana, voltar à cidade significava reencontrar Paulo, o que a deixava deprimida e, ao mesmo tempo, ansiosa.

Talvez, naqueles quase dois meses de separação, ele tivesse superado a indiferença com que a tratara... Luziete costumava dizer que o tempo sempre ajudava a curar as feridas. Uma expectativa um tanto clichê, na verdade, mas era a única esperança a que a jovem se agarrara. Não conseguia parar de amá-lo, o que acabava alimentando uma tristeza infinita. Sua cabeça mandava resolver aquele assunto; já o coração exigia uma chance de ser feliz.

Cristiana arriscou passar na rua da papelaria de seu Paulo. Era domingo, a loja estaria fechada, mas não custava nada aparecer lá. Quem sabe o pessoal estivesse jogando RPG e... "Peraí, aquele não é o seu Damasceno?", pensou a jovem, interrompendo a caminhada ao avistar o motorista na outra quadra. Ou melhor, ex-motorista, pois ele pedira demissão uma semana antes do Natal e, desde então, não dera mais notícias. Não que alguém estivesse interessado em recebê-las, na verdade. Seu jeito sinistro e mal-encarado não deixara saudades. "O que ele faz aqui?"

Damasceno também viu a jovem, mas preferiu ignorá-la. Deu meia-volta e entrou numa rua paralela.

— Adivinha? – disse alguém que veio por trás e cobriu com as mãos os olhos de Cristiana.

O sotaque era inconfundível.

— Amélie! – acertou, virando-se para abraçá-la. – Mas o que você ainda está fazendo na cidade?

— Ah, *ma chérie*, tive de voltar ao Brasil – o tom agora era melancólico. – Como a polícia não se interessa mais pelo caso, estou investigando sozinha. Não posso seguir com a minha vida sabendo que o assassino está livre, enquanto meu Yves...

A francesa parou de falar, detendo as lágrimas antes que elas percorressem sua face. O caso dos crimes de Passa Quatro alimentara incessantemente o noticiário nos primeiros dias, sobrecarregando no limite máximo até mesmo quem não se interessara em acompanhar o assunto. O desgaste, portanto, era natural. Além disso, para a população, o assassino estava preso e o fato de não se comprovar sua culpa na terceira morte não passava de detalhe no meio de tantas informações. O que, na prática, retirava a pressão social para que a polícia avançasse nas investigações sobre o verdadeiro assassino de Yves.

— Você também está hospedada no Sete Outeiros? A Ana e eu chegamos lá hoje, logo cedo.

— *Oui!* – sorriu a outra jovem. – Será maravilhoso ter novamente a companhia de vocês.

Nesse instante, a porta de aço começou a ser enrolada. Paulo, de dentro da loja, iria abri-la. A garota estava certa: aquela seria uma noite para reunir os amigos e jogar RPG.

De repente, ele se deteve, ao perceber Cristiana e Amélie paradas a poucos metros de distância. Cerrou as sobrancelhas e permaneceu imóvel por alguns segundos, sem ideia de como agir. Escolheu sair, baixar novamente a porta e passar por elas, numa caminhada acelerada, cumprimentando-as com um leve movimento de cabeça antes de sumir numa esquina. Tudo para evitar que Cristiana entrasse na loja com ele.

A atitude aniquilou por completo a vontade da garota de revê-lo. Restou a vontade de chorar, que ela reprimiu com custo. A amiga francesa, porém, percebeu.

351

— *Chérie*, eu sei que machuca muito... Mas você não pode se entregar!

— Mas ele... ele não me ama e... não vale a pena...

— Não ama? Impossível! Está na cara que ele adora você.

— Acha mesmo?

— *Oui!* Se ele não estivesse apaixonado, não a trataria desta forma.

Cristiana desejou muito que aquelas palavras correspondessem à realidade.

— Sabe do que você precisa? – disse Amélie, tocando-lhe o queixo para lhe dar ânimo. – Tomar um delicioso guaraná!

A jovem riu, agradecendo intimamente pelo bom humor da francesa.

— Em frente à estação de trem, vendem um guaraná fabricado aqui mesmo em Passa Quatro – continuou. – Vamos, tenho certeza de que você se sentirá muito melhor!

»»»»»»»

O dia excepcionalmente frio, em pleno mês de janeiro, justificou o capuz do moletom jogado sobre a cabeça, ocultando o rosto de Eulália Albuquerque como desejava. Ninguém sabia que regressara à cidade após semanas de ausência. E tampouco deveria saber.

Bastante desconfiada, a delegada estacionou o carro a algumas quadras de sua casa para não chamar a atenção da vizinhança. Precisava, com urgência, livrar-se de algumas coisas que guardara em casa e na DP. A situação estava se complicando para ela. Se aquilo caísse em mãos erradas...

Ia entrar na rua onde morava quando quase trombou com um rapaz que andava com mais pressa do que ela. Era Paulo, o filho do dono da papelaria que ficava no mesmo quarteirão de sua casa. Por sorte, ele estava tão concentrado nos próprios problemas que nem sequer a olhou. Pediu desculpas e continuou seguindo seu caminho.

Com o coração aos pulos, Eulália verificou a rua. Deserta. Quase correndo, ela avançou até o portão de sua casa. Abriu-o e voou para a porta. A chave, já em sua mão, destrancou a fechadura. Apenas quando se viu do lado de dentro é que a delegada conseguiu respirar com mais calma.

Em poucas horas, estaria muito longe dali, em Londres, sua cidade preferida na Europa.

>>>>>>>

Estavam quase chegando ao jipe, mas ainda tinham de atravessar a rua em que ficava a papelaria de seu Paulo. Ana viu Daniel parar por uns instantes e olhar ao redor, como se farejasse encrenca.

— O que foi? – perguntou.

Ele retomou a caminhada. Estava pálido.

— Nada, tive uma sensação estranha. Um pressentimento. Como se ela... Como se alguém estivesse nos observando.

— Vai ver que seu instinto de lobo detectou os assessores do meu pai seguindo o GPS.

Daniel não sorriu ao ouvir o comentário irônico. Quando entraram no jipe, ele havia se convencido de que o pressentimento não devia ser levado em conta. Estava apenas nervoso. A noite ia chegar logo, trazendo a lua cheia... E ele ainda precisaria explicar a Ana tudo o que ia acontecer. Cada detalhe. Antes de dar a partida no carro, porém, lembrou-se de outra coisa.

— Desculpe a minha falta de educação. Hoje é seu aniversário! Antes de irmos para o sítio, podemos passar em algum lugar para eu te comprar um presente?

Ela pareceu envergonhada por algum motivo. Começou a brincar com o zíper da mochila que tinha no colo. E ele notou as cicatrizes em seus pulsos, resultado das cordas do sequestrador.

— Quer mesmo me dar um presente? Então... só... me perdoa.

Antes que ele pudesse dizer qualquer coisa, ela continuou:

— Já sei, você está tendo um *dejà-vu*. Você salva a minha vida, e eu devolvo o favor tendo um ataque de mau humor ou de ciúmes. Daí, apareço pedindo desculpas com a cara mais deslavada do mundo. De novo. Não é nisso que está pensando?

— Hum... É... alguma coisa assim... – ele teve de admitir.

Ela se calou. E ele não conseguiu evitar um sorriso.

— Bem, pelo menos este presente não vai precisar de papel de embrulho, nem de cartão. – Tomou a mão dela e a beijou de leve.

353

– Feliz aniversário! E não se preocupe tanto. Eu já tinha perdoado você faz tempo.

>>>>>>>>

Apesar de não ser seu plantão, Monteiro apareceu no final da tarde de domingo na delegacia. Pensativo, espalhou sobre sua mesa todo o material que reunira sobre a morte de Yves Poulain. O álibi de Ernesto era mesmo indestrutível. Ainda pela manhã, o subdelegado vira a esposa da vítima, Amélie, fazendo perguntas pela cidade, numa rotina que a pobre viúva mantinha em sua investigação solitária para descobrir o verdadeiro assassino. A situação o constrangera tanto que decidira checar a papelada pela milésima vez. Tinha a sensação de que algo lhe escapava...

— Alguma novidade sobre o caso? – perguntou Natália, surpresa em encontrá-lo. Ela parara junto à porta entreaberta da sala.

Monteiro balançou negativamente a cabeça. A investigadora, então, aproximou-se da mesa com a expressão que ele adorava ver em seu rosto. Devia estar maquinando alguma hipótese, com inúmeras amarrações que tentaria provar a todo custo.

— Ernesto foi apenas um *copycat* – começou, resgatando o mesmo discurso que já obrigara a delegacia inteira a escutar. – O *modus operandi* do assassino serial tem características muito femininas: a lâmina utilizada direto no coração, surpreendendo a vítima, a raspagem dos cabelos e a colocação do véu. Isto sem falar na própria escolha da vítima, de acordo com o tom de cabelos das bonecas que, infelizmente, ainda não encontramos.

— Seguindo esta linha de raciocínio, uma mulher teria matado o francês...

— Sim. E foi uma mulher também que, em 1908, fez três vítimas em Passa Quatro e uma em São Paulo.

— E que mulher teria força suficiente para carregar o corpo de Yves até o mirante, subindo todos aqueles degraus?

Era o calcanhar de aquiles na argumentação de Natália.

— Não tenho uma resposta para isso – admitiu, contrariada. – Mas ainda insisto: devemos aprender com o passado.

Monteiro revirou os papéis até encontrar a velha e intrigante fotografia das bonecas, que a investigadora anexara às provas. Uma pena que, na época, a tecnologia não permitia o registro em cores. Seria ótimo se pudesse verificar o tom exato do cabelo de cada boneca e... Sorriu. Até ele estava se deixando influenciar pelas ideias dela.

— Se temos uma assassina dando continuidade aos crimes de 1908... – retomou Natália –, podemos dizer que quatro bonecas "foram mortas" no passado e mais três, no presente.

O subdelegado espreguiçou-se na cadeira, alongando as costas. A subordinada andara ampliando sua hipótese. Não se lembrava daquela parte.

— Errado – comentou ele. – Se há mesmo uma assassina dando continuidade aos crimes do passado, e se você incluir a morte de Yves na conta dela, então apenas uma boneca "foi morta" no presente. As duas pessoas que o Ernesto matou não podem aparecer nessa lista.

Natália abriu um sorriso. Tinha uma informação extra na manga.

— Tem mais duas vítimas que desconhecemos? – interessou-se Monteiro.

— Exato! – disse ela, espiando seu bloco de anotações para não errar nenhum dado. – Recebi agora há pouco, por *e-mail,* as informações das polícias francesa e holandesa sobre dois crimes com as mesmas características.

Monteiro abriu a boca, mas não disse nada. Sabia que a investigadora era fluente em inglês, mas desconhecia seu talento para outros idiomas. O que uma garota como aquela fazia enterrada numa delegacia do interior? Um estremecimento fez seu estômago doer. Se Natália subisse na carreira e fosse transferida para a capital ou outros estados, ele a perderia para sempre...

— São casos antigos, nunca desvendados. A universitária Jeanne Beltoise, de vinte anos, foi assassinada em 20 de abril de 1968, em Paris – contou Natália. – Tinha cabelos castanho-claros. A outra vítima foi um rapaz com cabelos tingidos de vermelho, Gregor Van Der Beek, de vinte e um anos, morto em 16 de outubro de 1998, em Amsterdã. Acredito que Yves Poulain seja a sétima boneca, pois Jeanne é a quinta e Gregor, a sexta.

— O.k. Vamos supor que exista mesmo uma assassina e que ela tivesse uns vinte anos em 1968, quando matou a universitária. Em 1998, ela teria uns cinquenta. O que nos daria, hoje, uma senhora com mais de

355

sessenta. Você pode até enquadrar sua eterna suspeita, Merência, nesta faixa acima de sessenta... hum, no caso dela, muito acima, mesmo... Mas todo mundo sabe que ela nunca saiu de Passa Quatro.

— Sim.

Natália só ia dizer aquilo? Significava, então, que sua hipótese terminava naquele ponto e não conseguia avançar, por mais que insistisse.

Monteiro voltou a olhar para a fotografia. Tinha de admitir que a teoria, em si, apesar de fantasiosa, fazia algum sentido. Se os crimes do passado tivessem ocorrido lá pelos anos 60, ele poderia até considerar a possibilidade de ter uma mesma assassina. Mas algo ocorrido um século antes era tempo demais!

A não ser que...

— Lobisomem – murmurou.

— Ahn?

— Se um lobisomem pode viver mais de cem anos... – disse o subdelegado, sem notar que pensava em voz alta. – E lobisomens, tecnicamente, não deveriam existir... Quer dizer que pode haver coisas que a gente nem imagina que existam de verdade e...

— Chefe, eu não acho que...

— O nome... Como era mesmo o nome dela?

— Dela quem?

— Daquela que você vive falando. A assassina de 1908.

— Alba. Mas o que...?

— Isso, Alba!

— O senhor não está falando sério, está? – sorriu Natália, entendendo aonde ele queria chegar: uma mesma assassina que pretendia completar o ciclo de mortes determinado pelas bonecas. – Se Alba estivesse viva, teria cerca de cento e vinte anos. Isto é impossível!

Monteiro já saíra da cadeira, agitado. Um número não saía de sua cabeça. Oito. Oito bonecas. Oito vítimas. Mas havia sete mortes...

— Ainda falta uma boneca – resmungou.

— Era isso que eu estava tentando lhe dizer. A assassina do presente vai matar de novo e...

— Vá a algum museu, fale com todos os velhinhos da cidade, enfim, fuce em todo álbum de fotografias velhas que encontrar.

— E por quê...?

— Eu quero uma foto dessa Alba.

Natália engoliu o espanto diante de seu chefe. Jurava nunca tê-lo visto tão sério. Isso porque o subdelegado jamais brincava em serviço. E muito raramente fora dele.

— E ligue para seu amigo Daniel Lucas. Quero uma descrição completa da Alba.

— Chefe, o Daniel só tem vinte e três anos. Jamais poderia ter conhecido a...

— Nossa delegada pode até guardar uma fotografia da antepassada, mas algo me diz para não confiar nela, pelo menos por enquanto. Natália, vamos manter isso entre nós, entendido?

— Mas...

— E me traga tudo o que você reuniu sobre o assunto.

— Claro, mas...

— E chame o desenhista.

— O senhor pretende fazer um retrato falado da...?

— Tudo isso é pra ontem!

A ordem despachou a subordinada mais rápido do que o subdelegado imaginava. A foto das bonecas, ainda em sua mão, acabara de ganhar o *status* de enigma. Pela primeira vez, ele a analisou consciente de sua verdadeira importância para a resolução dos crimes. E não apenas isso.

Se tivesse o poder de decifrar os segredos daquela imagem do passado, Monteiro poderia alterar o futuro. E evitar que a assassina original matasse sua oitava boneca.

»»»»»»»

A entrada da gruta estava logo ali, pouco acima deles. Não havia quase nada de diferente da última vez, a não ser talvez o mato um pouco mais alto no caminho. Daniel olhou para a garota ao seu lado e viu a insegurança na expressão dela.

— Você entendeu direitinho toda a sequência do ritual? – perguntou.

Ela fez que sim com a cabeça.

— Tem alguma dúvida? Está com medo?

— Um milhão de dúvidas. E tô morta de medo. Mas isso não vai me impedir de continuar.

— Ana... Tem mesmo certeza de que quer fazer isso? Eu posso dar um jeito sozinho. Ainda dá pra você voltar atrás.

— Tá brincando, Daniel? Você nunca iria conseguir fazer tudo sozinho. Uma parte, talvez... E eu preciso ir em frente. Eu te devo isso. Devo isso a mim mesma. – Olhou o rapaz ao seu lado, de alto a baixo. – Vou ter de escalar sozinha ou tem algum cavalheiro aqui pra me ajudar a subir?

Ele ergueu o corpo dela, até que alcançasse as pedras que levavam à entrada. Depois seguiu-a para dentro da gruta.

»»»»»»

— Podemos conversar? – perguntou Paulo.

Cristiana, que passeava com Amélie pelas ruas próximas à estação de trem, encolheu-se sob o agasalho quando o rapaz foi ao seu encontro. Se ele fugira dela antes, por que agora a procurava? Um vento gelado invadia o final da tarde, completando a onda de frio que baixara as temperaturas na região.

— Vou voltar ao hotel e descansar um pouco – disse a francesa, acrescentando com um sorriso cúmplice: – Paulo, depois você levaria a Cris, não é mesmo?

E despediu-se dos dois sem dar chance ao rapaz para recusar a carona. Cristiana permaneceu em silêncio, os olhos apenas acompanhando o que viria.

— Vou ser direto, Cris, e espero que a gente esclareça isso de uma vez por todas.

O tom não era grosseiro. Paulo se esforçava para manter um diálogo acima de seus próprios sentimentos.

— Não me entenda mal, por favor. Eu só queria que você soubesse que não há nenhuma chance de... Bom, se você voltou a Passa Quatro achando que nós dois...

— Vim para acompanhar a Ana. Ela veio encontrar o Daniel Lucas. E minha vinda foi uma imposição do doutor Irineu para que ela pudesse viajar sem os pais.

Não era mentira, apenas parte da verdade. Óbvio que a jovem se empolgara com a possibilidade de tentar uma aproximação com o rapaz e... Cristiana baixou o olhar. A quem estava iludindo? Não havia mesmo nenhuma chance de reconquistá-lo.

— Uma imposição, é? – disse ele, parecendo desapontado. – Ahn... melhor assim, não é?

— É.

Paulo escondeu as mãos agitadas nos bolsos da calça *jeans*. Nenhum dos jovens abriu a boca por quase um minuto.

— A camioneta está lá na rua da papelaria e posso levar você agora mesmo ao hotel.

— Não precisa, obrigada.

Paulo arregalou os olhos; uma cara de espanto que logo se transformou em indignação.

— Ah, agora entendi tudo! Você veio até aqui só para ter o gostinho de me dispensar!

— Não posso dispensar alguém que só sente indiferença por mim.

A resposta fez as bochechas dele ganharem um tom ostensivo de vermelho-rubro. Amélie estava certíssima! Paulo estava apaixonado por ela, com muito mais intensidade do que poderia aceitar. Bem que Jonas dissera que ele era cabeça-dura...

Cristiana sorriu, sentindo a felicidade que não experimentava havia muito tempo. O problema é que Paulo interpretou o sorriso como mais uma provocação.

— Sabe de uma coisa? – ele começou o ataque. – A Lina e eu brigávamos muito, mas nunca deixamos de ser amigos. Foi para mim que ela ligou quando soube que estava grávida e, mesmo sem contar quem era o pai da criança, foi comigo que ela desabafou. Mas quanto à gente... Nem amigos podemos ser!

— Também acho – respondeu a jovem. A certeza do amor de Paulo lhe dava coragem para confrontar aquele gênio difícil. – E tudo porque você está usando a mesma desculpa de sempre, para não admitir que gosta de mim!

— Gostar de você?! – riu, nervoso. – Nem tenho como gostar de uma mentirosa que tem vergonha de ser filha de uma governanta nordestina!

Como ele soubera que Luziete nascera no interior do Nordeste? A habitual vontade de Cristiana de esconder suas origens ressurgiu com força, mas dessa vez ela a combateu. Aquilo jamais deveria ser motivo de vergonha. Nas últimas décadas, muitos nordestinos tinham dado o sangue na construção civil para asfaltar estradas e erguer metrópoles no Sudeste do país, engrossando a multidão trabalhadora em várias áreas de atuação, principalmente em subempregos que os aprisionavam a uma condição social inferior. Uma realidade que perdura até hoje, reforçando preconceitos que sequer podem ser enquadrados na lei, como ocorre com o racismo.

— Você me ajudou a descobrir uma coisa – murmurou a jovem. – Eu estava agindo igual àqueles que julgam os nordestinos inferiores. E ninguém é melhor do que ninguém, nem pior. E eu... – o sorriso nasceu bonito, sincero – tenho muito orgulho de quem sou: a filha de um pedreiro e uma governanta que nasceram no sertão.

Desconcertado seria a palavra certa para definir Paulo naquele momento.

— Eu... hum... você nunca falou do seu pai – disse para quebrar o silêncio que se impôs sem que desejassem.

— Ele morreu um pouco antes do meu primeiro aniversário.

— Puxa, eu não sabia...

— Foi um acidente na obra onde ele trabalhava. Não havia nenhum equipamento de segurança e meu pai... ele caiu de um andaime. Na época, o doutor Irineu representava o sindicato e conseguiu uma indenização. Depois, para nos ajudar, contratou minha mãe. Nem ele nem dona Ludmila se importaram que ela tivesse um bebê para cuidar, pois também tinham um.

— A Ana Cristina.

— É.

Novamente o silêncio. Era melhor mesmo retornar ao Sete Outeiros. Mas a jovem iria de táxi, sozinha, com todo o tempo do mundo para refletir sobre a descoberta que acabara de fazer sobre si mesma.

Cristiana se esticou para um beijo cálido na face de Paulo. Seria uma despedida definitiva somente se ele desejasse.

— Obrigada por tudo – disse, antes de se afastar.

»»»»»»

A câmara central da caverna estava pronta. Ana Cristina engoliu o pavor que a tomou quando viu os sete altos castiçais de prata com as sete estranhas velas em cada um. Formavam um heptágono, uma espécie de estrela com sete lados, em torno de um leito baixo colocado bem no centro. Havia placas de metal prateado presas a alguns pontos do leito, como se fossem algemas. E atrás, uma maquinaria esquisita que ele chamara "centrífuga" ligada a um pequeno gerador elétrico.

"Tenho a impressão de estar dentro de um cenário. Um filme de terror dos anos cinquenta", ela pensou, com um riso nervoso. "A noiva de Frankenstein encontra o Lobisomem Sanguinário, uma coisa assim…"

Daniel acendeu a lamparina. Estava escurecendo rapidamente, e uma claridade baça já começava a entrar pelas fendas do teto. Entregou três objetos a Ana. Ela recebeu solenemente uma folha de papel com algumas frases escritas: o poema que ele custara a reconstituir por inteiro, e que ela deveria ler assim que a Lua se manifestasse; um punhal afiado, totalmente feito de prata; e uma caixa de fósforos. Estava tão nervosa que não conseguiu dizer nada.

Então ele tirou os óculos e as roupas, mantendo apenas um velho calção de banho, e foi se deitar no leito rústico. Ana tentou não demonstrar nenhuma emoção, enquanto começava a prender as placas revestidas de prata em seus pulsos e tornozelos. A última deveria ser fechada em torno de seu pescoço. Ele sorriu enquanto ela trabalhava, tentando fazê-la relaxar um pouco. Se conversassem, talvez ela tivesse menos medo.

— Você sabe o que quer dizer círios, não sabe? É o mesmo que velas. Os sete círios de que fala o poema são as sete velas que eu coloquei nos castiçais. Vieram de cada um dos pontos da minha peregrinação. De locais sagrados… O primeiro foi da Hungria, a terra em que minha mãe foi contaminada. Trouxe uma vela que ardia num antigo cemitério que visitei com o doutor Molnár. A segunda veio de uma igreja luterana na Baviera, no Sul da Alemanha. Aquela era a terra dos meus bisavós; quando era pequeno, ouvi meus pais contarem que eu fui concebido lá, durante uma visita aos parentes deles. A terceira veio de Londres, onde eu nasci.

361

Encontrei por acaso essa vela solitária, acesa num pátio em plena Torre de Londres. No local em que as pessoas eram executadas.

Ana tremeu, ao lembrar o que lera sobre as execuções na sinistra Torre de Londres.

— A quarta vela veio de Bath. Trouxe das ruínas de um antigo templo romano naquela cidade. Foi lá que minha mãe... você sabe.

Ana teve ímpetos de abraçá-lo, imaginando o sofrimento dele ao lembrar o dia em que Leonor, transformada, o atacara. Mas não podia abraçar um homem quase nu algemado a um leito. Imaginou o que seus pais diriam, se a vissem naquela hora...

— A quinta veio de Paris. Eu me refugiei lá por vários meses, depois que me transformei pela primeira vez. Uma noite, quando acordei depois de uma transformação, descobri que estava nu, faminto e encolhido num canto de Notre-Dame! Um noviço me encontrou. Ele não quis saber quem eu era ou o que tinha acontecido. Sem dizer uma palavra, me emprestou um hábito velho e me deu comida. Foi emocionante voltar agora a Notre-Dame. A sexta vela... veio de São Paulo. Eu peregrinei pelo centro da cidade, tentando encontrar o lugar onde vi Beatrice naquele dia, a pensão de dona Clementina. Hoje a casa é uma loja de artigos religiosos, acredita? Comprei lá uma vela consagrada a Iemanjá. Sempre tive uma grande simpatia por Iemanjá...

— E a sétima vela, de onde veio? – ela perguntou, vendo que ele se calava.

Ele sorriu, apesar de as placas de prata já começarem a machucar sua pele. O Fator Lobisomem estava se agitando em seu sangue. E a Lua principiava sua subida no horizonte.

— De Passa Quatro.

— Da igreja? Ou do cemitério?

— Lugares sagrados não são apenas esses, Ana.

Ela ia insistir para que ele revelasse de onde trouxera a tal vela, mas não havia mais tempo. A noite caíra por completo, e a luz da lamparina já quase não iluminava nada, pois agora somente se viam os primeiros raios de luar descendo pela fenda e incidindo no primeiro dos castiçais de prata. Daniel se contorceu no leito, as placas de prata machucando sua pele, a transformação se iniciando.

362

— Está na hora – ele murmurou.

Ana tratou de endurecer o coração. Tinha de fazer exatamente o que ele explicara.

Pegou um pequeno tubo de vidro em um suporte sobre o banco no canto da sala; foi até Daniel e, com o punhal de prata, deu um talho em seu pulso esquerdo. Era o primeiro corte com a prata. Recolheu o sangue que escorreu no tubo e correu para fazer o teste que ele pedira.

Pingou gotas de um líquido no tubo, sacudiu-o, e observou, maravilhada, os corpúsculos brilhantes que surgiam no plasma amarelado a se separar do resto do sangue. Eles pareciam dançar alucinados...

— O Fator L está muito ativo – ela disse, num fio de voz. Não sabia se ele ainda a ouvia, agora que a transformação começara.

Já havia pelos começando a despontar no corpo dele. Apressada, Ana guardou o tubo e foi acionar a máquina. Com todo o cuidado, pegou duas longas agulhas, também feitas de prata, cada uma presa a um caninho plástico que saía do tal aparelho. Daniel as chamara de cateteres.

Introduziu uma delas na grande veia pulsando em seu braço esquerdo, e a outra no mesmo ponto do braço direito. Ele gemeu, com a dor do segundo e do terceiro cortes feitos com prata em sua pele.

E o sangue começou a fluir... Da veia de Daniel para a máquina, e de lá de volta ao seu corpo. Somente então Ana compreendeu o que ele lhe explicara durante a ida ao sítio. Aquela centrífuga era apropriada para retirar o sangue do paciente e separar o plasma com a centrifugação. Ele ficaria retido no aparelho, e seria substituído por uma tal solução de albumina. Então o sangue voltaria às veias e artérias. Como os agentes da licantropia estavam no plasma, ele seria filtrado aos poucos, eliminando a infecção. Era assim que funcionava – em teoria.

Pois ainda havia muito Fator L no sangue do homem-lobo. E conforme os raios da Lua aumentavam de intensidade, eles fervilhavam e a metamorfose se instalava.

Um uivo invadiu a caverna e ecoou em todas as câmaras.

Preso no leito, no meio do heptágono, agora havia um grande lobisomem.

Ana andou até o primeiro castiçal e acendeu a primeira vela. Sob a luz balouçante, leu em voz alta o poema, como ele a instruíra a fazer.

363

— Por sete cantos do mundo
Tua peregrinação
Sete passos sem descanso
Da origem da maldição
Homo lupus, *licantropo,*
Pelo sangue derramado
Bebe deste amargo copo
o fogo purificado.
Por sete espadas de prata
Teu sangue em expiação
Sete horas, sete círios
Selam tua redenção.

Sua voz se misturou aos uivos selvagens e também ecoou nas paredes de pedra como se não fosse uma, mas muitas vozes.

»»»»»»»

O táxi deixou a cidade para trás, sem pressa alguma em levar sua passageira para o hotel-fazenda. Cristiana afundou no banco de trás, espiando pelo vidro a paisagem tomada pela escuridão e as luzes tímidas das casas que começariam a rarear pelo caminho.

Ela abriu a bolsa e retirou o celular que ganhara no Natal, um modelo caro que Luziete se sacrificava para pagar em várias prestações apenas para ver a alegria da filha.

— Mãe? – murmurou quando esta atendeu ao telefonema, na residência dos Sanchez de Navarra, em São Paulo. – Eu só estou ligando para dizer que amo muito a senhora...

Tomada de surpresa por uma filha que não gostava de demonstrar tão abertamente seu carinho, Luziete não conseguiu falar. E as duas choraram juntas, uma de cada lado da ligação.

— Mãe, quando a gente puder... Eu queria muito conhecer a nossa família lá no Nordeste. A senhora me leva?

»»»»»»»

Monteiro, com certeza, endoidara de vez. E ainda cobrava resultados impossíveis de se obter num final de domingo! O departamento responsável pelo cemitério da cidade, por exemplo, só poderia ser contatado na manhã seguinte. E Natália precisava de autorização – e da chave – para abrir o mausoléu da família Albuquerque Lima e verificar se haveria alguma fotografia de Alba em seu túmulo. Acionar o desarquivamento oficial de fotos e documentos antigos também só poderia ser feito na segunda.

Natália tentara o celular de Daniel. Nas três tentativas, a ligação caiu na caixa postal. Não sabia se o escritor estava em Passa Quatro, para arriscar uma visita a seu sítio. Sem a descrição que Monteiro exigia que ele fornecesse sobre Alba, Natália deixou a convocação do desenhista para depois.

Com um suspiro, passou pela sala do subdelegado. Absorto, ele continuava a analisar o material que lhe entregara sobre os crimes de 1908.

— Monteiro?

Ele demorou um pouco para lhe dar atenção.

— Pensei em ir até o restaurante e falar de novo com a dona Merência.

— Não use a viatura – aconselhou o subdelegado, jogando-lhe a chave do Land Rover. – É um assunto extraoficial.

Já era a segunda vez que ele emprestava à subordinada aquele que considerava seu bem mais precioso. A investigadora ia sorrir, mas uma preocupação imediata a deteve.

— A que horas você vai embora? Posso demorar um pouco para voltar e...

— Eu espero.

O sorriso foi dele, uma reação que, estranhamente, o deixou corado. Sem graça, o homem retomou a carranca de sempre e foi espiar a fotografia das bonecas.

— Pergunte para dona Merência uma coisa – ordenou.

— O quê?

— Quero saber qual é a cor exata dos cabelos da oitava boneca.

>>>>>>>

365

Os fósforos tremiam nas mãos de Ana quando ela acendeu a segunda vela. Aquela brilhou mais que a anterior, por algum motivo.

Ana voltou o olhar para Daniel, preso no centro do heptágono. Apesar de agora o luar bater diretamente no corpo dele, a garota começava a acreditar na eficácia da tal filtragem do sangue: conforme a centrífuga funcionava, a forma de lobo parecia ir se desvanecendo.

Ela mal pôde acreditar quando a voz dele soou humana, substituindo os uivos que haviam soado na última hora.

— Ana... o teste. O sangue.

Ela sabia que era melhor fazer aquilo enquanto ele estava em forma humana. Pegou de novo o punhal de prata e dessa vez foi para seu pulso direito. Um golpe com a ponta afiada e o sangue correu, pela quarta vez. A pele chiou em contato com a prata, e ela podia ver que ele cerrava os dentes para não gemer de dor.

Correu para verificar o estado do sangue. Não demorou quase nada para pingar a substância e sacudir o tubo de ensaio. O resultado foi o esperado: os corpúsculos brilhantes no plasma ainda existiam, mas seu número diminuíra tremendamente.

— Está dando certo, Daniel! – ela exclamou. – O Fator L diminuiu! E agora? O que eu faço?

Ele ainda devia estar sentindo muita dor, porque falou de novo entre os dentes.

— Acenda... a terceira vela.

E ela foi pegar os fósforos.

»»»»»»»

Merência havia acabado de jantar quando Natália chegou ao restaurante. Foi recebida por Rosa, que a conduziu até a cozinha, onde os funcionários trabalhavam alucinadamente para atender aos pedidos da casa cheia àquela hora da noite. A velha senhora estava atrás do fogão, dando palpites na preparação dos alimentos. Franziu o nariz ao ver a investigadora.

— Boa noite, dona Merência – cumprimentou Natália. – Será que poderíamos conversar em algum lugar mais tranquilo?

A idosa assentiu, indicando o terraço além da cozinha. Rosa lhe entregou um xale, recomendando que não pegasse friagem, e retornou para o atendimento aos clientes.

— Quando eu era pequena, minha mãe me recomendava a mesma coisa – riu Merência. – Acho que na velhice voltamos a ser crianças.

No jardim, a friagem provou ser mesmo uma ameaça aos desprevenidos. Natália achou mais prudente fechar sua jaqueta de couro.

— A senhora vai estranhar minha pergunta, mas... – disse ela, preferindo ser objetiva. – Por acaso a senhora teria uma fotografia da filha do ex-patrão de sua mãe?

— Da Alba?

— A senhora se lembra dela?

— Um pouco. Eu tinha apenas três anos quando dona Estelinha atirou na filha para evitar que ela esfaqueasse meu tutor.

— Ela atirou na própria filha?!

Jeremias não mencionara aquela informação.

— Todos acreditaram que a Alba tinha morrido. Teve enterro, missa de sétimo dia, missa de mês... Mas o Héctor ficou cismado e, anos depois, pagou um coveiro para abrir o túmulo dela.

— E?

— Só tinha pedras lá dentro.

Natália cruzou os braços. Apesar de se ter provado que a loucura de dona Merência fora causada pelos chás adulterados por Ernesto, a investigadora ainda resistia em acreditar em suas palavras. A mente de uma mulher de cento e três anos podia se dar ao direito de misturar realidade e fantasia, não?

— Pedras – repetiu para não parecer indelicada.

— O que você sabe sobre a Cordélia?

— Era a irmã mais velha.

— E também a personalidade que nasceu na cabeça de Alba e passou a influenciá-la para que cometesse os crimes.

— Um caso de múltiplas personalidades?

— De apenas uma. E uma que exigia que Alba matasse pessoas que tivessem a mesma cor dos cabelos das bonecas porque, na cabeça dela, elas tinham zombado de Cordélia quando ela perdeu os cabelos para a doença que a mataria.

A tranquilidade da noite silenciosa provocou um calafrio em Natália. Ela sentiu medo pelo desconhecido. Estava afastada demais do mundo barulhento dentro do restaurante, da estrada onde transitavam alguns veículos e seus faróis que afastavam as trevas como feixes de luz sumindo no horizonte.

— Sua teoria é muito interessante, dona Merência, mas...

— Encontrar Alba tornou-se a missão de Hector e, depois, do filho dele. Hoje é a missão de Daniel.

— É impossível que ela ainda esteja viva. O que faz mais sentido é ter alguém que esteja dando continuidade aos seus crimes e...

— A morte da Lina, do Tonho e do francês me confundiram – disse a velhinha, ajeitando os fios de cabelo que o vento lançava sobre sua testa. – Claro que eu não estava lúcida, culpa daqueles chás horríveis... Mas a Lina tinha os mesmos cabelos castanho-claros da quinta boneca e o Tonho era ruivo, quase do mesmo tom avermelhado dos cabelos da sexta. Já Ana Cristina tem cabelos loiro-acinzentados e ela seria a sétima...

— Yves também tinha este tom de cabelos.

— Ele foi a sétima boneca da Alba. Agora, a Lina e o Tonho foram vítimas de outra pessoa, o Ernesto. O fato de a cor dos cabelos deles bater com a das bonecas foi só coincidência! – A velhinha fez uma pausa e continuou: – E o Daniel já tinha me contado, havia tempos, sobre a morte das outras duas pessoas lá pela Europa. Pra mim, quem matou foi a Cordélia. Teve muito tempo pra isso.

Natália ficou boquiaberta. Merência tinha as informações que ela passara semanas caçando!

— Mas você já sabia disso, não é? E veio até aqui porque precisa da minha ajuda para salvar a oitava boneca.

A investigadora moveu a cabeça de modo afirmativo. Não sabia o que dizer diante do raciocínio preciso de quem julgara senil minutos antes.

— Meu falecido irmão Pedro viu quando a Alba atacou o Hector e quando a dona Estelinha atirou nela – contou a idosa. – Isso o marcou muito. Ele sempre contava e recontava a história. Por muitos anos, ele guardou alguns pertences que o coronel deixou para trás quando foi embora daqui. Quando o Pedro morreu, os filhos doaram tudo para a Gabriela, aquela historiadora que há décadas vem reunindo material sobre o passado da região.

— Não a conheço. E a senhora sabe se há alguma foto da...?

368

— Tem. Mas eu nunca quis rever a fuça daquela assassina!

Natália quase pulou de empolgação. Só depois a razão lhe mostrou que achar a imagem de uma pessoa já falecida não ajudaria concretamente em nada, exceto atender à ordem de Monteiro.

— A senhora tem o telefone da historiadora?

— Vamos fazer melhor – propôs Merência. – Eu vou agora mesmo com você e mostro onde é a casa dela!

»»»»»»

Gabriela Ramos, como Natália descobriu, se autodenominava historiadora, mas só tinha mesmo a boa vontade de armazenar em casa séculos de fatos históricos. Ela morava fora do perímetro urbano, em um sítio afastado, e não se opôs em ajudar Natália. Atenciosa, ofereceu um café para ela e Merência antes de ir revirar suas inúmeras caixas de arquivo em um galpão nos fundos da casa.

— Meu grande sonho é um dia escrever um livro sobre a história de todas as cidades da região – confidenciou. – Mas sinto que ainda não reuni material suficiente...

Natália contou quarenta e uma caixas imensas de papelão, todas abarrotadas de papéis e fotografias. Para seu martírio, nada fora catalogado ou tinha qualquer tipo de organização. Ou seja, Gabriela pretendia revirar todas as quarenta e uma caixas até encontrar o material doado pelos filhos de Pedro.

Merência exibiu uma careta de cansaço ao espiar o volume de trabalho.

— Posso ajudar? – ofereceu ao mesmo tempo que a investigadora.

— Só eu mesmo entendo a minha bagunça – dispensou Gabriela. – Por que vocês duas não esperam na sala? Prometo que não vai demorar nadinha!

»»»»»»

A noite avançava lentamente na caverna. Ana Cristina tinha a sensação de que havia envelhecido um ano para cada hora que passara ali... e o pior de tudo era ver Daniel alternar a forma humana com a do lobo, e sofrer horrores a cada vez que ela cortava sua carne com a arma de prata. Já havia perfurado sua carne e feito sangrar seis vezes, e testado mais duas vezes o Fator L, ao recolher o sangue dele de veias próximas aos dois tornozelos. Os corpúsculos diminuíam, mas não desapareciam por completo.

A luz dos círios agora era muito mais forte que a do luar: ela já havia acendido seis, e a cada nova vela acesa o brilho prateado da Lua parecia esmaecer. Olhando para fora pela fenda no teto de pedra, a garota percebera que algumas nuvens diminuíam a força lunar na noite.

De repente, isso mudou: um vento mais forte afastou as nuvens, e então a lua cheia, agora bem no alto do céu, invadiu a caverna com toda a sua força e a sua magia.

O rapaz preso no centro da câmara soltou um urro de dor, um lamento intenso que se transformou em uivo, à medida que seu corpo readquiria a feição lupina.

Ana recuou, apertando o punhal nas mãos trêmulas. Aquela metamorfose era a mais poderosa que acontecera, e embora os pulsos, tornozelos e pescoço estivessem de novo fumegando, com a prata queimando o pelo do lobo, agora ele estava forte demais para se deixar prender.

Num golpe, o lobisomem estraçalhou as algemas que o haviam mantido prisioneiro. As duas agulhas de prata ainda enfiadas em suas veias foram arrancadas pela mandíbula em que brilhavam os dentes arreganhados. Com um salto pôs-se de quatro farejando o ar, ignorando a dor.

Respirou fundo, embriagado pelo odor da fêmea. Ela estava ali, uma refeição suculenta, à espera do lobo que não comia carne havia tanto, tanto tempo...

Ana sabia o que tinha de fazer agora, e, embora ainda tremesse sem parar, acercou-se do castiçal e riscou o fósforo. A sétima vela brilhou.

Foi bem a tempo, pois o lobisomem já se aproximava e ia saltar na direção dela, o apetite despertado pelo cheiro de sua carne e de seu suor.

Ela repetiu, baixinho, a voz entrecortada:

— Sete horas, sete círios, selam tua redenção...

Como se a ouvissem, as velas ampliaram sua luz e formaram um círculo branco luminoso unindo as pontas de uma estrela imaginária. O lobo tentou avançar e recuou, com um ganido. A barreira sagrada fora formada e a luz não o deixaria sair do perímetro dos sete círios.

Ele recuou de volta ao centro, as quatro patas escalando o leito em que estivera preso. Olhou ao redor, procurando uma brecha: não encontrou. Além do círculo de luz, via a jovem parada, e sabia que precisava do alimento, precisava dela, de sua carne, de seu sangue.

Ergueu-se nas patas traseiras: era alto, muito mais alto que na forma humana. Fitou-a com os olhos faiscantes. Olhos de lobo. Olhos de lobisomem.

Ana Cristina não conseguia evitar a força hipnótica daqueles olhos. E sentia, nas mãos, o toque frio do punhal que ele lhe dera. Sabia que faltava um golpe... O sétimo, o último, importante para fechar o ritual. Só não sabia se ainda teria coragem, ou se a força que conseguira reunir se esgotara naquelas horas angustiantes.

Deu um passo adiante e, subitamente, a luz das sete velas se tornou avermelhada.

Ela estava dentro do heptágono, atravessara a barreira e encontrava-se agora à mercê do lobo. Tinha consciência de que aquela transformação era o último esforço do que restara do Fator L no sangue dele, a tentativa extrema da fera para saciar a fome premente.

Ele arreganhou os dentes de novo, satisfeito. Saltou sobre a garota e derrubou-a no chão frio. Ela não podia escapar. Não havia amarras sociais, nenhum comportamento-padrão a ser seguido, nenhuma regra imposta a ser obedecida.

Havia apenas o predador e sua vítima.

Ela viu um brilho de reconhecimento nos olhos que a fitavam de perto... como se uma sensação o atingisse de repente. O animal a conhecia. E sabia que, se matasse daquela vez, se experimentasse a carne humana, sua redenção se tornaria impossível. O ritual seria inútil.

A fome venceu. Ele arreganhou os dentes e já ia encaixá-los no pescoço da presa, quando ela reagiu. Com um soluço arrancado do fundo de sua alma, firmou as mãos.

— Eu te amo, Hector – sussurrou.

E cravou o punhal de prata no coração do lobisomem.

»»»»»»

Não havia nenhum filme interessante sendo exibido pela televisão do chalé. Cristiana desistiu de passar a madrugada em claro e usou o controle remoto para desligar o aparelho. Morrendo de preguiça, foi pegar uma camisola na mala que ainda não desfizera. Pensou em Ana Cristina, torcendo para que a amiga tivesse feito as pazes com Daniel. Alguém, naquela história, merecia ser feliz...

A jovem não chegou a se despir para trocar de roupa. Várias batidas em sua porta pediam urgência. Era Amélie.

— Eu descobri! – contou ela, ofegante e assustada. – Eu descobri quem matou o meu Yves!

»»»»»»

O corpo do lobo caiu para o lado, pesado, movendo-se em espasmos curtos. Seu sangue escorria pelo ferimento e se espalhava pelo chão, depois de manchar a blusa de Ana. A garota ficou ali, paralisada, quase resvalando para a inconsciência, de alguma forma lutando contra aquilo.

Sua mente consciente insistia em que ainda tinha instruções a cumprir.

E tinha de cumpri-las antes que o lobo... que Daniel se esvaísse em sangue.

Fez um enorme esforço e levantou-se. Olhando para ele, viu que não era mais o lobisomem, era de novo o rapaz por quem se apaixonara, e jazia ao seu lado debatendo-se fracamente, o punhal de prata cravado no peito.

No banco de madeira, ao lado do suporte dos tubos de ensaio, ele havia deixado também um cálice de cristal contendo um líquido verde. Ana Cristina correu a pegá-lo e voltou para junto dele; havia parado de se debater e estava quase imóvel, a respiração fraquejando, os olhos vidrados e sem vida. Num gesto rápido, arrancou o punhal de seu peito e o ferimento não sangrou.

Ela começou a chorar sem poder se conter, enquanto erguia o corpo dele e encostava o copo de cristal em seus lábios entreabertos. Teve dúvidas se ainda estaria vivo... pois não se mexeu, não absorveu o líquido verde, e seus membros nus estavam cada vez mais gelados.

Então uma lágrima ardente escorreu do rosto dela para o dele, e Daniel estremeceu. Outra lágrima, e o peito dele arfou. Mais uma, e ele respirou fundo, quase engasgando com a bebida que, agora sim, entrava em sua boca.

Mantendo o tronco do rapaz erguido para que engolisse, Ana observou, horrorizada, aquela coisa queimar seus lábios e talvez suas entranhas, tal o gemido de agonia que ele soltou.

Bebe deste amargo copo o fogo purificado, dizia o poema.

Se o líquido verde era fogo ou não, ela não podia saber. Mas aquilo o aqueceu de tal forma que ela sentiu o calor em seu corpo voltar. Pousou o cálice vazio e o abraçou apertado, tremendo.

As sete velas se apagaram de uma vez, como se um sopro sobrenatural as envolvesse. Ainda abraçando-o, Ana olhou para a sétima, uma vela ornamental aromática. Daniel não contara onde a conseguira... Mas de repente ela se lembrou. Vira aquela vela sobre a mesinha de centro na casa dele, no dia em que se perdera na mata.

"Aquele não é um lugar sagrado, um templo ou cemitério", pensou, perplexa. E recordou o que ele dissera: *Lugares sagrados não são apenas esses...* Ela o beijara pela primeira vez no exato local em que ficava aquela vela. Talvez o nascimento de uma paixão tão forte quanto a que ela sentia tivesse o condão de sacramentar um local. E talvez... trazer aquela vela para o ritual significasse que ele sentia o mesmo.

Abraçou-o mais forte ainda, e a voz dele, muito fraca, repetiu o que uma vez dissera:

— Você pode me soltar agora. Eu não vou fugir.

Ainda trêmula, ela desatou o abraço apertado. Ele ergueu o tronco, sentando-se e respirando fundo, passando as mãos sobre os olhos. A garota o fitou, ansiosa, conferindo as sete marcas que fizera com o punhal e as agulhas: duas nos pulsos, duas nos tornozelos, duas nas dobras dos braços, uma no peito. Estavam lá, fechadas, porém visíveis.

Ana tocou com a ponta dos dedos a última marca. Sentiu o coração dele pulsando sob a pele.

— As feridas fecharam. Como, se nós eliminamos o Fator L?

— Não sei bem. Acredito que funcionou como a gente esperava. Os talhos não sangram, mas ficaram cicatrizes. Lazlo Molnár me disse que após a filtragem do plasma ainda restariam vestígios da contaminação, e seriam consumidos na tentativa do sangue de acionar o fator de cura. Só que para tudo funcionar a corrente sanguínea teria de ser invadida por um elemento novo.

— Foi pra isso que serviu o líquido verde? – ela indagou. – O que era aquilo, afinal?

— Absinto. Molnár achava que eu iria gelar, chegar perto da morte, após os sete golpes da prata. Uma bebida alcoólica seria a única coisa a invadir o sangue depressa o bastante para me aquecer e ao mesmo tempo incomodar o Fator L. Eu não costumo tomar nada tão forte, mas ele insistiu. E me deu uma garrafa de absinto fabricado no Leste Europeu. É a bebida de maior teor alcoólico que existe – fez uma careta. – Tem um gosto horroroso, eu juro.

Ela olhou com certo interesse para o cálice vazio, ali ao lado. Ele cerrou as sobrancelhas.

— Se está pensando em experimentar, trate de desistir! Eu não vou deixar.

Ana Cristina cruzou os braços e olhou de novo, de alto a baixo, o rapaz seminu sentado no chão da caverna diante dela. O velho calção até resistira às metamorfoses, mas Daniel estava fraco, exausto, sujo de sangue, o rosto marcado pelo sofrimento recente.

— E quem disse – perguntou, irônica – que você tem autoridade pra me proibir de fazer o que eu quero, Daniel Lucas?

Ele estendeu as duas mãos e afagou o rosto dela.

— Me chame de Hector.

Quando se beijaram, dessa vez sem restrição alguma, sem ninguém a observá-los ou julgá-los, sem gestos impulsivos ou segundas intenções, ela soube que daquele dia em diante não haveria mais ciúmes nem mal-entendidos, porque estariam sempre juntos – mesmo se fossem separados por oceanos, continentes, ou uma centena de anos.

»»»»»»

— Quem matou o Yves... – continuou Amélie, procurando controlar seu desespero – foi uma assassina...

— Uma mulher? – duvidou Cristiana. Sempre imaginara que fosse um homem.

— Não sei se você vai acreditar em mim, *chérie*, mas ela é muito, mas muito mais velha do que aparenta. E seu nome verdadeiro... *é Alba!*

>>>>>>

O sonho tinha sido tão real que, mesmo após abrir os olhos, ele podia sentir os dedos gelados apertando sua garganta. Ao cerrar as pálpebras ele ainda divisava o rosto dela.

— Alba! – murmurou ofegante, quase sem ar, sentando-se de repente.

Deitada ao seu lado no leito improvisado, debaixo de um edredom que os protegia do clima frio, Ana Cristina acordou assustada.

— O que foi? Tem alguém aí?

Ele engoliu a sensação, escondendo o tumulto que ia tomando conta de sua mente.

— Não foi nada. Tive um pesadelo.

Ela bocejou e se aninhou de novo no velho colchão que ele arrumara para descansarem. Tinham dormido menos de uma hora.

— Então tá. Boa noite.

Mas Daniel estava completamente desperto. Na tarde anterior ignorara os pressentimentos. Agora, porém, tinha a estranha certeza de que não podia mais fazer isso. Levantou-se e foi buscar os óculos e as roupas para se vestir. Não deviam ficar ali. Alba conhecia a gruta: naquele mesmo lugar ela já tentara matá-lo. Se encontrasse a passagem para a caverna, Ana não estaria segura.

Era melhor levá-la para o hotel-fazenda.

— Levante, preguiçosa. Vou levar você pra casa.

— Hum. Tá... – outro bocejo. – Por quê?

— Cristiana vai ficar preocupada com você. Vamos, menina.

Ana estava com tanto sono, e ficou tão ocupada nos momentos seguintes resmungando, que nem percebeu o medo nos olhos dele.

»»»»»»

Merência cochilava sentada numa cadeira próxima à porta do galpão. Natália, que havia muito arregaçara as mangas da jaqueta para ajudar na procura pela tal fotografia, estava coberta de pó da cabeça aos pés. E Gabriela, de joelhos no chão, continuava a jogar incessantemente papéis para todos os cantos, ampliando cada vez mais o inferno que torturava a muito organizada Natália.

— Ai, minhas costas... – queixou-se Merência após despertar com o toque do celular de Natália. Era Rosa perguntando se ainda iam demorar muito.

— Falta pouco! – garantiu Gabriela, sem perder o entusiasmo.

— Só mais um pouco, dona Rosa – respondeu a investigadora. – Sim, eu sei que já é madrugada e... Prometo levar a dona Merência de volta daqui a pouco.

— Fale pra ela que estou muito bem aqui – pediu a velha senhora.

Natália não precisou repetir a frase. Rosa a ouvira e, antes de desligar, concordou em ceder mais um tempo para as duas. A policial guardou o celular no bolso da calça comprida e voltou a se sentar no chão, pronta para abrir outra caixa de papelão.

— Dona Merência? – chamou. – A senhora não me falou qual é a cor dos cabelos da oitava boneca.

»»»»»»

O relógio do veículo marcava três da madrugada quando ele estacionou o jipe. Ela desceu e pendurou a mochila nas costas. Estava preocupada com ele: não dissera uma palavra no trajeto do sítio até o Sete Outeiros.

— Você está caindo de cansaço, Hector – disse, num tom maternal que nunca usara antes. – É melhor não dirigir de volta nesse estado. Vem comigo, você descansa um pouco no chalé, a gente toma café juntos, e então eu deixo que volte pra casa.

Ele sorriu, apesar da aflição que não estava conseguindo disfarçar.

— Você deixa? Quanta generosidade, Sua Alteza.

Era sensato o bastante para saber que Ana estava certa. Acompanhou-a para além da recepção, no caminho dos chalés. Ela estava cada vez mais intrigada, sem imaginar o que o incomodava, já que tudo indicava que o ritual fora bem-sucedido.

Tentou distraí-lo puxando conversa sobre o hotel.

— Este lugar mudou muito em cem anos? Imagino que não tenha mais nada igual ao tempo em que era uma fazenda de verdade.

Daniel relanceou o olhar ao redor.

— A recepção mantém as paredes da sede, mas o telhado foi refeito, as portas e janelas trocadas. Parte dos estábulos já existia.

— E a capela de Nossa Senhora? – Estavam justamente passando diante dela.

Ele parou para apreciar a arquitetura colonial, muito bem preservada ali.

— Está igualzinha. Foi pintada várias vezes, mas não mudaram nada, ao menos por fora.

— Vamos entrar – Ana pediu.

Ele recuou, um ar estranho no semblante. Talvez evocasse um dia, havia muito tempo, em que entrara ali nu, ferido, e sangrara junto ao altar. Ou um outro dia, em que Alba quase esfaqueara Maria diante dele, para em seguida ser morta pela mãe.

— Não.

— Por que não? Uma vez entrar aí me ajudou a pensar, pôr as ideias em ordem. Afinal – sorriu enigmaticamente – esse também é um local sagrado. Você pode entrar. Vamos…

Apesar de ainda relutar, ele a acompanhou. Ela empurrou a porta, que soltou um rangido mais parecido a um lamento.

Estacaram, ainda na entrada. Ana soltou um grito e Daniel teve de se apoiar no espaldar do banco mais próximo, para não cair.

A única luz vinha de duas velas acesas no chão, que iluminavam parcamente os volumes colocados sobre o altar. A imagem benéfica de Nossa Senhora havia desaparecido: em seu lugar havia oito bonecas, antigas, esfarrapadas, as órbitas opacas brilhando ao sabor das chamas das velas, as cabeças nuas parecendo vivas por trás dos véus que as cobriam.

As bonecas de Cordélia…

Daniel sentiu fugir de si todo o autocontrole que levara décadas para obter. Sua indiferença cedeu lugar ao horror que vinha à tona com aquela visão macabra. Tantas mortes, tanto sangue! E aqueles oito símbolos de crueldade maculando um solo sagrado, um local que deveria ser dedicado à oração, à paz, à bondade. Nauseado, teria saído de lá correndo para nunca mais voltar, se de súbito não se lembrasse de que não estava sozinho. Ao seu lado, Ana Cristina tremia, as duas mãos na boca abafando os soluços. Ela devia estar ainda mais apavorada que ele.

Reagindo contra a própria aversão, ele a abraçou e tentou acalmá-la.

— Está tudo bem. São só objetos. Não vão nos fazer mal! Vamos sair daqui...

Porém, quando estavam quase lá fora foi que ele percebeu o óbvio.

Parou e, sem que pudesse evitar, os pensamentos lhe escaparam em voz alta.

— A oitava boneca... a última... ela também!

— Também o quê? – Ana gemeu, fungando e engolindo um último soluço.

— Também teve a cabeça raspada.

>>>>>>>

— Então a oitava boneca tem cabelos negros e encaracolados – disse Monteiro enquanto conversava ao celular com Natália. Atendera a ligação no banheiro da delegacia, onde fora lavar o rosto após despertar com o nariz em cima das anotações da investigadora em sua mesa. Exausto como estava, acabara dormindo horas naquela posição. – E nada da foto ainda?

— *Por enquanto não* – respondeu Natália.

— Olhe, você deve estar cansada. Por que não deixa isso para amanhã, hein?

— *Já é amanhã, chefe.*

O subdelegado sorriu, apertando sem perceber a toalha com que enxugara o rosto.

— Vou ficar aqui, esperando você, o.k.?

— *Não prefere ir para casa? Depois que eu levar de volta a dona Merência, deixo seu carro lá.*

— Venha para cá. Prometo lhe pagar o café da manhã.

>>>>>>

Com a transferência de Ernesto para a Penitenciária, não havia mais ninguém preso nas celas da DP. Agostinho e Ferreira eram os únicos que estavam de plantão na delegacia durante a madrugada silenciosa. Eulália passou por eles e cumprimentou-os secamente para evitar perguntas que ficariam sem respostas.

Com pressa, ela dirigiu-se até sua sala. Precisava eliminar as últimas provas que poderiam revelar quem realmente era.

>>>>>>

Ana Cristina não teve coragem de se aproximar. Ficou na porta, ainda tremendo, enquanto Daniel vencia a náusea e andava até o altar. Sem hesitar, ele ergueu o véu da oitava boneca. Como as outras, ela tivera os cachos arrancados sem dó, mas alguns tufos ainda permaneciam presos à cabeça de porcelana.

Tufos negros, fios encaracolados.

Quem tinha cabelos daquela cor, um tanto crespos...?

Com um grito abafado, ele saiu correndo de lá e puxou Ana Cristina para fora da capela que se transformara numa espécie de memorial sinistro.

— Depressa, temos de encontrá-la!

— Quem? – ela perguntou, atarantada, deixando-se arrastar para o caminho dos chalés.

— Cristiana! Não vê? Cabelos negros cacheados... ela corre perigo!

Ana mal abrira a porta do chalé com sua chave e Daniel já vasculhava tudo. Não havia ninguém em nenhum dos quartos. Sua cama não fora desfeita.

— Ela não dormiu aqui! – ele exclamou, agoniado. – Pense, Ana! Tem alguém que ela pudesse ter procurado, na cidade?

— Bom, tem o Paulo...

— Você tem o número? Ligue para ele, depressa!

»»»»»

Paulo acordou estremunhado com o som do telefone. Quem ligaria para sua casa àquela hora? E o pai tinha um sono tão pesado que não acordava nem se a casa despencasse em cima dele.

A porcaria do telefone não parava. Furioso, ele esticou o braço e pegou a extensão em seu criado-mudo. Custou a entender que não era dali que vinha o som: era de seu celular.

Ele o esquecera no bolso da calça *jeans*, que jogara em algum lugar por ali antes de ir dormir. Finalmente encontrou e abriu o aparelho, bocejando. Ouviu, sem entender direito o que estava acontecendo, até que uma informação o acordou.

Cristiana tinha desaparecido!

— O quê? Calma, Ana, eu já entendi. Sim, encontrei a Cris ontem no fim da tarde, e nós não nos vimos depois disso. – Prendeu a respiração, de repente dando-se conta da seriedade da situação. – Bonecas? Será possível?… O pior é que você pode ter razão. Tudo bem, eu vou ligar pro doutor Monteiro. Deve estar dormindo e vai me xingar, mas dane-se, é uma emergência. Se tiver qualquer notícia dela, me ligue de novo! Eu faço o mesmo.

Não se deu nem ao trabalho de procurar outras roupas, vestiu a mesma calça e saiu do quarto, xingando a si mesmo com vários nomes que raramente pronunciava. Precisava encontrar em algum lugar o telefone da delegacia. Não! Era melhor fuçar na agenda do pai e ver se achava o número do celular de Monteiro. Apertou as têmporas, confuso. Ainda estava tomado pelo sono. Não conseguiria raciocinar direito até tomar um café.

»»»»»

Ora, ora, Monteiro ia pagar o café da manhã… Será que finalmente Natália estava subindo no conceito do chefe? Animada, ela encerrou a ligação. Ia guardar o celular quando o grito empolgado de Gabriela acordou Merência, que embarcara em um novo cochilo sobre a cadeira.

— Achei, achei! – dizia a pseudo-historiadora, segurando uma fotografia antiquíssima como se exibisse o bilhete premiado da loteria.

Ela saltou sobre uma caixa e, na aterrissagem, patinou sobre pilhas e pilhas de papel antes de entregar a fotografia à policial. Merência se levantou, esticando-se para ver a imagem que trazia um casal de meia-idade e duas filhas adolescentes. O homem arrogante, sentado numa cadeira, era o coronel Albuquerque. A esposa sorridente, de bochechas redondas, estava em pé à sua direita. A garota mais velha devia ter uns vinte anos e também aparecia em pé, atrás da cadeira: Cordélia. E a filha caçula, com uns quinze anos, posara acomodada num banquinho à esquerda do pai... Alba.

Natália apertou as pálpebras para estudar melhor a imagem da adolescente franzina, de olhos grandes e expressivos, cabelos presos numa trança... Tinha um rosto de traços delicados...

— *Mas eu conheço a Alba...* – gemeu, assombrada, a voz sumindo para se perder em sua própria incredulidade.

»»»»»»

Monteiro pendurou a toalha de volta ao gancho, ao lado do espelho sobre a pia do banheiro. Não acreditava que tivera a coragem de convidar Natália para o café da manhã...

Sentia-se como um adolescente bobo que ganha a atenção da garota mais bonita da escola. O sono, porém, trouxe-o de volta à vida adulta. Ele bocejava quando o celular tocou de novo. Era Paulinho.

— As bonecas? Na capela do hotel-fazenda? – repetiu Monteiro, tentando entender o excesso de detalhes urgentes que o rapaz lhe transmitia sem qualquer pausa. – Quem sumiu? Espere, me deixe falar... Qual é mesmo a cor dos cabelos da moça?

A resposta confirmou o óbvio: Cristiana seria a oitava boneca.

»»»»»»

Natália tentou de novo a rediscagem em seu celular, mas o sinal de ocupado surgiu outra vez. Monteiro atendia outra ligação.

— Gabriela, muito obrigada mesmo! – disse a policial, apressada, dirigindo-se para a porta. A fotografia da família Albuquerque Lima já estava em um dos bolsos da jaqueta. – Dona Merência, a senhora se importa se passarmos antes na delegacia?

»»»»»»

Monteiro voou para fora do banheiro. A presença de Eulália, recolhendo papéis em sua sala, desviou-o da rota que daria início às buscas por Cristiana. O que a delegada fazia ali, numa madrugada de domingo para segunda, depois de semanas sem dar sinal de vida?

— Com licença, doutora – disse, entrando pela porta aberta. – Posso ajudar em alguma coisa?

Sua presença assustou a mulher, que instintivamente sacou uma pistola para colocá-lo na mira. Monteiro parou no mesmo segundo, esperando que ela abaixasse a arma. No entanto, não foi o que aconteceu.

— Ponha a arma no chão, devagar – mandou Eulália. – E depois a chute para debaixo da mesa.

Pasmo com a situação, o subdelegado apenas obedeceu.

— Agora coloque suas mãos na cabeça, onde eu possa vê-las...

Ele seguiu a nova ordem. Mas o que significava tudo aquilo?

Mantendo-o sob controle, a delegada tirou um celular do bolso minúsculo do moletom e começou a teclar alguns números.

»»»»»»

— E agora, o que fazemos? – perguntou Ana Cristina, sentando-se ao lado de Daniel na cama para onde ele deslizara. – Você acha que devemos procurar a Cristiana pelo hotel-fazenda? E se ela está na recepção ou em outro lugar, sei lá, e eu me desesperei à toa, ligando para o Paulo...?

O rapaz a enlaçou com um dos braços, puxando-a contra si.

— Alba capturou Cristiana – murmurou.

— Como pode ter tanta certeza?

Um tremor de nervoso o sacudia sem que pudesse controlar. Lembrava um garotinho vulnerável, assustado demais para conseguir se defender. Ana o estreitou contra si, desejando lhe transmitir toda a força possível.

382

Num movimento cansado, ele pegou o celular desativado e o ligou. Havia três mensagens em sua caixa postal, todas da mesma pessoa. O nome que aparecia no visor não deixava dúvidas sobre quem o procurara com tanta persistência: Natália. Ana viu aquilo, porém sufocou o ciúme. Numa hora daquelas, não podia abrir espaço para um sentimento tão irresponsável.

— Parece ser importante – disse Daniel.

Ele ia escutar as mensagens quando o aparelho tocou. O telefonema vinha de um número desconhecido. Resolveu atender.

Como às vezes acontece em algumas ligações, a voz do outro lado da linha ecoou além do celular. E Ana, tão agarrada ao rapaz, não pôde deixar de ouvir cada palavra pronunciada pela voz assustadoramente distorcida.

— *Desculpe-me, Hector, mas Cordélia prefere seus cabelos... Eles estão limpos desta vez?*

Daniel empalideceu ainda mais. Olhou para Ana, apavorado. Reconhecia a voz que, para ele, era transmitida em sua modulação original.

— Sim – respondeu, quase num sussurro.

— *Venha sozinho. Se trouxer companhia, Cordélia mata a menina.*

— Onde?

— *Ao único lugar onde podemos encontrar quem pertence ao passado.*

»»»»»»

Cristiana tentou se mexer, só que seu corpo não obedecia. Sentia muito sono, daqueles pesados que nos derrubam como se estivéssemos dopados... "Não, espere, alguém me espetou uma agulha...", lembrou-se a jovem. Tinham aplicado nela algum tipo de tranquilizante... Esforçou-se para detalhar o que acontecera antes disso, mas a mente não pretendia colaborar.

Estava deitada sobre uma superfície de madeira, rodeada pela escuridão total. O pânico se apossou dela somente naquele minuto.

— *Chérie...* – chamou a voz fraca de Amélie. – Você sabe onde estamos...?

Cristiana queria responder... A língua, a boca, nada ajudava. Com muita dificuldade, a garota moveu lentamente os braços. Se pudesse tocar

a amiga, avisaria que estava bem, que lutariam juntas para sair dali, que…
Seus braços tocaram o que jamais gostaria de descobrir: fios de cabelos.

Centenas deles. Ásperos, macios, centenários…

O grito desesperado de Cristiana foi bloqueado por sua garganta
incapaz de endossar qualquer som.

»»»»»»

Ana procurou não demonstrar seu medo durante o trajeto até a cidade,
dentro do jipe que Daniel dirigia em alta velocidade pela estrada de curvas perigosas. Ela agarrou-se ao cinto de segurança, selando os lábios para
que nenhuma conversa o distraísse.

Apenas abriu a boca quando ele freou bruscamente em frente à delegacia. O plano era simples. Ela apressaria a polícia, que àquela altura já
devia estar ciente do sumiço de Cristiana, avisada por Paulo, enquanto Daniel iria ao encontro de Alba para ganhar tempo até que a ajuda chegasse.

— Você vai para o cemitério, não é?

— Sim – disse o rapaz, confirmando a solução da charada. – É lá
que Alba está me esperando.

Os dois se beijaram, uma despedida rápida demais, porém intensa
e apaixonada. A jovem segurou a vontade de chorar e saiu do jipe antes
que ele partisse, pisando fundo o acelerador.

»»»»»»

Eulália rendeu com facilidade os outros dois policiais. Enquanto eles eram
proibidos de se mexer, Monteiro obedecia a novas ordens, reunindo inúmeros documentos numa pasta e apagando vários arquivos no computador
da delegada. A seguir, os três homens foram levados até a parede defronte
ao balcão de atendimento. Eulália mandou que se posicionassem um ao
lado do outro, como se aguardassem o pelotão de fuzilamento.

"Ela teria coragem de nos executar?", pensou o subdelegado. Tinha de admitir que a frieza da delegada o amedrontava.

De repente, alguém abriu a porta principal da delegacia, surgindo
na hora errada para cair direto na mira de Eulália.

— Olha só quem chegou! – sorriu ela, exibindo os dentes como um animal pronto para o bote. – É a filhinha do advogado idiota que quer me ferrar. Que feliz coincidência!

»»»»»»

Cristiana estava em perigo e Paulo não ia ficar sentado, esperando notícias! Já ligara para a polícia e engolira um café, sem açúcar mesmo. Nervoso, acordou o pai, contou o que estava acontecendo e, sem que este pudesse detê-lo, saiu para a rua.

Por que não ficara com ela aquela noite, protegendo-a de tantos perigos que existiam por aí? "Pra começar, porque sou um estúpido-burro-idiota-imbecil que já devia ter conversado direito com a Cris há muito tempo!"

Se algo acontecesse à garota que não conseguia deixar de amar – por mais que tentasse –, o rapaz jamais se perdoaria.

»»»»»»

Daniel largou o jipe próximo ao portão aberto do cemitério. Não havia ninguém nas proximidades, nem mesmo um vigia. Ele entrou. A respiração desordenada o impedia de sufocar, o que acabava sendo uma vantagem. Pelo menos, não ia vomitar. Precisava deter Alba, como fizera no passado. A vida de Cristiana ou de qualquer outra pessoa que Cordélia cismasse em perseguir dependia disso.

Aquele devia ser o confronto final entre eles.

O mausoléu dos Albuquerque Lima se mantinha tão imponente quanto fora um século antes. Mármore branco continuava revestindo suas paredes externas e uma imensa escultura de um anjo-guerreiro, no topo da porta de ferro, ainda bradava sua espada para manter distantes os demônios que poderiam atacar a família sob sua proteção. Ao redor do mausoléu reinava apenas o silêncio da noite muito fria.

O rapaz examinou a porta de ferro. Estava trancada, sem qualquer sinal de arrombamento. Uma dúvida terrível se apossou de seu espírito.

E se Alba não estivesse no cemitério, à sua espera?

»»»»»»

Na pistola de Eulália havia um silenciador. Era uma Taurus 380, compacta e eficiente, que cumpriria de modo perfeito seu trabalho de matar sem despertar a atenção.

— Tranque a porta principal – mandou a delegada, falando com Ana Cristina.

A garota não sabia quem era aquela mulher maluca, mas tratou de controlar muito bem o seu medo. Tocou a chave, já na fechadura, e deu um giro nela para garantir que ninguém mais apareceria de surpresa na delegacia.

Uma ordem depois e Ana foi obrigada a ir até a parede, posicionando-se à esquerda de Monteiro.

— Quero os quatro de costas para mim. E de joelhos, já! – rosnou Eulália.

Seria mesmo um tiro na nuca de cada um. Execução sumária.

— E pra que tudo isso, doutora? – perguntou o subdelegado. Quase mordeu a língua de tanta raiva. Eulália se revelava uma assassina calculista e ele ainda a tratava de maneira respeitosa?

— Não devo satisfação a ninguém.

Monteiro sentiu os passos da mulher cada vez mais próximos. Investiu em sua tática para ganhar tempo.

— Muito interessante o material que reuni agora para a senhora... para você.

— Calado! – sibilou ela.

— E aquela agenda de telefones? Por que se livrar de tantos contatos importantes?

O cano do revólver encostou em uma cabeça. E não era a do subdelegado que se tornara muito tagarela em seus últimos minutos de vida.

— A filha do advogado morre primeiro – avisou Eulália.

»»»»»»

Daniel contornou o mausoléu, à procura de alguma prova da presença de Alba no local. Não encontrou nada; a escuridão da madrugada não ajudava.

Por fim, resolveu entrar de qualquer jeito. A espada do anjo-guerreiro era de ferro, muito resistente, mas a mão que a segurava fora restaurada e revestida de gesso. O rapaz se pendurou na porta para ganhar altura e, com uma pedra, quebrou os dedos da escultura para pegar a arma. Após descer, habilmente encaixou o punho da espada no vão entre a porta e o batente, fazendo com que o ferro funcionasse como um pé de cabra.

Deu resultado. No mausoléu, o cheiro de morte recebeu Daniel em seu mergulho na escuridão.

»»»»»»

Natália ajudou Merência a descer do jipe, que estacionara perto da delegacia. Ao alcançarem os dois degraus que separavam a calçada da porta principal, a investigadora novamente estendeu o braço para ajudá-la.

— Não precisa, filha – avisou a idosa, divertida. – Posso ter cento e três anos, mas não é uma escadinha dessas que vai me deter!

Distraída, Natália pousou a mão sobre a maçaneta. "Mas por que isso aqui está trancado?", estranhou. A parte superior da porta era de vidro grosso, o que permitia vislumbrar os vultos mais próximos no lado de dentro.

»»»»»»

Ana Cristina girou os olhos em pânico para Monteiro. Ia morrer.

Um barulho na porta principal, no entanto, impediu Eulália de puxar o gatilho. Alguém forçava a maçaneta.

Não era preciso mais do que a silhueta de um vulto para o coração do subdelegado reconhecer quem estava atrás do vidro. Seu sangue gelou.

Sem titubear, Eulália escolheu outro alvo, disparando contra Natália.

»»»»»»

— Cristiana? – chamou Daniel.

Não obteve resposta. Continuou avançando no escuro, com uma das mãos à frente para tocar no que esbarraria. A outra ainda segurava a espada de ferro. Um dos pés bateu em algum objeto de metal... O rapaz abaixou-se e descobriu um lampião muito antigo, do começo do século XX. O óleo ainda não esfriara, o que denunciava seu uso recente. Alba também entrara no mausoléu.

Seus olhos começavam a se acostumar à escuridão. Ao lado do lampião, viu que alguém deixara um isqueiro. Era fino, requintado, parecia importado; destoava daquele lugar centenário.

O fogo acendeu rapidamente o lampião, proporcionando alguma luminosidade ao ambiente. O rapaz se colocou em pé e passou a direcionar a luz para vários pontos. À sua direita, o túmulo de Alba parecia encarar sua normalidade diária. A fotografia da jovem, presa à lápide por uma moldura dourada, mostrou-lhe a figura que sempre habitava seus pesadelos.

À esquerda, estava o túmulo de Cordélia. A tampa de mármore fora encostada contra a parede, sem oferecer mais proteção ao interior da cova. Relutante, Daniel chegou mais perto.

Dentro do buraco, sobre um caixão de madeira muito antigo, estava o corpo de Cristiana, rodeado por uma imensidão de fios de cabelos, de tons diferentes.

Os mesmos tons dos cabelos das sete bonecas.

Eram os cabelos das vítimas que Alba matara para satisfazer Cordélia.

»»»»»»

O tiro atravessou o vidro, arremessando pequenos estilhaços antes de atingir Natália. Sem entender direito o que acontecia, Merência tentou segurá-la para que não rolasse degraus abaixo. Mas não tinha energia suficiente para tal esforço e, quando se deu conta, viu que a investigadora se estatelara na calçada, sangrando.

»»»»»»

Monteiro urrava como uma fera quando partiu para cima de Eulália. Em milésimos de segundos, os dois desabavam pesadamente sobre o chão.

Foi quando a arma disparou uma segunda vez.

»»»»»

Merência mal teve tempo de descer os degraus. Um grupo armado surgiu do nada, correndo para invadir a delegacia. À frente estava aquele motorista que trabalhara para os Sanchez de Navarra. Um sujeito antipático, de quem ela se lembrava bem. Fumara uns cigarros fedorentos no dia em que aquela família chegara a Passa Quatro e parara no restaurante para almoçar.

Como era mesmo o nome dele?

»»»»»

Ana Cristina engoliu em seco. O segundo tiro fizera um furo na parede, a centímetros de sua cabeça. A jovem, então, virou-se devagar para descobrir o resultado da luta...

Monteiro dominara Eulália com facilidade. No momento, ele fazia um esforço sobre-humano para não esmagá-la com as próprias mãos. E a Taurus já estava em poder de Agostinho.

Um estrondo de porta escancarada a pontapés marcou a chegada de três homens armados. Mais cinco entrariam pelos fundos da delegacia. Para total espanto de Ana, eram liderados por Damasceno.

— Todos parados! – berrava ele. – Polícia Federal!

»»»»»

Após deixar o lampião junto à lápide, Daniel entrou no túmulo. Agachou-se ao lado do caixão, procurando não enxergar os fios dourados, em destaque sobre os demais. Eles tinham pertencido a Beatrice.

Com cuidado, tocou a testa de Cristiana. Estava fria, mas, para seu alívio, a garota respirava. Fora dopada.

— Cristiana... – disse, baixinho.

Não surtiu nenhum efeito. Iria tirá-la imediatamente daquele buraco sinistro e... Com todos os instintos em alerta, Daniel prendeu a respiração. Um vulto o observava, parado diante da porta aberta do mausoléu.

389

»»»»»»

O celular de Eulália tocou no exato momento em que Damasceno a algemava. Um dos outros agentes federais atendeu. Na outra ponta da ligação, um funcionário de uma empresa de fretamento aéreo pretendia confirmar o jatinho que a delegada solicitara após render Monteiro. O subdelegado, no entanto, não ficara para descobrir aquele fato, nem para descobrir que Damasceno trabalhara secretamente com o pai de Ana Cristina para prender a delegada, que uma facção criminosa plantara naquela cidade do interior com o objetivo de conseguir-lhe um posto influente em Belo Horizonte. O *currículo* de Eulália também incluía desvio de verbas públicas, ligações com o tráfico de drogas e a execução, com um tiro na nuca, de um agente federal, o parceiro de Damasceno, o que dera início às investigações sobre o caso.

Monteiro correra como um louco para fora da delegacia. Encontrou Natália deitada na calçada, com a cabeça no colo de Merência. Alguns curiosos começavam a invadir a rua para entender o porquê de tanta movimentação àquele final de madrugada. Ferreira, mais prático, já estava chamando uma ambulância.

A bala atingira o ombro esquerdo de Natália. Parecia um ferimento superficial. Mesmo com dor, ela mostrou seu melhor sorriso quando viu o chefe ajoelhado ao seu lado, chamando seu nome.

— Consegui a fotografia...

Mas Monteiro, em desespero, só enxergava o sangue que manchava as roupas de Natália, a urgência de carregá-la o mais rápido possível ao hospital.

— Não é grave. Basta um curativo e ela já poderá ir para casa, se entregar aos braços do Morfeu – exagerou Merência, procurando acalmá-lo.

— *O quê???* – vociferou o subdelegado. Ergueu-se, ultrajado, apontando o dedo para a policial. – Esse... esse Morfeu também é seu amante?

Ana Cristina, que viera atrás dele e tentava inutilmente chamar sua atenção para a outra emergência, quase o sacudiu para espantar a ciumeira.

— Morfeu é o deus do sono, se entregar aos braços dele é uma citação clássica! – gritou ela, furiosa. – Significa *dormir*!

O pior é que ele sabia daquilo. Mas não raciocinara... Quando se deu conta da bobagem que dissera, Monteiro engasgou, tossiu e quase se enfiou no bueiro colado ao meio-fio. Nunca passara tanta vergonha na vida.

— O senhor não devia esperar tanto para dizer à moça que a ama – aconselhou Merência, piorando ainda mais a situação do coitado. – Acredite, a vida passa tão depressa...

O subdelegado sentiu o olhar aturdido de Natália, mas não ousou encará-la. Desejava apenas desaparecer da face da Terra.

Foi a própria investigadora quem redirecionou a conversa para um assunto mais urgente. Com o braço são, retirou do bolso da jaqueta a fotografia da família Albuquerque Lima e a mostrou para Monteiro.

— Nós dois conhecemos a Alba – disse.

— Pois foi a Alba que sequestrou a Cristiana! – contou Ana, finalmente conquistando o interesse dos policiais. – Ela ligou para o Daniel, exigindo que ele fosse até o cemitério encontrá-la. Ele está lá agora e a gente aqui, sem fazer absolutamente nada para ajudar!

— Oh, Deus... – murmurou Merência.

O subdelegado olhava para a fotografia, confirmando uma teoria que o bom-senso jamais aceitaria. Sim, ele conhecia aquela jovem. Ainda a vira na véspera, andando pela cidade.

— Mas a Alba é... – disse Ana, chocada, ao também observar a imagem. – *Ela é a Amélie!*

»»»»»»

Daniel a reconheceu antes mesmo que seu vulto fosse tocado pela claridade do lampião. O visual romântico de outrora fora transformado em sofisticação e modernidade. Os cabelos, agora negros, exibiam um corte reto na altura das orelhas, sem franja. O novo estilo incluía um conjunto bege de terninho curto e calça comprida, além de sapatos de bico fino. Eram peças caras, de grifes francesas.

— Amélie... – murmurou Cristiana, enfim abrindo os olhos. Tinha dificuldade para se manter acordada.

Então aquele era o nome que Alba usava... Mas Amélie não era a esposa do francês assassinado?

— Olá, Hector – sorriu ela, com doçura. Parara à beira da cova, apontando para ele um revólver de cano curto. A outra mão segurava a mesma adaga que utilizara no passado para os assassinatos.

— Vim até aqui, como Cordélia exigiu – disse o rapaz. – Agora é a sua vez de libertar a garota.

Suava frio, temendo pela segurança de Cristiana. Tinha certeza de que não haveria nenhuma substituição de vítimas. Ou seja, Cordélia pretendia matar os dois.

— Foi uma ideia muito interessante montar uma cela com grades de prata na nossa caverna – desconversou Alba. – E então, o ritual deu certo?

Alba sabia sobre a cela... *Sabia sobre o ritual!* Daniel apertou o punho da espada de ferro, a respiração acelerando o ritmo. Ela o investigara, estivera no sítio, arrebentara o cadeado utilizando balas de prata... O rapaz fixou o olhar no revólver. Entendia um pouco de armas e sabia que era um Colt Detetive semiautomático, mas parecia modificado; as armas de fábrica não eram revestidas de prata.

— Sim, este trinta e oito foi alterado para mim na Bélgica. Como deve ter adivinhado, suas balas são de prata – confirmou a jovem, com o leve sotaque que ganhara nos últimos anos vivendo em Paris. – Algo desnecessário agora, não é mesmo? Estamos na lua cheia e você continua humano.

— Você também.

Alba riu, divertida.

— Não, Hector, eu nunca me transformei. Seu sangue só me deu o fator de cura e a juventude eterna... Ou quase. No começo, me impediu de morrer. Mas a cada lua cheia eu recebia mais energia... parei de envelhecer, e cem anos se passaram. Para Cordélia, seu sangue também foi generoso. Acredita que ela está ainda mais forte?

Isto explicava como uma mulher franzina tivera força suficiente para carregar o cadáver de Yves até o mirante. Não fora Alba a carregá-lo, fora *Cordélia*... O que significava também que Daniel estaria em desvantagem se tentasse desarmá-la, principalmente após um doloroso ritual que o enfraquecera bastante.

Cristiana olhou para ele e depois para Alba, cada vez mais apavorada. Os personagens de *Coração selvagem* existiam de verdade! E estavam ali, numa cena que dava sequência a fatos aterrorizantes que jamais deveriam sair da ficção.

— Cordélia pode ser forte, mas eu continuo tão frágil quanto antes – lamentou Alba, movendo lentamente o dedo prestes a disparar o gatilho. – Como eu já disse uma vez, Hector, você é muito grande. Perdoe-me por machucá-lo de novo.

»»»»»»

— Ela é a Amélie! – dizia Ana Cristina.

Monteiro mordeu os lábios, ainda analisando a fotografia da família Albuquerque Lima. Uma jovem com mais de cem anos… *Como era possível?*

Resolver aquele mistério, no entanto, teria de ficar para depois. O policial que fora forjado em todas as fibras de seu corpo lhe gritava que perdera um tempo precioso como refém de Eulália e bancando o moleque apaixonado e ciumento. Por mais que doesse sair de perto de Natália, ele tinha um trabalho a fazer.

Monteiro já convocava Agostinho e ia para o Land Rover quando o toque do celular o interrompeu. Era Paulo novamente.

— *Não sei se isso pode ajudar* – disse o rapaz. – *É que eu estou rodando a cidade atrás da Cristiana e entrei na rua do cemitério… O jipe do exército está aqui, mas nem sinal do Daniel e…*

De repente, ele parou de falar.

— *Meu Deus…* – retomou. Agora seu tom era de medo.

— O que foi?

— *Alguém disparou um tiro dentro do cemitério! Deu pra ouvir daqui!*

— Paulinho, fique parado aí mesmo e não…

A ligação caiu. Ou, como o subdelegado imaginou, foi encerrada pelo rapaz que corria diretamente para o local do tiro.

»»»»»»

A bala de prata atingira o abdômen de Daniel. O impacto o fez perder o equilíbrio e bater as costas contra uma das paredes da cova. Largou automaticamente a espada de ferro.

393

Cristiana, aterrorizada, continuava lutando contra os efeitos do tranquilizante em seu organismo. O corpo, no entanto, ainda estava pesado e lerdo demais para atendê-la. Seus olhos não conseguiam se desviar da vilã que saíra das páginas do livro...

Alba guardou o revólver no bolso do terninho e, da mesma forma como agiria na história de Hector, trocou a adaga de mão antes de saltar para a cova. Lembrava uma fera descontrolada que tinha pressa em arrancar a vida – e os cabelos – de duas novas vítimas.

»»»»»»

Ao saber o que estava ocorrendo, Damasceno deixou um de seus homens vigiando Eulália na cela de segurança e chamou os outros para reforçar a equipe da polícia local. E, como Monteiro, também se opôs a que Ana Cristina os acompanhasse até o cemitério.

Não adiantou bater pé, clamar por justiça e se debulhar em lágrimas. A jovem ficou para trás quando os carros partiram em alta velocidade.

— Ah, eles não vão me deixar aqui! – decidiu Ana, disparando à procura de um táxi.

»»»»»»

Alba precisava de espaço para colocar em prática seu plano brutal. Antes de avançar para cima de Daniel, ela usou a truculência de Cordélia para empurrar Cristiana, ainda em cima do caixão. Descartada como um saco de lixo, a jovem caiu de qualquer jeito no vão junto à parede direita da cova.

Horrorizada, viu quando Alba ergueu o rapaz ferido pelas axilas e o estendeu sobre o caixão, por cima dos inúmeros fios de cabelos de todas as suas vítimas. Depois, pulou em cima dele para se sentar sobre sua barriga, usando as pernas para prender seus braços junto às laterais do corpo. Uma das mãos agarrou o pescoço dele e a outra ganhou impulso para cima, preparando a adaga para enterrá-la em seu coração.

»»»»»»

394

O tiro fora disparado em algum ponto próximo ao portão do cemitério...
Mas onde? Paulo parou, indeciso sobre qual caminho escolher. Acabou
indo pela esquerda, uma rota que o afastaria cada vez mais do mausoléu
dos Albuquerque Lima.

》》》》》》

A força de Alba – ou Cordélia, como ela fizera questão de frisar – simplesmente triplicara com a ajuda do Fator L, alimentado pela lua cheia. E
a dor do ferimento enfraquecia Daniel ainda mais.

A lâmina continuava a ganhar altura. Ia atingir o ponto máximo
antes de iniciar sua queda precisa no instante em que Cristiana conseguiu
mover o braço e jogar um punhado de terra no rosto da assassina.

O ataque foi suspenso por milésimos de segundos, o tempo exato
para Daniel tentar uma reviravolta.

》》》》》》

O coração de Natália estava uma bagunça só. Saber que Daniel estava em
perigo a deixara tão aflita quanto Ana demonstrara havia pouco, quando
tentara a todo custo entrar num dos carros até o cemitério. Por outro lado,
a quase declaração de Monteiro a deixara boquiaberta. *Ele a amava?!*

— A ambulância está chegando – disse Merência ao escutar o barulho distante da sirene. Ela ainda a amparava, demonstrando uma bondade imensa com a investigadora.

Natália sorriu, pensando no absurdo de considerá-la suspeita pelos
crimes do presente. Talvez devesse desculpas à velhinha.

— Obrigada – disse, com a certeza de que ganhara uma grande
amiga.

》》》》》》

Apesar do esforço, Daniel não conseguiu desequilibrar Alba. A terra nos
olhos da assassina, porém, ainda a impedia de enxergar. Sua mão esquerda
teve de largar a garganta do rapaz para retirar a sujeira, enquanto a direita

perdia a oportunidade de feri-lo. Cristiana, que a muito custo erguera parcialmente as costas, continuou atirando terra, pedrinhas, mechas de cabelo, tudo o que estava ao seu alcance para atrapalhá-la.

Foi quando a assassina extravasou sua frustração num grito bestial. Mesmo às cegas, ela se virou na direção de Cristiana e começou a golpear o vazio, ensandecida, até encontrá-la... A lâmina acertou de raspão o braço da jovem e, de modo furioso, preparou um novo golpe visando seu pescoço.

>>>>>>>

— Ai, não... – disse Paulo ao avistar o vigia do cemitério, caído de bruços entre dois túmulos.

O rapaz aproximou-se com cautela, desejando não ver o que veria. O sangue parara de jorrar da garganta que recebera um talho imenso, inundando o piso de azulejos azuis na lateral de um dos túmulos.

Do nada, um grito sobrenatural ecoou pelas trevas que as poucas luminárias do cemitério desistiam de afastar. Paulo, arrepiado da cabeça aos pés, pensou em almas penadas, seres asquerosos e criaturas da noite rastejando para fora de suas tumbas. O grito, sem dúvida, saíra da boca de algum monstro diabólico que não pertencia ao mundo dos vivos.

Reunindo toda a sua coragem para lidar com o desconhecido, o rapaz deu meia-volta. Dessa vez, corria na direção certa.

>>>>>>>

Daniel prendeu o pulso de Alba, detendo a adaga a tempo. Ele conseguira soltar um dos braços, mas ainda estava em desvantagem. A assassina, ainda sem enxergar, usou a mão livre para pegar o revólver que guardara no bolso do terninho.

>>>>>>>

— Mais rápido, por favor! – pediu Ana ao taxista sonolento, o único que encontrara passando por uma rua próxima à delegacia. Ele acabara de levar um casal de turistas para uma pousada nas redondezas. Sentada ao seu lado no táxi, a jovem guerreava contra o relógio. – Eu pago dez vezes o valor da corrida se o senhor chegar ao cemitério mais depressa que a polícia!

»»»»»»

Alba gritou de novo, mas agora era um grunhido selvagem, de empolgação pela proximidade da morte de Daniel. Isso a excitava.

Ela sacou a arma e atirou à queima-roupa.

»»»»»»

Pelo rádio, Monteiro pedira o reforço da PM e já mandara Agostinho, que viera com ele, convocar por telefone todos os policiais, mesmo quem estivesse de folga. Já Damasceno e seus homens seguiam o Land Rover divididos em dois carros.

Ainda no céu, a lua cheia prometia se perder no horizonte, devorada pelos raios do sol que nasceria em poucos minutos.

»»»»»»

A bala passou a milímetros da orelha de Daniel. Alba, ainda lutando contra ele pela posse da adaga, não tinha equilíbrio suficiente para uma boa pontaria e nem enxergava direito. E a quantidade de terra não diminuía, com Cristiana, incansável, mantendo o bombardeio sobre ela. Ainda sob o efeito do tranquilizante, não havia muito mais que a jovem pudesse fazer.

Naquele momento, apenas o instinto de sobrevivência ajudava o rapaz a resistir à selvageria da assassina. A lua cheia, sua aliada por tanto tempo, agora o tratava com indiferença. Não era uma infeliz ironia livrar-se do poder da Lua justamente naquela que seria a última noite de sua vida?

O ato final de seu instinto de sobrevivência fez Alba largar a adaga. A dor lancinante em seu abdômen e a fraqueza das últimas horas, porém, determinaram sua derrota. Daniel cedeu, agora incapaz de qualquer movimento. Alba e Cordélia, enfim, arrancariam a vida que demoraram um século para derrotar.

O revólver se preparou para descarregar mais uma bala de prata.

>>>>>>>>

Com um novo arrepio, Paulo deduziu que o monstro, ou seja lá o que fosse, estava perto. O segundo tiro parecia ter vindo de um mausoléu numa quadra próxima, com paredes de mármore branco e protegido por um anjo-guerreiro que não tinha mais espada.

>>>>>>>>

A mobilidade das pernas de Cristiana demorava a retornar. Entalada entre o caixão e a parede da cova, ela só podia mesmo contar com os braços e a munição que podia encontrar à sua volta. Precisava urgentemente de algo mais poderoso do que terra...

Seus olhos brilharam. A adaga caíra em seu colo, indefesa como um bebê.

Melhor não pensar... Apenas agir.

Reunindo toda a frieza possível, a garota cravou a lâmina no braço de Alba, impedindo-a de atirar.

Mas a retaliação viria a seguir. A assassina, sem pestanejar, arrancou a adaga com a mão esquerda e decidiu priorizar a outra futura vítima, girando para ela o revólver.

>>>>>>>>

O bônus ao taxista valeu a pena. Ana Cristina chegou ao cemitério juntamente com a polícia e voou para o portão que Monteiro, Damasceno e os demais homens já atravessavam correndo, de armas em punho.

>>>>>>>>

Antes que Alba puxasse o gatilho, alguém a golpeou por trás, derrubando-a com a espada de ferro. Ela caiu por cima de Daniel, largou o revólver e rolou para o espaço entre a parede e o lado esquerdo do caixão.

O rosto assustado de Paulo surgiu no campo de visão de Cristiana. Ele estava ofegante, coberto de suor, e com parte dos cabelos longos espetados para o lado, como se tivesse acabado de acordar.

— Não consigo parar de amar você! – foi a única coisa que ele conseguiu dizer, sem fôlego, a cabeça rodando, mas feliz por ver que Cris estava viva.

A garota se emocionou. Paulo estava ali por ela, para salvá-la! E admitia que a amava...

Espiou Alba, que não se mexia. O ferimento de Daniel sangrava bastante. Ele fechara os olhos, respirando debilmente. Seu estado era grave.

— Tire a gente daqui – pediu a filha de Luziete. Abraços e beijos românticos poderiam esperar.

O rapaz pulou para fora da cova e a ajudou a fazer o mesmo. Com cuidado, deixou-a sentada no chão, com as costas apoiadas contra a parede do mausoléu.

— *Mon cher...* – murmurou Alba, levantando-se sem pressa. Abandonara a postura de louca raivosa e psicopata para retomar o jeito meigo que exibira à exaustão como Amélie.

Paulo a ameaçou com a espada de ferro, obrigando-a a se afastar de Daniel. E a única maneira de fazer isso era mandá-la para cima.

Docemente, a assassina obedeceu. Era menor que Cristiana e muito magra. O rapaz a olhou de cima a baixo, agora duvidando que ela fosse mesmo uma ameaça. Mais relaxado, ele se curvou para ajudar a garota que amava a se levantar.

— Olhe, o Montanha já deve estar chegando e...

O grito. Novamente ele. Grotesco, irreal, apavorante.

Alucinada, Alba foi com tudo para cima de Paulo, exibindo a adaga que ainda mantinha na mão esquerda e que escondera atrás do corpo.

»»»»»»

Os poucos policiais se espalharam pelo cemitério. Monteiro achou melhor seguir o palpite de Ana Cristina, que o desobedecia abertamente e corria como doida até um mausoléu, onde uma placa sobre a porta avisava que a campa pertencia à saudosa família Albuquerque Lima.

Primeiro um grito pavoroso e depois o som de um tiro deram a última coordenada para encontrar o escritor e a oitava boneca. Tudo ocorrera dentro do mausoléu.

>>>>>>>

Daniel baixou o revólver. A bala de prata, a única coisa que deteria Alba, fez uma trajetória perfeita. Instalou-se no peito da assassina, jogando-a ao chão antes que tocasse em Paulo e Cristiana.

O ex-lobisomem conhecia muito bem os efeitos da prata sobre um organismo infectado. Daquela vez, o Fator L não poderia curá-la, como fizera no passado. A prata, a mesma que ela pretendia usar contra ele, levaria segundos para se espalhar pela corrente sanguínea. Reagiria com o sangue do lobo, alcançaria o coração e o paralisaria. Simples assim.

Ela também conhecia seu destino. Caída de barriga para cima, Alba virou o rosto para Daniel. Podia vê-lo sobre o túmulo, o esforço terrível que o levara a se sentar após pegar a arma que ela deixara cair perto dele.

Seus olhos se encontraram. Ela sabia que ele nunca matara ninguém. Que ganharia novos demônios para atormentá-lo. Que passaria o restante de sua vida torturando-se pelo crime que acabava de cometer.

Lá fora, o dia começava a nascer. A luz viria desmanchar a maldade que a escuridão acobertara, entrando pela porta escancarada para iluminar o interior do mausoléu.

Alba apenas esboçou um sorriso.

— Cordélia nunca mais deixará seus pesadelos... – murmurou, impiedosa.

>>>>>>>

Hector não veria a claridade da manhã. Ao contrário de Tam Lin, a fera não pudera ser libertada de um destino cruel.

Ele ouviu o choro de Ana Cristina, recebeu seu abraço cheio de ternura e devoção, escutou a voz de Monteiro dando ordens...

Pensou na mãe, Leonor, no quanto ainda sentia falta dela. Quis chamá-la, mas não pôde. Emudecera.

Rodeado por fantasmas. Era como se sentia.

Fantasmas de um passado que jamais poderia exorcizar.

EPÍLOGO

— E aí, vamos jogar? – Felipe já rolava os dados de RPG nas mãos, ansioso para começar. Ia começar a distribuir papéis com os perfis dos personagens do jogo para os jovens ao redor da mesa.

— Falta alguém – disse Cris, dando uma cotovelada em Ana.

Ela estivera sentada muito quieta, diante da janela da sala de almoço do apartamento, olhando distraidamente o perfil da lua minguante no céu, acima da silhueta dos edifícios no horizonte. De vez em quando suspirava.

— Vou até o escritório do meu pai e já volto – disse, levantando-se.

Quando, porém, atravessou o longo corredor do apartamento e chegou à sala de trabalho do pai, percebeu que havia mais gente lá dentro. Ela estivera tão absorta em preocupações, cercada pela conversa da turma e as piadas de Jonas, que não percebera aquele povo entrar. Se bem que os amigos de doutor Irineu em geral iam e vinham tão discretamente que ela e a mãe nem percebiam.

Parou por um momento do lado de fora da porta e ficou ouvindo. Não costumava espionar daquela forma, porém ouvira alguém dizer seu nome, e se sentiu irritada ao julgar-se o tema de uma conversa entre desconhecidos. Apurou os ouvidos e reconheceu a voz do pai.

— ... sim, a Ana Cristina e a Cristiana estão bem. Estão vendo uma terapeuta de confiança e achamos que se recuperaram do trauma.

Uma voz desconhecida perguntou:

— E essa terapeuta foi informada sobre... hum... você sabe.

— Obviamente ela só conhece a versão oficial dos fatos, doutor – disse uma voz feminina que Ana reconheceu na hora, atônita. O que *ela* estava fazendo ali?

Um burburinho se seguiu, permitindo que contasse quantas vozes diferentes podia distinguir. Contou pelo menos uma mulher e cinco homens. O que estava acontecendo?!

Então a mesma voz, autoritária, se sobressaiu, dizendo:

— Acho que já dissemos o que tinha de ser dito. A situação é esta: a força-tarefa vai começar a atuar. E só pedimos que você considere nossa proposta.

— Sua ajuda seria muito bem-vinda – acrescentou o pai de Ana Cristina.

Ela ia encostar o ouvido na fechadura para ouvir melhor, porém de repente a porta se abriu. A luz do escritório invadiu a semiescuridão do corredor.

— Por que não entra? – disse Damasceno, exibindo um ar divertido que deixou Ana furiosa.

Era-lhe difícil apagar a má impressão que tinha daquele homem, mesmo depois de saber que ele nunca fora um empregado, e sim um agente da Polícia Federal trabalhando com Irineu, na busca de evidências contra a facção criminosa de que Eulália Albuquerque fazia parte. Fora por isso que o pai tinha insistido em ir a Passa Quatro: enquanto os Sanchez de Navarra aparentemente tiravam férias, o suposto motorista reunia evidências para incriminá-la, sem alertar os demais suspeitos.

Em silêncio, ela entrou no escritório e ainda pôde ouvir a voz do rapaz sentado na poltrona à frente de seu pai responder:

— Vou considerar, sim.

Todos os olhos convergiram para a garota. Numa poltrona de espaldar alto, como se comandasse a reunião, reconheceu um dos amigos misteriosos de doutor Irineu, que ela já vira algumas vezes por lá. Ao lado dele estava o dono da casa, fechando as sobrancelhas para a filha; à esquerda, no sofá, Monteiro e Natália. E à direita o jovem que parecia ser o pivô de toda a conversa.

Sem saber como se safar da bronca, ela sorriu inocentemente.

— Ahn... Boa noite... – Numa inspiração súbita, inventou: – Pai, a Luziete pediu pra perguntar se o senhor quer que ela sirva o café aqui ou na sala de estar.

O clima se desanuviou, assim como as sobrancelhas do doutor Irineu. Monteiro e Natália se levantaram juntos.

— Não vamos ficar para o café, desculpem – o recém-empossado delegado disse, carinhosamente tomando a mão da moça e fazendo o queixo de Ana cair. – Eu e a subdelegada temos um compromisso.

— Nós também precisamos ir – disse o homem da voz autoritária, lançando um olhar enigmático ao advogado. – Mantenha-me informado. Vamos, Damasceno.

— Diga à Luziete para suspender o café, Ana – mandou o pai, encaminhando as visitas à saída e imaginando o quanto a filha teria ouvido da conversa.

Ela se dirigiu ao rapaz sentado na poltrona e sorriu.

Daniel apoiou-se na bengala que usava provisoriamente até se recuperar por completo. Levantou-se com dificuldade.

— Vou com você à cozinha – disse. – Essa conversa toda me deixou com sede…

Seguiram abraçados para a copa, e ela não mencionou que a mãe de Cris não estava lá, devia estar em seu quarto vendo novela, sem nem cogitar de preparar café para as visitas que desconhecia.

Enquanto ele bebia água, ela perguntou, baixinho:

— Meu pai representa a Ordem dos Advogados, Monteiro e Natália são policiais, Damasceno é agente especial… Mas quem era o outro sujeito? Ele já veio aqui em casa e nunca foi apresentado para a gente. Tenho a impressão de ter visto a cara dele em outro lugar também…

— Provavelmente dando entrevista na televisão. Ele é superintendente da Polícia Federal.

Ela arregalou os olhos.

— Hum… começo a entender melhor certas coisas do meu pai. Uma força-tarefa… E o fulano estava fazendo uma proposta de trabalho pra você?!

— Esse é um assunto confidencial, não tenho liberdade para comentar – foi a resposta do rapaz, que parecia estar achando a perplexidade dela muito divertida.

Ana plantou as mãos na cintura, fuzilando-o com o olhar.

— Hector Daniel Wolfstein Lucas! Você não vai começar a guardar segredos de mim! Mas não vai *mesmo*!

Ele fingiu uma expressão ofendida e a ameaçou com a bengala.

— Comporte-se, Ana Cristina Sanchez de Navarra. Ou vou ter de colocar você de castigo outra vez?

Ela fremiu de irritação, mas calou-se, embaraçada. Levou para a pia o copo vazio que ele lhe entregava e retomou seu braço.

— Vamos, o pessoal tá ansioso pra gente começar a jogar.

Foram para o corredor em silêncio, ambos relembrando o mesmo acontecimento.

»»»»»»

Semanas antes, quando ele ainda estava em Minas, tivera de ser internado às pressas num hospital em Belo Horizonte. Contra todos os prognósticos dos médicos, tinha se recuperado bem da primeira cirurgia, a que extraíra a bala de prata. Mas um exame de rotina algum tempo depois detectara uma sequela do tiro: o enfraquecimento de uma parede da aorta abdominal. Fora então submetido a nova operação, para que fosse colocada uma prótese que impedisse a ruptura da aorta.

Ao saber da cirurgia de urgência, Ana Cristina não aguentara ficar longe. Apesar de estar em aulas e de já haver provas marcadas para dali a pouco mais de uma semana, certa manhã bem cedo, em vez de ir para a faculdade, havia escapulido e tomado um ônibus para ir vê-lo.

Quando Daniel acordou da anestesia e deu com Ana no apartamento do hospital, ficou dividido entre a alegria em vê-la e a preocupação por ela estar longe de casa. Dava para adivinhar que havia fugido e vindo sozinha.

— Como está se sentindo? – a garota perguntou, afagando-lhe os cabelos.

— Como quem acaba de sair de uma cirurgia – ele disse, fraco. – O que é que você veio fazer aqui, no meio da semana? Está matando aulas?

Ela sorriu, sem graça.

— Eu queria te ver. Estava morrendo de preocupação.

— E seus pais, não vão morrer de preocupação com mais um sumiço seu? E as matérias da faculdade que você está perdendo?

405

— Deixa de ser chato, Hector, são só uns dias. Já telefonei pra casa avisando que tô aqui. Meu pai bufou um pouco, mas agora não pode fazer nada pra me impedir.

Mesmo de cama, derrubado pela operação, ainda meio obtuso pela anestesia e com tubos de soro nos braços e oxigênio no nariz, ele ralhou.

— Ele não pode, mas eu posso. Você vai voltar já pra casa, ouviu? Não quero que falte às aulas. Tem ideia da sorte que tem em estudar numa boa universidade? Matar aula é infantilidade. Imaturidade. Pensei que você tivesse crescido...

Ela cruzou os braços, emburrada.

— E eu pensei que meu namorado ia ficar feliz em me ver. A cirurgia foi perigosa, você podia ter morrido! Nesta fase da Lua não pode contar com o fator de cura, lembra? – Imitando o tom dele, indagou: – Tem ideia da sorte que tem em estar vivo?

Daniel suspirou. Ambos sabiam que, após o ataque de Alba, ele só havia sobrevivido graças ao que restara da ação cicatrizante do Fator L. Estava agonizante quando o subir da Lua no horizonte do dia seguinte começou a acelerar a circulação do sangue e recuperação dos órgãos e tecidos feridos. Não fora nada muito evidente, contudo, e a cura fora lenta apesar de inesperada.

O mais estranho para ambos, nas semanas seguintes, foi verificar que, aparentemente, o ritual tivera outros efeitos além de impedir novas transformações dele em lobisomem. E que os efeitos colaterais mudavam de acordo com a fase da Lua. Ainda não conheciam a fundo que novos poderes ou fraquezas aquilo lhe despertaria; sabiam apenas que na lua cheia seus ferimentos ainda se fechavam, e que na minguante se sentia muito mal; infelizmente, fora bem nessa lua que os médicos tinham insistido em operar a aorta antes que pudesse romper-se...

Ele estendeu para ela a mão, que só ia até certo ponto, presa a todos aqueles tubos. Recordava o quanto Ana sofrera quando inserira nele as agulhas de prata... A dor da prata queimando sua pele não fora nada perto da dor que vira em seu rosto.

— Desculpe. Eu estou feliz em ver você. Quero um beijo.

Beijaram-se longamente, e ela se sentiu aplacada.

— Você sabe que eu te amo, não sabe? – ele sussurrou.

— Sei. Como eu sei... – Mais contrita, ela prometeu: – Eu volto pra casa amanhã cedo. Só vou esperar o resultado dos exames pós-operatórios. O médico disse que eles ficam prontos esta noite.

— Tudo bem – ele concordou, depois de refletir um pouco. – Mas não pense que pode matar aulas impunemente. A partir de amanhã você está de castigo, Ana Cristina.

A garota riu. Quando viu a seriedade no rosto dele, porém, a risada lhe morreu na garganta.

— Você tá brincando, não é?...

— De jeito nenhum. Você está de castigo por uma semana. Não vai sair com os amigos para os barzinhos, nem cinemas, nem *shoppings*. Não vai jogar RPG com a Cris e a turma. E também nada de ficar enfiada na televisão vendo filmes e seriados. Sem tevê por sete dias. Você vai pegar toda a matéria que perdeu com os colegas e vai passar as noites e o fim de semana estudando, porque sei muito bem que na outra segunda-feira começam as provas.

— Hector, você não tem o direito de... – ela começou.

— Tenho todo o direito do mundo. Tecnicamente, eu salvei a sua vida: em algumas culturas isso me daria posse sobre você. É uma semana de castigo, ou você prefere tomar aquelas palmadas no traseiro? Eu não vou ter a menor piedade, pode acreditar. Estou falando sério.

Ana ficou séria também e engoliu em seco. Ele ainda tinha um brilho selvagem nos olhos. Provavelmente teria para o resto da vida. Olhos de lobo.

— Escolha – ele continuou, implacável. – Você vai para casa amanhã e vai cumprir o castigo?

Ela fez que sim com a cabeça. Não conseguia recusar nada a ele, quando a fitava com os olhos de lobo.

>>>>>>>

No corredor do apartamento, diante da porta da sala de almoço, ela parou e disse, sem esconder certo amargor:

— Por que eu sempre faço o que você quer? Não é justo.

Ele passou a mão por seus cabelos, já mais crescidos. Não podia evitar amar aquela menina mimada.

— Porque você sabe que eu estou certo. Se não tivesse colocado você de castigo naquela semana, acha que teria ido tão bem nas provas?

Ela teve de admitir que não. Ainda não acreditava que fizera o que ele mandara, ficara enfiada em casa por sete dias, estudando, sem nem mesmo ligar a tevê. Os pais não tinham entendido nada, apenas Cristiana desconfiara do que acontecia.

Daniel teve pena dela.

— Mas não se preocupe, agora eu só estava brincando. Você não é nenhuma criança, já provou isso até as últimas consequências. E teve toda a razão quando disse que eu nunca iria conseguir cumprir o ritual sozinho... Vamos fazer o seguinte: se eu te ameaçar outra vez, você tem todo o direito de me castigar com umas bengaladas. Palavra de lobisomem!

— Você não é mais um lobisomem, engraçadinho! – Então ela riu, saltou sobre ele com um impulso incontido e o abraçou com muita, muita força.

Daniel deixou cair a bengala, e quase no mesmo instante Cristiana escancarou a porta da sala, iluminando o corredor. Foi uma risada geral, com Felipe, Nilson, Maurício, Paulo e Jonas aplaudindo. Ana não se importou, mas ele ficou vermelho, morto de vergonha. Apesar de ter mudado bastante no decorrer daqueles cem anos, ainda tinha algumas reações do século XIX.

— Muito bem, mudança de planos – Jonas sugeriu, sem parar de rir –, em vez de jogarmos a crônica dos lobisomens que o Felipe trouxe, vamos ser românticos. Eu posso *mestrar* uma aventura medieval: a mocinha aqui vai ser uma princesa capturada pelo senhor das trevas, trancada numa masmorra sinistra, guardada por um dragão. E o cavaleiro aqui, em sua armadura brilhante, vai reunir uma comitiva de magos, guerreiros e *halflings* para salvar a amada...

Felipe esfregou as mãos.

— Por mim tudo bem, se eu puder ser o senhor das trevas!

— Eu adoraria ser um mago do mal a seu serviço – pediu Paulo – e torturar a mocinha para meu amo!

Cris bateu palmas.

— Legal! E eu quero ser uma maga do bem. Vou te enfrentar, seu mago maligno, e te derrotar com os meus poderes superiores!

— Isso – ele disse, beijando-a – é o que nós veremos!

Desde que Paulo viera estudar na capital, aqueles dois não se largavam.

Nilson os separou, fingindo severidade.

— Assim não dá! Vamos jogar RPG ou os casaizinhos aí vão procurar um quarto? Comportem-se, magos, porque eu vou ser um paladino, devoto dos deuses, e não quero saber de sem-vergonhice na minha comitiva!

— Se todo mundo vai ficar dando amasso, da próxima vez também vou trazer minha namorada – resmungou Maurício, bastante mal-humorado.

Nilson guardou as fichas da outra crônica e colocou os dados no centro da mesa.

— Vamos lá, Mestre Jonas, *morituri te salutant*. Nós, que vamos morrer na aventura, te saudamos! Comece a *mestrar* logo e vamos salvar a princesa.

— Mais devagar, povo! – Ana protestou. – Quem disse que eu quero ser uma frágil princesa capturada? E ainda vou ter de ser torturada por esses dois?!

— Cale a boca e jogue – Cris retrucou. – Nenhuma princesa capturada *queria* ser capturada. E pra ser salva por um cavaleiro desses, até eu!

Paulo fez uma careta para ela e a beliscou, enciumado pelo olhar de admiração que ela lançara ao namorado da amiga. Ela o beliscou de volta: era só provocação.

Daniel sentou-se à mesa, sorrindo. Estava adorando aprender com Ana e os amigos a jogar os *role playing games*. Seria bom, muito bom viver uma aventura de ficção, para variar. Vivera tantas na vida real, no decorrer daqueles cem anos!

O pior é que estava fortemente desconfiado de que a proposta que acabara de receber do superintendente da Polícia Federal ia metê-lo numa nova aventura, uma encrenca das complicadas, de que não se livraria rolando dados de muitas faces…

AS
AUTORAS

HELENA GOMES

Gosto do cheiro de livro novo. Da capa. Do tipo de papel, de letra. De virar as páginas para descobrir seus segredos. Os livros sempre exerceram em mim um fascínio imenso. E simplesmente porque contam histórias.

Foram as histórias que me atraíram ao jornalismo, com seus relatos reais que falam de pessoas, de vida, de mundo. Então, em um marcante primeiro de janeiro de 2001, a jornalista abriu espaço para a escritora. Reuni coragem e comecei a passar para o computador as histórias que moram na minha cabeça. E desta forma vieram feiticeiras, arqueiros, mutantes, escravos, desertos, soldados, profecias, labradores e até lobisomens.

Histórias que hoje você encontra em meus livros e também no punhado de contos que publiquei em sites, revistas e antologias. Até agora são 27 títulos publicados, duas indicações ao Prêmio Jabuti, Selo Altamente Recomendável e obras adotadas em várias escolas e também selecionadas para programas de governo como PNBE, Minha Biblioteca e Apoio ao Saber.

Sangue de Lobo é meu livro número 17, a primeira ficção que escrevi em parceria. Acabei ganhando uma amiga e tanto: criar histórias com a Rosana é diversão garantida! Tramamos, escrevemos, inventamos. Rimos, cúmplices. E sofremos por nossos personagens quando eles também sofrem. Porque ser escritor é assim mesmo. As histórias sempre farão parte de nossa vida.

Se você quiser saber mais sobre o meu trabalho, é só passar lá no meu blog http://helenagomes-livros.blogspot.com.

ROSANA RIOS

Dizem que sou viciada em livros, mas tenho apenas uma paixão incurável pela literatura desde os oito anos, quando ganhei de presente a coleção das obras de Monteiro Lobato. Virei rato de biblioteca na adolescência; e depois de trabalhar como desenhista e professora de desenho comecei a inventar histórias para contar aos meus filhos. Isso me levou a trabalhar como roteirista de TV, no programa Bambalalão, da TV Cultura, e no Agente G, da TV Record. Meus primeiros livros foram lançados em 1988; após mais de 25 anos de carreira, com quase 140 livros publicados para jovens leitores, recebi vários prêmios literários e fui duas vezes finalista do Prêmio Jabuti. Continuo apaixonada pela leitura. Adoro tomar café com pão de queijo e jogar RPG, tenho uma biblioteca enorme na masmorra da minha casa, em São Paulo, e uma coleção de dragões que não para de aumentar.

    Escrever o *Sangue de Lobo* com a Helena foi uma aventura deliciosa: ela criou o Hector e eu criei o Daniel. A partir daí fomos tecendo o enredo juntas, acrescentando personagens, enroscando os fios da trama e fazendo pesquisas para descobrir se seria possível quebrar a maldição do lobisomem. Agora estamos trabalhando na continuação da história, e eu só espero que no próximo livro não apareçam mais aquelas bonecas de porcelana sinistras. Elas me dão pesadelos...

    Para conhecer mais sobre mim, acesse meu site e meus blogs:
www.segredodaspedras.com
http://rosanariosliterture.blogspot.com
http://rosana-rios.blogspot.com